DAS MAKAROV-PUZZLE

Jungfernhöhle

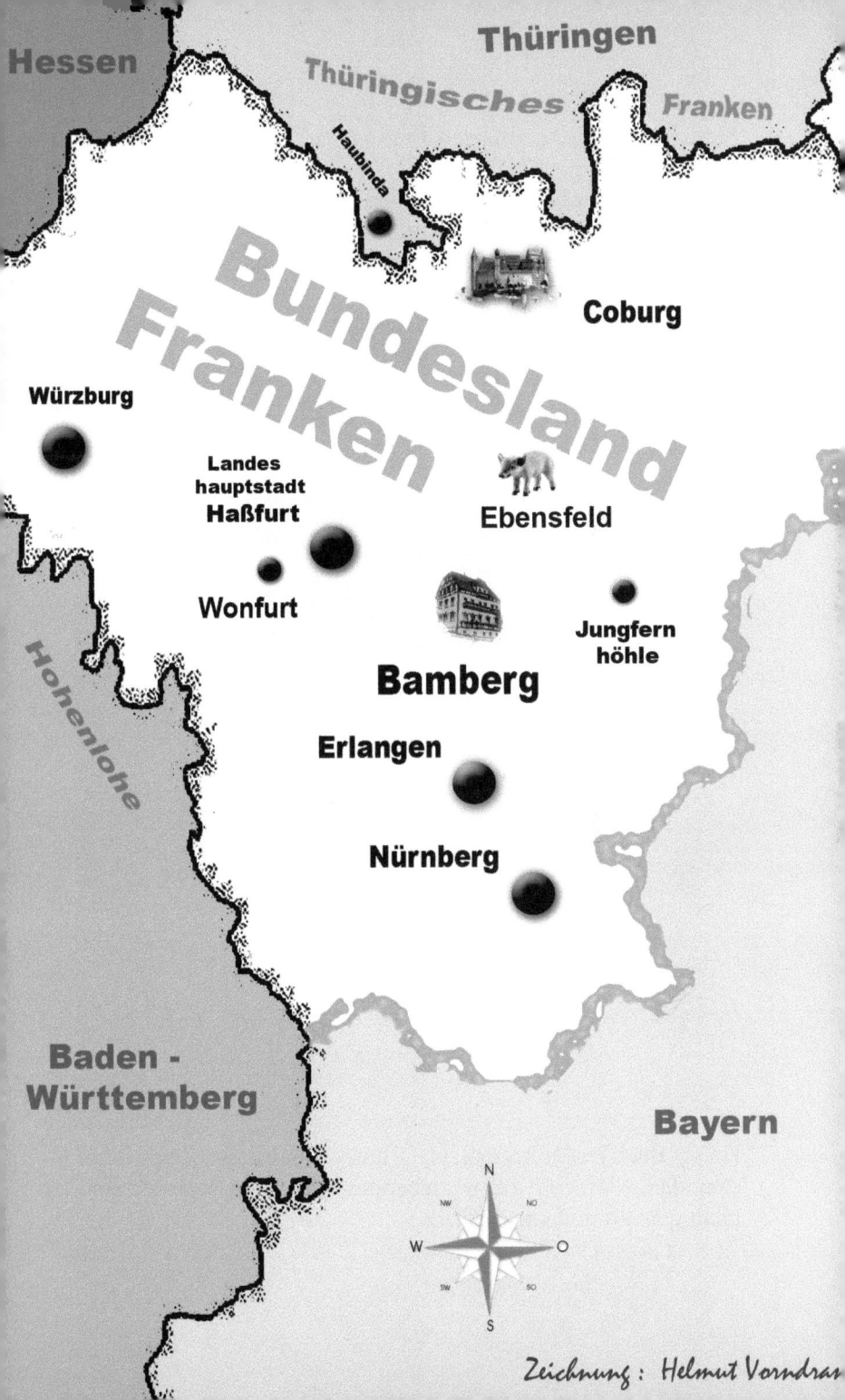

Hessen

Thüringen

Thüringisches

Franken

Haubinda

Coburg

Würzburg

Bundesland
Franken

Landes
hauptstadt
Haßfurt

Ebensfeld

Wonfurt

Bamberg

Jungfern
höhle

Erlangen

Nürnberg

Hohenlohe

Baden -
Württemberg

Bayern

N
NW   NO
W   O
SW   SO
S

Zeichnung: Helmut Vorndran

Helmut Vorndran, geboren 1961 in Bad Neustadt/Saale, lebt mehrere Leben: als Kabarettist, Unternehmer und Buchautor. Als überzeugter Franke hat er seinen Lebensmittelpunkt im oberfränkischen Bamberger Land und arbeitet als freier Autor unter anderem für Antenne Bayern und das Bayerische Fernsehen. www.helmutvorndran.de

HELMUT VORNDRAN

DAS MAKAROV-PUZZLE

Franken Krimi

emons:

© Emons Verlag GmbH
Cäcilienstraße 48, 50667 Köln
info@emons-verlag.de
Alle Rechte vorbehalten
Umschlagmotiv: onemorenametoremember/photocase.de
Umschlaggestaltung: Nina Schäfer, nach einem Konzept
von Leonardo Magrelli und Nina Schäfer
Umsetzung: Tobias Doetsch
Gestaltung Innenteil: César Satz & Grafik GmbH, Köln
Lektorat: Marit Obsen
Druck und Bindung: Books on Demand GmbH, Norderstedt
Printed in Germany
Erstausgabe 2020
ISBN 978-3-7408-0959-1
Franken Krimi
Originalausgabe
2. Auflage

Unser Newsletter informiert Sie
regelmäßig über Neues von emons:
Kostenlos bestellen unter
www.emons-verlag.de

Die automatisierte Analyse des Werkes, um daraus Informationen
insbesondere über Muster, Trends und Korrelationen gemäß
§ 44b UrhG (»Text und Data Mining«) zu gewinnen, ist untersagt.

Und der Herr sprach: Nimm Isaak, deinen einzigen Sohn, den du lieb hast, und gehe hin in das Land Morija und opfere ihn daselbst zum Brandopfer auf einem Berge, den ich dir sagen werde. Da stand Abraham des Morgens früh auf und gürtete seinen Esel und nahm mit sich zwei Knechte und seinen Sohn Isaak und spaltete Holz zum Brandopfer, machte sich auf und ging hin an den Ort, davon ihm Gott gesagt hatte. Am dritten Tage hob Abraham seine Augen auf und sah die Stätte von ferne und sprach zu seinen Knechten: Bleibt ihr hier mit dem Esel. Ich und der Knabe wollen dorthin gehen, und wenn wir gebetet haben, wollen wir wieder zu euch kommen.

Und als sie kamen an die Stätte, die ihm Gott gesagt hatte, baute Abraham daselbst einen Altar und legte das Holz darauf und band seinen Sohn Isaak, legte ihn auf den Altar oben auf das Holz und reckte seine Hand aus und fasste das Messer, dass er seinen Sohn schlachtete.

DAS ERSTE BUCH MOSE (GENESIS)

Der Rebell

Der Tag in der Bamberger Dienststelle begann relativ ruhig, das Arbeitsklima war fast friedlich zu nennen. Es war ein Dienstag, der erste Arbeitstag nach dem Osterwochenende. Endlich wieder Sommerzeit, es war abends wieder länger hell, und normalerweise läge ein Hauch von Frühling in der Luft. Der hatte in diesem Jahr aber schon wieder ausgehaucht beziehungsweise war von einem verfrühten Sommereinbruch überrollt worden und hatte sich beleidigt zurückgezogen. Mitte April und bereits einunddreißig Grad, das musste auch der toleranteste Lenz als übertrieben empfinden und somit aus fundamentalen Gründen vehement ablehnen. Bis zum nächsten, bitte schön kühleren Jahr.

Was soll man einem Frühling da sagen? Armer Irrer, schau mal in die Klimatabellen? Aber die Hoffnung stirbt ja bekanntlich zuletzt, also lassen wir der armen Jahreszeit doch einfach ihre Illusion.

Die sich immer deutlicher abzeichnende Klimaveränderung war für den gemeinen Bamberger jedoch Chance und Grund zugleich, sich immer zeitiger auf die Keller hinaufzubegeben, um sich bei derartig zum Warmen veränderter Außentemperatur bereits Anfang April dem Genuss von Bier und Schäuferla hinzugeben. Ein Unterfangen, das zu Zeiten der Ahnen frühestens im Mai praktiziert werden konnte.

Inzwischen musste man als biertrinkender Bamberger völlig umdenken, da nach den Erfahrungen der letzten Jahre im Juli und August bei glühendem Teer und flirrender Außenluft bereits der eine oder andere Engpass im Biernachschub in den Brauereien eingetreten war und zu haltlosen Zuständen an den fränkischen Biertischen geführt hatte. Da galt es vorzubeugen und frühzeitig den Hopfenlevel auf ein akzeptables Niveau zu heben.

Von derartigem Ansinnen unbeleckt, verrichtete Marina Hoffmann alias Honeypenny, die Sekretärin und Abteilungsmama in der Dienststelle der Bamberger Kriminalpolizei, ihre Arbeit. Sie war fast allein in ihrem Tun, lediglich das neueste Teammitglied, Andrea Onello, schob mit ihr zusammen Dienst. Die übrigen Beamten waren anderweitig beschäftigt.

Franz Haderlein war schon in aller Frühe mit seiner Lebensgefährtin aufgebrochen, um Riemenschneider und ihre Kleinen in ihrer neuen Bleibe in Ebensfeld zu besuchen. Die Ausnüchterungszelle im Untergeschoss, in der Riemenschneider ihre Nachkömmlinge zur Welt gebracht hatte, sah inzwischen wirklich aus wie ein Saustall und roch auch dementsprechend. Ihrer aller Chef Robert Suckfüll hatte Haderlein eine letzte Deadline von dreißig Tagen gesetzt, nach der das Dienststellenferkel und ihr Nachwuchs verräumt sein mussten, sonst werde er den nächstbesten Metzger anrufen, um die Schweinerei umgehend aus seiner Dienststelle entfernen zu lassen. Aber das Thema war seit den Osterfeiertagen vom Eis, ein Biobauer aus Ebensfeld hatte sich erbarmt und die ganze schweinische Gesellschaft bei sich aufgenommen.

César Huppendorfer war zu einer pädagogischen Fortbildung in Nürnberg und voraussichtlich erst ab dem späten Nachmittag wieder zurück. Der Kollege Bernd »Lagerfeld« Schmitt hatte diese Woche sogar komplett frei, um aus der ehemaligen Wohnstatt in Loffeld, seiner Mühle, die er mit seiner Nicht-mehr-Lebensgefährtin Ute von Heesen bewohnt hatte, auszuziehen. Die Trennung war weitestgehend friedlich verlaufen, das Haus bereits verkauft und er auf dem besten Weg, in seine neue alte Heimat Bamberg umzusiedeln. Ute hatte mitsamt der gemeinsamen Tochter eine Bleibe in Coburg gefunden, ganz in der Nähe der HUK, und war also auch nicht aus der Welt.

Robert Suckfüll war heute Morgen zu einem Termin nach Haßfurt gefahren, da die neue Regierung des Bundeslandes Franken etwas Persönliches mit ihm zu besprechen hatte. Dieses Treffen musste jedoch rund eine Stunde später beginnen, da Fidibus sich im Moloch Haßfurt gründlich verfahren hatte und ergo zu spät zum anberaumten Sitzungstermin erschienen war.

Blieben Andrea und Honeypenny, um die Stellung zu halten und Bamberg gegen die Verbrecher der Weltkulturerbestadt zu verteidigen. Die hatten zurzeit aber wohl Besseres zu tun, denn im Moment passierte kriminaltechnisch wenig bis nichts. Keine Morde, keine Entführungen, keine schweren Körperverletzungen, nicht einmal ein größerer Einbruch war zu vermelden. Die Bamberger Sommerstimmung schien sich auf alle Gesellschaftsschichten der Stadt übertragen zu haben, was aber auch wirklich niemanden störte, am allerwenigsten die derzeit ausschließlich weibliche Besetzung der Bamberger Kriminalpolizei.

So empfand Marina Hoffmann das Klopfen an der Bürotür mehr als persönlichen Eingriff in ihr beschauliches Leben denn als einen normalen Vorgang des kriminalen Arbeitsalltags. Widerstrebend erhob sie sich und bewegte ihren durchaus drallen Körper zu besagter Tür, um diese mit strengem Gesichtsausdruck zu öffnen.

Vor ihr stand ein großer, muskulöser, kräftiger Mann. Die Kleidung abgewetzt, löchrig bis ganz und gar verschlissen. Aus dem sonnengegerbten Gesicht blickten ihr zwei kleine, hektisch irrlichternde Äuglein entgegen, für die sich die Dienststellensekretärin weit weniger interessierte als für den struppigen, ungekämmten schwarzen Filz auf dem Kopf des Mannes und seinen ebenso verwilderten Vollbart. Auf gut Deutsch, eine ziemlich verhaute Persönlichkeit, die sich da in der Bamberger Dienststelle der Kriminalpolizei eingefunden hatte, allerdings eine stadtbekannte.

»Der Zimmergörch!«, entfuhr es Honeypenny, als ihr klar wurde, wen sie da vor sich hatte. Und damit war es vorbei mit der Beschaulichkeit des heutigen Tages, das war ihr sofort klar. Jetzt hieß es, die Schutzschilde hochzufahren und den verbalen Knüppel aus dem Sack zu holen.

Georg Schugg, der sogenannte Zimmergörch, war von seinem Auftrag durchdrungen. Das wusste beinahe jeder in Bamberg, entsprechend hatten sich die Menschen auf den kauzigen Typ eingestellt, der seine vogelwilden Thesen allüberall zum Besten gab, ob man sie hören wollte oder auch nicht. Das »oder auch nicht« überwog in fast einhundert Prozent der Fälle, weswegen Georg Schuggs dringliches Anliegen bei seinen meist unfreiwilligen Zuhörern auf unfruchtbaren Boden fiel, egal wie oft er den Samen auch auszusäen versuchte. Der Zimmergörch war ein lästiger, jedoch harmloser Spinner und somit für die meisten ein hinzunehmender Stolperstein auf dem Weg durch die Beschwernisse des Bamberger Alltags.

Der Grund für das ausgeuferte Sendungsbewusstsein des Zimmergörchs blieb seinem Auditorium indes verborgen, denn die vorgebrachten Argumente sprengten selbst mit sehr weit gefasster Toleranz die Grenzen des gesunden Menschenverstandes und mussten somit als kompletter Schmarrn klassifiziert und umgehend in den intellektuellen Mülleimer befördert werden.

Honeypenny war das im Moment einfach zu viel. Der Tag hatte so relaxt und friedlich angefangen, da konnte sie einen Spinner wie den Zimmergörch jetzt ganz bestimmt nicht gebrauchen. Sie war gerade dabei, in aller Ruhe die Dinge abzuarbeiten, die schon seit Längerem liegen geblieben waren, und wollte sich nicht in sinnlose Debatten über eine angeblich ferngesteuerte Klimaveränderung hineinziehen lassen.

Angriffslustig betrachtete sie den Mann, ohne recht zu wissen, was sie mit der Situation anfangen sollte. Wer hatte diesen Irren denn überhaupt hereingelassen? Irgendwer unten an der Personenschleuse wollte sich wohl einen üblen Scherz mit ihr erlauben. Honeypenny öffnete den Mund zu einer gepfefferten Eröffnungsrede, als ihr der zerlumpte Zimmergörch zuvorkam.

»Es will mich jemand umbringen«, tönte es heiser zwischen den rissigen Lippen hervor, während sein Blick hektisch über Marina Hoffmanns Schulter in die Dienststelle hinein- und wieder zurückhuschte.

Das war's, mehr hatte Georg Schugg nicht zu sagen, er wartete nun auf eine Antwort.

Den imaginären Knüppel hatte er Honeypenny mit diesem einen Satz rigoros aus der Hand geschlagen, denn jetzt war es ein offizielles Anliegen an die Bamberger Polizei. Das musste aufgenommen werden, ob sie wollte oder nicht. Auch wenn sie zu einhundert Prozent davon ausging, dass das wieder so eine bodenlose Spinnerei des stadtbekannten Verrückten war, musste sich die Polizei dieser Angelegenheit zumindest der Form halber annehmen, ehe der Fall Georg Schugg nach dem Verschwinden dieser abstrusen Persönlichkeit aus der Dienststelle ganz schnell schubladisiert und damit ad acta gelegt werden konnte.

Honeypenny bat den Mann ins Büro und führte ihn umgehend zum Schreibtisch von Andrea Onello, die den verkommenen Mann ratlos betrachtete. Als jüngster Neuzugang der Bamberger Dienststelle war sie zwar keineswegs neu in der Stadt, aber dennoch die Einzige, die nicht wusste, mit wem sie es hier zu tun hatte. Es war ihr auch ziemlich egal, da ihre Gedanken gerade um das Problem kreisten, wie sie den leicht angerosteten Ring abbekommen sollte, den ihr der Leiter der Erlanger Rechtsmedizin bei ihrem völlig missratenen Candle-Light-Dinner auf den Finger gezwungen hatte.

Sie hatte es mit Erwärmung, Öl und Seifenlauge versucht und war sogar schon in einem Schmuckgeschäft gewesen, aber der Juwelier hatte ihr gesagt, das Teil sitze so fest, er müsse ihr den Ring wohl oder übel vom Finger flexen. Das könne eventuell etwas schmerzen, so seine Vorhersage. Diese Vorstellung ängstigte Andrea Onello dann doch, weshalb sie die operative Entfernung des aus der tödlichen Pfeilspitze einer achthundert Jahre alten Moorleiche gefertigten Schmuckstücks wieder und wieder vor sich herschob. Aber der Dienst rief, sie musste derlei Gedanken erst einmal verbannen.

»Das ist der Herr Schugg, Andrea«, meinte Honeypenny pseudofreundlich, ehe sie sich schleunigst wieder an ihren Schreibtisch verdrückte.

»Bitte setzen Sie sich doch.« Während Andrea mit der rechten Hand auf den Besucherstuhl vor ihrem Schreibtisch deutete, musterte sie unauffällig den verwahrlost wirkenden Mann, der bereitwillig auf dem angebotenen Sitzmöbel Platz nahm. Wieder hetzte sein Blick durch den Raum, als vermutete er hinter den Aktenschränken ungebetene Zuhörer, versteckte Kameras oder gar Attentäter.

Andrea Onellos Stimmung war der von Marina Hoffmann nicht unähnlich. Sie musste diesen Mann anhören, dazu war sie beruflich verpflichtet, allerdings hatte auch sie keine große Lust, sich von dem Landstreicher die Zeit stehlen zu lassen. Also kam sie gleich zum Punkt und schaute dabei demonstrativ auf ihre Uhr. »Na schön, Herr Schugg, was kann die Kriminalpolizei denn für Sie tun?«, fragte sie, so höflich es nur irgend ging.

»Ich werde schon seit Längerem verfolgt, Frau Kommissarin. Zwar habe ich keine Ahnung, wer die sind, aber ich bin mir inzwischen ziemlich sicher, dass man versuchen wird, mich umzubringen«, flüsterte der Mann, dessen fiebriger Blick sich in die Augen seines verständigen Gegenübers bohrte.

Bei Andrea Onello schrillten sogleich die Alarmglocken. Ach du liebe Güte, dachte sie ahnungsvoll, schon wieder einer mit Verfolgungswahn. Nur dass als Stalker diesmal kein Ex-Lebenspartner herhalten muss, sondern ihm völlig unbekannte Persönlichkeiten. Na toll. Hilfesuchend wanderte ihr Blick zu Honeypenny hinüber, die allerdings stoisch auf den Bildschirm ihres Computers schaute. Von dieser Seite war also keine Unterstützung zu erwarten. Da musste sie wohl oder übel allein durch.

»Aha, es will Ihnen also jemand etwas Böses, aber Sie wissen nicht genau, wer. Habe ich das richtig verstanden?« Sie musterte intensiv den seltsamen Mann, der immer unruhiger zu werden schien.

»Genau, genauso ist es«, bekräftigte er und schien darauf zu warten, dass sie sich das Gehörte aufschrieb. Die Kommissarin war aber nicht gewillt, seinen Verdacht einfach so zu protokollieren. Sie verschränkte die Arme, beugte sich nach vorne über den Tisch und schaute dem Mann mit festem Blick tief in die Augen.

»Aha«, meinte sie mit drohendem Unterton in der Stimme. »Und gibt es für diese gewaltige Anschuldigung vielleicht irgendwelche Beweise, und seien sie auch noch so klein? Ohne kann ich nämlich keinen Fall anlegen, verstehen Sie? Täte ich es, wäre das ebenfalls ein Verbrechen, und zwar der Allgemeinheit, dem Steuerzahler gegenüber, der mich und meine Arbeitsstunden hier bezahlen muss. Also, können Sie Ihre Behauptungen belegen oder nicht?«

»Ja, natürlich habe ich dafür Beweise, Frau Kommissarin, ich bin ja nicht blöd«, erwiderte der Zimmergörch fast ein wenig entrüstet. Er beugte sich vor und griff nach halb links unten, wo sich überraschenderweise eine Ledertasche befand. Da diese in einem genauso derangierten Zustand war wie ihr Besitzer, hatte Andrea Onello sie zuvor gar nicht bemerkt. Jetzt stellte sie fest, dass die Tasche sogar einen Inhalt beherbergte, und zwar ein etwa zwei Zentimeter dickes, DIN-A4-großes gebundenes Machwerk der schriftlichen Art, das Georg Schugg geräuschvoll vor sie auf den Tisch fallen ließ. Die kopierten und per Klebebindung selbst zusammengefügten Seiten hatten im Laufe ihres wer weiß wie langen Lebens schon einiges mitmachen müssen. Jedenfalls deuteten die ausgefransten und fleckigen Ränder darauf hin. »Das ist mein Beweis«, knurrte der Zimmergörch und legte seine rechte Hand auf den dicken Prügel von einem selbst gebastelten Buch.

Andrea Onello war etwas überrascht, dass dieser Mensch tatsächlich mit etwas halbwegs Greifbarem daherkam. Andererseits war das noch gar nichts, geschweige denn ein Beweis.

»Aha, und was soll das sein?«, fragte sie energisch nach.

Eine Frage, die sie noch lange bereuen sollte, denn auf das, was jetzt kam, war sie wirklich nicht gefasst. Dabei hätte ein schneller Blick zu ihrer Dienststellensekretärin sie vor Schlimmerem bewahren können, denn Marina Hoffmann hatte sehr wohl mitgehört und ihr mit einer hektischen, kurzen Handbewegung eine deutliche Warnung gesandt, was Andrea Onello aber nicht mitbekommen hatte. Nun war die Frage gestellt, und niemand beantwortete sie lieber als Georg Schugg. Seine Augen verengten sich, und er legte nun auch die zweite Hand auf den zerfledderten Einband des Eigenbaubuches.

»Das ist ein Manifest. Mein Manifest«, erklärte Schugg mit bedeutungsvollem, jedoch starrem Blick. Er hob die Arme zunächst anbetungswürdig zur Zimmerdecke und dann zu einer ausführlichen Erklärung an. »Die Fakten beweisen, es gibt keine Erderwärmung infolge von CO_2-Emissionen. Die ganze öffentliche Debatte über die sogenannte Klimakatastrophe ist erstens falsch und zweitens gefährlich. Fremde Mächte wollen uns das einreden, um ihre Interessen durchzudrücken. Der weltweite Klimaschutz ist in Wahrheit nichts anderes als ein monströses Deindustrialisierungsprogramm, verbunden mit veritabler Arbeitsplatzvernichtung. Tatsächlich verursachen die periodischen Strahlungszyklen und Änderungen der Bahnparameter der Sonne nämlich zwangsläufig den Klimawandel, auch in der Zukunft. Die da oben verschwenden aufgrund vollkommen natürlicher Gegebenheiten Abermilliarden, um imaginierte Weltuntergänge abzuwenden. Die schüren nur Angst vor Dingen, die es gar nicht gibt, das ist ein Riesenkomplott!«

»Angst«, echote Andrea Onello, die von dem emotionalen Ausbruch ihres Gegenübers völlig überrumpelt wurde. Der erkannte sofort seine Chance und machte im gleichen Duktus weiter.

»Alle reden von globaler Erwärmung. Dabei waren die Winter 2009 und 2010 Rekordwinter in vielen Ländern. Es stimmt nicht, dass es immer wärmer wird. In Wahrheit sinken die Temperaturen. Die Eisflächen auf der Südhalbkugel wachsen sogar. Das soll Erderwärmung sein? Der Klimawandel ist ein natürlicher Prozess und nicht durch den Menschen verursacht. Der menschliche CO_2-Ausstoß ist viel zu gering, um Einfluss auf das Klima zu nehmen, das müsste doch eigentlich jedem sonnenklar sein. Wir können ja nicht einmal genau vorhersagen, wie morgen das Wetter wird, wie sollen wir da das Klima in hundert Jahren voraussagen? Klimaschwankungen gab es schon immer. Im Mittelalter zum Beispiel war es viel wärmer als heute, und das, obwohl der CO_2-Gehalt in der Luft weitaus geringer war. Die letzten zweitausend Jahre sind zwar nur ein Wimpernschlag in den vier Komma fünf Milliarden Jahren Erdgeschichte, aber selbst in dieser kurzen Zeit gab es Eiszeiten, Wärmeperioden, eine mindestens sechs Monate anhaltende Dürre in Mitteleuropa mit Hungersnot und ein eisfreies Grönland, das bewirtschaftet wurde. Und selbst wenn es den Klimawandel gäbe: Dann steigt die Temperatur weltweit eben um ein paar Grad. Wäre das wirklich so schlimm? Unser Planet ist doch schon mit vielen Veränderungen klargekommen. Es hätte ja sogar Vorteile. Positive Effekte für die Landwirtschaft zum Beispiel. Tiere und Pflanzen würden sich der

Klimaerwärmung anpassen, der Boden würde in vielen Regionen der Welt fruchtbarer werden. Je wärmer, desto besser wachsen Pflanzen, ist doch logisch. Es würde aber sowieso keine dauerhafte Erwärmung geben, weil dann irgendwann der Golfstrom abreißt, etwa so wie in ›The Day After Tomorrow‹.«

Der Zimmergörch sprang auf, er hatte sich mehr und mehr in Rage geredet. »All die sogenannten Wissenschaftler, die das Märchen von der Klimakatastrophe verbreiten, lügen wissentlich. Zum Klimawandel gibt es nämlich gar keinen wissenschaftlichen Konsens. Die Prozesse sind viel zu komplex für irgendwelche Prognosen. Was die meisten für Klimaerwärmung halten, ist nach meinen Recherchen entweder auf Messfehler oder unsaubere Daten zurückzuführen. Und warum? Wegen wirtschaftlicher Interessen oder der Verfolgung einer politischen Agenda. Dem Klimawandel, sollte er doch irgendwann kommen, was ich nicht glaube, müssen wir mit technischen Maßnahmen begegnen. Für sauberen Strom sorgt dann die Atomkraft. Das ist das Einzige, was hilft. Aber wie gesagt, ich bin fest davon überzeugt, dass der Klimawandel in Wirklichkeit nur eine Lüge ist, eine Drohkulisse. Damit diese grünen Phantasten alles umbauen können und einen Haufen Kohle machen mit ihren sinnlosen Bauwerken und Anlagen. Und wer steht am Ende dafür gerade? Natürlich müssen wir das alles bezahlen, wir alle –«

»Stopp! Stopp! Stopp!«, rief Andrea Onello laut und hob abwehrend beide Arme. »Es reicht. Ich habe verstanden, was Sie mir sagen wollen.«

Georg Schuggs Gesicht war puterrot angelaufen, es fiel ihm sichtlich schwer, in seinem Vortrag innezuhalten. Aber die unerbittliche Miene der Kommissarin signalisierte einen sich alsbald anbahnenden Gefühlsausbruch, sollte er nicht sofort gehorchen. Verdutzt schaute er zuerst auf sie, dann auf seine gestikulierend erhobenen Hände.

»Setzen«, knurrte Andrea Onello, die sich gerade noch zusammenriss, und Georg Schugg ließ sich folgsam auf seinen Stuhl sinken. Ihr strenger Blick ließ diesen Verrückten dabei keine Sekunde lang aus den Augen.

Als ihr Gegenüber abwartend vor ihr saß, schweifte ihr Blick kurz hinaus in den einunddreißig Grad warmen Frühling, ehe er umgehend wieder zu Georg Schugg zurückkehrte.

»Okay, guter Mann«, sagte sie bemüht freundlich, um die Konversation wieder in ruhigere Bahnen zu lenken. »Völlig egal, ob ich Ihre Theorien jetzt glaube oder nicht. Wofür bitte schön soll das ein Beweis sein? Das müssten Sie mir noch genauer erklären, und zwar kurz und knapp, wenn's geht.« Drohend hatte sie den Zeigefinger der rechten Hand gehoben und sandte einen mahnenden Blick hinterher.

Georg Schugg beugte sich über den Tisch. Seine Augen wurden groß und bekamen einen tiefen, beschwörenden Ausdruck. Die verschwitzte rechte Hand legte er wieder flach auf sein ramponiertes Manifest, bevor er mit heiserer Stimme zu flüstern begann: »Ich kann es beweisen, es steht alles da drin. Ich habe herausgefunden, wer dafür verantwortlich ist, und deswegen wollen die mich erledigen. Es wird nicht mehr lange dauern, dann haben sie mich gefunden, und dann bin ich fällig. Sie müssen mir helfen, Frau Kommissarin, sonst bin ich ein toter Mann.« Er nickte noch einmal bekräftigend und lehnte sich dann erschöpft an die Rückenlehne seines Stuhles, von wo er die Kommissarin, die ihn mit leerer Miene anschaute, abwartend fixierte.

Andrea Onello legte ihre Hände auf den Tisch, faltete sie und senkte kurz den Blick. Als sie ihn wieder hob, konnte Georg Schugg erkennen, dass sie sich wieder im Griff hatte. Nicht nur das, die Kommissarin wirkte regelrecht entspannt, was in ihm ein hoffnungsfrohes Gefühl auslöste. Endlich einmal jemand, der ihn nicht sofort für verrückt erklärte und ihm mit Anwalt, Polizei oder weit Schlimmerem drohte. Jetzt lächelte sie sogar, woraufhin er gelöst zurücklächelte.

Andrea Onellos Lächeln wurde noch etwas breiter, sah sie sich doch nach kurzer Irritation nun wieder in der erfreulichen Lage, die Gesamtsituation objektiv zu analysieren und finale Schlüsse zu ziehen. Dann teilte sie dem kräftigen, aber heruntergekommenen Mann ihre Einschätzung seines Anliegens mit.

»Also, Herr Schugg. Ich glaube wirklich, dass Sie sich da in etwas hineingesteigert haben. Am besten, Sie gehen jetzt erst einmal nach Hause und schlafen sich aus. Und sollten Sie in der nächsten Zeit etwas Verdächtiges bemerken, rufen Sie uns an. Dann werden wir gern eine Streife schicken, die sich das ansieht, okay?« Sie sagte das so konziliant, wie es ihr nur möglich war, was beim sendungsbewussten Zimmergörch allerdings auf wenig Verständnis stieß.

»Streife? Sie wollen eine Streife schicken?« Die Fassungslosigkeit in seinem Blick war nicht mehr zu überbieten. »Wenn die mich erst einmal im Visier haben, ist es zu spät, um eine Streife zu schicken, verstehen Sie das denn nicht? Bevor Ihre saubere Streife überhaupt losgefahren ist, bin ich schon tot! Erstochen, erschlagen, überfahren oder erschossen!«

Wieder war der Mann aufgesprungen, sein ausgestreckter rechter Zeigefinger deutete vorwurfsvoll in Andrea Onellos Richtung. Die blieb ruhig und agierte sehr konsequent.

»Ich verstehe vor allem eines, nämlich dass unser Termin hier beendet ist, Herr Schugg.« Andrea Onello stand auf und wies mit einer auffordernden Geste auf die Tür der Dienststelle. Auch Honeypenny hatte sich von ihrem Stuhl erhoben. Mit drohendem Blick und hochgekrempelten Ärmeln baute sie sich vor dem Zimmergörch auf. Sie musste zwar zu dem einen glatten Kopf größeren Mann hinaufschauen, der Einschüchterungsversuch schien aber dennoch zu wirken.

Der Zimmergörch gab auf. Er packte wortlos sein Manifest in die abgehalfterte Ledertasche, warf einen letzten verzweifelten Blick auf die mit verschränkten Armen dastehende Kommissarin, drehte sich um und eilte zur Bürotür, die er ohne weiteren Kommentar hinter sich schloss.

»Was war denn das?«, fragte Andrea Onello ihre Kollegin, die vor lauter Lachen fast ihren üppig gefüllten BH sprengte, konsterniert.

»Des war der Zimmergörch, und zwar in Höchstform. Des mit seim Klimagefasel hab ich ja schon gekannt, des kennt eichentlich jeder hier. Seit der vor a paar Monaten in Bamberch aufgedaucht is, schmarrt der so aan Schmarrn. Aber die Nummer mit den Killern, die deswegen hinter ihm her sind, war mir neu. Trotzdem sehr unterhaltsam, Reschbeggd, dass du des so lang mit dem auskalten hasd, Andrea.« Honeypenny nickte anerkennend.

Keine Klimaerwärmung, so ein Schwachsinn. Jeder, der so etwas behauptete, war nach Andrea Onellos Meinung vollkommen irre oder zu doof, die Klimatabellen der seriösen Wissenschaftler zu studieren. Zudem hatten sie doch gerade ein wirklich perfektes Argument direkt vor der Tür. Der wärmste April aller Zeiten osterte draußen fröhlich vor sich hin.

Aber Klimawandel hin oder her. Dass die kruden Theorien dieses Mannes der Grund für ein Mordkomplott sein sollten, war ja wohl das Dämlichste, was sie in ihrem ganzen Berufsleben bisher gehört hatte. Der arme Herr Schugg sollte besser einmal in seinem verkorksten Oberstübchen aufräumen – oder noch besser: aufräumen lassen. Wahrscheinlich würde es nur ein paar Stunden dauern, bis der arme Irre hier anrief, um die erste verdächtige Person zu melden. Sie täte gut daran, die gesamte Bamberger Polizei von diesen Wahnvorstellungen in Kenntnis zu setzen, damit die seine Anrufe besser nicht zu ernst nahmen.

Sie hatte sich gerade einen Stift mit Schreibblock zurechtgelegt, um eine handschriftliche Notiz für die Kollegen zu machen, als von draußen ein lautes Krachen zu hören war. Verdutzt schaute sie zu Honeypenny hinüber, dann rannten beide Frauen zum Fenster, um zu sehen, was da gerade unten auf der Straße geschehen war.

Frustriert und verärgert verließ Georg Schugg die Dienststelle der Bamberger Kriminalpolizei. Wieder einmal, wie so oft in den letzten Monaten, hatte ihm niemand zuhören wollen. Meist dauerte es nicht lange, bis sein Gesprächspartner, so er denn überhaupt einen fand, schleunigst das Weite suchte oder wie gerade eben das Gespräch rüde beendete. Man nahm ihn nicht ernst, egal wie engagiert er sein Anliegen auch vortrug.

Seit über einem halben Jahr war er nun schon in der Bamberger Innenstadt unterwegs, um seine Botschaft zu verkünden. Den ganzen Winter hatte er damit zugebracht, die Bamberger von seinem Manifest und der drohenden Gefahr, die am Horizont heraufdämmerte, zu überzeugen. Nicht einmal auf dem Bamberger Weihnachtsmarkt hatte er Unterstützer gefunden, dafür wurden ihm reihenweise Getränke jeglicher Art spendiert, denn schließlich wollte man so einen kauzigen Typen wie ihn ja gern unterstützen.

»Bassd scho, Alder, aber etzerd drink erscht amal was«, das hatte er dauernd zu hören bekommen. Und so endeten die Gespräche dann meistens auch. Inzwischen konnte er sich in der Bamberger Innenstadt nirgendwo mehr bewegen, ohne dass die Menschen bei seinem Anblick von einem spontanen Fluchtreflex ergriffen wurden.

In gewisser Weise hatte er sich daran gewöhnt, dass niemand seinen Erläuterungen folgen konnte oder wollte. Aber der Bamberger Polizei hätte er dann doch etwas mehr Sachverstand zugetraut. Vor allem jetzt, da es sich nicht mehr nur um eine globale Klimaverschwörung handelte, sondern sein Leben bedroht war. Das zumindest hätte diese Ignoranten doch alarmieren müssen.

Aber so war das eben, der kleine Mann war in diesem Staat vergessen und verloren. Wenn irgend so ein wichtiger Firmenboss mit einem ähnlichen Verdacht angetanzt wäre, hätte sich die Bamberger Dienststelle der Kriminalpolizei wahrscheinlich umgehend in einen hektischen Ameisenhaufen verwandelt. Aber nicht bei dem kleinen, verrückten Georg Schugg, dem Zimmergörch.

Die einzigen, die ihn halbwegs ernst nahmen, das waren die Leute von der AfD. Von denen fühlte er sich zumindest ansatzweise verstanden. Die teilten seine Meinung über diesen ganzen Klimawahnsinn und fanden sein Manifest im Grunde gut, auch wenn es von denen ebenfalls keiner lesen wollte. Aber das mochte eventuell daran liegen, dass die AfDler gar nicht alle lesen konnten, so sein leiser Verdacht.

Wie auch immer, für heute reichte es ihm. Fickt euch, Bamberger Polizei, so seine Stimmungslage. Sein Manifest unter den Arm geklemmt, eilte er mit zügigem Schritt über den Vorplatz. Würde er sich eben wieder in seine Baunacher Kellerwohnung zurückziehen und weiter an seinem Manifest feilen, ehe er erneut loszog. Das würde er genau so lange machen, bis ihm jemand Glauben schenkte.

Er schaute nach rechts und nach links, keine Fahrzeuge zu sehen, lediglich ein einzelnes Auto parkte gerade schräg gegenüber aus. Reichlich Zeit also, die Fahrbahnen zu überqueren und dann die nächste Bushaltestelle anzusteuern.

Er war gerade in der Mitte der Straße angelangt, als rechts von ihm ein Motor aufheulte und Reifen quietschten. Schugg fuhr herum und sah, wie der dunkelrote Wagen, der eben noch gemächlich ausgeparkt hatte, beschleunigte und auf ihn zuschoss. Für ein Ausweichen war es bereits zu spät, er schaffte es lediglich, aus dem Stand in die Höhe zu springen, sodass ihn der Wagen nicht mit der Stoßstange erwischte. Stattdessen prallte er auf die Windschutzscheibe. Das allerdings mit voller Wucht und so heftig, dass diese unter ihm zersplitterte. Er rollte über das Dach des Wagens und fiel, sein heiliges Manifest umklammernd, am hinteren Ende auf den Teer, wo er der Länge nach aufschlug und rücklings liegen blieb.

Mit weit aufgerissenem Mund schnappte er nach Luft, und das eine oder andere Sternchen tauchte vor seinen vernebelten Augen auf, während er hilflos beobachten musste, wie der dunkelrote Wagen, der ihn gerammt hatte, mit Vollgas über die nächste Kreuzung fuhr und verschwand. Dann legte er seinen Kopf auf den Asphalt und versuchte erst einmal zu begreifen, was da gerade eben passiert war.

Andrea Onello konnte gerade noch ein dunkelrotes Fahrzeug erkennen, das mit Höchstgeschwindigkeit davonfuhr, während sich ihr eben noch aufrecht gehender Gesprächspartner unten auf dem Teer wälzte. Dann rannte die Kommissarin auch schon aus dem Büro hinaus und die Treppe hinunter, um sich um den soeben Verunfallten zu kümmern.

Unten am Haupteingang standen ein paar neugierige Kollegen, die zwar mitbekommen hatten, dass draußen auf der Straße etwas passiert sein musste, aber nicht genau wussten, was. Andrea Onello schoss an ihnen vorbei, ohne den fragenden Blicken irgendwelche Aufmerksamkeit zu schenken, und eilte direkt zu dem immer noch auf der Straße liegenden Mann. Als sie bei Georg Schugg angekommen war, richtete der sich bereits stöhnend in eine sitzende Stellung auf und schaute ihr mit wütendem Blick entgegen.

»Ich habe doch gesagt, dass die mich umbringen wollen, verdammte Scheiße!«, rief er aufgebracht, während er sich mit der rechten Hand auf dem rauen Asphalt abzustützen versuchte. Das gelang nur leidlich, denn ihm schwirrte immer noch eine halbe Galaxie an Sternen im Kopf herum.

Andrea Onello ignorierte die wilde Behauptung und führte erst einmal eine gründliche Erstuntersuchung an dem Mann durch. Dessen ohnehin ziemlich abgerissenes Erscheinungsbild war nun endgültig den Bach runter. Die Jeans war an beiden Knien aufgerissen und blutig. Gleiches galt für seine linke Schulter. Auch dort war unter der auseinanderklaffenden braunen Cordjacke und dem zerfetzten karierten Hemd eine großflächige Hautabschürfung zu erkennen.

Gebrochen schien aber nichts zu sein, nur am Hinterkopf des armen Mannes wuchs eine veritable Beule in die Höhe. Wie es im Körperinneren aussah, konnte sie natürlich nicht sagen, dazu musste der Mann ins Krankenhaus.

Georg Schugg hatte entweder unverschämtes Glück gehabt, dass er nach einem solchen Zusammenprall jetzt nicht schwer verletzt vor ihr lag, oder er besaß eine unglaublich widerstandsfähige Physis. Wahrscheinlich wohl beides zusammen. »Bassd scho«, knurrte er und versuchte nun tatsächlich, sich unter heftigem Protest der Kommissarin auf die eigenen Beine zu stellen. Sekunden später stand er wacklig, aber dennoch aufrecht vor Andrea Onello. »Ich geh jetzt heim«, verkündete er mit selbstsicherer Stimme, während er die riesige Beule an seinem Hinterkopf befühlte.

Das war nun endgültig zu viel für die Bamberger Kommissarin, die sich für das ganze Desaster verantwortlich fühlte. Womöglich war sie doch ein wenig zu schroff mit dem Mann umgegangen. Nur so konnte sie sich erklären, warum er so unbedacht über die Straße gestürmt und dann von diesem Wagen erfasst worden war.

Dass der Besitzer des Fahrzeugs eiskalt Fahrerflucht begangen hatte, stand auf einem anderen Blatt, darum sollte sich Marina kümmern. Sie musste jetzt erst einmal den abgeschürften Zimmergörch versorgen.

Andrea Onello hatte ihren Arm gerade stützend um die Hüften des muskulösen Schugg gelegt, als direkt neben ihnen ein Range Rover zum Stehen kam. Ihr dienstältester Kollege sprang heraus.

»Was ist denn hier passiert, um Himmels willen?«, fragte Franz Haderlein und blickte besorgt von Andrea zum blutenden Patienten und wieder zurück, aber seine Kollegin winkte ab.

»Franz, ich bring den Mann jetzt erst einmal zum Klinikum, dann sehen wir weiter. Wir haben es hier mit einem Fall von Fahrerflucht zu tun, Marina kann dir alles erklären.« Sie zeigte zum ersten Stock der Dienststelle hinauf, wo Honeypenny immer noch mit erschrockenem Gesicht am Fenster stand.

»Das war keine Fahrerflucht, das war ein Mordversuch, verdammte Scheiße!«, krächzte Georg Schugg, der sich nun doch an der Schulter der viel kleineren Kommissarin abstützte. Da erst erkannte Kriminalhauptkommissar Haderlein, welche Berühmtheit er hier vor sich hatte.

»Ach Gott, der Zimmergörch«, entfuhr es ihm überrascht. »Ja, dann bring den Mann mal zu einem Arzt, ich klär das oben mit Marina.« Auf gar keinen Fall wollte Haderlein in ein Gespräch mit diesem Irren verwickelt werden. Was auch immer gerade passiert war, es schien einigermaßen glimpflich ausgegangen zu sein.

Während Andrea sich mit dem humpelnden Schugg auf den Weg zu ihrem Suzuki machte, parkte Haderlein seinen Wagen und eilte nach oben ins Büro, um sich die Geschehnisse von Honeypenny erläutern zu lassen.

Die schaute ihm sowohl gespannt als auch besorgt entgegen. »Und, wie geht's dem Zimmergörch?«, wollte sie wissen.

»Scheint nicht ganz so schlimm gewesen zu sein, Andrea fährt den armen Kerl aber trotzdem rasch ins Klinikum. Was ist denn eigentlich passiert, Marina? Ich habe gerade unten auf der Straße nur das blutige Ergebnis zu Gesicht bekommen.« Franz Haderleins fragender Blick legte sich auf Honeypenny, die sich sofort wasserfallartig äußerte.

»Also, das ist richtig dumm gelaufen. Eigentlich war heute überhaupt nichts los, richtig ruhig war's, bis der Schugg hier aufgetaucht ist. Ich hab ihn zu Andrea geschickt, die hat den Seftl noch überhaupt nicht gekannt und sich die ganze Litanei von dem Irren angehört. Wobei er neben dem üblichen Schmarrn auch was von einem Mordkomplott gefaselt hat. Es will ihm angeblich jemand ans Leder wegen seinem komischen Manifest, das er schon den ganzen Winter durch die Stadt schleppt«

»Mordkomplott?« Haderleins Gesicht verzog sich zu einer gequälten Fratze. »Jesus Maria. Was fällt dem Verrückten denn noch alles ein? Du lieber Himmel. Lass mich raten, Marina. Irgendwann hat's Andrea gereicht, und sie hat ihn in ihrer unnachahmlichen Freundlichkeit rausgeschmissen, richtig?« Das Lächeln war auf Haderleins Gesicht zurückgekehrt, und auch Honeypenny schaute nun wieder einigermaßen belustigt aus der Wäsche.

»Richtig«, entgegnete sie zufrieden. »Er hat's auch sofort begriffen und ist wutentbrannt zur Tür raus. Unten ist er dann, anscheinend ohne zu schauen, über die Straße, und da hat's ihn halt erwischt. Statt anzuhalten, ist der Autofahrer getürmt. Klassische Fahrerflucht, möchte ich einmal sagen. Das Kennzeichen konnte ich nicht erkennen, er war schon zu weit weg. Es würde mich aber nicht wundern, wenn sich herausstellt, dass da wieder ein Haßfurter unterwegs war.«

Haderlein nickte, dann griff er, ohne lange zu überlegen, zum Telefonhörer und wählte eine hausinterne Nummer. Wozu hatte die Bamberger Polizei haufenweise Kameras an diesem Gebäude installiert? Da müsste es doch mit dem Teufel zugehen, wenn nicht irgendeine davon das Nummernschild des Fahrerflüchtigen aufgezeichnet hätte.

Andrea Onello war zwar von mitfühlender und durchaus hilfsbereiter Natur, andererseits aber auch unglaublich penibel. In ihrem Leben hatte alles seinen Platz. Und Schmutz jeglicher

Art bekam bei ihr kein Asyl. So hatte sie es immer gehalten, bei sich selbst und bei ihren inzwischen erwachsenen Kindern. Ordnung war das halbe Leben, Sauberkeit die andere Hälfte. Also hatte sie eine alte Decke aus dem Kofferraum geholt und über den Beifahrersitz ihres kleinen weißen Suzuki gelegt, nicht dass der aufgeschürfte Mann ihr womöglich den Sitzbezug versaute. Mit zusammengebissenen Zähnen und weitestgehend wortlos hatte sich Georg Schugg darauf niedergelassen und harrte nun der Dinge, die da kommen sollten. Das Adrenalin verließ ganz allmählich seinen Körper, und Schmerzen machten sich breit. Schmerzen, die seinen gesamten Körper durchzogen und sich minütlich intensivierten.

Andrea Onello bemerkte, dass ihr Patient entgegen seiner Gewohnheit still geworden war, während sich eine zunehmende Blässe auf seinem Gesicht ausbreitete. Besorgt knallte sie die Beifahrertür zu und warf sich auf den Fahrersitz. Hoffentlich hatte Georg Schugg sich nicht doch innere Verletzungen zugezogen, die von außen nicht zu erkennen waren. Sie war sich auf einmal nicht mehr sicher, ob dieser Zimmergörch, so robust er auch schien, wirklich so glimpflich davongekommen war. Vielmehr befürchtete sie, dass die Lebensuhr ihres erbleichenden Unfallopfers immer schneller tickte.

Georg Schugg krümmte sich während der Fahrt mehr und mehr auf dem Beifahrersitz zusammen. Die Schmerzen, vor allem in der linken Körperhälfte, wurden immer stärker. Entweder waren das ganz brutale Prellungen, die sich nun vehement bemerkbar machten, oder aber er hatte sich doch eine größere Verletzung zugezogen. Aber egal wie stark die Schmerzen auch sein mochten, niemals würde er es zulassen, dass ihm deswegen die Fassung verloren ging. Er war ein selbst ernannter harter Hund, ein richtiger Mann, den niemand jemals jammern sah. Bevor er solche Weichheiten in seinem Leben zuließe, wollte er lieber tot im Graben liegen.

Draußen vor dem Fenster rauschte die Bamberger Häuserwelt vorbei. So richtig nahm er sie aber gar nicht wahr, da er sich während der Fahrt mit seinem Leben der vergangenen sechs Monate beschäftigte und mit seinen erfolglosen Versuchen, die Menschheit von der Dringlichkeit seiner Anliegen zu überzeugen.

Warum tat er das alles eigentlich? Er hatte eine kleine, bescheidene Unterkunft in Baunach, die ihm ein wohlmeinender Gönner gewährte. Eine Aushilfsarbeit bei einer Grabungsfirma sicherte ihm seit dem Sommer des vergangenen Jahres ein bescheidenes, jedoch ausreichendes Einkommen. Er könnte zufrieden sein. Aber nein, irgendetwas in ihm folgte einem Programm, konnte nicht von diesem unwiderstehlichen Auftrag lassen, der Welt die Erkenntnisse und Schlüsse seines Manifestes mitzuteilen. Die ganze Klimadebatte war seines Erachtens nichts als ein ferngesteuertes Komplott bestimmter Mächte auf diesem Planeten. Und jetzt wusste er, dass er damit tatsächlich recht hatte, denn sie hatten gerade versucht, ihn umzubringen. Vielleicht glaubte ihm diese Kommissarin ja nun endlich.

Doch ehe er feststellen konnte, ob dem so war, verflogen diese Gedanken wieder, und Georg Schugg musste erneut ein Stöhnen unterdrücken. Ein endlos stechender Schmerz durchfuhr seine linke Körperhälfte.

Andrea Onello hatte Glück und ergatterte auf dem Besucherparkplatz einen der raren freien Parkplätze. Sie ging um das Auto herum und öffnete die Beifahrertür, hinter der sie ein zusammengekrümmtes Häufchen Elend vorfand.

Als sie Georg Schugg aus dem Wagen helfen wollte, schob dieser ihre Hand brüsk beiseite und quälte sich mit aufgerissenen Augen, jedoch ohne einen Muckser aus seinem Sitz. Den Blick starr und verbissen, das Gesicht weiß wie eine frisch gekalkte Wand, stand er gleich darauf vor ihr. Seine rechte Hand legte er auf die Schulter der Kommissarin, während die linke immer noch sein Allerheiligstes, das inzwischen blutverschmierte Manifest, umklammerte.

»Gehn wir«, presste er zwischen zusammengebissenen Zähnen hervor und machte die ersten unbeholfenen Schritte, augenscheinlich unter massiven Schmerzen.

Andrea Onello sah sofort, dass sie auf diese Art und Weise niemals an ihrem Ziel ankommen würden, und legte erneut ihren

Arm um die Hüfte des Mannes. So gestützt, schafften sie es, einen gemeinsamen Gang zu entwickeln, mit dem sie nach einer gefühlten Ewigkeit die Ambulanz im Untergeschoss des Bamberger Klinikums erreichten. Dort setzte sie Georg Schugg auf einen der letzten freien Stühle im Wartebereich. Neben ihm reihten sich verbundene Hände an blutende Nasenbeinbrüche, zwischen denen sich eine Frau mit schmerzverzerrtem Gesicht den Unterleib hielt, gefolgt von Platzwunden und fiebrigen Gesichtern kleiner Kinder. Die Variationsmöglichkeiten gingen dabei gegen unendlich.

Andrea Onello schaute sich die lange Schlange der Wartenden an, dann Georg Schugg, der sich zwar tapfer auf seinem Stuhl hielt, dessen Blick aber bereits anfing, leicht glasig zu werden. Das war eine absolut unbefriedigende Gesamtsituation, und Andrea Onello hasste selbige abgrundtief. Bei ihr musste es schnell gehen. Analysieren, Plan festlegen und dann zack, zack.

Ihre jetzige Analyse lautete Verkehrsunfall, Verdacht auf innere Blutungen, ergo potenzielle Lebensgefahr. Hier waren Eile, Konsequenz und Durchsetzungsvermögen gefragt. Sie warf einen letzten Blick auf den zusammengekrümmt dasitzenden Schugg, dann schritt sie zu der halbrunden Empfangstheke, hinter der zwei Schwestern geschäftig in ihren Unterlagen blätterten. Die größere der beiden, mit langen dunklen Haaren, die sie zu einem Pferdeschwanz zusammengebunden hatte, sprach sie an.

»Hallo«, gab Andrea Onello laut und vernehmlich von sich, was die Schwester hinter der Theke – dem kleinen weißen Namensschild an ihrem Kittel zufolge war sie mit »Schwester Doreen Rensch« anzusprechen – erst einmal nicht zu registrieren schien. Sie schaute nicht von ihren wichtigen Unterlagen auf.

»Name?«, wollte die Schwester wissen, während sie weiter in ihrem Krankenbericht blätterte.

»Georg Schugg … also, soweit ich weiß«, antwortete die Kommissarin pflichtgemäß. »Hören Sie, dem Mann geht es wirklich schlecht. Er ist das Opfer eines Verkehrsunfalls, und womöglich hat er innere Blutungen. Vielleicht sollten wir die Formalitäten –« Weiter kam sie nicht.

»Ihre Versichertenkarte bitte«, warf die Brünette lakonisch

dazwischen, und eine ausgestreckte Hand erschien vor Andrea Onellos Nase.

Die Kommissarin war dermaßen verblüfft, dass ihr einen Moment lang nichts einfiel – was in ihrem Leben bisher nur einmal vorgekommen war, nämlich als Professor Siebenstädter ihr in der Erlanger Rechtsmedizin den Heiratsantrag gemacht hatte. Aber der sprachliche Blackout währte nur wenige Sekunden, dann hatte sie sich wieder gefangen.

»Ähm, wir haben keine Versichertenkarte, gute Frau, ich habe den Mann von der Straße aufgelesen, weil er einen Autounfall hatte, ich kenne ihn im Grunde gar nicht. Und es ist jetzt wirklich keine Zeit mehr für so einen Quatsch, der Mann braucht dringend einen Arzt«, entgegnete sie in gemäßigter Lautstärke, aber durchaus strengem Tonfall.

Immer noch hob die Schwester nicht ihren Blick; lediglich ihr Arm bewegte sich zur Seite, und die flache Hand verwandelte sich in einen ausgestreckten Zeigefinger. »Dann setzen Sie sich bitte dort in den Wartebereich, Sie werden aufgerufen«, verkündete sie, und der Zeigefinger machte dazu unmissverständliche Bewegungen.

Andrea Onello war kurz davor, zu platzen, dann erinnerte sie sich ihrer beruflichen Herkunft sowie staatlich verliehenen Machtfülle und zückte ihren Ausweis. Den hielt sie über die Theke in Schwester Doreens Sichtfeld. »Kriminalpolizei Bamberg. Ich möchte jetzt sofort einen Arzt sprechen.«

Die Ansage wurde zwar gehört, zeigte aber nicht die gewünschte Wirkung. Immerhin hob die Schwester endlich den Kopf, und zwei dunkelbraune Augen schauten die Kommissarin durch eine schwarze Metallbrille hindurch streng an.

»Es ist mir völlig egal, wer Sie sind. Das hier ist die Ambulanz des Klinikums Bamberg und nicht der Ebracher Knast. Wenn Ihnen nicht passt, wie die Dinge hier laufen, wenn Sie partout nicht warten können, warum fahren Sie dann nicht nach Scheßlitz ins Krankenhaus? Dort können Sie gern mit Ihrem Ausweis herumfuchteln, um schneller an der Reihe zu sein. Die sind dort dankbar für jeden, der kommt«, fauchte sie bissig.

Womöglich wäre der Konflikt zwischen den beiden sehr unterschiedlichen Pferdeschwanzträgerinnen eskaliert, wenn nicht in diesem Moment ein kollektiver Aufschrei im Wartebereich laut geworden wäre. Als Andrea Onello sich umdrehte, sah sie zu ihrem größten Entsetzen, dass der Zimmergörch von seinem Stuhl gekippt war und nun, von vielen entsetzten Blicken beobachtet, bewusstlos auf dem Gang der Ambulanz lag.

Franz Haderlein betrachtete die Aufnahmen der Videokamera zum wiederholten Mal, das Ergebnis war jedoch immer dasselbe. Er konnte das Kennzeichen an dem dunkelroten Fahrzeug nicht wirklich gut ausmachen. Zwei der Kameras, die am Gebäude der Bamberger Polizei angebracht waren, hatten den Audi älterer Baujahres zwar erfasst, aber mit bloßem Auge kam er da nicht weiter.

Nicht viel besser sah es mit dem Fahrer aus. Da waren schemenhaft ein Gesicht und eine Sonnenbrille zwischen dem Kragen und einer weit heruntergezogenen Mütze zu erkennen. Aber selbst in der höchsten Auflösung war der undeutliche Matsch zu nichts zu gebrauchen, schon gar nicht zu einer ordentlichen Fahndung.

Es half alles nichts, er musste die Angelegenheit wieder an die Technikabteilung zurückverweisen. Vielleicht hatten die ja die entsprechenden Mittel, um einen bildtechnischen Erfolg zu produzieren. Sofern sich überhaupt noch etwas Lesbares aus dem verpixelten Material herauszaubern ließ.

Als er nach dem Telefonat den Hörer wieder auf den Apparat zurücklegte, ging die Tür auf, und der Kollege Huppendorfer erschien. Anscheinend war seine Fortbildung früher als geplant zu Ende gewesen, denn eigentlich hatte César erst am späten Nachmittag zurück sein sollen. Haderlein warf ihm einen fragenden Blick zu, den der dunkelhäutige Kollege zuerst mit einem schiefen Lächeln, dann mit einer Erklärung quittierte.

»Die Seminarleiterin ist nicht gekommen, ihr Zug ist auf freier Strecke liegen geblieben. Als klar war, dass die Frau nicht mehr auftauchen wird, sind wir halt alle wieder gefahren. Wirklich schade. Außer Spesen nichts gewesen. Muss ich die Exkursion in die Geheimnisse moderner Verhörtechniken eben ein anderes Mal verfolgen. Das geht allerdings erst wieder in einem halben Jahr, vorher hat Frau Semenova keine Zeit. Schade …« Er zuckte ehrlich enttäuscht mit den Schultern und begab sich auf seinen Platz.

Franz Haderlein und Honeypenny wechselten amüsiert einen wissenden Blick. Alles klar, daher wehte der Wind. Frau Semenova hatte keine Zeit. Darum ging's also, nicht um das ach so wichtige Seminar. Schmunzelnd wandte sich Haderlein wieder seinen Aufgaben zu.

Kriminalkommissar César Huppendorfer für seinen Teil wusste jetzt gar nicht so richtig, was er tun sollte. Die Enttäuschung über die Nichtankunft der Seminarleiterin musste er erst einmal verdauen. Und arbeitstechnisch war er heute ja gar nicht eingeplant, aber einfach nach Hause gehen machte auch keinen korrekten Eindruck, schließlich war es noch früh und zudem immer noch Arbeitszeit, ausgefallenes Seminar hin oder her. Er würde sich daher erst einmal auf seinen Stuhl setzen, den ganzen Weiterbildungsreinfall eine Weile sacken lassen und überlegen, was mit dem restlichen Tag so alles anzufangen war.

Honeypenny war inzwischen auch wieder in ihrer eigenen Dienststellenwelt, sodass der anfangs friedliche Tag wieder in seine gemütliche Ausgangslage hätte zurückfinden können. Es blieb aber beim Konjunktiv, denn kaum dass César Huppendorfer seinen eleganten Sommermantel verräumt und sich auf seinem Stuhl niedergelassen hatte, öffnete sich die Tür des gläsernen Verschlages, in dem der Chef der Dienststelle residierte, und Robert Suckfüll betrat die Bühne.

Als er seinen ältesten Mitarbeiter erblickte, wollte er schon hocherfreut zu dessen Platz eilen, um zu erfahren, was für Neuigkeiten es hinsichtlich Riemenschneiders ländlichem Zuhause gab. Er war heilfroh, dass diese lästige Schweineplage in der Ausnüchterungszelle im unteren Stockwerk beseitigt war, und würde einen Teufel tun, seinen Mitarbeitern zu erlauben, das Dienststellenferkel und ihre Abkömmlinge erneut zurückzuholen, sollte es mit dem armen Landwirt, der die stinkende Bande aufgenommen hatte, Probleme geben. Fidibus machte drei eilige Schritte auf Franz Haderlein zu, bemerkte dann jedoch aus dem Augenwinkel seinen Untergebenen Huppendorfer, der sich auf seinem Büro-stuhl rekelte.

Nanu? Was sollte das denn? War sein junger Mitarbeiter denn nicht auf dem Seminar, zu dem er unbedingt gewollt und um das er so lange mit ihm gerungen hatte? In Robert Suckfülls Gehirn kam es zu einer spontanen Kollision der anzunehmenden, je-doch fiktiven Realität, Weiterbildung genannt, mit dem tatsächlich existierenden Kosmos in seinem Büro. Ein dynamisches System tat sich auf und führte gemäß der allgemeinen Chaostheorie zu einem nicht vorhersagbaren Verhalten in Person von César Hup-pendorfer.

Hier passte etwas ganz und gar nicht zusammen. Hinzu kam, dass Robert Suckfüll nach dem gestrigen Abendessen mit seiner Gattin wirklich schlecht geschlafen hatte und nun völlig über-müdet war. Solch ungeplantes Unausgeschlafensein belastete den Dienststellenleiter der Bamberger Kriminalpolizei mehr als alles andere und brachte seine ohnehin instabile Psyche noch mehr ins Ungleichgewicht. Trotzdem musste er über seine körperlichen und geistigen Defizite hinwegsehen, sich zusammenreißen und für Ordnung und Disziplin in seiner Dienststelle sorgen. Wenn er etwas nicht dulden konnte und wollte, dann war das Chaos.

Mit dunklen Rändern unter den Augen, entschlossenem Auf-treten und leichter Grimmigkeit im Blick baute er sich vor der Systemresonanz Huppendorfer auf und deutete mit einer sei-ner nicht angezündeten Zigarren auf den ungeplant anwesenden Mitarbeiter. »Ja, mein lieber César, was muss ich da sehen, Sie hier in unserer Dienststelle? Da bin ich jetzt aber verwirrt und erstaunt. Ich dachte, Sie werden gerade fortgebildet, noch dazu auf eigenen Wunsch?« Streng schaute er Huppendorfer an, dem die Enttäuschung immer noch in den Knochen steckte.

»Ja, ich weiß, Chef, aber die Fortbildung fiel aus, weil der Zug der Seminarleiterin auf freier Strecke zwischen München und Nürnberg liegen geblieben ist. Was soll man da machen. Das hol ich alles in einem halben Jahr nach, versprochen.«

Sein Chef hatte allerdings nur zur Hälfte hingehört, da seine Gedanken parallel dazu um die Schweinefrage kreisten. Und da er alles andere als multitaskingfähig war, gerieten seine Synapsen etwas aus dem Takt.

»Wie bitte, Sie sind mit einer Frau im Zug liegen geblieben? Na, Sie sind mir ja vielleicht so ein Einzelfall, mein lieber Huppendorfer. Ich dachte, das in Nürnberg sei eine fachliche Fortbildung und kein faulenzendes Kuschelevent. Ja, habe ich denn nur unverlässige Leute hier?« Missmutige Falten der waagrechten Art gruben sich in Robert Suckfülls Stirn, derweil die nicht angezündete Zigarre hektisch zwischen seinen Fingern zu rotieren begann. Ein untrügliches Zeichen, dass ihrer aller Chef etwas erregt war.

Huppendorfer rieb sich angestrengt die Augen, ehe er es noch einmal probierte. »Das Wort heißt ›unzuverlässig‹, Chef. Davon abgesehen, Chef, nein, da haben Sie sich verhört, ich war nicht in dem Zug. Ich war mit meinem Privat-Pkw in Nürnberg, saß pünktlich im Seminarraum und habe wie alle anderen auf die Seminarleitung gewartet. Als klar war, dass die Frau nicht kommt, sind wir alle wieder heimgefahren. Und ich bin ja jetzt hier, nicht wahr? Ich hätte mich auch daheim mit irgendeiner Frau in mein Bett legen und genüsslich vor mich hin träumen oder noch schönere Dinge mit ihr veranstalten können, da haben Sie recht«, giftete César Huppendorfer, dessen Geduldsfaden nach dem ausgefallenen Seminar merklich dünn geworden war. »Mach ich aber nicht, Chef. Ich halte mich an die eiserne Regel, keine Erotik während der Arbeitszeit. Daher bin ich brav an meinen Arbeitsplatz zurückgekehrt, zumal ich den wirklich sehnlichst vermisst habe. Geben Sie mir also bitte eine Aufgabe, und ich arbeite, gar kein Problem, Chef«, fauchte er und fixierte bockig seinen Dienststellenleiter.

Fidibus fixierte zurück, unsicher, wie er mit dieser verworrenen Situation weiter verfahren sollte. Da sein Geist sich bei Überlastung gern zu spontanen Wendungen hinreißen ließ, versuchte er, seinem jungen Mitarbeiter die Welt zu erklären. Seine Gesichtszüge entspannten sich, und sein Blick nahm fast väterliche

Züge an. »Ach, mein lieber César, ich verstehe Sie ja, ich war ja auch einmal jung. Tut mir leid, es war nicht so gemeint. Da sitzen Sie jetzt wie eine gerupfte Kuh und sind frustriert. Aber lassen Sie den Kopf nicht hängen wie eine Fledermaus, das Leben geht weiter. Dann werden wir wohl eine Arbeit für den heutigen Tag für Sie finden müssen, das kann ja nicht so schwer sein«, sprach Fidibus und nickte Huppendorfer aufmunternd zu.

Franz Haderlein und Honeypenny saßen der Unterhaltung lauschend an ihren Tischen und mussten wirklich an sich halten, um bei dem zerstreuten Geschwafel ihres Chefs nicht in lautes Gelächter auszubrechen. César Huppendorfer schüttelte nur ratlos den Kopf, während Fidibus gedankenverloren seine Zigarre betrachtete.

Eine Sache wollte der dunkelhäutige Kriminalkommissar aber noch geklärt haben. »Fledermaus, wieso Fledermaus?«, fragte er nach und hoffte auf eine logische Antwort, obwohl er es eigentlich besser hätte wissen müssen.

»Na, Sie kennen doch wohl Fledermäuse, mein lieber César?« Fidibus hob erstaunt die Augenbrauen. »Das sind diese kleinen Saurier, die nachts durch die Gegend flattern«, faselte er, während er immer schneller an seiner Zigarre drehte.

»Saurier, aha«, echote Huppendorfer perplex und warf seinem Chef einen besorgten Blick zu. Aber der hatte keine Zweifel über nichts und versuchte, es seinem unwissenden Untergebenen zu erklären.

»Ja, natürlich. Die Saurier sind ja früher auch geflogen. Aber jetzt lassen wir das einmal, das war ja nur ein Beispiel, fast ein Vergleich. Und diese Fledermaussaurier stehen ja sowieso unter Denkmalschutz – also weg damit, das ist mir allmählich zu anstrengend.« Mit leicht geröteten, übermüdeten Augen lauschte er gedankenverloren seinen Worten hinterher, während César Huppendorfer, der seinen zerstreuten Chef nun auch schon ein paar Jahre kannte, langsam Zweifel an dessen psychischer Gesundheit bekam. Was redete der da bloß, zum Kuckuck?

»Chef, geht's Ihnen gut?«, wollte Huppendorfer wissen, und auch an den Nebentischen warf man inzwischen zweifelnde Blicke in Richtung des Dienststellenleiters. Besonders Honeypenny, die ihren Chef so auch noch nicht erlebt hatte, wunderte sich. Er sah wirklich nicht gut aus und faselte noch verwirrter daher als üblich. Da stimmte was nicht.

»Chef, Sie sehen scheiße aus. Haben Sie Probleme irgendwelcher Art? Oder haben Sie nur schlecht geschlafen?«, erkundigte sich Honeypenny forsch. Sie war aufgestanden und kam mit besorgtem Blick auf Robert Suckfüll zu. Der wartete, bis seine langjährige Dienststellensekretärin direkt vor ihm stand und prüfend ihre Hand auf seine Stirn legte. Na gut, Fieber hatte ihr Chef anscheinend nicht, er sah nur einfach völlig fertig aus. »Vielleicht haben Sie etwas Falsches gegessen? Könnte doch sein«, riet Marina Hoffmann weiter. »Womöglich haben Sie eine Vergiftung, Salmonellen oder Ähnliches.«

Das schien das Stichwort gewesen zu sein, das ihren Chef aus seiner Lethargie herausholte. Seine Augen leuchteten auf, und er legte seine freie linke Hand auf die Schulter seiner Sekretärin. »Ja, in der Tat, ich glaube, da haben Sie recht, Frau Hoffmann, das wird's gewesen sein, wenn ich so drüber nachdenke, das Essen, das Essen«, erregte sich Fidibus, während sich die ersten Schweißperlen auf seiner Stirn bildeten. »Meine Frau hat gestern seit langer Zeit wieder einmal gekocht. So einen Vielfüßler, einen Tintenfisch, so einen … Eukalyptus –«

»Oktopus«, verbesserte ihn Honeypenny und verdrehte bereits wieder leicht genervt die Augen.

»Ja genau, so einer. Aber der hat geschmeckt wie Pirelli, und man konnte ihn nicht kauen. Ich glaube, dieser Fisch war nicht mehr ganz frisch, etwas überzeitig. Ogu, verstehen Sie? Aber wenn die Frau schon einmal kocht, hat man Eisen wie Stahl, Frau Hoffmann, da gibt man nicht so einfach auf, das könnte Ärger geben. Also rein damit«, stieß Suckfüll hervor, und seine Finger krampften sich um ihre Schulter. »Na ja, und dann bin ich wie immer um die gleiche Zeit in unser Bettgemach, aber ich konnte nicht wirklich schlafen. Es rumorte gewaltig in der Verdauung, der Eukalyptus wollte mir anscheinend noch etwas sagen.«

»Ach, der erzählte noch was?«, stellte Honeypenny beiläufig

fest, während sie mit Nachdruck die verschwitzte Hand ihres Chefs von ihrer Schulter entfernte.

»Ja, allerdings, die Mahlzeit blieb wohl weitestgehend unverdaut und schlich sich dann in meine Träume, um mich dort zu belästigen und zu verwirren …«

Hilfesuchend schweifte Honeypennys Blick durch das Büro, aber keiner der beiden männlichen Kollegen machte Anstalten, sich einzumischen. Sowohl Huppendorfer als auch Haderlein rangen tapfer um Fassung.

»Träume? Ja, was haben Sie denn geträumt?«, rutschte es Honeypenny heraus, eine Frage, die sie direkt wieder bereute, als sie in die gequälten Augen ihres Chefs blickte. Der platzierte seine verschwitzte Hand erneut auf ihrer Schulter, bevor er ihr vertrauensvoll antwortete.

»Frau Hoffmann, das wollen Sie nicht wirklich wissen, nicht wirklich«, erklärte er mit dumpfer Stimme und hob mahnend seine sich in Auflösung befindliche Trockenzigarre in die Höhe.

»Ja, nun erzählen Sie schon, Chef, was waren denn das für schreckliche Träume?«, rief Huppendorfer breit grinsend, was ihm einen vernichtenden Blick von Honeypenny eintrug. Aber es war zu spät. Die Büchse der Pandora war geöffnet.

»Nun, meine liebe Frau Hoffmann, ich träumte zuerst von kleinen gelben, würfelförmigen Chinesen, mit denen man billigen Einmalsex haben kann. Klein, schwarz-gelb und im Sechserpack, beim Aldi im Angebot in einer Ökoverpackung. Ich denke, Frau Hoffmann, Sie kennen diesen Einkaufsmarkt, meine Frau geht dort immer hin. Diese Würfelchinesen sahen aus wie quadratische Miniatur-Innenverteidiger von Borussia Dortmund. Sie wissen schon, diese Fußballmannschaft. Nur eben in Würfelform. Und sie taten das, was im Bett getan werden muss. Danach starben die Einmalsexchinesen sofort ab. Das alles für neunundvierzig Euro neunzig. Ein Scheiß-Kosten-Nutzen-Verhältnis, das kann ich Ihnen sagen, Frau Hoffmann.«

Honeypenny blickte ihren Chef fassungslos an. Der war ja vollkommen durchgedreht. Huppendorfer lag mit dem Oberkörper auf seinem Bürotisch, den Kopf in den Armen vergraben. Als

Honeypenny genauer hinschaute, sah sie, dass der ganze Oberkörper zuckte.

Fidibus kam nun erst so richtig in Fahrt. Endlich konnte er sich ob seiner nächtlichen Abenteuer jemandem mitteilen. »Und dann kam der zweite Traum. Der war noch viel schlimmer. Ich wurde nämlich Zeuge eines einfach unglaublichen Verbrechens.«

»Ist es wahr?«, erwiderte Marina Hoffmann halb rhetorisch, nicht mehr so genau wissend, was sie mit ihrem Chef anfangen sollte. Das war ihr jetzt echt eine Nummer zu irre. Aber das durch Übermüdung generierte Adrenalin flutete Robert Suckfülls Körper, und er war nun durch nichts mehr zu stoppen. Es musste alles raus, die Psychohygiene verhalf sich brachial zu ihrem Recht.

»Ich war auf der Zuschauertribüne des neuen Berliner Flughafens –«, begann Fidibus seine Traumerzählung, wurde jedoch von Franz Haderlein unterbrochen.

»Aha, Science-Fiction. Sie haben einen Science-Fiction-Roman geträumt«, rief er prustend und konnte vor Lachen fast nicht mehr an sich halten. Robert Suckfüll warf ihm einen kurzen, vergeistigten Blick zu, fuhr aber dann umgehend mit seinen Träumereien fort.

»Ja, auf dem neuen Berliner Flughafen, Sie werden es nicht glauben, mein lieber Haderlein. Denn ER war im Anflug. Unsere Kanzlerin, Frau Angela Merkel, stand am Fuße des roten Teppichs und wartete auf seine Ankunft. Eine Premiere in jeder Hinsicht. Die Präsidentenmaschine würde das erste Flugzeug überhaupt sein, das seine Räder auf die Rollbahn dieses so lange errichteten Airports setzte. Die Arbeiten waren auf Anweisung des Bundeskanzleramtes dahingehend angepasst und hinausgezögert worden, dass die Eröffnung des Berliner Hauptstadtflughafens mit der Ankunft des amerikanischen Präsidenten zusammenfiel.«

Stolz hob Fidibus seine Zigarre. Stolz darauf, dass er sich erstens noch so genau erinnern konnte und zweitens der amerikanische Präsident höchstselbst in seinem Traum erschienen war.

»Donald Trump? Ein Alptraum. Sie hatten einen bösen Alptraum, Chef!«, rief Huppendorfer mit vor Lachen tränenüberströmtem Gesicht. Fidibus beachtete ihn nicht weiter, sondern fuhr unbeeindruckt mit seiner Geschichte fort.

»Der amerikanische Präsident Donald Trump würde jetzt, nach über zwei Jahren im Amt, tatsächlich nach Deutschland kommen. Bis dahin hatte er wirklich alles getan, um es sich mit der Kanzlerin zu verscherzen. Und trotzdem stand Frau Merkel in stoischer Ruhe da.«

Robert Suckfüll blickte vielsagend um sich, doch diesmal unterbrach ihn niemand. Sein kleines, aber feines Auditorium wollte nun wissen, wie die präsidiale Geschichte ausging, und Fidibus tat ihnen den Gefallen.

»Ich sah, wie die vielzähligen Reifen der Air Force One quietschend auf der Landebahn des nagelneuen Berliner Flughafens aufsetzten. Aber dann, nach nur wenigen Metern, geschah es. Man konnte ein Knirschen, Knacken und Kreischen hören, als sich Betonplatten nach unten in die Erde neigten und dann steil aufstellten. Die Präsidentenmaschine kippte vornüber in ein riesiges Loch und überschlug sich im freien Fall, ehe das gesamte Flugzeug am Boden des Kraters aufschlug und in einem riesigen Feuerball explodierte. Die Betondecke der Landebahn war einfach eingebrochen, sie hatte dem Gewicht der Maschine nachgeben müssen. Der amerikanische Präsident war mit einem großen Knall von uns gegangen. Ein glühender Show-Patriot sozusagen.« Mit diesen Worten beendete Fidibus die Schilderung seines Traumes, ehrlich ergriffen, das Bild von Donald Trumps Niedergang in so treffende und schöne Worte gefasst zu haben.

Spontaner Applaus war zu hören, auch César Huppendorfer hatte sich wieder gefangen und klatschte begeistert Beifall. »Bravo. Einfach phantastisch«, meinte er glucksend. »Aber, Chef. Das mit der eingebrochenen Landebahn, das ist doch nicht das Verbrechen, von dem Sie sprachen. Das war ein blöder Unfall, oder nicht?«

»Nein, mein lieber Huppendorfer, eben nicht. Das ist es ja, was mich so deprimiert. Die Betondecke der Landebahn ist nicht einfach so zusammengebrochen. Nein. Jetzt kommt's. Das war ein abgekartetes Spiel. Es ist schon vorher klar gewesen, was passieren würde. Denn was da passiert ist, war Physik. Und damit kennt sich Angela Merkel ja aus. Unsere Kanzlerin, ein Sinnbild von

Heimtücke und Mordlust. Tja, wer hätte das gedacht?« Robert Suckfülls beifallheischender Blick irrlichterte durch den Raum, ohne jedoch einen ihm beipflichtenden Kollegen zu finden.

Das war's, Honeypenny riss der Geduldsfaden. Das war ja total irre. Ihr Chef musste schnellstens nach Hause ins Bett.

»Schluss jetzt!«, rief sie laut, während Robert Suckfülls Zigarre vollends den Geist aufgab und zerkrümelt auf den Dienststellenboden fiel. »Ich werde Ihre Frau anrufen, Chef, die soll Sie hier abholen. Sie sind ja kurz vor der Klapsmühle. Und keine Widerrede, im Moment ist ohnehin nichts los.«

Robert Suckfüll hatte den Mund bereits geöffnet, in der festen Absicht, seiner Sekretärin zu widersprechen, doch zwischenzeitlich hatte sich auch Franz Haderlein erhoben. Sein langjähriger Mitarbeiter war neben ihn getreten und tätschelte ihm beruhigend den Rücken.

»Da hat Marina schon recht, Chef. Gehen Sie einfach runter, trinken Sie einen Kaffee, bis Ihre Frau da ist. Und dann legen Sie sich daheim ins Bett und schlafen sich einmal richtig aus. Wir kommen hier schon klar, vor allem, da César ja wieder da ist.«

Fidibus blickte erst Haderlein erstaunt an, dann seine Sekretärin. Wortlos nickte er und ging mit langen Schritten in sein gläsernes Büro, um Mantel und Aktentasche zu holen, während Marina Hoffmann zum Telefon griff und seine Frau informierte. Wenig später schloss sich die Eingangstür gnädig hinter einem schlafdefizitären Chef, wie ihn die Bamberger Dienststelle bisher nicht gesehen hatte.

Die eben noch so abweisend eine sofortige Behandlung verweigernde Schwester reagierte als Erste. Mit einer Schnelligkeit, die ihr die Kommissarin niemals zugetraut hätte, kam sie hinter ihrem Tresen hervorgeschossen und eilte, gefolgt von Andrea Onello, zu dem am Boden liegenden Georg Schugg. Dort überprüfte sie rasch dessen Vitalfunktionen, dann eilte sie zurück zu ihrer Empfangstheke, um eine Durchsage zu machen. Wenige Sekunden später kamen zwei Pfleger mit einer fahrbaren Trage angerannt, dicht gefolgt von einem dunkelhaarigen Arzt mit Brille, der sich umgehend zu dem bewusstlosen Schugg hinunterbeugte und ihn untersuchte.

»Hoch mit dem Mann und dann ab in den nächstbesten Behandlungsraum«, ordnete der Arzt an. Die beiden Pfleger fackelten nicht lange und hievten den Patienten mit sichtlicher Mühe auf die Rollliege.

»Ist es etwas Ernstes?«, fragte Andrea Onello besorgt, während die Pfleger unter ihrer schweren Aufgabe ächzten.

Der Arzt drehte den Kopf in ihre Richtung und lächelte schwach. »Hallo erst mal. Dr. Sagasser. Nein, das muss nicht sein. Er kann aus einer Vielzahl von Gründen das Bewusstsein verloren haben, wir werden ihn genauer untersuchen, um Schwerwiegendes auszuschließen. Sind Sie seine Begleitung, wissen Sie, weshalb er in die Notaufnahme kam?«

Andrea Onello nickte. »Ich bin Kriminalkommissarin Andrea Onello«, stellte sie sich nun ebenfalls vor. »Der Mann, Georg Schugg heißt er, wurde vorhin direkt vor unserer Dienststelle von einem Auto angefahren. Typischer Fall von Fahrerflucht. Herr Schugg war ansprechbar und konnte aufstehen, sah aber nicht besonders gut aus, da hab ich ihn lieber gleich hergefahren. Er hatte offensichtlich große Schmerzen, und ich musste ihn beim Laufen stützen. Hier im Wartebereich ist er dann nach ein paar Minuten einfach vom Stuhl gefallen. Wenn es nach ihm gegangen wäre, hätte er sich zu Fuß nach Hause begeben und wäre wahrscheinlich irgendwo mitten in Bamberg umgekippt.«

Der Arzt bedankte sich und wandte sich wieder seinen Pflegern zu. »Bringt ihn nach ganz hinten links in den großen Untersuchungsraum. Alle anderen sind gerade belegt.«

Im Stechschritt eilten die Pfleger und der Arzt mit der Rollliege durch den Flur, um den Patienten in das genannte Zimmer des Bamberger Klinikums zu verfrachten. Dort wurden sie von einer Krankenschwester, die gerade noch für einen anderen Patienten zuständig gewesen war, bereits erwartet.

Dr. Sagasser koordinierte routiniert die Maßnahmen, und während die Schwester eine Infusion vorbereitete, griffen die beiden Pfleger zur Schere, um den bewusstlosen Schugg von seinem Hemd zu befreien, das sowieso nicht mehr zu gebrauchen war.

Andrea Onello betrachtete die dicke Schrift in ihren Händen, die sie aufgehoben hatte, bevor sie dem Arzt und den Pflegern gefolgt war. Es war das Manifest des Zimmergörchs, das er die ganze Zeit wie einen Schatz umklammert gehalten hatte. Sie fühlte sich ein wenig für den Schlamassel verantwortlich, den der Unfall verursacht hatte, schließlich war Georg Schugg aufgrund ihrer rüden Zurechtweisung so unbedacht über die Straße gelaufen. Auch wenn sie ganz sicher im Recht gewesen war, hatte sie jetzt trotzdem das unbestimmte Verlangen, sich um ihn zu kümmern.

Das Hemd war entfernt, und Dr. Sagasser befühlte und untersuchte nun den Körper des Verunfallten auf innere und äußere Verletzungen. Die Schwester nahm Blut ab und fügte der Infusion auf Anweisung des Stationsarztes den Inhalt einer Ampulle hinzu. Dann war die Untersuchung vorerst abgeschlossen, und der Mediziner kam mit relativ entspanntem Gesicht auf die Kommissarin zu.

»Also, Frau Onello, ich glaube, Ihr Protegé hier hatte noch einmal ziemliches Glück. Er hat sich so ziemlich alle Rippen der linken Körperhälfte mehr oder weniger stark geprellt. Hinzu kommt ein veritables Hirntrauma, sprich eine schwere Gehirnerschütterung. Der Schädel ist intakt, es ist auch sonst nichts gebrochen. So eine gewaltige Beule habe ich allerdings schon lange nicht mehr gesehen, Donnerwetter. Er scheint ein zäher Hund zu sein. Wir müssen ihn eine Weile hierbehalten, aber das wird schon wieder. Herr Schugg bekommt jetzt erst einmal ein Schmerzmittel und etwas zur Stabilisierung seines Kreislaufs. Später werden wir ihn dann noch röntgen. Ich glaube zwar nicht, dass er innere Verletzungen hat, aber sicher ist sicher. Alles klar?«

Andrea Onello nickte erleichtert, und Dr. Sagasser verabschiedete sich. »Man wird ihn gleich nach oben in den siebten Stock bringen, wir brauchen hier nämlich dringend Platz. Sie können gern auf der Station warten, bis er wieder zu Bewusstsein kommt, das wird nicht mehr lange dauern«, sagte er noch, dann drehte er sich um und ging eilig davon.

»Also dann, zurück an die Arbeit«, meinte Franz Haderlein mit einem schiefen Grinsen und machte sich bereits wieder an seinen Akten zu schaffen. Auch César und Honeypenny hakten die Begegnung der seltsamen Art mit einem letzten verwunderten Kopfschütteln ab und wandten sich ihren eigentlichen Tätigkeiten zu. Endlich konnte die friedliche Anfangsstimmung dieses Tages ein relaxtes, fast heiteres Comeback feiern.

Zumindest für eine kleine, viel zu kurze Weile. Denn kurz darauf klingelte das Telefon auf Honeypennys Schreibtisch, und nachdem sie den Anruf mit den Worten »Kriminalpolizei Bamberg« entgegengenommen hatte, war es endgültig vorbei mit der Beschaulichkeit in der Dienststelle. Schweigend hörte sie zu, was man ihr am anderen Ende der Leitung mitteilte, dann drückte sie, vor Schreck blass geworden, die Lautsprechertaste an ihrem Telefon.

»Sagen Sie das bitte noch einmal und sprechen Sie laut, deutlich und langsam«, forderte sie, als sich ihr die fragenden Blicke der beiden anwesenden Kommissare zuwandten. Gleich darauf konnten alle im Raum die hektische Stimme eines Mannes hören.

»Hier spricht Dr. Sagasser, Klinikum Bamberg. Es muss sofort jemand von Ihnen kommen. Es ist irgendetwas Schreckliches bei uns in der Ambulanz passiert, womöglich handelt es sich um ein Verbrechen!«, rief der Arzt mit offenbar ziemlich am Anschlag befindlichen Nerven.

Franz Haderlein überlegte kurz, dann ging er mit schnellen Schritten zu Honeypenny hinüber und sprach nun selbst mit dem Anrufer.

»Hören Sie, Dr. Sagasser, Kommissar Haderlein hier. Es müsste sich gerade eine Kollegin von uns bei Ihnen im Klinikum befinden, eine Kommissarin Andrea Onello. Sie begleitet einen Patienten, der hier auf der Straße vor dem Kommissariat einen Unfall hatte. Bestimmt könnte sie Ihnen –«

Weiter kam Haderlein nicht, der Arzt unterbrach ihn erregt. »Nein, nein, das meine ich ja. Genau um diese Personen geht es dabei. Sie sind alle beide verschwunden, Ihre Kommissarin und das Unfallopfer. Wie vom Erdboden verschluckt, und wir haben ein regelrechtes Blutbad hier. Sie müssen dringend jemanden vorbeischicken, hier ist der Teufel los!«

Haderleins Blick wurde hart, seine Gedanken rasten. César war nun ebenfalls aufgestanden, nahm sein Smartphone und kam auf ihn zu. Honeypenny hatte vor Schreck die Hand vor den Mund geschlagen.

»Bleiben Sie, wo Sie sind, Dr. Sagasser, es kommt sofort jemand vorbei«, befahl Haderlein so ruhig wie möglich, dann legte er auf. César Huppendorfer wählte unterdessen die Nummer und hielt sich das Telefon ans Ohr, aber man konnte bereits an seinem Gesicht ablesen, dass der Versuch nicht von Erfolg gekrönt war.

»Sie geht nicht ran«, meinte er mit sorgenvollem Blick, dann legte er auf.

Franz Haderlein handelte schnell und konsequent. »César, du bleibst hier im Büro und versuchst weiter, Andrea zu erreichen, ich fahr rauf ins Klinikum und sehe mir an, was da los ist. Vielleicht ist ja alles nur halb so schlimm«, sagte er, um seine beiden Kollegen zu beruhigen.

Aber jedem hier klang noch die fast panische Stimme des Arztes in den Ohren, die sich alles andere als halb so schlimm angehört hatte. Franz Haderlein schnappte sich seine Wildlederjacke, rannte aus dem Büro und hinunter zu seinem Auto.

Die Schwester hatte das Patientenzimmer, in das man Georg Schugg gebracht hatte, soeben verlassen, und Andrea Onello war allein mit dem immer noch bewusstlosen Zimmergörch. Sie saß neben dem Krankenbett und betrachtete ihn nachdenklich, sein sogenanntes Manifest in den Händen. Dann legte sie das stark mitgenommene Werk auf das leere Rollschränkchen neben dem Bett. Niemand sonst war in diesem Krankenzimmer untergebracht, das zweite Bett war leer.

Tropfen für Tropfen sickerte die Infusion in Schuggs Körper, dessen Prellungen und Schürfwunden teilweise verbunden oder mit großen Pflastern beklebt worden waren. Auf seinem Kopf schmolz ein Eisbeutel vor sich hin, der die gewaltige Beule wohl am weiteren Wachstum hindern sollte. Schuggs zerrissene Kleidung lag in einer Plastiktüte verwahrt ebenfalls neben ihm im rollbaren Nachttisch.

Andrea Onello empfand eine Mischung aus Bewunderung und Mitleid. Sie hatte keine Ahnung, wie dieser Mann dazu gekommen war, durch Bamberg zu laufen und seine durchgeknallten Theorien zu verbreiten. Er war ein totaler Spinner, aber sein durchtrainierter Körper war durchaus interessant anzusehen. Entweder betrieb der Mann intensiv irgendeinen Leistungssport, oder aber er war Dauergast in einem Fitnessstudio. Sein etwas gedrungener, vor Kraft jedoch nur so strotzender Körperbau beeindruckte sie durchaus. Natürlich nicht dienstlich, eher privat.

Sie erhob sich, ging zum Fenster und warf einen Blick auf das gigantische Landschaftspanorama, das sich ihr aus dem siebten Stock des hoch auf einem der umliegenden Berge Bambergs erbauten Klinikums darbot. Zum ersten Mal, seit sie heute Morgen in aller Eile mit dem verletzten Georg Schugg hierher aufgebrochen war, konnte sie ein wenig durchatmen, und die Anspannung ließ merklich nach. Ihre Dienstwaffe, die schwer an ihrer Seite hing und sich bei derartigen Außentemperaturen wirklich unangenehm trug, war im Moment so unnötig wie ein Kropf. Also zog sie die Pistole aus dem Holster und legte sie auf das Rollschränkchen neben dem Bett. Das Manifest legte sie schützend darüber, die Waffe musste ja keiner sehen.

Sie streckte sich und atmete tief durch, dann wurde es allmählich Zeit, sich in der Dienststelle zu melden. Die Kollegen mussten über den Stand der Dinge informiert werden. Schließlich war sie trotz des Verkehrsunfalls weiter im Dienst, und ihr Chef Robert Suckfüll reagierte in solchen Dingen recht empfindlich.

Im Übrigen war es wohl sowieso ratsam, sich langsam wieder auf die Socken zu machen. Dem Mann wurde geholfen, es gab daher keinen Grund für sie, noch länger an seinem Krankenbett auszuharren. Sie hatte ihrer Bürgerpflicht nun wirklich Genüge getan. Allerdings musste sie diesem bebrillten Drachen von einer Schwester unten in der Ambulanz noch die personenbezogenen Daten von Georg Schugg mitteilen, sonst gäbe es womöglich erneut Streit mit der Frau. Zwar wusste sie auch nicht viel mehr über diesen Schugg als seinen Namen. Aber Geburtsdatum, Meldeadresse und so weiter konnte Honeypenny in der Dienststelle für sie herausfinden.

Sie wollte gerade nach ihrer Jacke greifen, in deren Innentasche sich ihr Handy befand, als der Patient auf dem Krankenbett mit einem lauten Stöhnen das Bewusstsein wiedererlangte.

»Was ist denn hier los, verdammte Scheiße?«, fragte Georg Schugg mit schwerer Zunge und starrte die Kommissarin aus leicht vernebelten Augen an.

Andrea Onello nahm seine Hand, die suchend durch die Luft irrte, und legte sie sanft auf die Bettdecke zurück. Dann hob sie den heruntergeplumpsten Eisbeutel vom Boden auf und parkte diesen erst einmal weiter unten auf der Bettdecke, direkt neben seiner Jacke, die am Fußende lag. Er konnte ihn später selbst wieder auf seinen sturen Schädel zurücklegen.

»Willkommen zurück, Herr Schugg, Sie sind unten in der Notaufnahme ohnmächtig geworden. Einfach umgekippt. Danach wurden Sie gründlich untersucht, an den Tropf gehängt«, sie wies auf den Infusionsständer, »und hierher auf die Station gebracht. Später werden Sie noch geröntgt, aber keine Sorge, ich kann erst einmal Entwarnung geben. Sie haben sich durch den Unfall wahrscheinlich nur eine massive Gehirnerschütterung zugezogen, und die Rippen auf der linken Körperseite sind so ziemlich alle geprellt. Nichts, was die Zeit und viel Ruhe nicht heilen könnten. Vielleicht lässt man Sie morgen schon wieder nach Hause.« Sie lächelte und tätschelte aufmunternd die Hand des Patienten.

Georg Schugg hatte sich die Erklärungen der Kommissarin mit sichtbarem Unwillen angehört. Sein benommener Blick wanderte über seinen Körper, und er bemerkte die Infusion, die in einer Vene auf der Oberseite seiner Hand steckte. Sein Kopf sank zur Seite, und er sah sein Manifest auf dem Beistellwagen liegen, was ihn vollends in die Realität zurückholte. Abrupt stemmte er beide Unterarme in die Matratze und richtete sich mit vor Schmerz zusammengebissenen Zähnen ruckartig auf. Unter den verblüfften Augen der Kommissarin drehte er sich zur Seite und setzte sich auf die Bettkante, was ihm aber bei aller Entschlossenheit dennoch ein schmerzerfülltes Stöhnen durch die zusammengebissenen Zähne trieb. Die linke Seite seines Körpers fühlte sich an, als ob der Weltkongress der Hufschmiede darauf eine Produktdemonstration veranstaltet hätte.

»Was, um Himmels willen, machen Sie da?«, rief Andrea Onello sorgenvoll, aber der Patient schien ihr gar nicht zuzuhören. Mit einem entschlossenen Ruck rupfte er sich die Infusion aus der Kanüle, griff ungeduldig hinüber zum Schränkchen und schnappte sich sein geschundenes Werk, sein geliebtes Manifest.

Schuggs Körper erstarrte, als er die Waffe sah, die unter dem gebundenen Machwerk zum Vorschein kam. Ein kurzer, seltsam stiller Moment entstand, dann sah er mit einem merkwürdigen Glitzern in den Augen zu Andrea Onello. »Ist das Ihre?«, fragte er mit einem zynischen Lächeln.

Andrea Onello erkannte, dass sie einen schweren Fehler begangen hatte. Natürlich durfte sie ihre Dienstwaffe nicht einfach so herumliegen lassen. Aber der Typ war doch gerade noch weggetreten und bewusstlos gewesen, Herrgott.

»Ja, das ist meine«, meinte sie schnippisch und wollte ihre Dienstwaffe rasch wieder an sich nehmen, als sich die Tür zum Zimmer öffnete und eine große Frau mit dunklen gewellten Haaren und dem Habitus einer in ziemlicher Eile befindlichen Oberärztin den Raum betrat.

»Guten Morgen. Na wie geht's denn unserem Patienten?«, erkundigte sich die sehr kontrolliert wirkende Hünin, die mit den Händen in den Taschen ihres Ärztekittels und einem schmalen Lächeln im Gesicht näher kam.

Georg Schugg schaute kurz in ihre Richtung, dann hörte Andrea Onello, wie er halb an sie, halb an sich selbst gerichtet einen Satz von sich gab, den sie für den Rest ihres Lebens nicht mehr vergessen würde.

»Das ist keine Ärztin«, knurrte Schugg halblaut. Fast wirkte es, als wäre er selbst verblüfft über diese so spontane wie überraschende, jedoch unbewiesene Stellungnahme.

Andrea Onellos Finger hatten das kalte Metall ihrer Dienstwaffe schon fast erreicht, als die vorgebliche Ärztin, die ihr verbindliches Lächeln nach Schuggs gemurmelter Feststellung urplötzlich vermissen ließ, ihre linke Hand aus der Tasche ihres Arztkittels zog und eine kleinkalibrige Waffe zum Vorschein brachte. Auf den Lauf war zudem ein Schalldämpfer aufgeschraubt, was eine ziemlich eindeutige Absicht erkennbar machte.

Reflexhaft ergriff Andrea Onnelo ihre Dienstwaffe, dann fiel ein Schuss, und sie verspürte einen heftigen Schlag gegen ihre Brust. Die Kommissarin wurde nach hinten gerissen und fiel unsanft auf den Boden des Krankenzimmers. Ein heftiger Schmerz tobte durch ihre linke Körperseite.

Während sie wie durch einen dichten Nebel weitere Schüsse vernahm, konnte sie spüren, wie sich warmes Blut auf ihrer Haut ausbreitete. Panik durchflutete sie, und schlagartig begann ihr Leben vor ihrem inneren Auge an ihr vorbeizuziehen.

Kriminalkommissar Bernd Schmitt war mit einem vollgepackten Kleinlaster auf dem Weg nach Coburg. Das Wochenende hatte er damit verbracht, seine heiß geliebte Mühle in Loffeld leer zu räumen. Diese Liebe war allerdings im Laufe des letzten Jahres einigermaßen erkaltet, da Ute von Heesen, seine Lebensgefährtin und Mutter ihrer gemeinsamen Tochter Lena, ihm selbige Lebensgemeinschaft aufgekündigt hatte. Sie komme weder mit ihm als Lebenspartner noch mit seinen lässigen beziehungsweise unzuverlässigen Methoden als Vater zurecht, so ihre Begründung. Lena habe das Recht, etwas ganz Besonderes vom Leben zu erwarten, und das sei mit einem so unstrukturierten Chaoten wie ihm, Bernd »Lagerfeld« Schmitt, nun einmal nicht möglich. Es sei daher besser, den Lebensweg nun auf getrennten Pfaden fortzusetzen. Aber eines müsse ihm klar sein: Die Erziehung der gemeinsamen Tochter Lena werde nach ihren Vorstellungen stattfinden. Sie seien nicht verheiratet, ergo stehe ihm auch kein Sorgerecht zu. Er solle das nicht persönlich nehmen, aber es könne nun einmal keine zwei Herren im Hause der Erziehungshoheit geben. Sie werde sich gern mit ihm über die Modalitäten bezüglich des Besuchsrechtes unterhalten, aber der Chef im Ring der Tochteraufzucht werde sie sein, und kein deutsches Gericht könne daran etwas ändern, das solle er sich besser vor Augen halten.

Tags darauf war seine ehemals geliebte Ute bereits eifrig damit beschäftigt gewesen, Beziehung und Heimstatt einer professionellen Auflösung zuzuführen, was jetzt, ein halbes Jahr später, mittels eines geliehenen Kleinlasters, in dem seine Habseligkeiten verstaut waren, zur Vollendung kam.

Eines musste er seiner Ex lassen, die Mühle hatte sie ziemlich gut verkaufen können. Gewinn hatten sie mit der alten Hütte zwar nicht gemacht, aber wenigstens auch keinen Verlust, und das war ja schon mal was. Utes berechnende und knallharte Art, sich durchzusetzen, hatte in diesem speziellen Fall durchaus ihre Vorteile gehabt, das musste er sich unumwunden eingestehen.

Im Privaten ging so ein Umgang allerdings gern einmal mit einer gewissen Kühle einher. Eine partnerschaftliche Niedrigtemperatur, wenn man so will, die im Laufe ihres Zusammenseins stetig und konsequent nach unten gefallen war.

Nachdem Lena auf die Welt gekommen war, geriet ihr Verhältnis dann endgültig in Schieflage. Er, Papa Bernd, war ja eher ein Verfechter der entspannten, unaufgeregten fränkischen Herangehensweise. Er sah das Leben und somit auch die Erziehung ihres gemeinsamen Kindes nicht wirklich eng. Regeln waren seiner Überzeugung nach dazu da, bestmöglich gedehnt zu werden, ein Ansinnen, das diametral mit den Ansichten seiner Lebensgefährtin kollidierte.

Lenas Leben war von Ute schon auf Jahre im Voraus verplant und organisiert worden. Wenn alles so klappte, wie Ute es sich vorstellte, würde ihre gemeinsame Tochter binnen weniger Jahre auf eine Hochbegabtenschule gehen, und nichts unterhalb eines Nobelpreises würde die engagierte Mutter als Lebensziel jemals zufriedenstellen können. Er hatte schon in der Schwangerschaft den Verdacht gehegt, dass Ute an vorderster Stelle dabei gewesen wäre, gäbe es die Möglichkeit, sich ein Netzwerkkabel in die Gebärmutter legen zu lassen, damit der heranwachsende Säugling bereits per Telekolleg die eine oder andere Sprache erlernte und diese sicher beherrschte, wenn er nach rund neun Monaten in einem blutigen Akt auf diese Welt geschmissen wurde.

Er hingegen war schon immer ein Verfechter des natürlichen Erwachens gewesen und gestand auch seiner Tochter ein weckerfreies Leben zu. Insbesondere im übertragenen Sinne. Derart grundverschiedene Lebenspläne mussten die Be- und Erziehung ja zwangsläufig irgendwann gegen die Wand fahren, was sie auch glänzend hinbekommen hatten. Immerhin hatten sie es geschafft, den Trennungsprozess einigermaßen respektvoll und friedlich über die Bühne zu bekommen.

Der letzte Akt dieses Lebenskapitels stand nun heute an. Lagerfeld würde mit seinem Hab und Gut nach Bamberg fahren und seine neue Wohnung mit den ihm verbliebenen Habseligkeiten bestücken. Aber vorher musste er nach Coburg, um Ute den Schlüssel für die Mühle vorbeizubringen. Morgen kamen schon die neuen Besitzer, und sie mussten die Schlüssel offiziell übergeben.

Wenn er ehrlich war, war es gut, dass Ute das machte, er selbst hätte es nicht übers Herz gebracht. Dazu hatte er viel zu sehr und zu lange an der Mühle gehangen. Mein Gott, wenn er sich überlegte, wie viel Arbeit er in dieses alte Gemäuer gesteckt hatte, er durfte gar nicht daran denken. Tat er es doch, kämpfte er mit seinen Gefühlen.

Er hatte doch tatsächlich geglaubt, für immer mit seiner kleinen

Familie in der Hütte zu hausen, alt zu werden und irgendwann mit den Füßen zuerst hinausgetragen zu werden. Aber wie Heraklit schon so treffend feststellte: »Panta rhei«, alles fließt und ist in Bewegung. So auch und gerade das Leben des Bernd Schmitt, der soeben auf den Bahnhofsplatz in Coburg zusteuerte, um einen Parkplatz für seinen Transporter zu suchen. Der, den er fand, war mehr improvisiert als legal, aber das war ihm im Moment so was von scheißegal. Er wollte die Schlüsselübergabe einfach nur über die Bühne bringen und dann nichts wie weg.

Lagerfeld konnte sich noch genau erinnern, wie er damals, vor zwölf Jahren, zum ersten Mal die Räumlichkeiten der HUK-Coburg betreten hatte. Eigentlich hatte er seinerzeit nur ein paar Auskünfte von der Leiterin der Revision erfragen wollen. Bei der Gelegenheit hatte er Ute kennengelernt, hatte alles begonnen.

Ein flüchtiges Lächeln huschte über sein Gesicht, als er den Moment noch einmal Revue passieren ließ. Aber das Leuchten aus der Vergangenheit währte nur kurz, dann hatte die Realität ihn wieder fest im Griff, und Bernd Schmitt öffnete schwungvoll die Eingangstür der Hauptgeschäftsstelle in der Coburger Innenstadt.

Als Haderlein am Haupteingang des Bamberger Klinikums eintraf, war dort alles in heller Aufregung. Überall standen Menschen, die in hektische und lautstarke Gespräche verwickelt waren. Auch die eine oder andere Zigarette wurde in der aufgeheizten Stimmung gequalmt, was ihn aber nicht im Mindesten interessierte. Das Blaulicht zweier ebenfalls eintreffender Streifenwagen verlieh der Szenerie beinahe fast etwas Filmisches. Was war denn hier bloß los? Wer hatte die Streifenwagen bestellt, und wo war Andrea? Wieso war sie nicht erreichbar?

Fast musste sich der Kommissar seinen Weg durch die Diskutanten am Eingang hindurchkämpfen, dann war er endlich im Inneren des Gebäudes angelangt. Den Weg zur Notaufnahme kannte er, denn als langjähriger Polizeibeamter bekam man die Ambulanz von Krankenhäusern durchaus des Öfteren von innen zu Gesicht. Der Haupteingang des Bamberger Klinikums lag wegen der Hanglage streng genommen nicht im so bezeichneten Erdgeschoss, sondern im vierten Stock, zur Notaufnahme musste man ein Stockwerk tiefer.

Schon von der Rolltreppe konnte er den Menschenauflauf erkennen, der sich vor der Notaufnahme gebildet hatte. Aufgeregt diskutierten Ärzte wie Pflegepersonal miteinander und deuteten mit angstvollen Gesten nach oben an die Decke, als ob ihnen von dort oben, womöglich aus den darüberliegenden Stockwerken, irgendeine Gefahr drohen würde. Von Andrea war hingegen immer noch nichts zu sehen, was seine Besorgnis exponentiell steigerte.

Wieder wühlte er sich mehr oder weniger resolut durch den Menschenpulk, der aus neugierigen Patienten, Krankenschwestern und Besuchern bestand, bis er endlich zum Zentrum der klinischen Abteilung, der Empfangstheke vorgedrungen war. Dort hatte das medizinische Personal den Durchgang abgesperrt und hinderte das anwesende Menschenvolk daran, weiterzugehen.

Als Franz Haderlein bei den weiß gekleideten Persönlichkeiten des medizinischen Lebens anlangte, trat ihm ein dunkelhaariger Mediziner mit Brille entgegen. »Halt, hier ist der Durchgang verboten, bis die Lage geklärt ist. Bitte bleiben Sie dort hinten am Eingang.« Er wies in Richtung der Schaulustigen.

Ohne weiteren Kommentar hielt Franz Haderlein seinen Dienstausweis in die Höhe und dem Arzt direkt vor die Augen. »Haderlein, Kriminalpolizei Bamberg. So, und jetzt erklären Sie mir bitte gleich und gründlich, was dieser Menschenauflauf hier zu bedeuten hat. Vor allem möchte ich wissen, wo meine Kollegin abgeblieben ist, Frau Onello. Sie hat vor zwei Stunden einen Patienten hierhergebracht, der von einem Fahrzeug angefahren wurde.« Seine Sorge um die Kollegin und den von ihr betreuten Schugg war aus seiner Stimme deutlich herauszuhören.

Der vor ihm stehende Arzt schaute ihn ob der resoluten Ansage erst einmal verdutzt an und beäugte dann den Dienstausweis der Bamberger Kriminalpolizei. »Ach so, ja, alles klar. Dr. Karl Sagasser mein Name, ich bin der leitende Oberarzt hier in der Ambulanz und habe Sie angerufen. Folgen Sie mir doch bitte nach oben in den siebten Stock. Es ist besser, Sie schauen sich das ganze Desaster selbst an. Hier entlang«, meinte der sichtlich mitgenommen wirkende Mediziner mit bleichem Gesicht und tonloser Stimme. Er drehte sich um und eilte mit langen Schritten voraus zur Treppe, wo er, immer gleich zwei Stufen auf einmal nehmend, in das nächste Stockwerk hinaufhetzte und von dort gleich weiter zum nächsten.

Franz Haderlein war nicht gerade unsportlich, aber er hatte einige Mühe, dem davoneilenden Dr. Sagasser zu folgen. Gab es hier keine funktionierenden Aufzüge, oder was? Eigentlich hatte er dem Mann im Vorfeld ein paar Fragen stellen wollen, aber dazu war es nicht mehr gekommen, der Arzt schien von dem, was sich hier abgespielt hatte, so erschrocken zu sein, dass er ihm erst einmal den Tatort zeigen wollte, von welcher Tat auch immer.

Vier Stockwerke höher durchquerten die beiden Männer erst einmal zwei Glastüren zur Kardiologie, dann lief der Oberarzt, ohne sein Tempo zu vermindern, bis ans Ende des Ganges, wo er vor einem Krankenzimmer stehen blieb, dessen Tür sperrangelweit offen stand. Zwei Krankenschwestern standen in ein intensives Gespräch vertieft davor. Ihrem Gesichtsausdruck nach zu urteilen, waren sie mindestens genauso schockiert wie der leitende Arzt.

Haderlein konnte schon von hier draußen die blutroten Schlieren am Boden des Krankenzimmers sehen. Schuh- und Schleifabdrücke, die sich, in Richtung des vor ihnen in einem Quergang gelegenen Stationsausganges immer blasser werdend, auf dem Gangboden fortsetzten. Sie gingen hinein, vorsichtig bemüht, nicht auf die blutbesudelten Flächen zu treten, doch davon gab es wahrlich viele, sodass sie direkt im Eingang des Zimmers zum Stehen kamen.

Dr. Sagasser deutete in den Raum. »Hier war der Patient Georg Schugg zur Beobachtung untergebracht, und soweit wir wissen, war Ihre Kollegin bei ihm. Wir mussten ihn hierher in den siebten Stock verlegen, da unten in der Notaufnahme alle Betten belegt waren«, erklärte der Oberarzt. »Dem Mann ging es den Umständen entsprechend gut, er war unten in der Ambulanz allerdings ohnmächtig geworden, hatte durch den Aufprall aber keine

Brüche oder inneren Verletzungen davongetragen, darüber hatte ich Ihre Kollegin auch informiert. Was danach in diesem Zimmer vorgefallen ist, wissen wir nicht genau. Das Personal auf der Station hörte plötzlich mehrere Schüsse und laute Schreie. Alle hier waren so erschrocken, dass sie sich verbarrikadierten oder fluchtartig die Station verließen und nach draußen rannten. Von Ihrer Kollegin und Herrn Schugg haben wir seither nichts mehr gesehen, beide sind spurlos verschwunden. Das heißt, nicht ganz, die Fußabdrücke führen aus dem Zimmer hinaus und enden vorne an einem der Fahrstühle. Den habe ich vorsorglich sperren lassen, nicht dass dort Spuren verwischt werden. Ich hoffe, das ist in Ihrem Sinne. Wenn sich die Polizei einen Reim auf das alles hier machen kann, wäre ich Ihnen sehr dankbar. Wir hier im Klinikum können es nämlich nicht, das ist alles ein gewaltiges Desaster.« Er verstummte und wischte sich mit dem rechten Ärmel erschöpft den kalten Schweiß von der Stirn.

Franz Haderlein fackelte nicht lange, sondern leitete zunächst einmal die wichtigsten Maßnahmen zur Beweissicherung ein. »Dr. Sagasser, Sie haben so weit alles richtig gemacht. Aber ich muss die Spurensicherung einbestellen, das heißt, die Patienten auf diesem Gang dürfen ihre Zimmer bis auf Weiteres nicht mehr verlassen. Besucher haben die Station sofort zu verlassen, und der Kontakt des medizinischen Personals mit den Patienten muss sich bitte auf das Allernötigste beschränken. Weisen Sie das Personal außerdem an, sich nur noch mit Überziehern über den Schuhen diesem Bereich zu nähern und auch nur, wenn es denn unbedingt sein muss, damit keine Spuren verwischt werden. Der Aufzug, den Sie dankenswerterweise haben sperren lassen, bleibt vorerst gesperrt. Sollten Sie Patienten aus den Zimmern hier hinten nach vorne verlegen wollen, wo der normale Krankenhausbetrieb die Arbeit meiner Kollegen nicht behindert, so wird das sicherlich möglich sein. Dazu bitte ich Sie, den Zeitpunkt und das geeignete Vorgehen mit dem Leiter der Spurensicherung abzusprechen. Diese Anweisungen gelten so lange, bis sie von der Kriminalpolizei widerrufen werden, verstanden?«

Dr. Karl Sagasser hatte schweigend zugehört und die Anweisungen abgespeichert. Er war sichtlich erleichtert, die Verantwortung für den blutigen Irrsinn, der sich hier abgespielt haben musste, an die Bamberger Polizei abgeben zu können. Er nickte und eilte nach draußen, um das Personal zu informieren.

Der Arzt hatte das Zimmer noch nicht verlassen, da zückte Haderlein bereits sein Mobiltelefon und wählte die ihm wohlvertraute Nummer der Spurensicherung in der Bamberger Dienststelle.

In der Zentrale der HUK-Coburg stand Bernd Schmitt vor der Bürotür seiner Ex-Lebensgefährtin, in der Hand einen kleinen Lederbeutel, an dem sämtliche Schlüssel zu ihrem Ex-Zuhause, der Mühle in Loffeld, an einem Ring versammelt waren. Das war's also. Kein einfacher Gang, bedeutete er doch den faktischen Austritt aus einem ehemals so hoffnungsvoll begonnenen Lebensabschnitt.

Auf Lena passte gerade Utes Mutter auf, die während der nächsten Wochen bei ihrer Tochter in der neuen Wohnung nahe der Coburger Innenstadt zu wohnen gedachte. Wer sich wann und wie um die Tochter kümmern sollte, musste erst noch geklärt werden. Die Aussicht auf dieses Prozedere versetzte Lagerfeld nicht gerade in einen freudigen Rausch. Das kann noch was werden, die Besuchszeiten mit Ute auszuhandeln, dachte er voller dunkler Vorahnungen.

Entschlossen drückte er die Klinke nach unten und betrat, ohne anzuklopfen, das Büro der Revisionsleitung. Ute von Heesen blickte überrascht von ihrem Telefonat auf, und eine dunkle Wolke legte sich auf ihr Antlitz, als sie der Präsenz Lagerfelds gewahr wurde. So schnell sie konnte, beendete sie das Gespräch und schaute den Vater ihres Kindes dann schweigend an. Ein kurzer, unangenehmer Moment der Stille entstand, den Lagerfeld dadurch beendete, dass er seiner Ex den ledernen Schlüsselbund auf den Schreibtisch legte.

Ute von Heesen betrachtete die Schlüssel, und dann geschah etwas, womit Bernd Schmitt nun wirklich nicht gerechnet hatte. Der Leiterin der Revisionsabteilung der HUK-Coburg schossen die Tränen in die Augen. Ein Umstand, der ihn, vorsichtig ausgedrückt, zutiefst verwunderte. Die sonst so abgebrühte Ute hatte also doch einen weichen Kern, ein richtiges Herz. Sie stand auf, kam um den Schreibtisch herum und nahm ihren Ex schluchzend in den Arm.

»Es tut mir ehrlich leid, Bernd, lass uns gute Eltern für Lena sein, ja?«, wimmerte sie unter Tränen in seinen Kragen, womit sie Bernd Schmitt allerdings etwas überforderte. Er stand mehr oder weniger hilflos da und wusste überhaupt nicht, wie ihm geschah. Schließlich fing Ute sich und trat einen Schritt zurück, heulte aber konsequent weiter vor sich hin. Lagerfeld hatte immer ein paar Tempotaschentücher in seiner Hose stecken, die er jetzt eines nach dem anderen an Ute weiterreichte. Schließlich gab er sich einen Ruck, nahm ihr tränennasses Gesicht in beide Hände und hob es an, damit er ihr in die verheulten Augen schauen konnte.

»Das machen wir, Ute. Wäre doch gelacht, oder?«, stieß er holprig hervor, denn auch bei ihm geriet das emotionale Gleichgewicht ob ihres unerwarteten Gefühlsausbruchs massiv ins Wanken. Schon übermannten ihn die Emotionen, und auch hinter seinen Augen wurden die Wasserpumpen angeworfen. Wehmut und Trauer über die einmal getroffene Entscheidung war nun aber das Letzte, was er in diesem Moment gebrauchen konnte. »Ich geh dann mal, Ute«, flüsterte er ihr heiser zu und drückte ihr in einem impulsiven Moment einen Kuss auf die Stirn.

Er ließ Ute los und richtete ein wenig unmotiviert ihre zerzauste Frisur. Dann drehte er sich um und verließ fluchtartig das Büro, ehe sich seine Fassung vollends in Wohlgefallen auflöste. Die Tür knallte so dermaßen laut hinter ihm ins Schloss, dass der Pförtner einen Stock tiefer erschrocken auf seinem Stuhl zusammenfuhr. Der besorgte Blick, den er dem ziemlich trostlos wirkenden Lagerfeld zuwarf, als dieser kommentarlos an ihm vorbeilief und die HUK-Geschäftsstelle in der Coburger Innenstadt verließ, ohne sich noch einmal umzudrehen, sprach Bände.

Bernd Schmitts ursprünglicher Plan hätte jetzt eigentlich darin bestanden, zu seinem Transporter zurückzugehen und dann die Heimreise nach Bamberg anzutreten. Aber das war vorhin, und vorhin war er mit seinen Gefühlen noch einigermaßen im grünen Bereich gewesen. Wovon jetzt beileibe keine Rede mehr sein konnte. In seinem Inneren brannte ein wildes, ungebändigtes Feuer, das erst einmal gelöscht werden wollte. Außerdem hatte er ja die ganze Woche frei, Urlaub, um seine neue Wohnung einzurichten und sich auf das neue Leben als Single einzustellen.

Single, allein lebend. Eine Vorstellung, die er sich monatelang schöngesoffen hatte, die nun aber von jetzt auf gleich ihre helle Strahlkraft verloren hatte. Seine Lieblingskneipe in Bamberg kam ihm in den Sinn, der Greifenklau am Laurenziplatz oben am Kaulberg, eine Insel der Glückseligkeit, ein rettendes Eiland inmitten eines Lebensozeanes voller Untiefen und gefräßiger, vor allem weiblicher Raubfische.

Natürlich hätte Lagerfeld sich gemäß seiner aktuellen Gefühlslage auch aus diesem irdischen Jammertal verabschieden und das Zeitliche segnen können. »Bist du des Lebens nicht mehr froh, begib dich ins H_2O«, um beim Bild des großen, gefährlichen Meeres zu bleiben. Aber was ein gestandener Franke ist, der löst seine Probleme nicht durch die Flucht ins Nirwana, sondern nutzt die wundersamen Kräfte, welche die holde Hopfenblüte, kunstvoll mit Gerste und Wasser zu einem alkoholischen Trank verarbeitet, zu medizinischen Großtaten befähigt. Der gibt sich ausgiebig und gründlich dem therapeutischen Heilsaufen hin, welches in Franken traditionell praktiziert und inzwischen von den Krankenkassen anerkannt wurde.

In ein solches Sanatorium anerkannter fränkischer Heilkunst wollte Lagerfeld sich nun begeben, um seinen inneren Weltschmerz mit einem Hopfenderivat zu bekämpfen. Aber der Greifenklau war nun einmal in Bamberg und damit unangemessen weit weg für sein Dafürhalten, er hatte schlicht keine Lust, vor Verabreichung der Medikation so lange zu fahren. Also setzte er sein hopfentechnisches Vorhaben kurz entschlossen vor Ort in die Tat um, hier in der ihm weitgehend fremden Coburger Innenstadt.

Das Krankenzimmer sah aus, als wäre es hier zu einem Gefecht zwischen rivalisierenden Bandenmitgliedern gekommen. Einfach überall war Blut. Auf dem Fußboden, an zweien der vier Wände und auf dem ordentlich gemachten Bett. Am Boden waren etliche Abdrücke von Schuhen zu sehen, teilweise allerdings sehr undeutlich. Unterschiedliche Profile legten nahe, dass hier mehrere Personen zugange gewesen waren. Allerdings waren die Abdrücke so zahlreich und so verschmiert, dass Franz Haderlein auf die Schnelle nicht beurteilen wollte, von wie vielen Personen auszugehen war.

Irritierend war auch das Nichtvorhandensein eines zweiten Krankenbettes. Allerdings waren am Boden mehr oder weniger deutliche Rollspuren zu erkennen, weshalb davon auszugehen war, dass irgendjemand das andere im Zimmer befindliche Krankenbett nach der Tat hinausgeschoben hatte. Ob es Andrea, der Patient oder jemand vom Krankenhauspersonal gewesen war, blieb aber noch herauszufinden.

Hinzu kamen zahlreiche Löcher in den Wänden und der Zimmerdecke. Der erfahrene Kommissar sah sofort, dass es sich hierbei um Einschusslöcher handeln musste. Von denen hatte er in seiner langen Polizeilaufbahn schon viele gesehen. Er schätzte ihre Zahl auf mindestens dreizehn, was seine Befürchtungen, was Andrea anbetraf, noch weiter erhöhte. In diesem Krankenzimmer des Bamberger Klinikums hatte augenscheinlich eine wilde Schießerei stattgefunden.

In was für eine üble Sache war Andrea da bloß hineingeraten? Haderlein hoffte inständig, dass das Blut nicht von seiner Kollegin stammte. Die Vorzeichen für einen guten Ausgang der Geschichte standen zwar ziemlich schlecht, so viel Realitätssinn musste er sich eingestehen. Aber immerhin, als Leiche hätte sie schwerlich den Raum verlassen können, daran klammerte er sich fürs Erste.

Einen Reim auf das alles hier konnte er sich nicht wirklich machen. Wo war Andrea? Was in Gottes Namen war hier passiert? Und wo war ihr Unfallopfer Georg Schugg abgeblieben? Vor allem aber: Was zum Kuckuck war hier eigentlich los?

Unablässig ließ Franz Haderlein seinen Blick durch den Raum schweifen, darauf hoffend, einen Hinweis auf Andrea Onellos Verbleib zu finden, und sei er noch so klein. Er wollte die Angelegenheit eben den Kriminaltechnikern überlassen, die jeden Moment eintreffen mussten, als seine Augen etwas am Boden liegen sahen, dort, wo einmal das zweite Bett gestanden hatte. Es war ein kleines, längliches, unscheinbares Etwas, das sich zum größten Teil hinter einem der Räder des rollbaren Nachtkästchens versteckte.

Franz Haderlein wusste zwar, dass er den Tatort eigentlich nicht betreten durfte, aber er war so aufgewühlt, dass er sich nicht zurückhalten konnte. Mit zwei langen Schritten, seine Fußspitzen auf scheinbar blutfreie Stellen des Fußbodens setzend, brachte er sich in Reichweite des unbekannten Stückes, holte ein frisches Tempotaschentuch aus seiner Jackentasche und hob mit diesem den blutverschmierten Gegenstand in die Höhe.

Es war ein etwa zwanzig Zentimeter langer, flacher, an der breitesten Stelle etwa drei Zentimeter dicker Gegenstand, der sich an einem Ende zu einer Spitze verjüngte. Schwer war das Teil nicht, also jedenfalls nicht aus Stahl oder etwas Ähnlichem, stellte Haderlein mit einem Stirnrunzeln fest. Es war dem Anschein nach aus einem organischen Material gefertigt. Vielleicht Horn oder Knochen, womöglich aber auch etwas ganz anderes. Vielleicht war das Teil sogar in einem modernen 3D-Drucker produziert worden. Wer konnte das heutzutage denn noch sicher unterscheiden? Irgendwie hatte das Ding eine gewisse Ähnlichkeit mit einem Werkzeug, das die Verputzer in seinem Haus unlängst in Verwendung gehabt hatten.

Haderlein hatte in seinem Leben wahrlich schon viele Tatorte gesehen und Spuren begutachtet, aber etwas wie das, was er gerade in der Hand hielt, hatte er noch nie zu Gesicht bekommen. Jedenfalls hatte er keine Ahnung, was er mit dem Teil anfangen sollte, also legte er das Beweisstück lieber wieder an seinen Platz zurück, nicht dass er noch Ärger mit Heribert Ruckdeschl, dem peniblen Leiter der Spurensicherung, bekam.

Vorsichtig bewegte er sich wieder an seinen Ausgangspunkt zurück, sondierte noch einmal die Lage und kam zu einem ernüchternden Ergebnis: Es befanden sich haufenweise Spuren in diesem Zimmer, die aber nur sehr beschränkt einen Sinn ergaben. Was mit Andrea Onello passiert war und wo sie sich gerade befand, ob sie überhaupt noch am Leben war, konnte niemand sagen. Die einzig sichere Erkenntnis war der Umstand, dass hier Menschen aufeinander geschossen hatten, wodurch Menschen verletzt worden waren und reichlich Blut verloren hatten, ehe all diese beteiligten Menschen das Klinikum verlassen hatten, eine Bamberger Kommissarin inklusive.

Franz Haderlein machte sich keine Illusionen über die möglichen Konsequenzen. Im schlimmsten Fall waren sie hier an einen Mordfall geraten, bei dem das Opfer eine Polizistin war. Das hieß im Umkehrschluss aber auch, dass die Bamberger Kriminalpolizei ab sofort auf Alarmstufe Rot schaltete und alle verfügbaren Kräfte sich ab jetzt dem einen Ziel widmeten, Andrea wiederzufinden.

Und so griff Franz Haderlein erneut zu seinem Mobiltelefon, um eine Fahndung nach Andrea und diesem Schugg herauszugeben. Außerdem wurde es Zeit für besondere Maßnahmen. Für die ihnen bevorstehende Aufgabe waren zwei Mitarbeiter der Bamberger Kriminalpolizei absolut unabkömmlich, die gerade aus unterschiedlichen Gründen beide nicht zur Verfügung standen. Aber sie brauchten jetzt jede Hilfe, die sie kriegen konnten, wirklich jede.

Lagerfeld wanderte durch die Straßen der Coburger Innenstadt, um eine Lokalität zu finden, die wenigstens annähernd seinen bierologischen Ansprüchen entsprach. Dass sich der gebürtige Bamberger mit Stammbaum zielgerichtet durch Coburg bewegte, wäre eindeutig zu euphemistisch formuliert. Dass ein Ortsfremder mit einer waschmaschinenähnlichen Gefühlslage im Kopf mehr oder weniger konfus durch die Gegend stolperte, drückte es besser aus.

Bernd Schmitt hatte seine stressige Familiensituation zum Schluss nur noch gehasst, jetzt allerdings vermisste er sie. Vor allem, nachdem die eisenharte Revisionschefin sich gerade von ihrer windelweichen Seite gezeigt hatte. So hatte er die Frau noch nicht erlebt, und das brachte das festgefügte Bild, das er von der Mutter seiner dreijährigen Tochter Lena hatte, gehörig ins Wanken.

Gedanklich abwesend stapfte er ohne einen Blick oder gar

Begeisterung für das historische Ambiente über den frühlings-
erwärmten Coburger Marktplatz. Stur behielt er die einmal einge-
schlagene Richtung bei und folgte einfach der nächstbesten Gasse,
die sich ihm anbot. In seiner Zerstreutheit achtete er mehr auf die
Fugenvielfalt des zu begehenden Untergrundes als auf eventuell
störende Hindernisse, die seinen wo auch immer hinführenden
Weg blockierten.

Ergo war es nur eine Frage der Zeit, bis er mit leicht über-
höhter Fußgängergeschwindigkeit gegen ein Individuum prallte,
welches von einer ähnlichen Masseträgheit beflügelt wurde wie
er selbst. Mit lautem Scheppern fiel ein Fahrrad zu Boden, und
zwei Hirne fränkischer Bauart prallten unversehens aufeinander.
Fast synchron hoben sich Arme mit daran befindlichen Händen
an die soeben geschädigten Köpfe, um mit mehr oder weniger
lautem Stöhnen dem Schmerzempfinden akustisch Ausdruck zu
verleihen. Erst dann, nach der offiziellen Verlautbarung des zuge-
fügten Treffers, eruierten die beiden Verunglückten ihr jeweiliges
für diesen unsanften Zusammenstoß zweifellos verantwortlich
zu machendes Gegenüber.

Die Blicke waren nur kurz, dann leuchtete das Erkennen groß
und hell in den Begriffszentralen auf. Mit diesem Mann war Lagerfeld vor vielen Jahren schon einmal aufs Heftigste zusam-
mengestoßen. In Unkenntnis des Sonderstatus, den der Mann in
Coburg genoss, hatte er ihn seinerzeit kurzerhand verhaftet. Das
eine oder andere Mal waren sie sich seither über den Weg gelaufen,
allerdings meist in respektvollem Abstand. Das ursprüngliche Erlebnis hatte keine der beiden Parteien jemals wiederholen wollen,
und nun war es doch wieder passiert.

Der stadtbekannte Sänger von Coburg hatte Lagerfeld auch
sofort wiedererkannt. Unschlüssig über sein weiteres Vorgehen
sah er von seinem am Boden liegenden Kassettenrekorder zu dem
vor ihm stehenden Kommissar und wieder zurück, während umstehende Passanten, die den Zusammenprall beobachtet hatten,
gespannt darauf warteten, dass das renitente Coburger Original
zu einer seiner berüchtigten, lauten Wutiraden anhob oder, noch
schlimmer, mit dem Singen begann.

Tatsächlich öffnete der gefürchtete Dezibelkünstler jetzt den Mund, und ein kollektives Stöhnen durchlief das umstehende Menschenvolk. Bevor aber auch nur der kleinste Laut über seine Lippen kommen konnte, hob Lagerfeld warnend den Finger. Dann vollführte er mit selbigem eine langsame, aber konsequente Bewegung von links nach rechts, das eindeutige Zeichen für alle Menschen in Mitteleuropa, mit der soeben begonnenen Handlung oder Absicht nicht mehr fortfahren zu dürfen.

Für den verunfallten Coburger Schlagerstar bedeutete dies, dass ihm erneut eine Verhaftung durch die Bamberger Kripo drohte, sollte er sich jetzt zu einer unüberlegten Gesangshandlung hinreißen lassen.

Sekunden der Stille folgten. Schweigend standen sich die beiden Männer wie zwei Revolverhelden aus einem billigen Italowestern gegenüber und fixierten einander. Hätte einer der Umstehenden geistesgegenwärtig die Filmmelodie »Spiel mir das Lied vom Tod« intoniert, es wäre ein passender musikalischer Rahmen gewesen. Allerdings war Musik, egal wodurch sie auch motiviert sein mochte, in Gegenwart des Sängers das Letzte, was einem Coburger an Gedanken durch den Kopf schießen wollte.

Apropos Kopf schießen. Ein Bild, das sich der eine oder andere vokalgeschädigte Anwohner der Coburger Innenstadt intuitiv zu eigen machte.

Die Waschmaschine mit den Beziehungsklamotten in Lagerfelds Kopf war beim Anblick des Barden schlagartig zum Stehen gekommen und hatte auf Not-Aus geschaltet. Er musste jetzt erst einmal mit dieser höchst unbequemen Situation klarkommen, welche sich aus der Gegenwart einer potenziellen Nervensäge und einer dramatisch vorangaloppierenden Unterhopfung zusammensetzte. Der urlaubende Kommissar bewegte weiterhin konsequent seinen wie ein emsiger Scheibenwischer die Links-rechts-Übung vollführenden Zeigefinger, um den vor ihm stehenden Brachialintonisten an seinem Vortrag zu hindern, als seine durch langes polizeiliches Training geschulten Augen unter Zuhilfenahme ihrer Fähigkeit des peripheren Sehens ein Schild an der Schaufensterscheibe auf der rechten Seite erblickten. »Hungry Highlander«

war da groß und breit zu lesen. Das hörte sich ziemlich eindeutig nach einer Kneipe an. Nicht gerade fränkisch, aber zumindest trinkfest. Vielleicht gab es dort ja sogar schottisches Bier, das wäre mal was anderes. Also warum nicht.

»Horch amal, Meister der Melodie«, platzte Lagerfeld heraus, während er mit ausgestrecktem Arm auf die Eingangstür deutete. »Mir zwaa gehn etzerd da nei und trinken a Bier under Männern, kabierd? Und bevor du blöd frachsd, ich geb des aus, ich schmeiß die ganze Runde. Aber nur, wenn du erschtens deine schwachsinnichen Deorien für dich behältst und vor allem zweidens nix singst.«

Ein annehmbarer Lösungsvorschlag, den der beziehungsgeschädigte Kriminalkommissar da zur Diskussion stellte, aber der Sänger schien nicht wirklich begeistert zu sein. Er scannte Bernd Schmitt von oben bis unten, dann betrachtete er wieder seinen heiß geliebten Ghettoblaster.

»Und wenn ned?«, fragte er trotzig.

»Dann gehds nein Gnasd, Freundchen. Und zwar ohne Bier und garandierd aach ohne Musiggabspielgeräd. So schaut's aus. Also was is etzerd, ich hab ned ewich Zeit.«

Angriffslustig musterte Lagerfeld den Sänger, der voller Missmut den Applaus und die sonstigen Beifallsbekundungen über sich ergehen ließ, die ob der Verlautbarung des Kommissars vom umstehenden Menschenpulk abgesondert worden waren. Der Sänger im Knast? Für den leidgeprüften Coburger im Allgemeinen eine durchaus wünschenswerte Vorstellung. Was nunmehr auch dem Urheber dieser Befindlichkeit zu schwanen schien, weshalb er zähneknirschend einwilligte.

»Vo mir aus. Aber net so lang, ich muss noch singa aufm Marktplatz«, gab er knurrig von sich. Er lehnte seinen Drahtesel an die Außenwand des Gebäudes, hob den zerkratzten Kassettenrekorder vom Boden auf und folgte dem Bamberger Kommissar in das dunkle Innere der Gaststätte.

Beide betraten den Hungry Highlander zum ersten Mal. Lagerfeld, weil er ihn vor diesem Tag gar nicht gekannt hatte, der Coburger Sänger, weil er für diese Gaststätte schon vor Jahren

Hausverbot bekommen hatte, noch bevor er auch nur einen Fuß in sie hineinsetzen konnte.

Ergo lagen erstaunte bis misstrauische Blicke auf dem ungewöhnlichen Gespann, als sie durch den Gastraum gingen und einen Platz nicht weit vom Eingang entfernt fanden. Halb konnte Lagerfeld in das lange Gewölbe hineinsehen, halb war der Blick nach draußen möglich. Im Moment jedoch nahm sein Gegenüber seine gesamte Aufmerksamkeit gefangen. Das Coburger Original fühlte sich sichtlich unwohl in dieser merkwürdigen Situation und wusste nicht recht, wie es sich verhalten sollte. Das steigerte sich noch, als der Wirt des Highlander an den Tisch trat, um die Bestellung aufzunehmen. Der gebürtige Schotte näherte sich freundlich lächelnd wie immer, doch das Lächeln gefror ihm im Gesicht, als er den äußerst ungebetenen Menschen an einem seiner Tische sitzen sah.

»Du hast hier Hausverbot, Sänger, schon vergessen?«, raunzte er wie aus der Pistole geschossen, und seine Augen blitzten angriffslustig. Aber Lagerfeld hatte schon mit derlei Komplikationen gerechnet und war vorbereitet. Er hob beschwichtigend seine rechte Hand und hielt dem Wirt eine grüne Karte vors Gesicht.

»Kriminalkommissar Bernd Schmitt, Kriminalpolizei Bamberg. Dies ist eine offizielle Befragung, guter Mann, natürlich in einem zivilisierten Rahmen. Ich versichere Ihnen, dass mein Befragter sich während seines Hierseins an die allgemein anerkannten Umgangsformen halten wird.« Lagerfeld sah sein verunsichertes Gegenüber streng an, woraufhin dieses ungewohnt kleinlaut nickte und den Wirt mit großen Augen ansah.

Der war aber nur ansatzweise überzeugt und giftelte noch eine Bedingung hinterher: »Die Umgangsformen sind eine Sache, diese sogenannten Gesänge eine ganz andere. Wenn der Idiot auch nur eine einzige Note singt, fliegt ihr beide raus, verstanden?«

Auf der Stirn des Sängers begann sich eine leichte Zornesfalte zu bilden, aber Lagerfeld hatte keine Lust auf Stress, er wollte endlich seinen Hopfentrank. »Nein, keine Sorge, ich sehe das durchaus ähnlich und garantiere für ein absolut gesangsfreies Beisammensein. Sollte der Mann sich dennoch dazu hinreißen lassen, seine zweifelhaften Sangeskünste abzusondern, werde ich ihn wohl oder übel zu einer längeren Untersuchungshaft verdonnern müssen, nicht wahr?« Wieder bedachte er den Coburger Sänger mit einem vernichtenden Blick, wieder nickte sein Begleiter widerwillig.

Das schien dem schottischen Kneipenchef fürs Erste zu genügen, denn seine Haltung verlor etwas von ihrer Anspannung, und sein Gesicht nahm den typischen Ausdruck von Bedienungen an, die auf die Bestellung des Gastes warteten. Lagerfeld nahm das erfreut zur Kenntnis, konnte er doch endlich zum eigentlichen Zweck seines Hierseins vorstoßen.

»So, und jetzt hätte ich gern zwei Bier bestellt, und zwar das beste, das Sie haben«, sagte er breit lächelnd. Kurz darauf war der Schotte auch schon unterwegs, um das Gewünschte zu bringen.

Eine eigentümliche Stille legte sich über den Tisch und die beiden daran sitzenden Personen. Der Coburger Sänger wusste nicht so recht, was er sagen sollte, und Lagerfeld wartete einfach nur ab. Er hatte eigentlich gar keinen Bock auf den Kerl, aber immerhin hatte der es geschafft, dass er nicht dauernd an Ute und seine Tochter denken musste. Ob er mit dem Mann Konversation betreiben wollte oder überhaupt konnte, ohne zu streiten, war ihm noch nicht ganz klar. Aber das würde sich ja vielleicht von allein ergeben, wenn sie beide, vom Coburger Bier beschwingt, in ruhigere, gemäßigte Gewässer der Konversation fahren konnten. Der Typ war ja eindeutig verrückt, aber bestimmt hatte der auch viel zu erzählen. So ein Leben, wie er es führte, war doch bestimmt voll von Geschichten, die es zu erzählen galt. Geschichten wie zum Beispiel die von gerade eben.

Aber noch schwieg der seltsame Barde der untalentierten Art, schaute nur misstrauisch zu dem Bamberger Kommissar hinüber. Was wollte der von ihm? Seit Menschengedenken war er nicht mehr von jemandem zu einem Bier, geschweige denn zu irgendetwas anderem eingeladen worden. Er war hier verhasst, niemand konnte ihn leiden. Das hatte ihm bisher eigentlich gut gefallen, und es sollte bitte schön auch so bleiben. Aber noch einmal ins Gefängnis, das wollte er nicht. Nur das hielt ihn davon ab, hier den Radau zu veranstalten, zu dem er in seinem Leben den Auftrag erhalten hatte. Jedenfalls seiner Meinung nach.

So belauerten sich Kommissar und Sänger schweigend, bis der Wirt jedem von ihnen ein Bier auf den Tisch stellte. Da war es dann um die Tatenlosigkeit der beiden Kontrahenten geschehen. Sie ergriffen ihre Gläser, prosteten dem jeweils anderen zu, und dann wurde erst einmal getrunken.

Lagerfeld entspannte sich, als das goldgelbe Nass seine Kehle hinabströmte. Und es schmeckte nicht einmal schlecht. Ein milder, würziger, leicht malziger, fast kerniger Geschmack. Nicht unbedingt seine Lieblingssorte, aber das konnte man schon trinken. Bestimmt so eine kleine Brauerei aus dem oberfränkischen Umland, die er noch nicht kannte.

Zufrieden stellte er sein Glas zurück auf den Tisch und war wirklich neugierig auf das Etikett, welches ihm die Herkunft des Gebräus verraten würde. Die schreckliche Wahrheit traf ihn gänzlich unvorbereitet. Zirndorfer Bier. Was denn, ein Bier aus der Nähe von Fürth? Aus Mittelfranken, der Heimat der Dünnbiere und Großbrauereien? Lagerfeld war ehrlich entsetzt und schaute fragend zu seinem Tischnachbarn hinüber, der aber mit seinem Glas schon fast durch war. Dem Coburger Sänger waren die Feinheiten regionaler Brauereikunst augenscheinlich scheißegal. Lagerfeld jedoch keineswegs, da war er Fundamentalist. Eine mittelfränkische Brühe in einer oberfränkischen Wirtschaft, selbst wenn sie von einem Menschen schottischer Herkunft ausgeschenkt wurde, war nicht zu dulden. Die kannten sich ja vielleicht mit Whisky aus, mit fränkischem Bier jedenfalls nicht. Methoden wie diese öffneten dem Braufrevel hemmungslos Tür und Tor. Warum nicht gleich ein Bier aus Mexiko, der Türkei oder, noch schlimmer, aus Thüringen!

Er wollte gerade die Hand heben, um den Chef des Hungry Highlander herbeizuzitieren, damit er ihm eine saftige Standpauke bezüglich seiner bierologischen Grundausstattung halten konnte. Aber zu dieser dringend notwendigen Unterweisung kam es nicht mehr, denn Lagerfelds Handy begann, sich klingelnd und brummend bemerkbar zu machen. Der Kommissar verkniff sich notgedrungen seinen Ärger und fummelte das Mobiltelefon aus seiner Jackentasche. Bevor er ranging, schickte er aber noch ein energisches »Lass es!« über den Tisch, da sich der Blick des Sängers, durch den Alkohol enthemmt, lüstern auf seinen Kassettenrekorder gelegt hatte. Der strenge polizeiliche Zuruf holte Lagerfelds Saufkumpan sofort wieder in die Wirklichkeit zurück. Dafür bestellte er sich noch ein Zirndorfer Bier, seines war nämlich bereits leer.

»Bernd Schmitt im wohlverdienten Urlaub, was gibt's?«, nölte Lagerfeld ins Telefon, ohne darauf zu achten, wer ihn gerade anrief. Aber das war schnell geklärt, denn Franz Haderleins vertraute Stimme drang mit einer dringlichen Botschaft an sein Ohr.

»Bernd, ich bin's. Ich weiß, du hast Urlaub, aber wir brauchen dich hier oben im Bamberger Klinikum – und zwar dringend!«

Das durfte doch wohl nicht wahr sein. Jetzt hatte er schon einmal Urlaub, noch dazu einen, den er mit Umzug und sonstigen Scherereien verbringen musste, und nun sollte er selbst den einfach abbrechen, um zu arbeiten? Was würden die in der Dienststelle eigentlich machen, wenn er statt daheim in Franken auf den Malediven wäre und gerade am Strand liegend genüsslich einen »Coconut Kiss« schlürfen würde?

»Das ist jetzt aber nicht dein Ernst, Franz, oder? Du weißt schon, dass ich gerade mein ganzes Privatleben auf neue Füße stelle? Du lieferst mir besser einen wirklich triftigen Grund, damit ich mein geliebtes Bier wegen euch stehen lasse!«, maulte er verstimmt, obwohl er sich schon dachte, dass ihn sein älterer Kollege nicht einfach so aus Lust und Tollerei aus dem Urlaub zurückholen würde.

»Andrea ist verschwunden, und ich weiß nicht einmal, ob sie noch lebt, Bernd. Wir müssen hier alle mobilisieren, die wir haben, verstehst du?«

Lagerfeld hörte die Worte wohl, aber es dauerte einen Moment, bis die Botschaft bei ihm ankam. »Verschwunden? Was meinst du damit, sie ist verschwunden? Niemand verschwindet einfach so, vor allem dann nicht, wenn es sich um eine bewaffnete Polizeibeamtin der Kripo handelt. Was ist denn genau passiert, in

Herrgottsnamen?«, fragte er halb irritiert und halb besorgt. Der Gedanke, dass Andrea vielleicht tot war, trieb Lagerfeld einen kalten Schauer den Rücken hinunter.

Haderlein teilte ihm in aller Kürze mit, was er wusste. Das war nicht eben viel, doch es reichte, um Lagerfeld davon zu überzeugen, sich umgehend von seinem Zirndorfer Bier und der schottischen Location zu lösen.

»Ach, und noch was, Bernd, bring Riemenschneider mit, wir haben hier eine äußerst undurchsichtige Spurenlage, da ist eine sensible Nase wirklich höchst willkommen.«

Lagerfeld wusste, dass er gar nicht anders konnte, als dem Ruf Haderleins zu folgen. Was er hörte, klang ja wirklich dramatisch, und auch bei ihm stellten sich nun massive Sorgen über den Verbleib der neuen Kollegin ein.

Also gut, seine Stunden hier in Coburg waren demnach gezählt. Schade, denn das mit dem Zirndorfer Bier hätte er gern noch geklärt.

Er erhob sich unter den erstaunten Blicken seines Gegenübers und warf einen Zwanzig-Euro-Schein auf den Tisch. »So, mein Lieber, den kannst du noch versaufen, wenn du willst. Meinetwegen sogar mit diesem … diesem … na ja, Bier. Ich muss leider weg.« Sprach's und nahm seine Jeansjacke vom Stuhl, um sich schleunigst auf den Weg nach Bamberg zu machen.

Der Sänger war so verblüfft, dass er zuerst gar nicht wusste, was er sagen sollte. Aber dann, gerade als sich Lagerfeld umdrehte, um das Lokal zu verlassen, fand er seine Sprache wieder. »Und etzerd, was is mit mir? Döff ich jetzt widder singa, oder was?«, rief er dem Kommissar hinterher, wenn auch ohne nennenswerte Hoffnung auf eine positive Antwort.

Er sollte allerdings eines Besseren belehrt werden. Die Grundvoraussetzung für das Gesangsverbot des talentfreien Poeten änderte sich nämlich in dem Moment, als der Wirt von der Insel erneut zu ihnen an den Tisch trat, um zu fragen, ob es noch etwas sein dürfe.

»Ja, ein anderes Bier vielleicht?«, meinte Lagerfeld zickig und deutete energisch auf das Brauereilogo auf seinem Bierglas. Aber der Kneipenbesitzer erwies sich als störrisch. Ein Wesenszug, den der Schotte mit dem Franken gemein hat.

»Wir sind sehr zufrieden mit diesem Bier«, erwiderte der Highlander des Hungry Highlander abwehrend und verschränkte stur die Arme vor der Brust. Seine Augen blitzten, als freute er sich auf die bevorstehende Diskussion, die er allem Anschein nach schon des Öfteren geführt hatte.

Lagerfeld nahm den Fehdehandschuh an und fuhr das größte Geschütz auf, das ihm zur argumentativen Verfügung stand. »Okay, mein Lieber, Sie sind hier nicht aufgewachsen, das verstehe ich. Sie können es nicht wissen. Das hier ist Coburg, also Zonenrandgebiet. Aber wir befinden uns dennoch in Oberfranken. Und in Oberfranken eine solche mittelfränkische Plörre auszuschenken, kann eine sehr lange Gefängnisstrafe nach sich ziehen«, fauchte er, was den Wirt aber nur zu einem lässigen Schulterzucken veranlasste. Lagerfeld war ehrlich genervt.

»Also was is jetzt mit Singa?«, fragte der Coburger Sänger – diesmal, vom Alkoholpegel beschwingt, schon etwas selbstbewusster –, und Lagerfeld erkannte seine Chance zur pädagogischen Fortbildung starrsinniger schottischer Hopfenterroristen. Hier saß doch etwas weitaus Besseres als eine Gefängnisstrafe.

»Was singen willst du? Ach, von mir aus gern, mach, was du willst, ich muss fort«, entgegnete er unter dem entsetzten Blick des Wirtes und der übrigen Gäste jovial. »Lass den Kaschber hoggn und saufen, dann singt der wenigstens ned. Geld hab ich ner dagelassen«, flüsterte Lagerfeld dem Wirt noch kurz ins Ohr, dann eilte er, die Jeansjacke in der Hand, aus dem Hungry Highlander hinaus und zurück zu seinem Miettransporter. Die Eingangstür war noch nicht hinter ihm ins Schloss gefallen, da begann ein Kassettenrekorder laut zu spielen, ein heftiger Tumult entbrannte, und im Hungry Highlander in Coburg begann eine neue musikalische Zeitrechnung.

César Huppendorfer war der Nächste, den Haderlein anrief. Natürlich reagierte der Halbbrasilianer auf das Bild, das sein Kollege von der Situation im Krankenhaus zeichnete, im ersten Moment ähnlich perplex und schockiert wie vor ihm Bernd Schmitt. Dann widmete er sich aber umgehend seinem Arbeitsauftrag, der fürs Erste aus zwei Teilen bestand: herauszufinden, wer der mysteriöse Autofahrer war, der Andreas Besucher so rüde über den Haufen gefahren hatte, und alles zusammenzutragen, was über den sogenannten Zimmergörch in Erfahrung zu bringen war. Der Mann war im Moment die einzige und heißeste Spur, die sie hatten. Und obwohl Georg Schugg wegen seiner abgedrehten Theorien überall in Bamberg leidlich bekannt war, wusste man hier in der Dienststelle außer seinem Namen kaum etwas Konkretes über ihn. Das galt es zu ändern.

Frage Nummer eins klärte sich kurze Zeit später fast von allein, denn ein Kollege von der Bereitschaftspolizei aus dem unteren Stockwerk hatte von dem Unfall draußen auf der Straße gehört und konnte das Fahrzeug zuordnen. Er klärte seine Kollegen von der Kripo umgehend über die Identität des Geflüchteten auf.

Der mysteriöse Fahrer, der Georg Schugg auf die Haube genommen hatte, war demnach schon seit Längerem in der Dienststelle aktenkundig. Es handelte sich allerdings nicht um einen Kriminellen oder gar ein Mitglied international operierender Syndikate, nein. Der rote Audi, der sich durch Fahrerflucht unerlaubt vom Unfallort entfernt hatte, gehörte einem gewissen Leopold Leicht aus Wonfurt, Landkreis Haßberge. Er war heute Morgen im Gebäude gewesen, weil er von den Kollegen eine letzte Verwarnung mit dazugehöriger Belehrung erhalten hatte. Darin wurde dem uneinsichtigen Rentner mitgeteilt, dass er, sollte wegen seines auffälligen Fahrverhaltens erneut auch nur die geringste Kleinigkeit gemeldet werden, seinen Führerschein für die nicht mehr allzu lange Lebensrestlaufzeit abzugeben habe. Und zwar auf höchstrichterlichen Beschluss.

Natürlich hatte diese drastische Maßnahme auch einen triftigen Grund. Der Wonfurter Bruchpilot war bereits einundneunzig Jahre alt und offenbar nicht mehr wirklich fahrtüchtig. Im letzten halben Jahr hatte er mehrere leichte Unfälle im Straßenverkehr verursacht und dazu noch etliche parkende Autos beschädigt. Dem Kollegen zufolge sah der Mann nicht mehr wirklich gut, sondern war gerade noch so durch die letzte optische Prüfung gekommen, und mit den motorischen Fähigkeiten war es allem Anschein nach auch nicht mehr so weit her. Vor allem aber war Herr Leopold Leicht eines: absolut uneinsichtig. Im Umgang mit Polizeibeamten war das ein eher ungünstiger Wesenszug. Die dementsprechend robuste Belehrung hinsichtlich seiner Beschwerde über das drohende Fahrverbot hatte den altersstarrsinnigen Mann wohl so erregt, dass er zum Auto gestürmt war und im Kavaliersstart den Parkplatz vor der Dienststelle verlassen hatte. Den zeitgleich über die Straße laufenden Zimmergörch musste er aufgrund seiner rudimentären Sehfähigkeiten übersehen haben, ergo fuhr er ihn über den Haufen.

Das Fahrzeuglenker-Schicksal des Einundneunzigjährigen aus dem Landkreis Haßberge konnte demnach als besiegelt betrachtet werden. Leopold Leicht wurde zur Fahndung ausgeschrieben. Sobald man seiner habhaft werden konnte, würde der Greis sofort festgenommen und die Fahrerlaubnis endgültig konfisziert werden. Außerdem drohte ihm ungeachtet seines hohen Alters eine Anklage wegen schwerer Körperverletzung und Fahrerflucht.

Als das geklärt war, widmete sich Huppendorfer der Vita des verschwundenen Zimmergörch. Das erwies sich ebenfalls als nicht so schwer, denn der Polizeicomputer spuckte bereitwillig eine Vielzahl an Daten aus.

Georg Schugg. Geboren am 25.09.1977 in Schweinfurt. Besuchte dort die Schule bis zum Abitur. Anschließend Studium der Geologie sowie der Archäologie an der Universität Würzburg. Nach Abschluss des Studiums wechselnde Arbeiten bei Bohrfirmen in ganz Deutschland. Es gab eine Lücke von circa einem Jahr, in dem Georg Schugg anscheinend nirgendwo beschäftigt gewesen war. Zuletzt war eine Anstellung bei einer gewissen Drilltec GmbH Schweinfurt vermerkt, danach ein Nebenjob bei einer kleinen Firma für archäologische Ausgrabungen mit Sitz in Würzburg. Als Wohnsitz des Zimmergörch war Baunach angegeben. Dort lebte Schugg unter der Adresse eines gewissen Baron Ferdinand von Rotenhenne.

Erstaunt betrachtete César Huppendorfer den Namen und die

Adresse, denn beides kam ihm seltsam bekannt vor, und zwar von einem früheren Fall. Ferdinand von Rotenhenne war mit Hilfe seiner Biberpopulation und der daraus entstandenen Reisplantagen zu unerwartetem Wohlstand gekommen. Seit den Vorfällen auf dem Grundstück des Barons vor vielen Jahren hatte sich der Landadlige geschäftstüchtig, wie er war, zum größten Reisproduzenten Deutschlands entwickelt, den Bibern und der grassierenden Klimaerwärmung sei Dank. Jetzt lebte er also oberhalb von Baunach in einer restaurierten Burganlage und erging sich in Import/Export.

Und bei diesem schrägen Baron hatte der noch schrägere Zimmergörch eine Heimat gefunden. Tja, wer hätte gedacht, dass ausgerechnet diese beiden sich mit ihrem jeweiligen Knall so wunderbar ergänzten? Minus und minus ergab ja vielleicht doch einmal plus.

Womöglich wäre es gar nicht schlecht, dem guten Baron nach so langer Zeit mal wieder einen Besuch abzustatten und ihm ein paar Fragen über seinen berühmt-berüchtigten Untermieter zu stellen. Das brachte unter Umständen mehr, als hier in der Dienststelle stundenlang das Internet zu durchforsten.

Kurz entschlossen notierte sich César Huppendorfer die Adresse und machte sich auf den Weg zum adligen Burgherrn in den weithin bekannten Baunacher Reisfeldern.

Franz Haderlein wartete, bis Ruckdeschl mit seinen Kriminaltechnikern und Kriminaltechnikerinnen im Bamberger Klinikum eingetroffen war, und führte sie sofort zum Tatort in den siebten Stock, in das Zimmer, aus dem Andrea Onello und ihr Unfallopfer verschwunden waren. Heribert Ruckdeschl betrachtete sich das Bild der Verwüstung vom Eingang aus.

»Na, hier sieht's ja aus wie im Bamberger Schlachthof. Was ist denn da drin passiert, Franz? Und wo sind meine Leichen, ich seh gar keine.«

Haderlein konnte zu dieser Frage leider nichts wirklich Sinnstiftendes beitragen und zuckte ratlos mit den Schultern. »Wenn ich das wüsste, Heribert, wenn ich das nur wüsste. Es gibt keine

Leichen, auch keine Zeugen bisher, nur das, was von der Schießerei in diesem Zimmer übrig geblieben ist. Eigentlich baue ich da wirklich auf euch, Heribert, ich weiß nämlich nur, dass Andrea verschwunden ist und ich keine Ahnung habe, wohin und warum. Also bitte, Heribert, wenn ihr aus diesem blutverschmierten Chaos eine Spur herauslesen könnt, wäre ich dir wirklich sehr verbunden. Gib mir etwas, womit ich arbeiten kann.«

Der Leiter der Spurensicherung betrachtete seinen langjährigen Wegbegleiter bei der Bamberger Polizei ein paar Sekunden länger als sonst. So besorgt, ja fast hilflos hatte er Haderlein selten erlebt. Wenn er ihn so eindringlich bat, war die Sorge aber wohl auch berechtigt.

»Okay, Franz, ich sage dir, was wir machen. Die Spuren sind ja nicht nur hier im Zimmer, sondern meines Erachtens auf dem gesamten Weg hinaus vorhanden, den wir aber erst noch ermitteln müssen, da die Fußabdrücke mit der zurückgelegten Strecke schwächer werden. Das heißt, wir werden zusätzlich zu diesem Zimmer den Gang, den Fahrstuhl und womöglich mehrere Eingänge des Klinikums untersuchen müssen, um herauszufinden, wie und auf welche Weise die beteiligten Personen das Zimmer beziehungsweise das Klinikum verlassen haben. Das kann aber dauern, Franz, das ist eine ganz schön große Fläche. Allein die Spurenlage in diesem Zimmer zu sondieren wird keine Sache von Minuten sein, das ist eine ganz schön komplizierte Angelegenheit. Aber ich tu, was ich kann, das versprech ich dir.« Er legte Haderlein aufmunternd die Hand auf die Schulter, was dieser mit einem dankbaren, jedoch schmalen Lächeln quittierte.

»Eine Frage hätte ich noch, Heribert, kannst du mir vielleicht auf die Schnelle erklären, was das da ist?« Er deutete auf das seltsame längliche Ding, das neben dem Nachtkästchen auf dem Boden lag. »So etwas habe ich noch nie gesehen, und zur Ausstattung eines Krankenhauses scheint mir das Teil nicht zu gehören.«

Ruckdeschl kniff die Augen zusammen, dann holte er seinen Fotoapparat aus der Tasche und begab sich, ähnlich wie Haderlein die unblutigen Stellen am Boden nutzend, zu dem Objekt. Zuerst fotografierte er es, dann hob er den ominösen Gegenstand mit seinen behandschuhten Fingern vom Boden auf und betrachtete ihn nachdenklich, ehe er ihn in einen nummerierten, durchsichtigen Plastikbeutel steckte und mit ratlosem Blick auf dem gleichen Weg zu Haderlein zurückkam.

»Ganz ehrlich, Franz, ich habe keine Ahnung. Aber weißt du was? Du darfst das Ding jetzt mitnehmen und es den Ärzten zeigen, vielleicht ist das ja doch ein Utensil aus dem Krankenhaus. Und wenn nicht, dann auf zu unserem heiß geliebten Leiter der Erlanger Rechtsmedizin. Wenn einer so etwas klassifizieren kann, dann er.«

Als Ruckdeschl Haderleins zweifelnden Blick bemerkte, legte er ihm erneut die Hand auf die Schulter. »Ich weiß, Franz, Siebenstädter ist ein Arschloch mit Diplom, aber immerhin eins, das sich auskennt. Außerdem, vielleicht hilft es ja etwas, wenn er hört, dass Andrea verschwunden ist. Zwischen den beiden scheint sich ja etwas Amouröses anzubahnen, was man so hört.« Ein beherzter Versuch Ruckdeschls, seinem Freund und Kollegen mit Humor Zuversicht zu signalisieren, aber da ihm entsprechende Hintergrundinformationen fehlten, konnte er nicht ahnen, dass an derlei Gerüchten nichts dran war, eher das genaue Gegenteil war der Fall.

Gleichwohl hatte Siebenstädter ungeachtet der bombastischen Abfuhr vielleicht noch ein paar warme Gefühle für seine vermeintliche Ex-Verlobte übrig. Einen Versuch war es allemal wert, das übliche arrogante Geschwafel des abgehobenen Rechtsmediziners über sich ergehen zu lassen. Hier konnte Haderlein sowieso nichts mehr tun.

Während Ruckdeschl und dessen Team ihre mitgebrachten Koffer öffneten und mit der Arbeit begannen, machte Haderlein sich auf den Weg zum Aufzug. Mit Plastikschützern über den Schuhen ging er nah an der Wand entlang, um möglichst wenig Schaden an der Spurenlage auf dem Gang zu verursachen. Die Abteilung war inzwischen nahezu menschenleer. Ärzte und Patienten hatten die polizeilichen Anordnungen sofort umgesetzt und die Aktivitäten in den Zimmern und Gängen auf das Notwendigste beschränkt.

Am Stationsende stieg er in einen der Aufzüge – an und in einem davon machten sich ebenfalls bereits Mitarbeiter der Spurensicherung zu schaffen – und fuhr nach unten in die Ambulanz, um noch mal mit Dr. Sagasser zu sprechen. Ehe er nach Erlangen in die Rechtsmedizin fuhr, wollte er ein paar gründliche Befragungen all jener Krankenhausmitarbeiter durchführen, mit denen Andrea Onello und Georg Schugg vor ihrem Verschwinden Kontakt gehabt hatten.

Als Haderlein aus dem Fahrstuhl stieg, eilte der Oberarzt Dr. Sagasser ihm aufgeregt entgegen. Er hatte einen kleinen, gedrungenen Mitarbeiter des Roten Kreuzes im Schlepptau.

»Herr Kommissar, gut, dass Sie kommen. Ich glaube, es hat sich ein Zeuge gefunden, der Ihnen vielleicht weiterhelfen kann. Das ist Vinzenz Rösler, Rettungssanitäter beim Roten Kreuz.« Er deutete auf seinen Begleiter, der den Kriminalhauptkommissar aus großen Augen anschaute.

Haderlein hatte keine Lust auf höfliches Geplänkel, dazu fehlte ihm die Zeit. Er wandte daher die in vielen Bamberger Dienstjahren gelernte Aufforderung zum Sprechen an, die in Franken immer und überall allerhöchste Dringlichkeit signalisierte.

»Los, soch!«, befahl er rüde in einwandfreiem Fränkisch, und der Sanitäter legte los.

»Also, ich sollte eine Patientin aus dem Krankenhaus in Scheßlitz hierher überführen und hab meinen Krankenwagen wie immer draußen in der Halle geparkt. Gerade schiebe ich die Patientin in die Ambulanz, als ein Arzt, ebenfalls mit einer Patientin auf dem Transportbett, auf dem Weg nach draußen an mir vorbeirauscht. Ich hab noch gedacht, der Typ schaut aber ganz schön angestrengt, und mich gewundert, dass der mit seiner Patientin so hektisch zur Tür hinausstürmt, weil, in Notfällen ist das ja normalerweise umgekehrt, da beeilt man sich reinzukommen. Na, jedenfalls habe ich meine Patientin ganz normal in der Ambulanz abgeliefert und alles unterschrieben. Dann hieß es auf einmal, dass oben im Klinikum irgendetwas Schlimmes passiert sein sollte, aber niemand konnte mir etwas Genaues sagen. Darum bin ich wieder los, hier war ich ja fertig. Als ich die Notaufnahme verließ und zu meinem Krankenwagen wollte, war der aber nicht mehr da, der war weg«, erzählte er aufgeregt.

»Wie bitte, der Krankenwagen war verschwunden, sagen Sie?«, warf Haderlein ungläubig ein, woraufhin der Sanitäter eifrig nickte.

»Ja, genauso war's. Na, ich hab vielleicht geschaut. Ich lasse nie mehr den Schlüssel stecken, das kann ich Ihnen sagen, Herr Kommissar. Aber das war noch nicht alles, jetzt kommt's. Ich hab meinen Krankenwagen nämlich kurz darauf wiederentdeckt, und zwar unten auf dem Besucherparkplatz, zwischen den geparkten Autos. Die Fahrertür stand offen und die Hecktür auch. Der Motor des Wagens lief. Dazu stand eine Notliege des Krankenhauses mitten auf dem Parkplatz herum. Als ob jemand in aller Eile etwas aus- oder umgeladen hätte. Die Parklücke, bei der der Wagen stand, war frei. Da musste gerade eben jemand herausgefahren sein. Es war aber niemand mehr zu sehen. Na ja, ich hab dann die Liege hinten reingeräumt und bin mit dem Krankenwagen wieder hoch zur Notaufnahme gefahren, um den Vorfall zu melden. Ich dachte, dass sich jemand einen ziemlich blöden Scherz mit mir erlaubt hat. Im Krankenhaus war aber inzwischen der Teufel los wegen der Schießerei oben auf der Station, und zuerst wollte sich keiner meine Geschichte anhören. Bis ich vorhin auf Dr. Sagasser hier gestoßen bin. Und das war's, mehr weiß ich nicht.«

Haderlein hatte es sich verkniffen, den engagierten Vortrag zu unterbrechen, und mit stetig wachsendem Interesse zugehört. »Na also, da haben wir ja doch ein paar Hinweise, endlich«, stieß er hervor und stellte fest, dass ihn diese Erkenntnis in gewisse Aufregung versetzte. »Sagen Sie, Dr. Sagasser, gibt es im Klinikum Kameras, auf denen etwas davon aufgezeichnet worden sein könnte?«

Der Arzt schüttelte entschieden den Kopf. »Nein, Herr Kommissar, das hätte ich Ihnen schon gesagt. Insbesondere im Gebäude ist uns das aus datenschutzrechtlichen Gründen untersagt, damit kann ich leider nicht dienen.«

Haderlein nickte wenig überrascht, im Grunde hatte er mit

keiner anderen Antwort gerechnet. Aber bitte, lieber jede Möglichkeit abklopfen.

»Also gut, Herr Rösler, Sie zeigen mir jetzt bitte zuerst Ihren Krankenwagen und gleich danach die Stelle auf dem Parkplatz, an der Sie ihn wiedergefunden haben«, instruierte Haderlein den Sanitäter.

Die Erlanger Rechtsmedizin mit ihrem unbequemen Chef musste erst einmal warten, denn endlich hatte er so etwas wie eine heiße Spur.

Der Schatzhaufen

Lagerfeld hatte sich in seinem vollbeladenen Transporter auf den Weg nach Ebensfeld gemacht, um Riemenschneider abzuholen.

Ganz in der Nähe von Bad Staffelstein im idyllischen »Gottesgarten« gelegen, war Ebensfeld von Coburg gar nicht so weit entfernt, man musste vom Itzgrund nur einmal über die Hügel ins Maintal wechseln. Dort hatten Haderlein und seine Lebensgefährtin Manuela nach langem Suchen endlich eine Bleibe für Riemenschneider und ihre Schweinekinder gefunden. Über eine Empfehlung war die Sippe auf dem Biobauernhof Sporath gelandet, wo alle Beteiligten bleiben sollten, bis die Ferkelkinder von der Mutter entwöhnt werden konnten. Gesäugt wurden Riemenschneiders Kinder zwar nicht mehr, aber niemand hatte es bisher übers Herz gebracht, die kleine Schweinefamilie auseinanderzureißen, auch wenn die Ferkel mit einem Dreivierteljahr schon ziemlich selbstständig wirkten.

Eine Zeit lang hatten die Schweinchen in einem kleinen Stall in Lagerfelds und Utes Mühle gelebt, wo Behelfspapa Bernd sich intensiv um sie gekümmert hatte. Auch seine Tochter Lena hatte die Zeit mit den kleinen Ferkeln genossen, aber all das war nun Geschichte: die Mühle, der Stall und die erneute Übergangszeit in der Ausnüchterungszelle der Bamberger Dienststelle, in der die Rasselbande geboren war. Fast hätte sich Robert Suckfüll geweigert, der Riemenschneiderin und ihrem Nachwuchs nach dem Auszug aus der Mühle Asyl zu gewähren. Aus hygienischen und auch allerlei anderen Gründen hatte er es nicht mehr vertreten wollen, dass seine Ausnüchterungszelle als Ferkelaufzuchtstation fungierte.

Aber nun schien die Reise ihr Ende gefunden zu haben, denn bei Bauer Sporath waren die Schweinchen wirklich gut aufgehoben. Ein kleiner, aber feiner Stall sowie ein großzügiges Außengehege mit reichlich Schlamm und Dreck, in dem ein Schwein geradezu paradiesische Bedingungen zum Suhlen und Wühlen vorfand, stand ihnen zur alleinigen Verfügung.

Alle in der Dienststelle hatten die neue Heimat der acht-köpfigen Schar begutachtet und für gut befunden. Sie hatten außerdem beschlossen, gemeinsam dafür aufzukommen. Nicht umsonst hatte schließlich jeder von ihnen anlässlich der Tauf-zeremonie die Patenschaft für eines der Ferkel übernommen. So war für Riemenschneider und ihre Nachkommen gesorgt, und niemand musste sich mehr Sorgen um deren Zukunft machen.

Er parkte den Wagen draußen auf der Dorfstraße und ging durch den Hof nach hinten in den Garten, wo sich das Gehege befand. Am Holzzaun angekommen, den Bauer Sporath für die Schweine gebaut hatte, wurde er von Jung und Alt sofort freudig begrüßt.

Die inzwischen zu kräftigen Teenagern herangewachsenen Ferkel hatten sowohl eine erstaunliche Fülle farblicher Diversi-tät als auch körperliche Unterschiede zu bieten. Die Mutter ein rosa Zwergschwein, der Vater ein junger Keiler aus einer angese-henen Wildschweinfamilie im Tambacher Tierpark, da feierte die Evolution fröhliche Urständ. Charles Darwin hätte seine wahre Freude bei ihrem Anblick. Auch Lagerfeld wurde jedes Mal warm ums Herz, wenn er die Rasselbande zu Gesicht bekam.

Außen am Holzzaun hatte Bauer Sporath die Namen der In-sassen auf kleinen Holzschildern verewigt. Ein etwas größeres Schild mit dem Namen der Mutter, drum herum in etwas kleinerer Ausführung die Schildchen für ihre Ferkelkinder. Tofu, Schnitzel, Gershwin, Presssack, Queen Mary, Zwieback und Herpes.

Leider hatte Lagerfeld ob des unverhofften Besuches keinerlei Leckereien dabei. Zumal sich bei den Ferkeln bestimmte Präferen-zen herausgebildet hatten, was die ihnen kredenzten Delikatessen betraf.

Riemenschneider hatte sich noch mit klein geschnittenen Äp-feln begnügt, ihre Kinderlein dagegen warteten teilweise mit sehr speziellen Extravaganzen auf. Der eine wollte nichts als Süßig-keiten, die andere stürzte sich vorzugsweise auf Essensabfälle, und ein paar ganz besondere Spezialisten hatten sich zu regelrechten Biersommeliers entwickelt. Zweien von den Kumpeln hier hätte er auf jeden Fall kein mittelfränkisches Bier vorsetzen dürfen. Bitterböse Blicke und eine Woche abgrundtiefer Verachtung wären die sichere Konsequenz gewesen.

Der speziellste aller Spezialisten aber war ein kleines Ferkelchen mit Namen Presssack. Ausgerechnet das rundlichste aller Schweinchen, welches seinen Taufnamen von Bernd Schmitt höchstselbst erhalten hatte, gab sich bei der Speisekarte besonders wählerisch. Eine Eigenschaft, die im Unterfränkischen als »schniffich«, in der Bamberger Ecke dagegen als »gneschich« bezeichnet wurde.

Derart charakterisierte Persönlichkeiten pflegten dargereichtes Essen in der Regel zuerst missmutig, vor allem aber sehr genau zu betrachten, um es sodann mit spitzen Fingern um- oder ganz auszusortieren. Ein solcher Esser würde es schwer haben, auf ein ordentliches Gewicht zu kommen, sollte man meinen. Aber weit gefehlt. Zumindest beim männlichen Nachwuchsferkel Presssack ließ sich diese Theorie nicht verifizieren. Obwohl der kleine Wonneproppen sich ausschließlich von gekochten Kartoffeln ernährte, und das auch nur im warmen Zustand, hatte er es problemlos geschafft, das mit Abstand schwerwiegendste Kind seiner Mutter zu werden.

Nicht zuletzt sein konsequent trotziges Verhalten verhalf ihm zu dieser Leibesfülle. Hatte Presssack Hunger, und es waren keine gekochten Kartoffeln mit ihm genehmer Temperierung zugegen, so rammte der Winzling seine vier Füße in den Boden, dass der kleine Schweinekörper förmlich erstarrte, und begann herzzerreißend zu quieken. Auch gern mitten in der Nacht, wenn anständige Biobauern aus Ebensfeld eigentlich ihrem wohlverdienten Schlaf frönen wollten. So machte Seine Majestät Prinz Presssack sich wirklich nicht beliebt, ganz und gar nicht. Aber was tat man nicht alles für seine Feriengäste, wenn nicht Kartoffeln kochen, so jedenfalls der weichherzige Biobauer Bernhard Sporath.

Ebendieser kam jetzt ebenfalls an das Freigehege geschlendert und gesellte sich zu dem frisch in Dienst gestellten Bamberger Kommissar.

»Na, wieder mal die Kinder besuchen?«, fragte er Lagerfeld lächelnd und warf ein paar Gemüsereste in das Gehege, was aber nur bei einem Teil der Belegschaft für Begeisterung sorgte. Die Biertrinker Herpes und Queen Mary warfen nur einen abschätzigen Blick auf das Gemüse, Prinz Presssack hielt es nicht einmal für nötig, überhaupt den Kopf zu heben. Er hatte schon aus fünfzig Metern Entfernung gerochen, dass der Hofbesitzer keine gekochten Kartoffeln im Gepäck hatte. Also widmete er sich wieder seiner Lieblingsbeschäftigung, nämlich der Bodenwühlerei. Emsig und mit selten gesehener Inbrunst suchte der kugelrunde Presssack den Untergrund des Geheges nach den Schätzen ab, die der Boden eines uralten Bauernhofes so zu bieten hatte.

»Nein, ich bin bloß hier, um Riemenschneider abzuholen. Die Dienststelle hat mich vorhin angerufen, die haben da gerade eine ganz üble Geschichte am Bein. Wie es aussieht, ist für Riemenschneider und mich der Urlaub vorbei«, brummte Lagerfeld.

»Schade, ich hätte es Riemenschneider gegönnt, noch ein paar Wochen mit ihren Kindern zu verbringen. So ganz richtig finde ich es nicht, sie da jetzt rauszureißen, auch wenn sie die Ferkel nicht mehr säugen muss«, erwiderte Bernhard Sporath mit Bedauern in der Stimme. »Familie ist Familie, auch wenn die Nachkommenschaft teilweise schon sehr speziell ist.«

Lagerfeld wusste, dass er recht hatte. Er hatte auch kein gutes Gefühl dabei, die junge Mutter ihren Kindern wegzunehmen, selbst wenn es sich nur um eine kurz bemessene Zeit handelte. Aber was sollte er machen, Andrea schien wie vom Erdboden verschluckt zu sein, da brauchten sie einfach ihre Supernase. Kein Hund dieser Welt würde jemals das leisten können, wozu Riemenschneider fähig war. Ihr Riechorgan war einfach einmalig.

»Was ist denn das da?«, fragte Lagerfeld und deutete auf einen kleinen Haufen, der sich links im Gehege befand. Es schien sich um eine wilde Ansammlung von allerlei rostigen Gegenständen und sonstigem Unrat zu handeln. Genau erkennen konnte er es aber nicht.

Bauer Sporath nickte wissend. »Das ist der Presssackhaufen. So hab ich ihn jetzt einfach mal genannt. Unser kleiner Kartoffelfetischist dort drüben ist, seit er hier eingezogen ist, den ganzen

Tag damit beschäftigt, den Boden durchzupflügen. Mit seinen Geschwistern will er im Grunde gar nichts mehr zu tun haben, er will nur graben. Den ganzen Tag graben. Alles, was er findet, legt er dort drüben auf seinen Haufen. Und wehe, ein Geschwisterchen kommt absichtlich oder unabsichtlich in die Nähe seines Findungshügels, dann kannst du unseren Presssack aber mal erleben. Dann macht er plötzlich das Rumpelstilzchen und führt sich auf wie Gollum. Mein Schaaaaatz«, meinte Bernhard Sporath lachend, während er mit weit aufgerissenen Augen die Filmfigur aus dem »Herrn der Ringe« nachahmte.

»Aha«, meinte Lagerfeld nachdenklich. »Kann ich den Haufen mal sehen?«

Sporath nickte. »Na klar, aber pass auf, dass Gollum nicht über dich herfällt.« Er lachte schallend.

Lagerfeld hörte ihn schon gar nicht mehr, sondern öffnete neugierig die kleine Tür zum Gehege. Er ging zu dem Utensilien-Häufchen und kniete sich daneben.

Presssack kam sogleich angelaufen, um zu scannen, was dieser Mensch da an seinen Schätzen verloren hatte. Als er Lagerfeld erkannte, war er jedoch umgehend milde gestimmt. Das war ja dieser Schmitt, mit Abstand sein absoluter Lieblingsmensch. Der hatte ihm nicht nur seinen Namen gegeben, nein, bei diesem Zweibein hatte er das Gefühl, dass der ihn als Einziger so richtig verstand. Ohne zu murren, stand Presssack da und sah zu, wie sein Seelenverwandter damit begann, den Schatzhaufen zu durchsuchen.

Lagerfelds Augen wurden immer größer, als er nach und nach die Bestandteile des Haufens sondierte. Ein alter Kaffeelöffel, Nägel und Schrauben unbekannter Herkunft, eine Münze aus dem Dritten Reich, unschwer am Hakenkreuz unter dem Reichsadler zu erkennen, zwei alte Patronenhülsen, die wohl zu einer Schrotflinte gehörten, sowie der verwitterte Rest einer selbst gebastelten Tabakpfeife, die der Bauart nach aus einem früheren Jahrhundert zu stammen schien.

Das Beste aber kam ganz zum Schluss, ganz unten, als Lagerfeld am Boden des kleinen Haufens angelangt war. Dort schimmerte es trotz des verdreckten Zustandes gelblich. Vorsichtig zupfte er das kleine Etwas aus der Erde hervor und reinigte seinen Fund mit den Fingern. Ein Kleinod, das sich ganz allmählich ans Licht der Welt drängte.

Er staunte nicht schlecht, als er begriff, was er da vor sich hatte. In seiner hohlen Hand lag ein altes Schmuckstück, eine Art Brosche. Kreisrund und goldfarben umfasste sie einen in ihrer Mitte befindlichen kräftig roten Stein. Das Schmuckstück schien so alt zu sein, dass Lagerfeld die Möglichkeit, es hier mit einem unechten Edelstein zu tun zu haben, als sehr unwahrscheinlich erachtete.

Neugierig beugte sich nun auch Bernhard Sporath über den Zaun, um mit großen Augen den edlen Fund zu betrachten, während Lagerfeld mit neu gewonnener Hochachtung auf den vor ihm stehenden Presssack herabsah. Der stand mit hängenden Ohren und leichter Schwarz-Rosa-Färbung in den kurzen, struppigen Haaren vor ihm und schaute seinen Namensgeber freundlich an. Ganz offensichtlich war der halbwüchsige Eber sehr stolz auf seine Grabungsleistung und erwartete Lob und Anerkennung. Die bekam er natürlich auch.

Lagerfeld fuhr seinem Ferkel anerkennend über den Kopf und nahm mit einer leicht schüttelnden Bewegung die kleine Schnauze in die Hand. »Mein lieber Presssack, in dir steckt ja weit mehr, als man gemeinhin vermutet hätte«, sagte er lachend und strich dem kleinen Ferkel noch einmal liebevoll über den Kopf.

Dem Adressaten der Lobeshymne gefiel die ungewohnte Anerkennung sichtlich; Presssacks kleine Äuglein schlossen sich vor Wonne. In diesem glückseligen Moment ferkeliger Verzückung wurde Lagerfeld gewahr, dass sein kleiner Grabungstechniker schon wieder etwas im Maul trug.

»Gib«, sagte der Kommissar sanft, und sein gefleckter Sprössling legte ihm bereitwillig seine neueste Fundsache in die dargebotene Hand. Auch dieser Gegenstand entpuppte sich nach längerem Reiben und Wischen als ungewöhnlich gut erhaltenes Relikt vergangener Zeit.

Zuerst wussten Lagerfeld und Bernhard Sporath nicht, was

ihr emsiges Rüsseltier da aus dem Boden gegraben hatte. Der Biobauer hatte dann die entscheidende Eingebung.

»Ha, ich weiß, was das ist. Ja, leck mich doch am Arsch!«, rief er voller Enthusiasmus. »Das ist ein Schlüssel, ein uralter Schlüssel.«

Lagerfeld erkannte sofort, dass Sporath recht hatte. Ein kleiner Schlüssel, der an seinem Kopf allerlei altertümliche Verzierungen aufwies. Er war überhaupt sehr fein und sorgfältig gearbeitet, da hatte sich jemand wirklich sehr große Mühe gegeben. Allerdings war das nicht nur ein sehr kleiner Schlüssel, er bestand noch dazu aus einem sehr edlen Metall, wie es schien. Er wies keinerlei Verwitterungsspuren auf, obwohl er schon seit vielen Jahren in der Erde gelegen haben musste. Es befand sich noch eine kleine Kette mit einem Holzanhänger aus Eiche daran, der die Zeit aber weit weniger gut überstanden hatte.

Der Schlüssel selbst sah nach dem spontanen Reinigungsversuch schon fast wieder aus wie neu. Möglich, dass er aus einer Goldlegierung bestand.

Eine Brosche mit Edelstein, ein goldener Schlüssel – was ist denn hier los?, fragte sich Lagerfeld erstaunt, während er ehrfurchtsvoll zuerst die Funde in seiner Hand und dann den Finder betrachtete. Was hatten sie denn hier für ein kleines Superschweinchen herangezogen? Konnte es sein, dass Riemenschneider einem ihrer Sprösslinge ein noch größeres Talent vererbt hatte, als sie selbst besaß?

Lagerfeld konnte ja nicht ahnen, dass sich der kleine, dicke Presssack schon in wenigen Minuten einem Test unterziehen würde, einer Prüfung seiner besonderen Fähigkeiten, dem ersten wichtigen Examen in seinem noch jungen Leben.

César Huppendorfer verließ die Autobahn in Richtung Suhl an der Autobahnausfahrt Breitengüßbach-Mitte und erreichte kurz darauf Baunach. In der Ortschaft selbst musste er noch einmal nach links abbiegen und dann den Hinweisschildern zur Stiefenburg folgen.

Der Baron von Rotenhenne hatte sich vor einigen Jahren einen

Traum erfüllt und die Burg seiner Vorfahren für viel Geld, quasi aus dem Nichts, wiederauferstehen lassen. So thronte jetzt eine völlig neue, stattliche mittelalterliche Burganlage über dem Ort, auf der Burgherr Baron von Rotenhenne wachte und wohnte. Den Gutteil der finanziellen Aufwendungen für Errichtung und Unterhalt der Burganlage bestritt der Baron aus den Erträgen der Reiswirtschaft im Baunachgrund, auf die er von hier oben mit großer Genugtuung hinunterblicken konnte.

Ebenso wie offenbar Georg Schugg. Ein gelernter Geologe mit zusätzlichem Studium der Archäologie. Da war er auf einer Burg natürlich genau richtig, das musste sich César Huppendorfer eingestehen.

Er fuhr durch das große Burgtor und parkte seinen Wagen gleich links auf einem der dafür vorgesehenen Besucherparkplätze. Als er ausstieg, stellte er zu seiner Überraschung fest, dass die Burg beileibe nicht komplett nach mittelalterlichen Vorgaben gebaut worden war. Hier gab es etliche moderne Glaskonstruktionen, die sich elegant an die mittelalterlich nachempfundenen Mauern schmiegten. Und eine Art Firmenzentrale, auf der groß der Firmenname und das Logo des Unternehmens prangten: »Reisbaron«, darunter ein stilisierter roter Biberkopf.

Im Stockwerk darüber, über eine metallene Wendeltreppe zu erreichen, befanden sich die Privaträume des Barons, die Huppendorfer aber gerade weniger interessierten, denn hinter der gläsernen Firmenfassade brannte Licht. Irgendjemand würde ihm seine Fragen dort schon beantworten können. Er klopfte kurz, öffnete die Glastür und betrat die Geschäftsräume.

Wie erwartet, saßen diverse Mitarbeiter an ihren Schreibtischen und verschickten über ihre Computer den »Baronreis« hinaus in die Welt. Etwas abseits stand der Chef und Burgherr Baron Ferdinand von Rotenhenne in brauner Stoffhose, Hemd und Frankonia-Filzweste und unterhielt sich angeregt mit einer geschäftsmäßig gekleideten, asiatisch aussehenden Besuchergruppe. Täuschte er sich, oder hatte der Baron da gerade einen japanischen Satz von sich gegeben?

Wie auch immer, er steuerte schnurstracks auf den Baron zu,

ohne sich um dessen augenscheinlichen Geschäftstermin zu kümmern. Das Gespräch schien sich sowieso gerade dem Ende zuzuneigen, denn die Japaner legten jetzt alle ihre Hände vor der Brust zusammen und verneigten sich artig.

»Saikai«, hörte Huppendorfer den Baron sagen, was wohl eine höfliche Verabschiedung darstellen sollte, so jedenfalls seine Vermutung. Solcherlei Fragen konnte der Kollege Schmitt besser beantworten, der hatte derartige Idiome ja sogar einmal studiert und war ein regelrechtes Sprachengenie.

Freundlich lächelten ihm die Japaner zu, als sie an ihm vorbeiliefen und rege schnatternd dem Ausgang zustrebten. Aus dem Augenwinkel sah er, wie sie draußen vor dem Firmengebäude ihre Kameras zückten und anfingen, Fotos zu machen. Na ja, Japaner eben, die knipsten immer und überall, wo sie in Europa auftauchten, dachte er, ganz so wie in der Bamberger Innenstadt, dann stand der große, kräftige Ferdinand von und zu Rotenhenne vor ihm und reichte Huppendorfer die Hand.

»Baron von Rotenhenne. Was kann ich für Sie tun?«, fragte der Firmenchef mit kräftiger Stimme und einem freundlichen Lächeln, während er den Kommissar aufmerksam betrachtete.

César amüsierte sich ein wenig, allerdings nur inwendig, schließlich war er im Dienst. Der Baron schien sich nicht an ihn zu erinnern, obwohl sie bei einem spektakulären Fall sehr intensiv miteinander zu tun gehabt hatten. Man hatte damals einen halb verwesten, abgeschlagenen Kopf in der Gartenhütte des Barons gefunden. Nichts für schwache Nerven. Doch nun, viele Jahre später, hatte der Baron den Fall und damit ihn aus seinem Gedächtnis gestrichen, wie es schien.

»Herr Baron, Kriminalkommissar César Huppendorfer, Kripo Bamberg. Wir hatten vor einigen Jahren schon mal wegen eines Mordfalles auf Ihrem Grundstück miteinander zu tun.«

Im Gesicht des Barons verzog sich kein einziger Muskel, sein Lächeln blieb weiterhin geschäftsmäßig freundlich, als er antwortete: »Ja, natürlich erinnere ich mich an Sie, Herr Kommissar, wer könnte ein Desaster wie das damalige schon vergessen? Ich hatte Sie schon bemerkt, als Sie vorhin staunend draußen vor der Tür standen. Es hat sich hier einiges verändert seit unserem letzten Treffen, finden Sie nicht?«

Huppendorfer nickte und musste jetzt doch grinsen. »Das können Sie laut sagen, Herr Baron. Sind das eigentlich Japaner?« Er deutete auf die Gruppe Asiaten draußen vor dem Fenster, die sich immer noch gegenseitig vor dem Firmengebäude ablichteten.

»Ja, allerdings. Die wenigsten wissen, dass wir den Großteil unseres Reisertrages dorthin verkaufen. Wir bauen hier die japanische Reissorte Koshihikari an, die in ihrem Herkunftsland sehr begehrt ist.«

Huppendorfer machte große Augen. Japanischen Reis nach Japan exportieren, wieso das denn?

Der Baron bemerkte seinen verwunderten Blick und lächelte erneut, diese Frage wurde ihm des Öfteren gestellt. »Nun, wir bauen diese Sorte hauptsächlich aus zwei Gründen an. Erstens verträgt der Koshihikari unser winterliches Klima. In Japan wird er sogar auf der Insel Hokkaido angebaut, von da ist es nicht mehr weit bis nach Russland. Außerdem baut Japan so wenig Reis an, dass die Japaner fast keinen exportieren, im Gegenteil. Die Nachfrage ist größer als das Angebot. Also produziert ein kleiner Baron aus dem Baunachgrund mit Hilfe fränkischer Biber japanischen First-Class-Reis, um ihn äußerst gewinnbringend in sein Herkunftsland zu verkaufen.« Verschmitzt lächelte er den staunenden Kommissar an.

»Und die Japaner bezahlen wirklich Geld dafür, dass Sie ihnen quasi ihren eigenen Reis verkaufen?«, hakte Huppendorfer ungläubig nach, denn diese Vorstellung brauchte doch etwas Gewöhnung.

Ferdinand von Rotenhenne konnte darüber nur lauthals lachen. »Haha, ach du mein Gott, Sie haben ja keine Ahnung, mein Lieber. Fragen Sie einmal einen Japaner in Tokio, ob er die Firma ›Reisbaron‹ aus Deutschland kennt. Den, der darauf mit Nein antwortet, müssen Sie lange suchen. Ich bin bei denen inzwischen berühmt. Japanischer Reis aus Deutschland ist dort ebenso normal wie schottischer Whisky aus Oberfranken. Ja, natürlich bezahlen die dafür«, erklärte Ferdinand von Rotenhenne bereitwillig. »Aber

Sie sind doch sicher nicht hier, Herr Huppendorfer, um sich über meine Geschäftsbeziehungen nach Japan zu erkundigen, nehme ich an.«

»Nein, keineswegs, Herr Baron. Es geht um einen gewissen Georg Schugg, der laut Meldebehörde bei Ihnen wohnhaft ist. Können Sie das bestätigen?«

Mit einem Schlag war es mit der guten Laune des Barons von Rotenhenne vorbei, eine Mischung aus Ablehnung und Misstrauen legte sich über sein Gesicht.

»Ja, das ist richtig. Aber bevor wir hier weiter im Gang herumstehen, sollten wir das Weitere doch besser in meinem Büro besprechen.« Er deutete auf eine schwere Holztür am Ende des Gemeinschaftsbüros, in die von einem Künstler ein großer Biberkopf geschnitzt worden war.

Huppendorfer folgte dem Baron in das Allerheiligste der Geschäftsräume in der Stiefenburg, das Chefbüro. Dort angekommen, bedeutete von Rotenhenne dem Kommissar, auf dem Sessel vor seinem Schreibtisch Platz zu nehmen, er selbst setzte sich dahinter.

César Huppendorfer sah sich um. Hier drin war alles recht schlicht und schmucklos gehalten. Die Rückwand des Büros bestand aus den rohen unbehandelten Steinen der Burg, an die sich in Holzbauweise gefertigte Seitenwände mit Regalen voller Bücher sowie die hohe Zimmerdecke anschmiegten. Eine Mischung aus altertümlich und modern, die dem modebewussten Kommissar sofort gefiel. Allerdings kam er nicht mehr dazu, seine innenarchitektonischen Überlegungen weiter zu vertiefen, denn Ferdinand von Rotenhenne kam sofort zum Punkt.

»Also, dann schießen Sie mal los, was ist denn mit meinem Untermieter, dem Herrn Schugg?«, wollte der Baron wissen und schaute Huppendorfer aufmerksam an. Der hielt mit seinem Ansinnen nicht länger hinter dem Berg.

»Nun, Herr Baron, um es kurz zu machen, Ihr Mieter scheint verschwunden zu sein. Im Bamberger Klinikum ist heute Morgen eine unschöne Sache vorgefallen, seitdem werden er und eine Kollegin von uns vermisst. Über die etwaigen Gründe wissen wir noch nicht allzu viel und auch nicht über Herrn Schugg, daher dachte ich, ich schaue einmal persönlich an seiner Wohnstatt vorbei, in der Hoffnung, dass Sie mir etwas mehr über ihn erzählen können. Schließlich wollen wir die beiden ja möglichst schnell wiederfinden.«

Der Baron saß einen Moment lang wie versteinert da und brauchte einige Sekunden, um das Gesagte zu verarbeiten, dann jedoch erwachte er wieder zum Leben. Mit nachdenklichem Blick lehnte er sich in seinem Ledersessel zurück und hob die Hand zum Kinn, das er ein paar Sekunden lang massierte, ehe er seine Denkpause beendete und endlich bereit war für eine Antwort.

»Also, Herr Kommissar, ich kann Ihnen Folgendes zu Herrn Schugg sagen: Vor ziemlich genau eineinhalb Jahren bekam ich einen Anruf von Dr. Wolfschmitt aus der psychiatrischen Fachklinik in Hutschdorf. Er sagte mir, er habe dort aktuell einen Patienten, den er nach der Behandlung in der Klinik gern wieder ins normale Leben integrieren würde. Und fragte, ob ich eventuell bereit wäre, ihn aufzunehmen. Da wir uns schon seit Jugendzeiten kennen, kam ich der Bitte von Dr. Wolfschmitt gern nach. Der Mann, um den es ging, war Georg Schugg. Dr. Wolfschmitt erzählte mir, dass er wegen einer schizophrenen Störung bei ihm in Behandlung sei, die Herr Schugg aber seiner Meinung nach weitestgehend überwunden habe. Er sei ein ziemlicher Sonderling, ansonsten aber recht lebenstüchtig. Nun gut. Ich bin bald nach diesem Anruf persönlich nach Hutschdorf gefahren, wo Herr Schugg im Haus Zachariel untergebracht war, habe mir den Mann angeschaut und auch gleich mitgenommen. Ich überließ ihm hier auf der Burg eine kleine Wohnung und verschaffte ihm zudem eine stundenweise Beschäftigung bei einer Firma für archäologische Grabungen. Es war alles so weit in Ordnung, bis der liebe Georg mit seinen Spinnereien über das Klima und seinem idiotischen Manifest begonnen hat.«

»Ach, was denn für ein Manifest?«, fragte Huppendorfer, der von Schuggs Werk noch nichts mitbekommen hatte, erstaunt.

»So eine Art Abhandlung über die Verschwörung der Weltwirtschaft, die uns den Klimawandel einreden will. Seiner, also

Georg Schuggs Meinung nach existiert der Klimawandel nämlich gar nicht, sondern wurde erfunden, um industriellen Betrieben weltweit zu mehr Profit zu verhelfen.«

Ferdinand von Rotenhenne schüttelte kurz den Kopf, bevor er weiterredete. »Richtig übel wurde es ab letztem November, als die Grabung witterungsbedingt eingestellt wurde und der liebe Georg tagsüber nichts mehr zu tun hatte. Seither läuft er beinahe täglich mit seinem Manifest und den dazugehörigen Theorien kreuz und quer durch Bamberg und verbreitet seinen Blödsinn. Wie gesagt, er ist eigentlich kein schlechter Mensch und auch ganz bestimmt kein Dummer. Aber jetzt hat er auch noch damit angefangen zu behaupten, man würde versuchen, ihn umzubringen. Just heute erzählte er mir, irgendwer sei wegen dem, was er angeblich aufgedeckt und in seinem Manifest zu Papier gebracht hat, hinter ihm her. Da hat's mir dann gereicht. Ich habe ihm gesagt, wenn er nicht aufhört, so einen Blödsinn zu verbreiten, fliegt er hier raus. Immerhin habe ich einen Ruf zu verlieren. Ich gebe zu, auch mir sagt man nach, nicht gerade an die Gesellschaft angepasst zu sein. Aber was der liebe Georg da abzieht, ist sogar jenseits meiner an sich sehr weit gefassten Toleranzgrenze.« Entschlossen verschränkte der Baron die Arme vor der Brust.

Huppendorfer hatte sich alles angehört und das Wichtigste notiert. Des Barons Schilderung von Schuggs Person entsprach ziemlich genau dem, was Honeypenny über den Typen gesagt hatte. Schizophrenie, Klimalüge, Verfolgungswahn. Nur eines kam ihm komisch vor.

»Moment mal, heute? Der war heute noch mal hier? Wann war denn das genau?«, fragte er, plötzlich hellhörig geworden.

»Na, vor zwei Stunden vielleicht. Er kam mit einem kleinen weißen Auto angefahren, einem Suzuki. Meine japanischen Gäste haben sich köstlich darüber amüsiert, dass auf der Burg eines deutschen Barons ein japanischer Kleinwagen herumkurvt.«

Ein weißer Suzuki? Andrea besaß so ein Auto. Ein eigenartiger Zufall, der den Bamberger Kommissar auf der Stelle unruhig werden ließ.

»Dürfte ich mich vielleicht einmal in der Wohnung von Herrn

Schugg umsehen? Eventuell bringt uns das ja weiter«, drängte er, woraufhin der Baron glücklicherweise bereitwillig nickte.

»Gern, kein Problem, bitte folgen Sie mir, es ist nicht weit.«

Sie verließen die Geschäftsräume und traten hinaus auf den Burghof. Von einem weißen Suzuki war weit und breit nichts zu sehen. Aber vielleicht brachte eine Inspektion der Wohnung ja ans Licht, was Schugg hier gewollt hatte, überlegte César Huppendorfer, der so etwas wie eine kleine Spur witterte.

Bernhard Sporath betrachtete voller Neugier den goldenen Schlüssel mit dem Holzanhänger. Die Fassung schien komplett aus Edelmetall zu bestehen. Keine Patina, kein Rost. Also ein wirkliches Wertstück.

Lagerfeld hatte Brosche und Schlüssel an ihn weitergereicht, denn er konnte sich keinen Reim auf diese Funde machen, aber vielleicht wusste ja Bauer Sporath diesbezüglich mehr, immerhin war der Hof ja schon seit vielen Generationen im Familienbesitz. Und tatsächlich, irgendetwas Sinnstiftendes schien im Kopf des Biobauern vorzugehen, denn der wandte sich nun mit aufgeregter Miene Lagerfeld zu, während seine Finger weiter mit dem Schlüsselchen spielten.

»Ich hab da so einen Verdacht, Bernd. Allerdings einen sehr vagen, wenn ich ehrlich bin.«

Lagerfeld sagte lieber nichts, er schaute sein Gegenüber nur fragend an, gespannt, worauf dieser ominöse Verdacht wohl beruhte.

»Na ja, es ist so«, begann Sporath, »es gibt da gewisse Behauptungen über meine Oma Hedwig. Das ist aber eine längere Geschichte. Als ältestes von drei Kindern hatte Oma Hedwig den elterlichen Hof geerbt, was damals anscheinend für böses Blut sorgte, weil ihre beiden jüngeren Schwestern den Hof nach dem Tod der Eltern ebenfalls haben wollten. Zudem war meine Oma mit einem ziemlich wohlhabenden Geheimrat aus Nürnberg verheiratet, einem Juristen, der von Landwirtschaft so gut wie keine Ahnung hatte und auch handwerklich gänzlich unbeleckt war, was man so hörte. Mein Urgroßvater verfügte dennoch, dass Hedwig als Erstgeborene den Hof bekommen sollte, ihre Schwestern sollte sie halt auszahlen. Das hat sie auch gemacht, trotzdem waren sich die Geschwister weiterhin spinnefeind. Der Geheimrat fiel kurz vor Kriegende im Russlandfeldzug, und sie führte den Hof danach ganz allein weiter, mit großem Sachverstand und Erfolg, soweit ich das als Enkel beurteilen kann. Da sie eine sehr penible und sparsame Frau war – ihre Schwestern nannten sie natürlich geizig –, kaufte sie trotz des von ihrem Mann geerbten Vermögens nie etwas für sich selbst. Dabei wäre es sicherlich ein Leichtes für sie gewesen, rauschende Feste zu feiern oder sich das eine oder andere teure Kleid zu kaufen. Die einzige Leidenschaft, die man ihr nachsagte, war Schmuck. Oma Hedwig ist an besonderen Festtagen oder bei wichtigen Familienfesten immer mit ganz exquisitem Schmuck gesehen worden. Ketten, Broschen, Ohrringe, Haarstecker, solche Dinge hatte sie sich anscheinend doch gegönnt, und das zum außerordentlichen Missfallen ihrer Schwestern, die sowieso immer gehofft haben, dass ihr die Arbeit eines Tages zu viel wird und sie die Sache mit dem elterlichen Bauernhof hinschmeißt. Hat sie aber nicht, ganz im Gegenteil.«

Bauer Sporath reckte sich bei diesen Worten stolz in die Höhe und sagte anerkennend: »Oma Hedwig ist als Bäuerin voll in ihrem Job aufgegangen, das war ihr Ein und Alles. Und meinem Vater als ihrem einzigen Kind und uns Enkeln hat sie an Geburtstagen oder Weihnachten immer etwas zukommen lassen, geizig war sie also nicht, jedenfalls nicht uns gegenüber. Wie auch immer. Als ich zwölf Jahre alt war, kam ich eines Tages kurz vor den Weihnachtsferien aus der Schule, und alle saßen mit einem traurigen Gesicht daheim am Tisch. Oma Hedwig sei tot, hieß es. Einfach draußen im Hof zusammengebrochen und gestorben, so wurde es mir erzählt. Ganz Ebensfeld war bei der Beerdigung dabei, denn sie war im Dorf sehr geachtet und beliebt gewesen.« Bernhard Sporath machte eine kurze, nachdenkliche Pause. »Das Seltsame war, dass von dem angeblich großen Vermögen unserer Oma nie etwas gefunden wurde. Meine Eltern haben schon ein bisschen was geerbt, aber bei Weitem nicht so viel, wie alle angenommen hatten.

Die vermeintlichen Reichtümer hatten entweder nie existiert, oder aber sie waren auf mysteriöse Art und Weise verschwunden. Die zänkischen Schwestern hatten sich jedenfalls nichts davon unter den Nagel gerissen, sonst hätten sie kaum das Testament anfechten müssen. Gebracht hat es trotzdem nichts, und ich bekam meine Großtanten seit dieser Zeit nie mehr zu Gesicht.«

Bernhard Sporath hatte seine Schilderungen beendet, was den Kommissar und Schweineliebhaber neben ihm allerdings relativ ratlos stimmte. Was in aller Welt sollte denn diese durchaus interessante Familiensaga mit Presssack und seinem Haufen hier zu tun haben?

»Ja, also, Bernhard, bei aller Liebe zur Landwirtschaft, warum erzählst du mir das alles? Kapier ich jetzt nicht ganz. Ich muss auch langsam mal los, die Kollegen warten ja bestimmt schon auf mich und Riemenschneider.«

»Na ja, es ist so«, erläuterte Sporath, »damals ging das Gerücht um, übrigens auch bei meinen Eltern, dass Oma Hedwig das ganze Geld und die Wertsachen vielleicht irgendwo versteckt haben könnte. Und dass sie aufgrund ihres plötzlichen Ablebens entgegen ihrer Absicht keine Chance mehr hatte, irgendjemandem zu verraten, wo sich das Versteck befindet. Mein Vater hat sogar hinten im Garten ein paar Löcher ausgehoben, weil er dachte, seine Mutter habe dort ihren Schatz vergraben. Hat aber nichts gebracht, die ganze Buddelei war vollkommen sinnlos.«

Lagerfeld konnte Sporath die ehrliche Enttäuschung über den Misserfolg seines Vaters ansehen.

»Presssacks Fund hat mich jedenfalls daran erinnert, dass es damals diese Gerüchte gab. Vielleicht gehören die Brosche und der Schlüssel ja zu dem geheimnisvollen vergrabenen Schatz meiner Oma«, meinte der Biobauer, aber seine Augen verrieten Lagerfeld, dass er mitnichten selbst an das glaubte, was er da sagte.

Einen Moment lang sprach keiner der beiden Männer ein Wort, dann tat Bernd Schmitt etwas eher Unübliches für einen Polizeibeamten.

Irgendwo in seinem Inneren war das eben Gehörte auf fruchtbaren Boden gefallen. Lagerfeld handelte aus dem Bauch heraus, ohne logische Erklärung. Er nahm dem Biobauern den goldenen Schlüssel aus der Hand und hielt diesen, insbesondere das hölzerne Anhängsel, dem findigen Ferkel vor den Rüssel. Presssack schnüffelte höchst interessiert daran herum und schaute seinen Taufpaten dann aus großen, hellwachen Augen fragend an.

»Such, Presssack such«, bekam er von Lagerfeld zu hören. Der Kommissar öffnete das kleine Türchen zum Gehege und trat beiseite, um den Weg für Presssack frei zu machen, dann sprach er erneut zu dem kleinen, voluminösen Schweinchen. »Wenn du was Brauchbares findest, Presssack, dann gibt es eine Belohnung, mein Lieber, und zwar eine große.«

Riemenschneiders sehr spezieller Sohn schaute ihn weiterhin aufmerksam an, rührte sich aber nicht von der Stelle.

Lagerfeld beugte sich erneut zu seinem Schützling hinunter und hielt ihm noch einmal den Schlüssel direkt vor die Nase. »Eine ganz große, Presssack, eine ganz große«, wiederholte er auffordernd.

Presssack sog noch einmal alles, was der Schlüsselfund an Gerüchen zu bieten hatte, tief ein, dann senkte er seinen kleinen Rüssel auf den Boden und begann zu laufen. Bernhard Sporath staunte nicht schlecht, als das kleine Ferkel das Gehege schnurstracks durch das geöffnete Gatter verließ und sich im Zickzack über das Grundstück zu bewegen begann.

»Na, sieh mal einer an.« Lagerfeld feixte. »Vielleicht findet *er* ja den Schatz deiner Oma. Einen Versuch ist es allemal wert.« Er lachte und deutete auf den emsig vor sich hin schnüffelnden Presssack, der den Sporath'schen Biohof mit hoch erhobenem Ringelschwanz nach den eingeprägten Gerüchen absuchte.

»Was für eine blödsinnige Idee. Wieso habe ich nicht meine Klappe gehalten?«, murmelte Bernhard Sporath in seinen nicht vorhandenen Bart und folgte pflichtbewusst, aber wenig überzeugt dem Presssack hinterhereilenden Kommissar und seinem schwarz-rosa gefleckten Experiment.

Franz Haderlein war mit dem Sanitäter des Roten Kreuzes hinausgegangen, um sich von ihm die Stelle auf dem Parkplatz des

Klinikums zeigen zu lassen, wo er seinen kurzzeitig entwendeten Krankenwagen wiedergefunden hatte.

»Hier war's«, meinte Rösler und zeigte mit beiden Händen nach unten auf den Teer. »Genau hier hat mein Krankenwagen gestanden, und der Parkplatz dort war als einziger leer.« Er stemmte seine Fäuste in die Seiten und schaute den Kommissar, dessen Blick bereits auf Wanderschaft ging, abwartend an.

Haderlein musste gar nicht lange suchen. Unter dem Heck des Wagens in der von Rösler benannten Parklücke entdeckte er etwas auf dem Boden. Der Bamberger Kommissar ging neben der Stoßstange in die Hocke, und seine Finger befühlten den noch leicht feuchten, halb angetrockneten Fleck auf dem Asphalt.

Er brauchte keine Spurensicherung, um zu beurteilen, was das hier war: ein Blutfleck, circa einen Quadratzentimeter groß. Irgendjemand hatte hier kürzlich Blut verloren, und er würde einen Besen fressen, wenn dieser Jemand nicht dieselbe Person war, deren Blut oben im Krankenzimmer auf dem Boden verteilt war. Die Wunde schien von der Sorte zu sein, mit der nicht zu spaßen war.

Das war das eine. Hinzu kam der Teilabdruck eines Reifens, der ebenfalls nach Blut aussah. Es war gut möglich, dass der Wagen, der jetzt auf diesem Parkplatz stand, durch einen zweiten Blutfleck gefahren war. Vielleicht war es aber auch der Wagen gewesen, mit dem die verletzte Person und ihr Entführer weggefahren waren, und sie hatten einen weiteren Hinweis. Dies herauszufinden war eine der originären Aufgaben der Spurensicherung.

»Sie bleiben hier und sorgen dafür, dass niemand da drüberfährt, verstanden?«, wies Franz Haderlein den verdutzten Rösler an und zeigte auf den verdächtigen Blutfleck am Boden, dann rief er Heribert Ruckdeschl an, damit der sofort jemanden aus seinem Team hierher auf den Parkplatz schickte.

Ganz allmählich begann sich in Haderleins Kopf eine Theorie dessen abzuzeichnen, was hier passiert sein könnte. Um ansatzweise sicher noch vor den Kriminaltechnikern festzustellen, ob seine Ahnungen zutrafen, musste er Andreas Wagen finden, einen weißen Suzuki Swift – beziehungsweise den gerade nicht.

Er machte sich also auf die Suche nach Andreas weißem Flitzer. Systematisch und so zügig, wie es nur ging, joggte er durch die Reihen parkender Autos und scannte jedes Automobil, welches sich auf dem Parkplatz des Klinikums befand. Selbst die Zufahrtsstraße und die schmalen Straßen hinter dem Schwesternwohnheim ging er sorgfältig ab. Doch sosehr er seinen geschulten Blick auch auf Reisen schickte, Andreas weißer Suzuki war nirgends zu sehen. Es standen zwar diverse Swifts auf dem Gelände, aber kein einziger war weiß.

Leicht durchgeschwitzt, aber ziemlich zufrieden kehrte er zum Ausgangspunkt seiner Suchaktion zurück, wo er dem soeben eingetroffenen Mitarbeiter der Spurensicherung den Blutfleck und die Reifenspur zeigte, ehe er dem Sanitäter ein Zeichen gab, ihm in die Notaufnahme des Klinikums zu folgen.

»Konnten Sie mit meiner Krankenwagenentführung etwas anfangen?«, fragte Vinzenz Rösler den in sich gekehrten Kommissar, als sie sich dem Eingang näherten.

Haderlein konnte und wollte dem Sanitäter seine Gedankengänge jedoch nicht mitteilen, das war sozusagen sein polizeiliches Betriebsgeheimnis. »Es ist unbestritten, Vinzenz, dass du mir eine große Hilfe warst. Ich bin nun in der Tat schon einen großen Schritt weiter, wenn die genauen Umstände auch noch im Dunkeln liegen«, tröstete er den neben ihm laufenden Sanitäter, was diesen mit einer gewissen Befriedigung, ja sogar Stolz erfüllte. Wer konnte schon von sich behaupten, bei einem Kriminalfall von Nutzen gewesen zu sein?

Kriminalhauptkommissar Haderleins Hirn hatte zwischenzeitlich mit einer intensiven Kombinationstätigkeit begonnen. Er war ziemlich sicher, dass nicht nur Andrea, sondern auch ihr Suzuki verschwunden war. Auf dem ganzen Parkplatz war kein weißer Swift zu finden gewesen. Und das, nachdem ein Krankenwagen vor der Notaufnahme geklaut und dann nicht weit davon auf dem Parkplatz des Klinikums zurückgelassen worden war. In großer Eile, wie es schien. Und die Parklücke direkt daneben zierte ein Blutfleck samt einer blutigen Reifenspur. Da würde er sich doch sehr wundern, wenn sowohl Blutfleck als auch Reifenspur nicht direkt etwas mit dem Verschwinden der Kollegin zu tun hätten.

Was oben im Krankenzimmer genau passiert war, konnte sich Haderlein immer noch nicht erklären, aber wie die Beteiligten aus dem Krankenhaus verschwunden waren, davon hatte er jetzt eine ziemlich genaue Vorstellung. Ob Andrea Onello das Verschwinden selbst organisiert hatte oder ein Opfer der geheimnisvollen Umstände geworden war, konnte er zum derzeitigen Zeitpunkt nicht sagen. Aber es war ziemlich wahrscheinlich, dass sie als vermeintliche Patientin auf der Notliege gelegen hatte. Und das womöglich schwer verletzt.

Was hatte das alles zu bedeuten? Die Fahndung nach Andrea, Georg Schugg und ihrem weißen Suzuki lief bereits auf Hochtouren, aber Franz Haderlein hatte so eine dunkle Ahnung, dass sie so schnell keine Ergebnisse bringen würde. Es wurde Zeit, dass Lagerfeld mit Riemenschneider hier am Tatort aufschlug, damit sie sich ein genaueres Bild von den Umständen von Andreas Verschwinden machen konnten. Aufgewühlt, wie er war, begab sich der besorgte Kriminalhauptkommissar wieder nach oben in den siebten Stock, um den Leiter der Bamberger Spurensicherung, Heribert Ruckdeschl, so lange weiter zur Eile anzutreiben.

César Huppendorfer und Baron Ferdinand von Rotenhenne hatten die schwere Holztür zur Wohnung von Georg Schugg erreicht. Es war einer von zwei Eingängen zu Apartments, die, ursprünglich für Bauarbeiter oder sonstige Besucher gedacht, an die Innenseite der Burgmauer gebaut worden waren. Ein schief gestelltes Pultdach schmiegte sich an den groben Sandstein des Gemäuers, und mehrere Fenster mit naturfarbenen Holzsprossen zierten in regelmäßigen Abständen die Außenwände der Behausungen.

Ferdinand von Rotenhenne fingerte ein wenig linkisch an seinem großen Schlüsselbund, den er aus seiner Hosentasche geholt hatte, dann endlich hatte er den Generalschlüssel für die Gebäude im Burghof gefunden und steckte diesen in das Schloss.

Geräuschlos schwang die Tür nach innen auf, und sie betraten die von Georg Schugg bewohnten Räumlichkeiten.

Huppendorfer kannte den Zimmergörch nur vom Hörensagen und hegte eigentlich keinerlei Erwartungen, was die Einrichtung der Wohnung anbelangte. Der Anblick, der sich ihm jetzt bot, überraschte ihn dann aber doch – und den Hausherrn nicht minder.

Es herrschte ein fürchterliches Durcheinander, das absolute Chaos. Die Einraumwohnung mit angeschlossener Nasszelle sah aus, als hätte jemand über Monate alles, was er irgendwo gefunden hatte, nach dem Zufallsprinzip überall verteilt. Unterhosen, Strümpfe, Hemden und Jacken, jede Menge leere Fast-Food-Schachteln von McDonald's über Burger King bis Kentucky Fried Chicken. Beinahe der gesamte Boden war bedeckt. In einer Ecke stapelten sich Mineralwasserkästen bis unter die Decke, und neben dem Eingang zum Bad stand eine Holzkiste voller Äpfel. Wie zur Krönung der Skurrilität dieses spontanen Eindrucks lag neben den Mineralwasserkästen eine halb aufgebrauchte Packung Babywindeln auf dem Boden. Was Schugg damit vorhatte, wollte Huppendorfer lieber gar nicht wissen. Er hoffte nur, es nicht mit einer versteckten Form der Inkontinenz zu tun zu haben, das fehlte ihm jetzt gerade noch.

Auf dem Esstisch war alles zu finden, nur nicht das, was Otto Normalverbraucher in der Regel auf einen Esstisch zu legen pflegte. Genau genommen sah der quadratische Designertisch aus, als hätte ihn jemand als Bastelunterlage für ein Germanistikseminar missbraucht. Seitenweise durchlöcherte Tageszeitungen, die nur noch von ihrem schmalen Rand zusammengehalten wurden, Tesafilmstreifen, die an der Tischkante klebten, und ein wildes Sammelsurium an Stiften jeglicher Art.

Bemüht, auf dem Fußboden ausreichend viele freie Stellen für seine Schuhe zum Aufsetzen zu finden, stiefelte Huppendorfer einmal quer durch den Raum, während der schockierte Baron wie zur Salzsäule erstarrt am Eingang stand und das Durcheinander in seiner von ihm einst sorgsam eingerichteten Räumlichkeit betrachtete.

Da hatte er nun einer verlorenen Seele aus Mitgefühl und sozialem Verantwortungsbewusstsein gänzlich uneigennützig eine kleine, aber feine Unterkunft verschafft, und dann das. DAS! Wenn er des abwesenden Schugg in diesem Moment hätte habhaft werden können, die mittelalterlichen Anmutungen seiner Wohnstatt hätten wahrscheinlich auf ihn abgefärbt, und sein Mieter wäre nach allen Regeln inquisitorischer Kunst zuerst gefoltert und dann im Burghof auf einem sehr großen Scheiterhaufen verbrannt worden. Zwar war der Baron sich durchaus darüber im Klaren, dass Verbrennungen, gleich welchen Anlasses, in der modernen Welt verboten waren, mochten sie emotional auch noch so gerechtfertigt sein, aber das eine oder andere diesbezügliche Gedankenspiel war sicherlich zu vertreten, und dem gab sich der aufgebrachte Burgherr nun auch hemmungslos hin.

Huppendorfer interessierte sich nicht für die kollabierenden Gefühle des Barons, er hatte Besseres zu tun. Soeben erreichte er die dem Eingang gegenüberliegende Wand, an welcher die ausufernde Bastelstube mit den darauf aufgetürmten Utensilien, Esstisch genannt, stand. Von dieser vermutlich weißen Wand war allerdings nichts mehr zu sehen. Die komplette Fläche war mit ausgeschnittenen Zeitungs- und Zeitschriftenartikeln bedeckt, regelrecht zugepflastert. Um was es hier im Einzelnen ging, würde noch herauszufinden sein.

Huppendorfers Aufmerksamkeit galt zunächst einzig und allein dem Satz, der mit einem breiten Edding in circa zwanzig Zentimeter hohen Buchstaben oben, unterhalb des Deckenansatzes, direkt auf den weißen Untergrund geschrieben worden war: *Der Wolf beißt fremdes Fleisch, das eigene leckt er.*

Er stand da und starrte auf die Worte, allein er kam nicht dahinter, was sie ihm oder der Menschheit sagen sollten. Das war kein Sprichwort, das er kannte. Aber er war ja auch zur Hälfte Brasilianer, vielleicht hatte er, obwohl hier geboren, in seiner Kindheit irgendetwas nicht so richtig mitbekommen. Der Satz trieb ihm ein leichtes Frösteln über den Rücken. Den Kragen seines leichten Designermantels hochstellend, stand er da und grübelte weiter über den Sinn des rätselhaften Spruchs, als er hinter sich ein wütendes Schnaufen vernahm.

»Dieses verdammte, undankbare Arschloch. Das darf doch wohl nicht wahr sein!«, ereiferte sich Baron von Rotenhenne. »Ich habe den Kerl aus dem Sanatorium geholt, ihm eine Arbeit besorgt und ihn bei mir wohnen lassen. Und so dankt er es mir?«

Huppendorfer blickte in das puterrote, wütende Gesicht des erregt mit den Armen gestikulierenden Burgbesitzers, dessen penibel eingerichtete Wohnung zu einer heruntergewirtschafteten, zugemüllten und mit Zeitungen verunstalteten Bruchbude verkommen war.

»Wenn dieser armselige Wicht es wagen sollte, zurückzukommen und auch nur einen Fuß in diese Burg zu setzen, werde ich unseren Bergfried seinem ursprünglichen Zweck zuführen und den Zimmergörch bei Wasser, Brot und einer schönen Heino-Platte so lange schmoren lassen, bis er die Kosten für die Renovierung dieses Kleinodes, welches er bewohnen durfte, abgebüßt hat!«

Rotenhenne starrte zornig auf die zugeklebte Wand, mit angewidert verzogenem Mund, so als ob die Pestilenz persönlich Einzug in diese Wohnung gehalten hätte. Erst dann, nach einigen Sekunden der hausherrlichen Wut, bemerkte er den mit dickem Filzstift auf die Wand geschriebenen Spruch.

»Und meine Wände hat dieses Arschloch auch noch beschmiert, na, der kann vielleicht etwas erleben, wenn ich ihn in die Finger kriege!«, brüllte er, stürmte in den Raum hinein und befreite mit einer wütenden Handbewegung den Esstisch von seiner fachfremden Bestapelung. Wild und ungeordnet flatterten die Zeitungsschnipsel durch den Raum, klapperten Stifte jeglicher Couleur und Größe gegen Wände und Einrichtungsgegenstände und fanden auf dem von Müll bedeckten Fußboden der Wohnung übergangsweise ihre Ruhe.

César Huppendorfer hatte sich indes, vom Ausbruch des Barons unbeeindruckt, wieder der mit Zeitungsausschnitten vollgeklebten Wand zugewandt, um den Spruch und die Artikel mit seinem Handy abzufotografieren.

Die Botschaft, die hinter dieser Collage stand, zu ergründen würde eine geraume Zeit in Anspruch nehmen. Aber der eindringliche, in fetten Buchstaben über die ganze Zeitungswand geschriebene Spruch ließ ihn nicht mehr los. *Der Wolf beißt fremdes Fleisch, das eigene leckt er.* Dieser Satz strahlte etwas Gefährliches, fast Unheimliches aus.

Während er wiederholt auf den Auslöser der Kamera drückte, betrachtete er nachdenklich die Überschriften der einzelnen Artikel, die, obwohl zu Hunderten an die Wand gekleistert, tendenziell alle von der Klimaerwärmung und irgendwelchen Konzernen handelten, die daran schuld oder irgendwie darin verwickelt sein sollten. Was sollte das, um Himmels willen? Er wollte sich eben wieder zu dem hinter ihm durchs Zimmer tobenden Baron umdrehen, als sein Blick auf eine kleine, aber feine Unregelmäßigkeit an der Wand fiel.

Da war etwas, das ausnahmsweise nicht aus einer Zeitung ausgeschnitten zu sein schien. Er beugte sich leicht nach unten, um die Unebenheit aus der Nähe zu betrachten, und siehe da, es war etwas Zeitungsfremdes. Auf einen Bericht des »Fränkischen Tages« aus Bamberg über die Werksschließung des Michelin-Standortes in Hallstadt hatte Schugg ein Foto geklebt. Es war das Bild eines in die Kamera lächelnden Mannes, der sich mit zwei kleinen Kindern hatte ablichten lassen, Zwillinge, wie es schien.

Huppendorfer fotografierte auch dieses Foto sicherheitshalber ab, dann trat er einen Schritt zurück und betrachtete mit nachdenklicher Miene das Gesamtgebilde mit der kryptischen Überschrift.

Der Wolf beißt fremdes Fleisch, das eigene leckt er.

Der Hof des Biobauern erwies sich als größer, als Lagerfeld gedacht hatte, vor allem für ein halbwüchsiges Zwergferkel auf seinem ersten versuchsweisen Trainingslauf. Der schwarz-rosa gefleckte Wonneproppen lief nun schon seit geraumer Zeit quer über den Hof, ohne sich auf irgendeine Fundstelle festlegen zu wollen.

Natürlich rechnete weder Lagerfeld noch Bernhard Sporath

bezüglich der Suche nach vergangenen Reichtümern im Ernst mit einem nachhaltigen Erfolgserlebnis des kleinen Ferkels. Trotzdem folgten die beiden Männer dem am Boden entlangschnüffelnden kleinen Ferkel, das sich anscheinend ganz seinem Auftrag hingegeben hatte. Und siehe da, auf einmal veränderte sich Presssacks Haltung massiv, und er legte ein völlig neues, unbekanntes Verhaltensmuster an den Tag.

An dem großen alten Regenfass war das kleine Schweinchen zum Stehen gekommen. Es hatte alle vier Beine wie kleine Anker in den Boden gerammt, den Kopf nach unten über die Grasnarbe geneigt, die den gesamten Hof bedeckte, und sog in wilden Zügen Luft durch den Rüssel ein, als wäre er ein kleiner Ministaubsauger. Der eingesaugte Luftstrom fuhr so intensiv durch den Rüssel, dass sogar ein leichtes Pfeifen zu vernehmen war.

Die Herren Schmitt und Sporath schauten sich überrascht an, dann traten sie näher, um Presssacks seltsames Verhalten genauer unter die Lupe zu nehmen. Das Schweinchen ließ sich von den beiden Männern nicht beeindrucken, im Gegenteil. Das pfeifende Geräusch entwickelte sich zu einem ausgewachsenen Röcheln, als würde der kleine Presssack seine Nasenschleimhaut nach innen absaugen wollen. Dann, als es mit Presssacks körperlichem Allgemeinzustand schon kein gutes Ende mehr zu nehmen schien, erstarb jegliches Geräusch, und das gefleckte Zwergferkel begann, mit seinem Rüssel die Grasnarbe zu durchfurchen.

Ein anstrengendes Unterfangen für ein so kleines Wesen, zumal der Boden schon seit Längerem nicht mehr mit Regen beglückt worden, ergo ziemlich hart im Nehmen war. Aber Presssack erwies sich als unerbittlicher Gegner, der dem trockenen Grasboden in kürzester Zeit seine Grenzen aufzeigte. Immerhin war er ein Zwergferkel-Wildschwein-Mischling, da hatte man ja schließlich einen Ruf zu verlieren. Doch auch mit diesen Genen mussten selbst große Rüsseltiere kapitulieren, wenn sie auf Beton stießen. Der war nämlich im Wühlauftrag egal welcher Schweinerasse, mochte sie wild oder domestiziert daherkommen, nicht vorgesehen.

Als Presssack von seinem aufgewühlten Loch von locker zwanzig Zentimetern Tiefe zurücktrat und seinen Ziehvater Bernd Schmitt fast verzweifelt anblickte, ging dieser auf die Knie und erledigte mit seinen Händen den Rest der Arbeit. Zum Vorschein kamen die Umrisse eines Betondeckels, in den ein großer, verrosteter Eisenring eingelassen war, mit dessen Hilfe man ihn wohl anheben konnte. Der Betondeckel schien allerdings wesentlich größer zu sein, als auf den ersten Blick zu erkennen war. Er reichte nach Lagerfelds Dafürhalten bis unter die riesige Wassertonne und war daher nur zu öffnen, wenn man die Wassertonne zuvor entfernte.

Noch hatten die beiden Männer kein Wort miteinander gewechselt, sie betrachteten nur staunend Presssacks Grabungsfund. Lagerfeld war der Erste, der seine Sprache wiederfand. »Und, Bernhard, kommt dir das hier irgendwie bekannt vor?«

Sporath blickte ratlos auf den teilweise von der Grasnarbe befreiten Deckel. »Nein, ich sehe das auch zum ersten Mal. Niemals hätte ich gedacht, dass da noch irgendetwas anderes unter dem Gras ist als Erde. Auf ganz alten Bildern meiner Oma sieht man an dieser Stelle ein Plumpsklo stehen, aber das gibt es schon ewig nicht mehr, seit meiner frühesten Kindheit befindet sich dieses alte Dieselfass an diesem Platz und dient als Wassertonne. Das Ding ist auch einfach zu schwer, als dass ich jemals auf den Gedanken gekommen wäre, das Monstrum woandershin zu stellen, geschweige denn hier im Hof herumzugraben. Aber bitte, ich will ja kein Spielverderber sein«, sagte er entschlossen, drehte sich um und ging mit langen Schritten in Richtung Scheune davon. Wenig später kam er mit zwei Schaufeln und einer langen Eisenstange zurück, die an einem Ende abgeflacht war. »So, damit hat die lange Standzeit nun ein Ende«, meinte Bauer Sporath und rammte ohne weiteren Kommentar das flache Ende des Hebeeisens unter den Rand der zur Hälfte gefüllten Wassertonne.

Lagerfeld griff beherzt zu und stemmte sich gegen den oberen Rand des Fasses. Es dauerte nur wenige Sekunden, dann hatte die Tonne ihren Kipppunkt erreicht und fiel um. Das Wasser schwappte über den Hof und versickerte rasch im trockenen Boden.

Dort, wo das Fass eben noch gestanden hatte, offenbarte sich den beiden schwer atmenden Männern eine kreisrunde braune Stelle vertrockneten Grases. Jede Menge nachtliebende Käfer und sonstige Insekten, die unter dem Fass eine Heimat gefunden hatten, suchten fluchtartig das Weite, unversehens ihrer Behausung beraubt.

Die Männer focht dies nicht an, sie waren bereits damit beschäftigt, auch hier die Grasnarbe über dem Beton zu entfernen. Nach etwa viertelstündiger Arbeit betrachteten sie das Ergebnis ihrer wilden Graberei. Vor ihnen lag der nunmehr komplett freigelegte Betondeckel, ein etwa fünfzig Zentimeter mal ein Meter großes Rechteck, an dessen einem Ende der besagte Eisenring eingelassen war. An ebendiesem Ring schnüffelte der kleine Presssack jetzt aufgeregt herum und kratzte mit dem rechten Vorderfuß über den Beton. Dann schaute er mit großen Augen zu den zwei Männern hinauf, die sofort wussten, was das kleine Ferkel von ihnen wollte.

»Na, dann gehen wir es halt einmal an«, meinte Bernhard Sporath ergeben. Er bückte sich und versuchte, den mit Rost überzogenen eisernen Ring zu greifen, musste aber erneut das schwere Hebeeisen zu Hilfe nehmen, denn der Ring rührte sich keinen Millimeter von der Stelle. Der geballten Hebelwirkung konnte er sich dann aber nicht länger widersetzen und stand nun senkrecht nach oben.

Sporath reichte dem Kommissar das Eisen, stellte sich breitbeinig an das Kopfende des Deckels und packte den Ring mit beiden Händen. Zuerst tat sich nichts, aber dann löste sich der Betondeckel mit einem Ächzen aus seiner Umrandung, und Bernhard Sporath konnte ihn anheben und nach hinten umklappen.

Die Betonplatte erwies sich als überraschend dünn, auf der Unterseite bestand der Deckel komplett aus Stahl. So oder so kein Problem für den ackertrainierten Biobauern, der nun neugierig in die dunkle Öffnung blickte, die sich darunter aufgetan hatte. Die beiden Enden einer stählernen Leiter waren zu sehen, deren Sprossen in die Wand eines senkrecht hinabführenden Schachtes eingelassen waren. Was sich weiter unten befand, würde man nur dadurch ergründen können, dass man hinunterstieg und sprich-wörtlich Licht in die Angelegenheit brachte.

»Bin gleich wieder da«, verkündete Bernhard Sporath knapp und verschwand erneut in der Scheune, um wenig später mit einer großen Taschenlampe zurückzukehren. »Ich geh jetzt mal da runter«, verkündete er, während er mit der Taschenlampe in das finstere Loch hineinleuchtete.

Beide Männer versuchten, unten am Boden etwas zu erkennen, aber da waren nur Dreck und ab und zu ein paar Pflastersteine zu sehen. Auch Presssack schnüffelte in das Loch hinein und sog mit einem hörbaren Pfeifen die Luft durch seinen kleinen Rüssel.

Lagerfeld war sich relativ sicher, dass dort unten etwas von Interesse war, sonst würde das kleine Ferkel nicht einen solchen Aufstand machen. Er setzte sich mit dem Hosenboden auf den Rand der Betonöffnung, um dem bereits hinabsteigenden Sporath zu folgen, und nahm Presssack anerkennend in den Blick.

»Gut gemacht, Presssack, sehr gut gemacht«, flüsterte er dem kleinen Ferkel zu, das die Botschaft auch verstand und sich vor Stolz in die Länge streckte. »Du wartest jetzt hier, du Genie, bis ich wieder oben bin, verstanden? Und wenn wir mit etwas halb-wegs Brauchbarem zurückkommen, gibt's eine ganze Schüssel gekochter Kartoffeln, versprochen.«

Der kleine Rüssel zitterte aufgeregt, und die Augen des gefleck-ten Ferkels leuchteten ob des Lobes seines Herrn. Eine universelle Sprache, die unter Säugetieren jeglicher Art verstanden wurde und von kleinen Zwergferkeln in Spontanausbildung sowieso.

Lagerfeld strich dem kleinen, rundlichen Helden zum vor-übergehenden Abschied mit der rechten Hand über den Kopf, dann packte er das obere Ende der eisernen Leiter und stieg dem Hof- und somit auch Lochbesitzer hinterher.

Unten angekommen, drehte er sich sofort um, damit er end-lich sehen konnte, in was für einer Räumlichkeit sie denn hier gelandet waren. Was er sah, könnte früher einmal als Warenlager oder natürlicher Kühlschrank gedient haben.

Sie befanden sich in einem alten Gewölbekeller, der komplett aus groben Sandsteinen gebaut worden war. Der Raum war etwa vier Meter breit und die halbrunde Decke am höchsten Punkt ungefähr zweieinhalb Meter hoch. Die Luft roch erdig und verbraucht, so als ob sie sich viel tiefer unter der Erde befänden als nur ein paar Meter. Wie weit der Raum nach hinten reichte, konnte er von hier aus nicht erkennen, das musste der Biobauer als Meister der Taschenlampe erkunden.

Aber der rührte sich nicht vom Fleck. Bernhard Sporath stand wie angewurzelt da und leuchtete mit seiner Taschenlampe geradewegs in den Raum hinein, doch er sprach kein Wort und rührte sich nicht. Lagerfeld trat einen Schritt zur Seite, damit er sehen konnte, worauf der Bauer den Lichtkegel der Lampe gerichtet hatte, dann erstarrte auch er.

Das alte Gewölbe war etwa acht Meter tief und erinnerte Lagerfeld stark an den alten Kartoffelkeller seines Onkels in Breitengüßbach. An der hinteren Wand gab es ein aus Vollziegeln und dicken Eichenbrettern improvisiertes Regal. Es war staubig, dreckig, voller Spinnweben und sonstigem Unrat. Es stand unter anderem auch eine kleine Holzkiste darin, deren Deckel ebenfalls mit einem Ziegelstein beschwert worden war.

Aber das Regal samt seiner Kiste war nicht der Grund, warum zwei erwachsene Männer, einer davon ein gestandener Kommissar, regungslos im Raum verharrten und schweigend auf das blickten, was sich ihnen im Lichte der Taschenlampe offenbarte.

Der Grund war, dass dort, an der linken Wand des Kellerloches, direkt vor dem Regal, die bleichen Gebeine zweier Menschen lagen.

César Huppendorfer war nach seinem dienstlichen Ausflug wieder in die Dienststelle zurückgekehrt, mit Bildern von Wölfen im Kopf, die der vom Zimmergörch an die Wand gepinselte Spruch in ihm hervorrief, wo er zu seinem höchsten Missfallen anstelle von Honeypenny seinen Chef Robert Suckfüll antraf, der den Tag doch zwecks Erholung eigentlich zu Hause verbringen sollte.

Sollte Fidibus inzwischen nicht ein paar Stunden geschlafen haben? Wenn ja, warum sah er dann noch schlimmer aus als zuvor?

Wie sich herausstellte, hatte Robert Suckfüll zu Hause nur so eine Art Kurzzeit-Mittagsschlaf gehalten und war anschließend, seinem unerbittlichen Pflichtgefühl folgend, an den polizeilichen Arbeitsplatz zurückgeeilt. Nach Huppendorfers Eindruck wirkte sein Chef mitnichten erholt, eher drängte sich der Eindruck auf, dass das kurze Schläfchen den Allgemeinzustand des Bamberger Dienststellenleiters sogar noch verschlimmert hatte.

»Also, Chef, so richtig ausgeschlafen sehen Sie ja immer noch nicht aus. Haben Sie womöglich wieder was Doofes geträumt, oder wie?«, fragte Huppendorfer eigentlich nur rhetorisch, traf mit seiner Frage aber unvermutet genau ins Schwarze.

Robert Suckfüll schaute ihn aus rot geränderten Augen leidend an und ließ seinen Untergebenen nicht länger im Unklaren über die ganz persönlichen Befindlichkeiten sein Schlafdefizit betreffend.

»Ja, mein lieber César, da haben Sie wohl recht. Irgendetwas stimmt gerade nicht mit mir. Vielleicht die Drüsen, das Alter oder eine gewässerte Ader unter meinem Bett, was weiß denn ich. Meine Frau meinte schon, ich hätte wahrscheinlich die Wechseljahre. Aber bis zum Jahreswechsel ist es ja noch ein ganzes Stück hin, das kann solche üblen Träumereien mitnichten erklären, jedenfalls habe ich in meinem ganzen Leben noch nie etwas davon gehört. Ich bin zutiefst verunsichert und auch bestürzt über die Sinnlosigkeiten, die sich derzeit in meinen Träumen einzufinden belieben. Vielleicht lauert da ein tieferes Problem, eine psychische Restverarbeitung von Erlebnissen aus meiner vergangenen Kindheit oder so etwas, ich weiß es wirklich nicht. Jedenfalls muss ich irgendwann wieder einmal schlafen, ohne zu träumen, mein lieber junger Kollege. Diese ständigen unlogischen Irritationen haben in nächtlicher Ruhe doch wirklich nichts zu suchen – oder was meinen Sie, mein lieber César?«

Mit hohlem Blick betrachtete der übermüdete Fidibus seinen jungen Mitarbeiter, der aber nicht so recht verstand, was sein Chef ihm mitteilen wollte. Also runzelte er einfach einmal ratlos die Stirn und schaute fragend. Er war kein Traumforscher, kein Psychologe und auch kein Therapeut. Da musste sein Chef allein durch. Aber anhören würde er sich ganz bestimmt jede Geschichte, die ihm Fidibus vortrug, das war allemal interessanter als langweilige Recherchen im Internet.

Der Dienststellenleiter verstand ausnahmsweise die nonverbale Botschaft, die von außen an ihn herangetragen wurde, und schritt informationstechnisch zur Tat. »Nun, mein lieber César, dann erzähle ich Ihnen mal was. Neulich Nacht zum Beispiel, da habe ich geträumt, ich säße in meinem neuen Amt als fränkischer Justizminister in meinem Büro in Haßfurt, als ein Mann mit einer Pappschachtel unter dem Arm hereinkommt und sich als ehemaliger Lehrer vorstellt, der für das neue Bundesland Franken etwas Epochales entwickelt hat.«

Huppendorfers Stirnrunzeln verfestigte sich. Nicht dass er die Träume seines Chefs zwingend ernst nahm, trotzdem klang diese Geschichte, obwohl schon zu Beginn ziemlich abgedreht, nicht gerade uninteressant. Sein Chef fränkischer Justizminister, was für eine glorreiche Vorstellung! Sollte das jemals Realität werden, konnte man für die fränkische Justiz nur hoffen, dass ihr Amtsvorsteher niemals eine öffentliche Rede halten musste. Falls doch, würde das mit Sicherheit eine sehr kurze, wenn auch unterhaltsame Amtszeit werden.

»Ein Lehrer aus Bamberg?«, hakte Huppendorfer sicherheitshalber nach. Nicht dass er noch den Faden bei dieser seltsamen Geschichte verlor.

»Ja, allerdings«, bekräftigte sein Chef. »Ein gewisser Herr Udo Wojaczek, ehemaliger Mathematiklehrer am Clavius-Gymnasium in Bamberg.«

César Huppendorfer hatte keine wirklich positiven Erinnerungen an seine Schulzeit, zumindest nicht an die mathematische. »Aber Sie wissen schon, dass alle Mathematiker irgendwie plemplem sind, oder? Mathelehrer ganz besonders. Ich vermute, Sie haben es in jener Nacht mit einem besonders fürchterlichen Alptraum zu tun bekommen, Chef«, gab er ungefragt zum Besten, lehnte sich grinsend in seinem Stuhl zurück und harrte der Dinge, die da nun kommen sollten.

»Ja, da mögen Sie schon recht haben, mein lieber César, der

Mann war wirklich ein wenig verrückt und der Traum in der Tat sehr beklemmend.« Nachdenklich schaute Fidibus durch seinen jungen Untergebenen hindurch in weite Fernen, als wollte er den verlorenen Sinn seines Traumes in der Unendlichkeit des Alls wiederfinden. Dann ging ein Ruck durch seinen Körper, und der Einserjurist Robert Suckfüll war wieder bei sich. »Wissen Sie, dieser Lehrer behauptete doch glatt, er sei in der Lage, sämtliche Energieprobleme des neuen Bundeslandes Franken mit Hilfe seiner Erfindung zu lösen. Ein biologisches Kraftwerk. Mathematisch, physikalisch, dazu noch komplett heimatverbunden, ökologisch zu betreiben, absolut umweltverträglich.«

»Schau einer an, ein angehender Nobelpreisträger, ein Wunderkind«, gab Huppendorfer von sich, dessen gespanntes Grinsen immer breiter wurde.

Die Schilderung der unglaublichen Vorkommnisse in den nächtlichen Erlebniswelten seines Chefs nahm nun so richtig Fahrt auf. »Da brauchen Sie jetzt gar nicht hochmütig zu tun, mein lieber César, der Apfel kommt vor dem Fall. Der Mann in meinem Traum stellte seinen Karton auf den Fußboden und holte daraus allerlei Sachen hervor, die er auf meinem Schreibtisch platzierte. Zuerst stellte er mir zwei Eierbecher vor die Nase, mit jeweils einem hart gekochten Hühnerei darin. Daneben legte er eine umgedrehte Rührschüssel aus Edelstahl. Stellen Sie sich das nur einmal vor, mein lieber César. Zwei gekochte Hühnereier. Auf meinem Schreibtisch sah es aus wie auf einem Frühstückstisch. Als ich den Mann in meinem Traum fragte, was das sein solle, meinte er, diese Ménage-à-trois sei ein alternatives Atomkraftwerk, ein sogenanntes GaGaW. Eine Art Atomreaktor, der mit heimischen Hühnereiern betrieben werden könne.«

Triumphierend blickte Fidibus zu seinem staunenden Untergebenen, der nun nicht mehr wusste, ob er lachen oder schreien sollte. Jetzt wurde es langsam wirklich irre. Was war bloß mit dem Hirn seines Chefs los?

Aber der war noch nicht fertig mit seiner Geschichte, ganz und gar nicht. Mit erhobenem Zeigefinger dozierte Robert Suckfüll engagiert weiter. »Und dann, als ich von Herrn Wojaczek wissen wollte, wie so etwas wie sein GaGaW denn funktionieren soll, hat er mir eine wirklich abenteuerliche Geschichte aufgetischt, mein lieber César, eine wirklich abenteuerliche, das kann ich Ihnen sagen.«

Schweißperlen bildeten sich auf Suckfülls Stirn. Er wischte sie mit einer fahrigen Bewegung und unter Zuhilfenahme seines Ärmels weg, bevor er mit angestrengter Miene weitererzählte. »Dieser Eierreaktor soll nach Aussage von Herrn Wojaczek nämlich in der Lage sein, eine komplette Stadt wie Bamberg mit Strom und Wärme zu versorgen. Ohne Abgase, Radioaktivität und sonstige Emissionen. Ein Wunderwerk der alternativen biologischen Energieerzeugung. Das habe er alles errechnet und mathematisch belegt. Ich könne ihm vertrauen, schließlich sei er ja ein Mathematiklehrer. Natürlich war ich sehr skeptisch, das können Sie sich ja vorstellen. Immerhin bin ich Jurist, ich glaube nicht alles, was man mir auftischt. Ich bin immer skeptisch, mein lieber César, auch in meinen Träumen. Also fragte ich diesen Ex-Mathelehrer, ob er sein GaGaW denn wenigstens schon einmal in der Realität getestet habe, jenseits seiner theoretischen Berechnungen. Und Sie werden es nicht glauben, mein lieber César: Das hatte er.«

»Tatsächlich? Na, da bin ich jetzt aber gespannt. Wenn das GaGaW funktioniert, ist das Energieproblem des gesamten Planeten endlich gelöst. Eier gibt's ja schließlich genug«, warf Huppendorfer ein, bemüht, die Fassung zu bewahren. Fidibus fuhr indes ungerührt mit seiner Traumgeschichte fort.

»Ja, wirklich revolutionär, das muss ich schon sagen. Und noch dazu bewiesenermaßen. Wojaczek machte einen sogenannten Eigenversuch, er testete sein Kraftwerk nach eigener Aussage im heimischen Hühnerstall. Es funktionierte einwandfrei und erzeugte in seinem Hühnerstall eine Temperatur von eins Komma vier sieben Millionen Grad. Und zwar über einen Zeitraum von fast drei Stunden. Eine phantastische Leistung, obwohl nur ein Traum, das musste ich mir dann doch eingestehen.« Fidibus nickte anerkennend, während Huppendorfer erhebliche Zweifel an diesem imaginären Testlauf hatte und diese auch äußerte.

»Eins Komma vier sieben Millionen Grad – in einem Hühnerstall und über drei Stunden? Aha. Und die Hühner?« Fragend schaute er Robert Suckfüll an, der nun ein ehrliches Bedauern an den Tag legte.

»Ach so, ja, die Hühner, das war interessant. Die Tiere zeigten wegen der erhöhten Temperatur zunächst nervöse Angstzustände – und verdampften schließlich.«

»Verdampften?« Huppendorfer hob ungläubig eine Augenbraue.

»Jawoll, verdampften.«

Eine kurze Pause entstand, da César Huppendorfer sich nicht in der Lage sah, zu dem Hühnerstalltestergebnis etwas Sinnstiftendes zu äußern, während sein Chef meinte, alles Sinnstiftende bereits gesagt zu haben.

Aber das Schweigen wurde Robert Suckfüll schließlich unangenehm, und er schloss seinen Traumbericht unversehens ab. »Wie auch immer, ich habe den Mann dann aus meinem Traum rausgeschmissen und ihn ans Landwirtschaftsministerium verwiesen. Als Jurist bin ich für Eierreaktoren ja nun wirklich nicht zuständig.« Robert Suckfülls Augen weiteten sich, er beugte sich vor und stützte sich mit beiden Armen auf Huppendorfers Schreibtisch ab, um ihm tief in die Augen zu blicken. »Ganz ehrlich, mein lieber César, als der Mann weg war, ist mir ein wirklich großer Stein vom Himmel gefallen, das kann ich Ihnen sagen.« Er richtete sich wieder auf. »Aber jetzt ist Schluss mit den Träumereien und anderen Phantastereien. Ich bin ein Leiter und damit dem Allgemeinwohl verpflichtet. Die Arbeit wartet, also … bis bald«, bekräftigte Fidibus, der sich, weiterer Schilderungen müde geworden, umdrehte und in seinem gläsernen Büro verschwand. Er fand es langsam an der Zeit, sich zwecks dringend benötigter Entspannung eine Trockenzigarre zu gönnen, was er in seinem Büro auch sogleich in die Tat umsetzte.

Huppendorfer schaute seinem Chef noch einen Moment lang sinnend hinterher. Also, entweder war dieser hochdekorierte Einserjurist, der sie mit seiner fachlichen Befähigung anführte und leitete, absolut genial, und niemand wollte es erkennen, oder aber der Mann war auf dem direkten Weg in die Psychiatrie, genauer gesagt in die geschlossene Abteilung. Autismus, Schizophrenie, irgendein neuartiges Hirnleiden – Huppendorfer wollte im Moment gar nichts mehr ausschließen. Wenn ihr Chef nicht bald zu Schlaf kam, und zwar zu einem möglichst traumlosen, würde es mit ihm ein böses Ende nehmen, so viel stand fest. Seufzend wandte er sich seiner Recherche zu.

Georg Schugg war heute mit einem weißen Suzuki auf der Burg und sicherlich auch in seiner Wohnung gewesen, mutmaßlich handelte es sich dabei um Andreas Wagen. Ob seine Kollegin dabei gewesen war, hatte ihm der Baron leider nicht sagen können. Auf jeden Fall aber lebte zumindest Georg Schugg noch und war anscheinend voll bewegungsfähig. Das machte Huppendorfer ebenfalls Hoffnung, was Andrea betraf.

Seit der Wohnungsbesichtigung fragte er sich allerdings, ob der Typ nicht vielleicht komplett durchgeknallt war – und man wusste nie, wozu solche Menschen fähig waren. Womöglich war Andrea genau dadurch in größerer Gefahr, als sie bisher vermutet hatten. Und der einzige Weg, das herauszufinden, war der, so viel über Georg Schugg und seine Artikelwand in Erfahrung zu bringen wie nur möglich.

Das Erwachen

Als Andrea Onello langsam wieder zu sich kam, dauerte es eine ganze Weile, bis ihre Sinnesorgane nach und nach die reguläre Arbeit wieder aufnahmen. Als Letztes schalteten ihre Augen auf Betriebstemperatur und nahmen ganz allmählich eine diffuse Helligkeit wahr.

Sie stellte fest, dass sie auf dem Rücken am Boden lag, einem kühlen, staubigen Boden, den ihre Hände vorsichtig abzutasten begannen. Sie sah menschliche Umrisse. Über sie gebeugt, hantierte ein Mann an ihrem Oberkörper herum, und rechts neben sich bemerkte sie die Augenpaare zweier Kinder. Zwei kleine Mädchen von ungefähr drei oder vier Jahren, die sie ohne jegliche emotionale Regung einfach nur betrachteten.

Die Kommissarin hob den Kopf, so gut es ging, doch es ging gar nicht gut, denn sofort schoss ein scharfer Schmerz durch ihre Brust, und ihr Kopf sackte zurück auf den staubigen Boden. Ein schmerzerfülltes Stöhnen drang aus ihrer Kehle.

»Ganz ruhig, ich bin gleich fertig mit deinem Verband«, sagte der Mann, und sie wurde der Umrisse eines ihr wohlbekannten Gesichtes gewahr. Es war Georg Schugg, der gerade dabei war, die Verletzung an ihrer Brust neu zu verbinden.

Schlagartig und unbarmherzig kehrte die Erinnerung an das Geschehene zurück. Der Moment, als sie von der Kugel getroffen worden war. Verschwommene Bilder von dem Kampf, dem Handgemenge zwischen Schugg und dieser vermeintlichen Ärztin. Weitere Schüsse, die sich in die Wand des Krankenzimmers bohrten, dann der Schrei der großen dunkelhaarigen Frau, die blutend zu Boden fiel. Das Letzte, woran sie sich erinnerte, waren die großen starken Hände des Zimmergörch, die sie hochhoben und auf das Krankenbett legten. Dann musste sie endgültig das Bewusstsein verloren haben.

»Muss telefonieren. Gib mir mein Telefon«, presste Andrea Onello unter Schmerzen hervor. Sie packte Schugg mit der rechten

Hand am Arm. Wieso duzte der sie eigentlich und wieso sie ihn jetzt auch?

Egal, sie brauchte ihr Telefon, verdammt. Ihre Finger krallten sich in verzweifelter Anstrengung in Schuggs Arm, aber der nahm ihre Hand vorsichtig wieder herunter und drückte ihren Arm zurück auf den Boden. Dann griff er in Andrea Onellos blutverschmierte Jacke, die wohl schon die ganze Zeit neben ihr gelegen hatte, und holte etwas daraus hervor, das er ihr direkt vor die Augen hielt.

»Meinst du vielleicht das hier, Frau Kommissarin?«, fragte er spöttisch, während Andrea Onello das betrachtete, was einmal ihr Telefon gewesen war. Die Frontscheibe ihres Handys war zersplittert, und in der oberen Hälfte klaffte ein kleines Loch, durch das die Kugel einer kleinkalibrigen Waffe geflogen war. »Dein Mobiltelefon hat dir wahrscheinlich das Leben gerettet. Es hat die Kugel so weit abgebremst, dass sie deine Rippe nur noch gebrochen, aber nicht mehr durchschlagen hat. Ich hab die Kugel schon raus, aber das hat dich ganz schön viel Blut gekostet, Mannomann. Sei froh, dass du so stabile Knochen hast.« Schugg zeigte ihr die verformte Kugel, die er aus ihrem Körper entfernt hatte, und steckte sie dann in ihre Hosentasche. »Zur Erinnerung«, meinte er noch, dann widmete er sich wieder seinem Verband.

Als Andrea Onello begriff, was mit ihr passiert war beziehungsweise andernfalls hätte geschehen können, übermannten sie die Gefühle. Tränen liefen ihr über das Gesicht. Zum ersten Mal in ihrer polizeilichen Karriere war auf sie geschossen worden, hatte jemand versucht, sie zu töten.

Eine Kinderhand näherte sich ihrem Kopf, und kleine Finger fuhren tröstend durch ihr Haar, während die Tränen hemmungslos aus ihr hinausströmten. Aus der Hand wurden Hände, und zwei kindliche Mädchenstimmen sprachen in einer unbekannten Sprache beruhigend auf sie ein. Die seltsamen Worte verfehlten trotz Andreas Unverständnis ihre Wirkung nicht. Die Panikattacke verflog so schnell, wie sie gekommen war, und die Tränen versiegten. Andrea Onellos Herzschlag verlangsamte sich auf ein halbwegs erträgliches Maß.

Georg Schugg hatte sich zur Seite gebeugt, um an ihrem Rücken irgendetwas zu befestigen, mutmaßlich hatte es etwas mit dem breiten Verband zu tun, den er ihr angelegt hatte. Während die kleinen Kinderhände weiterhin durch ihr langes blondes Haar strichen, versuchte Andrea Onello sich ein wenig zu orientieren und herauszufinden, wo sie denn überhaupt war.

Über ihr spannte sich im Halbdunkel in circa zwei Metern Höhe eine felsige Decke aus Kalkstein. Der Boden, auf dem sie lag, schien leicht abschüssig zu sein; wohin er zu ihren Füßen führte, konnte sie im Moment nicht erkennen. Wenn sie den Kopf nach hinten streckte, in die andere, ansteigende Richtung, sah sie Licht, allerdings war es etwa zehn Meter entfernt. Sie musste wohl in einer Art Höhle oder einem alten Kellerloch liegen, das aus felsigem Gestein herausgeschlagen worden war. Diese Erkenntnis half ihr nur leider auch nicht weiter. Wohin hatte sie dieser Schugg bloß gebracht?

Ihr wurde schwindelig, also legte sie den Hinterkopf wieder gerade auf den Boden und versuchte, sich zu entspannen. Dann erblickte sie unversehens wieder das besorgte Gesicht des Zimmergörch über sich, der jetzt eine Flasche Mineralwasser in der Hand hielt, dann hatte sich auch schon Schuggs Hand unter ihren Hinterkopf geschoben.

»Hier, trink das. Ich glaube, du wirst wieder, aber es war verdammt knapp, Frau Kommissarin. Du musst jetzt viel trinken, um den Blutverlust auszugleichen. Also runter damit«, sagte er streng und setzte ihr die Flasche an die Lippen.

Jetzt, wo dieser Verrückte davon sprach, fiel Andrea Onello auf, dass sie einen wahnsinnigen Durst hatte. Sie ergriff die Wasserflasche mit ihrer rechten Hand und versuchte, sich aufzurichten, was ein gewaltiger Schmerz in der linken Brustseite jedoch verhinderte. Laut stöhnend sank sie zurück, doch eine große, starke Hand schob sich unter ihre Wirbelsäule und verhinderte, dass sie wieder auf dem Boden landete. Schuggs Arm stützte sie, sodass sie sich an ihn lehnen und endlich aus der Flasche trinken konnte.

In kleinen Schlucken leerte sie die Flasche komplett.

Schugg ließ die erschöpfte Kommissarin vorsichtig zurück auf den kühlen Boden gleiten, dann erhob er sich. »Ich werde jetzt gehen und ein paar Besorgungen machen«, sagte er. »Du bleibst hier und ruhst dich aus, in Ordnung?«

Andrea Onello schaute ihn verzweifelt an. Sie hatte so viele Fragen. Wer war diese Ärztin gewesen? Wieso hatte die Frau auf sie geschossen? Warum waren sie nicht im Krankenhaus, wie waren sie hierhergekommen, und wer in Gottes Namen waren diese beiden Zwillingsmädchen hier? Doch sie sagte nichts.

Verstört schaute sie den beiden Kindern an ihrer Seite noch einmal ins Gesicht, dann forderte ihr Organismus seinen Tribut und entsandte die Kommissarin erneut in eine gnädige, heilende Ohnmacht.

Die beiden Männer betrachteten ehrfürchtig und stumm die beiden muffigen Skelette, die da vor ihnen auf dem Kellerboden lagen. An den bleichen Handknochen des einen schimmerte das Gold eines Eherings noch immer so hell, als wäre er erst gestern angelegt worden.

»Okay, das hatte ich nun wirklich nicht erwartet, als ich sagte, wir würden vielleicht den Schatz deiner Oma finden«, meinte Lagerfeld irgendwann sarkastisch.

Bernhard Sporath war sichtlich geschockt, er konnte im Moment nichts anderes tun, als mit seiner Taschenlampe die verblichenen Knochen anzuleuchten, und antwortete nicht. Lagerfeld indes hatte in seiner beruflichen Laufbahn schon das eine oder andere an menschlichen Gebeinen gesehen. Er löste sich von dem schauderhaften Anblick und ging an Sporath vorbei zu der Wand, an der sich das improvisierte Ziegelregal mit der Holzkiste befand.

»Leuchte doch mal hierher, Bernhard, ich kann nichts sehen«, bat er den Biobauern, der endlich ebenfalls aus seiner Erstarrung erwachte. Reden mochte er trotzdem noch nicht, der Schock saß einfach zu tief. Schweigend leuchtete er an Lagerfeld vorbei auf das Regal und beobachtete das weitere Vorgehen des Bamberger Kommissars.

Der fackelte nicht lange und öffnete umgehend die Holzkiste.

Wenn die beiden Männer nun geglaubt hatten, den Gipfel der unerwarteten Überraschungen an diesem Tag bereits erklommen zu haben, so wurden sie vom Schicksal eines Besseren belehrt. In der etwa DIN-A4-großen Holzkiste lag zunächst nichts weiter als ein Stapel alter Briefe, welcher säuberlich in Wachspapier eingewickelt worden war. Darunter kam aber noch etwas anderes zum Vorschein, was der ursprünglichen Hoffnung auf einen verschollenen Schatz neuen Auftrieb verlieh. Es lag Schmuck in der Kiste, und das nicht zu knapp. Ketten, Broschen, Ringe und anderes Geschmeide zur verschönernden Verwendung. Alles im gleichen Stil und von der gleichen Machart wie das Schmuckstück mit dem roten Edelstein, das Presssack oben im Gehege ausgegraben hatte.

Wenn das alles echt war, konnte sich Biobauer Sporath über ein unverhofftes Zubrot finanzieller Art freuen. Aber zuvor musste der Wert des Konvolutes überprüft werden, ebenso seine Herkunft, vor allem aber die der beiden unbekannten Skelette, die hier vor langer Zeit entsorgt worden waren, wie es schien. Private Familiengruft, ein Unfall oder ein Verbrechen, wer konnte das schon sagen. Ermittlungen mussten eingeleitet werden, wenn auch nicht sofort. Im Moment hatte er Dringenderes zu tun.

Lagerfeld legte Schmuck und Briefe in die Kiste zurück und den Ziegel auf die staubfreie Stelle, an der er ihn auf dem hölzernen Deckel vorgefunden hatte. Dann drehte er sich zu dem nun völlig konsterniert wirkenden Biobauern um und deutete nach oben. »Komm, Bernhard, erst einmal raus hier, ich brauche frische Luft.«

Mit diesen Worten ging er erneut an Sporath vorbei, stieg durch den Schacht nach oben und streichelte seinem dort brav auf ihn wartenden Nachwuchsermittlerferkel freudig über den Kopf.

Bernhard Sporath folgte ihm nicht sofort, sondern ging mit wackeligen Knien zum Regal und griff sich die Kiste mit den Briefen und dem Schmuck. Er hatte allergrößtes Interesse daran, herauszufinden, was in den Briefen stand. Möglicherweise offenbarte sich ihm ja so die Lösung des Rätsels um die geheimnisvollen Skelette auf seinem Hof. Also klemmte er sich die verstaubte Kiste unter den Arm und kletterte nun ebenfalls nach oben, dem Licht und der begeisterten Stimme entgegen, mit der Bernd Schmitt auf sein Ferkel einsprach.

»Presssack, du bist wirklich der Allergrößte. ›A star is born‹, würde man in Hollywood sagen!«, lobte er sein Patenferkel, das stolz mit dem kleinen Ringelschwanz zu wedeln begann. Lagerfeld war von diesem Bild so entzückt, dass er Presssack hochhob und ihm direkt in die leuchtenden, feuchten Äuglein blickte. »Ich prophezeie dir eine große Karriere in der Verbrechensbekämpfung, mein Lieber. Du wirst dich in der Zukunft vor gekochten Kartoffeln gar nicht mehr retten können«, erklärte er lachend, dann stellte er den kleinen Presssack wieder zurück auf den Boden.

Auch Bernhard Sporath war wieder in der Sonne angelangt und klopfte sich den Staub aus der Hose. Er war immer noch damit beschäftigt, die Bilder zu verarbeiten, die sich ein Stockwerk tiefer in sein Gehirn gebrannt hatten.

Bernd Schmitt legte dem verstörten Bauern die rechte Hand auf die Schulter und schaute ihm tief in die Augen. »Pass auf, Bernhard. Ich werde jetzt mit Presssack verschwinden, die Arbeit in Bamberg ruft. Du machst den Betondeckel hier erst mal wieder zu und erzählst niemandem etwas davon, verstanden?«

Bernhard Sporath nickte, sein Blick fiel auf einen kleinen Kieshaufen, den er als Füllmaterial für die Löcher in seinem Hof verwendete. »Ich werde ein paar Zentimeter Kies auf den Betondeckel schmeißen, damit in Gottes Namen niemand auf die Idee kommt, dort hinunterzusteigen.«

Lagerfeld war wegen des lädierten Nervenkostüms des Biobauern ein wenig besorgt und stellte eine sehr fränkische Methode der Psychotherapie zur Diskussion. »Hast du irgendetwas im Haus, was du für deine Nerven einschmeißen kannst, Bernhard? Valium oder irgendein anderes Beruhigungsmittel?«

Bernhard Sporath glotzte ihn mit leerem Blick an. Ein bisschen wie ein Computer, dessen eingefrorenes Betriebssystem einen Neustart vertragen konnte. Aber etwas Rechenleistung schien doch noch vorhanden zu sein, denn auf einmal nickte der Biobauer zustimmend.

»An Brand. Ich hab noch gnabb zwanzich Lidder vo am Mirabellenschnabs, Baujahr zweidausendelf. Den hab ich mir aufkoben kabt für an ganz besonderen Momend. Ich glaab, der Momend is da. Ich werd etzerd die Briefe von der Oma da lesen und dabei schö langsam mein Mirabellenschnabs vernichdn«, flüsterte er Lagerfeld zu, als ob er ihm ein uraltes Familiengeheimnis anzuvertrauen hätte.

Der Kommissar verkniff sich ein Grinsen, denn nachfühlen konnte er es ihm. Leichen zu finden war nie eine angenehme Sache, egal in welchem Zustand sie sich befanden. Und noch dazu auf dem eigenen Grundstück, womöglich mit nachfolgend unangenehmen Offenbarungen über Missetaten der eigenen Vorfahren, das war schon eine besondere Hausnummer, insbesondere für Ungeübte.

»Mach das, Bernhard, mach das. Ich melde mich. Bis dahin geht niemand mehr da runter, alles klar?«

Sollte sich Sporath ruhig betrinken. Ein Rausch löste das Problem mit der Psyche zwar nicht, aber es dämpfte temporär den Schockzustand. Er klopfte dem Biobauern zum Abschied aufmunternd auf die Schulter, dann klemmte er sich den kleinen Presssack unter den Arm und machte sich auf den Weg nach Bamberg in die Dienststelle.

Im siebten Stock des Bamberger Klinikums widmete sich Heribert Ruckdeschls Mannschaft intensiv ihrem Handwerk. Die Patienten waren inzwischen auf andere Zimmer, sprich Stationen verteilt worden; wer sich jetzt noch in diesen Gängen bewegte, war von der Polizei.

Haderlein stand mit blauen Überziehern über den Schuhen ungeduldig auf dem Gang und wartete darauf, dass jemand etwas Verwertbares meldete. Er brauchte endlich Ergebnisse, und zwar schnell. Wenn es in diesem Krankenhaus doch nur Kameras gegeben hätte! Aber mit »hätte«, »würde«, »könnte« kam er hier nicht weiter. Es gab eben keine, basta. Sie mussten alles buchstäblich vom Boden lesen.

Auf einmal hörte er hinter sich einen erschrockenen Schrei,

gleich darauf knallte ein Schuss. Er fuhr überrascht herum und sah, wie ein Mitarbeiter der Spurensicherung aus einem der Zimmer auf den Gang hinausstürzte. Der Mann blickte sich hektisch um, bemerkte Haderlein und rannte auf ihn zu. Als er den Kommissar erreichte, packte er ihn am Arm, deutete auf die Tür des Krankenzimmers, aus dem er gerade gekommen war, und rief mit vor Panik weit aufgerissenen Augen: »Da drin, da drin, sie hat auf mich geschossen!«

Haderlein fiel es schwer, zu glauben, was der Mann da von sich gab, denn die Station war ja geräumt worden, aber der Spurensicherer schien es vollkommen ernst zu meinen, er bebte regelrecht vor Angst. Außerdem hatte er den Schuss eben selbst gehört. Jetzt bemerkte Haderlein zudem einen Riss in dem weißen Ganzkörperoverall und eine längliche Wunde am Oberarm des Mannes, die verdächtig nach einem Streifschuss aussah. Er fasste den Mann an den Schultern, drückte sich mit ihm in eine Nische auf dem Gang, um etwas Deckung für sie beide zu schaffen, und schüttelte ihn kurz durch, damit sich der Kerl ein wenig beruhigte. Dann blickte er ihm eindringlich in die Augen.

»Ruhig, ganz ruhig. Wer hat auf dich geschossen?«, wollte er wissen, aber der Mann war absolut nicht zu beruhigen. Wieder hob er seinen Arm und deutete wild fuchtelnd den Gang hinunter in Richtung des Krankenzimmers, aus dem er gerade gekommen war.

»Die Ärztin. Die Ärztin da drin, die hat auf mich geschossen!«, rief er mit sich überschlagender Stimme.

Haderlein ließ ihn los, zog seine Waffe und wies auf das nächstbeste Krankenzimmer. »Da rein«, flüsterte er dem mental aufgelösten Mitarbeiter der Spurensicherung zu, dann lief er, die Pistole im Anschlag, eng an der Wand entlang den Gang hinunter bis zur halb offen stehenden Tür des Krankenzimmers, aus dem der Spurensicherer geflüchtet war.

Haderlein war auf alles gefasst. Er hatte keinen Schimmer, wieso eine Ärztin auf einen der Kriminaltechniker schießen sollte. Entweder hat der Schock den Kerl total durchdrehen lassen, dachte er, oder aber, und das war viel wahrscheinlicher, er hatte es hier mit jemand ganz anderem zu tun als mit einer Ärztin. Dann wurde es jetzt richtig gefährlich.

Haderlein lugte mit dem Rücken zur Wand um das Türblatt herum, zog den Kopf aber sofort wieder zurück. Soweit er sehen konnte, hielt sich niemand im Eingangsbereich des Krankenzimmers auf. Aber warum war da überhaupt noch jemand im Zimmer? Nach der Schießerei heute Morgen waren doch alle abgehauen, und diese bewaffnete Frau hätte während der letzten Stunden alle Zeit der Welt gehabt, ebenfalls Leine zu ziehen. Entweder wollte sie nicht weg, oder sie konnte nicht.

Na gut, wie auch immer. Er konzentrierte sich, schlich um die Tür herum und richtete die Pistole in das Krankenzimmer. Noch immer hörte und sah er nichts von einer bewaffneten Frau, was aber nichts heißen musste.

»Hier ist die Polizei!«, rief Haderlein laut und deutlich. »Legen Sie Ihre Waffe weg und kommen Sie mit erhobenen Händen heraus. Ich rate Ihnen dringend, meinen Anweisungen zu folgen, ansonsten muss ich von meiner Schusswaffe Gebrauch machen, verstanden? Zwingen Sie mich nicht, zu Ihnen reinzukommen!«

Haderlein lauschte, aber aus dem Krankenzimmer kam keine Antwort, es war kein einziger Laut zu hören. Erst als er ein paar Schritte ins Zimmer hineinging, drang ein leises Stöhnen aus dem Badezimmer rechts neben dem Eingang. Die Tür war für ihn nicht einsichtig, sie war vom Krankenzimmer aus, nicht vom Eingangsbereich zu erreichen, doch dem Geräusch nach zu urteilen, stand sie offen. Er positionierte sich an der Wand direkt daneben und konnte schweres Atmen vernehmen. Er hatte nicht den Eindruck, dass diese Frau bei bester Gesundheit war. Warum gab die nicht auf? Sie musste doch erkennen, dass sie keine Chance mehr hatte, verdammt noch mal. Erneut versuchte er es mit einem Appell an die Vernunft.

»Jetzt lassen Sie doch einfach den Quatsch und werfen Sie Ihre Waffe nach draußen –«

Weiter kam er nicht, denn statt der Waffe flogen Kugeln. Zwei Schüsse. Die Kugeln klatschten in die gegenüberliegende Wand, dann war von drinnen wieder dieses seltsame Stöhnen zu hören.

Seinem Gefühl nach kam es von unten, so als ob dort jemand bei geöffneter Tür auf den Fliesen am Boden lag und auf ihn wartete.

Haderleins Puls raste, Adrenalin strömte durch seinen Körper. In einer solchen Situation war er schon lange nicht mehr gewesen, was aber nicht hieß, dass er nicht mit ihr umgehen konnte. Wie es schien, hatte die bewaffnete Frau in der Nasszelle dieses Krankenzimmers nicht die Absicht, ihren Platz freiwillig zu räumen. Mit gutem Zureden kam er hier nicht weiter, seine Argumente und die Hoffnung auf Einsicht würden auf taube Ohren stoßen.

Die harten Bandagen mussten her. Mit einer lautlosen Bewegung zog er sich den linken Schuh vom Fuß und schob ihn bis an die Kante des Türrahmens. Er konzentrierte sich, dann schubste er ihn in die Mitte des Krankenzimmers. Noch während der Schuh über das Linoleum rutschte, warf er sich nach vorne und drehte sich mit der Waffe im Anschlag in Richtung Toiletteninneres. Wie er es erwartet hatte, fielen erneut Schüsse, die allerdings dem dahinrutschenden Schuh galten. Das verschaffte ihm genau die Sekundenbruchteile, die er benötigte, um seinen Vorteil aus der Ablenkung zu ziehen. Er nahm sein am Fußboden befindliches Ziel ins Visier und drückte ohne zu zögern ab.

Ein heller, überraschter Schrei war zu hören, dann erstarb jeglicher Laut. Seine Gegnerin, eine große dunkelhaarige Frau, die, den Oberkörper an die Toilettenschüssel gelehnt, im Badzimmer auf dem gefliesten Boden saß, war von drei seiner Kugeln getroffen worden. Mit vor Entsetzen geweiteten Augen starrte sie ihn an. Sie war zu keinerlei Aktion mehr fähig. Ihr Arm mit der Waffe war kraftlos nach unten gesunken. Sekundenlang blickte sie dem hageren Haderlein ins Gesicht, dann schwand das Leben aus ihren Augen, und die sterbende Frau rutschte langsam nach unten auf den Boden.

Haderlein nahm ihr den kleinkalibrigen Revolver aus der Hand und steckte ihn in seine Jackentasche. Dann tastete er an der Halsschlagader nach ihrem Puls. Das Herz schlug nicht mehr. Er würde jetzt aufstehen und einen Arzt rufen. Es konnte nicht lange dauern, bis einer hier war, schließlich war das hier ein Klinikum. Aber er hatte der Unbekannten zwei Kugeln in die Brust gejagt, und nach dem, was er sah, war das nicht ihre erste Verletzung gewesen. Der Körper der Frau wies mehrere Wunden auf, ihre Kleidung war voll von frischem und bereits getrocknetem Blut. Hauptsächlich Stichverletzungen, aber es war auch mindestens eine Schusswunde im Bein dabei. Seine Erfahrung in solchen Situationen hatte ihn gelehrt, dass kein Arzt dieser Welt diese Frau noch retten konnte.

Er steckte seine Waffe zurück ins Holster und ging nach draußen, während sein Gehirn auf Hochtouren erste Überlegungen anstellte, was diese unbekannte Frau mit ihrer Waffe im Bamberger Klinikum gewollt hatte.

Die beiden Polizeibeamten standen an der Tür zur Hausnummer 7 im Birkenweg in Wonfurt, dem Wohnort des Fahrerflüchtigen. Der als Verkehrssünder leidlich bekannte Mann sollte nun endgültig aus dem Verkehr gezogen werden, und zwar im wahrsten Sinne des Wortes.

Sandra Ringlein und Peter Romeis hatten den gesuchten dunkelroten Audi mit dem weithin berüchtigten Haßfurter Nummernschild bereits in der Hofeinfahrt entdeckt. Die beiden Beamten hatten einen richterlichen Beschluss in der Tasche, der sie nach dem Vorfall an der Polizeidienststelle dazu berechtigte, erstens den Führerschein des rasenden Rentners zu beschlagnahmen und zweitens eine Befragung bezüglich des Vorwurfes der Fahrerflucht sowie die anschließende Festnahme durchzuführen.

Die Befragung war natürlich nur der Form halber durchzuführen, allen auf der Dienststelle war klar, dass dieser Greis jetzt endgültig von seinem Lappen befreit wurde, egal welche wirren Einlassungen er auch immer von sich geben mochte. Dazu hatte man ausdrücklich sie beide ausgewählt, weil das Gespann Ringlein und Romeis sich schon in anderen heiklen Fällen als besonders friedensstiftend erwiesen hatte. Kochten irgendwo in der Bamberger Pampa die Emotionen hoch, wurden diese beiden Repräsentanten der Polizei entsandt, um die Angelegenheit bestenfalls in gegenseitigem Einvernehmen zu lösen.

Auch heute war der Fall mutmaßlich so gelagert, dass bei dem als heißblütig bekannten Rentner eine gewisse Gelassenheit und Einfühlungsvermögen gefragt waren. Zudem waren die Parteien bereits miteinander bekannt, hatten die beiden Polizeibeamten Leopold Leicht doch früher schon einmal festnehmen müssen, als er mit weit geöffneter Motorhaube gegen eine Verkehrsampel in der Bamberger Innenstadt gerauscht war. Auf ihre Nachfrage, warum er die Motorhaube nicht geschlossen habe, er habe ja während der Fahrt gar nichts mehr sehen können, erhielten sie lapidar zur Antwort, er, Leopold Leicht, habe es nach dem Nachfüllen seines Wischwassers an der Tankstelle viel zu eilig gehabt, als dass er sich mit solchen Nebensächlichkeiten wie Motorhauben hätte aufhalten können. Wie ein solch borniertes Verhalten ohne jeglichen Alkoholkonsum zu erklären war – nach der Mitnahme des rebellierenden Rentners wegen des Verdachtes auf Trunkenheit am Steuer wurden null Komma null Promille festgestellt –, blieb allen Beteiligten bis heute ein absolutes Rätsel.

Sandra Ringlein drückte den Klingelknopf, jedoch ohne nennenswerte Reaktion. Natürlich ließ sie sich nicht beirren und klingelte mehrere Minuten lang immer wieder, bis irgendwann die Daumenkuppe glühte.

»Warte hier, ich geh mal ums Haus«, sagte ihr Kollege Peter Romeis und öffnete die Gartentür. Vielleicht war im rückwärtigen Teil des Grundstücks jemand anzutreffen, der das Klingeln nicht hörte, weil er zum Beispiel mit Gartenarbeit beschäftigt war. Auf der Rückseite des Hauses angekommen, registrierte Romeis einen gewissen Erfolg, allerdings einen anderen, als er eigentlich gehofft hatte.

Im abschüssigen Garten hinter dem Haus war niemand, aber im weit geöffneten Fenster im Erdgeschoss hockte der gesuchte Leopold Leicht. Wie es schien, hatte der Rentner einen engagierten Fluchtversuch durch das Wohnungsfenster gestartet und war sich erst im Zuge des Abstiegs nach unten der rückwärtig fast drei Meter Distanz zum Rasen, vor allem aber seiner Altersklasse bewusst geworden. So saß er nun rittlings auf der Fensterbank seines Gartenfensters und schaute Peter Romeis aus blutunterlaufenen Augen bitterböse an.

»Ihr Scheiß-Bullen! Ihr grichd mich ned und mein Führerschein erschd rechd ned. Und wählen du ich ah nimmer, des is ja a inzwischen a Scheiß-Digdadur in Deutschland worn, dafür war ich fei ned im Griech!«, ereiferte sich der Greis, während er wild fuchtelnd drohende Gebärden in Richtung Romeis machte.

Der versuchte, zu deeskalieren und einfach ruhig zu bleiben. »Jetzt seien Sie doch vernünftig«, redete er begütigend auf den Rentner auf seinem Hochsitz ein. »Wo wollen Sie denn hin, Herr Leicht? Das hat doch alles keinen Sinn. Gehen Sie bitte wieder rein und öffnen Sie die Tür, ja? Sonst müssten wir die aufbrechen, und damit ist ja auch keinem gedient. Wenn Sie einfach vorne am Haus die Tür öffnen, dann reden wir miteinander, ja?« Er hatte den gleichen verbindlichen Ton aufgelegt, der ihm schon in so vielen brenzligen Situationen größeren Ärger oder gar Gewalttätigkeiten erspart hatte. Und er brauchte heute bestimmt keinen Rentner aus dem Landkreis Haßberge, der dafür sorgte, dass diese Serie auf einmal riss.

»Scheiß-Bullen!«, rief Leopold Leicht erneut, fügte dem aber keine Schimpftirade mehr hinzu und machte auch keine Anstalten, sich entsprechend seinem ursprünglichen Vorhaben hinunter in den über drei Meter tiefer liegenden Garten zu begeben.

Peter Romeis stellte fest, dass die weltliche Macht Gott sei Dank wieder einmal gesiegt hatte, und atmete erleichtert auf. Mit ein bisschen Glück war die ganze Angelegenheit in einer halben Stunde erledigt, und sie konnten mit einem gewaltfreien Erfolgserlebnis in die Bamberger Dienststelle zurückkehren. Er verschränkte abwartend die Arme vor der Brust und schaute Leopold Leicht dabei zu, wie der nach einigen Sekunden des Kampfes mit sich selbst und der Fensterbank umständlich und unter hörbaren Mühen zurück ins Innere seiner Behausung kletterte. Das klappte auch einigermaßen gut, allerdings nur bis zu dem Moment, da Leicht das zweite Bein von außen nach innen hob, um die Füße wieder auf heimatlichen Boden zu setzen. Peter Romeis sah auf einmal nur noch wild fuchtelnde Hände und hörte einen dumpfen Aufprall aus dem Wohnungsinneren.

»Herr Leicht, alles in Ordnung?«, rief er nach oben, bekam aber keine Antwort.

Keinerlei Geräusch war mehr aus dem Inneren der Wohnung zu hören. Anscheinend war der abgestürzte Wohnungsbesitzer nicht mehr kommunikationsfähig.

»Verdammte Scheiße«, fluchte Peter Romeis und eilte um das Haus herum zurück zu seiner Kollegin, die er natürlich umgehend vom neuesten Stand in Kenntnis setzte.

Sie hatten es nun nicht mehr mit einem widerspenstigen, potenziell gewalttätigen Haßfurter Autofahrer zu tun, sondern mit einem verunfallten Greis, der sich bei seinem Sturz von der Fensterbank womöglich schwerere Verletzungen zugezogen hatte und dringend ihrer Hilfe bedurfte.

Sandra Ringlein versuchte es erneut mit Klingeln, was aber logischerweise nichts brachte, da Leopold Leicht sich nach dem Sturz mit hoher Wahrscheinlichkeit nicht mehr rühren konnte. Peter Romeis verständigte unterdessen den Rettungsdienst plus Notarzt, damit der Einundneunzigjährige angemessen versorgt werden konnte. Dann schob er seine Kollegin sanft, aber bestimmt zur Seite.

»Jetzt ist Gefahr im Verzug, da bedarf es anderer Methoden«, erklärte er entschlossen.

Er trat ein paar Meter zurück, nahm Anlauf und warf sich mit seinem ganzen Körpergewicht gegen die Eingangstür. Mit dem gewünschten Ergebnis. Ein kurzes, gequältes Splittern war zu hören, als die Tür nachgab und mit einem Ächzen nach innen aufschwang.

Peter Romeis fiel im Vorraum auf den Boden, wo er sich aber geschickt abrollte und behände wieder aufrappelte. Triumphierend schaute er zu seiner Kollegin, dann wandte er sich in Richtung Wohnungsinneres. Irgendwo in einem der rückwärtigen Räume musste der hilflose Greis liegen und wartete sicher schon sehnsüchtig auf Hilfe.

Romeis machte zwei Schritte, dann traf ihn mit voller Wucht die Unterseite einer alten, gusseisernen Bratpfanne. Mit gebrochenem Nasenbein und sich spontan verabschiedendem Bewusstsein ging der Polizeibeamte zu Boden.

Sandra Ringlein schaute entsetzt auf den gefällten Kollegen, aus dessen umgeklappter Nase ein Schwall roten Blutes schoss. Diese Schrecksekunde nutzte der in Wahrheit quietschfidele Verkehrssünder Leopold Leicht, um mit entschlossener Miene und erhobener Bratpfanne hinter der zersplitterten Haustür hervorzukommen. Er schwenkte das von altem, verschmortem Fett triefende Gusseisen drohend in Richtung der Polizeibeamtin und humpelte zornesbebend auf Sandra Ringlein zu, die sich nicht anders zu helfen wusste, als ihre Waffe zu ziehen und sie auf den völlig ausgeflippten Greis zu richten.

»Lassen Sie das, Herr Leicht, das ist jetzt kein Spaß mehr!«, rief sie warnend. Zwar hatte sie nicht die Absicht, auf den Einundneunzigjährigen zu schießen, aber wenn er so weitermachte – sie würde es tun, so wahr ihr Gott helfe.

Leopold Leicht wiederum beabsichtigte, auch wirklich alles dafür zu tun, dass ihre schlimmsten Befürchtungen wahr wurden. Er hob die Bratpfanne, so hoch er nur konnte, und näherte sich mit glühendem Blick, die aus dem Kochgerät zu Boden tropfenden Fettschlieren ignorierend. »Ihr Scheiß-Bullen. Ich hab als junger Mo den Russlandfeldzuch mitgemacht, Griechsgefangenschaft überleb und sogar die Mergel überstanne. Und jetzt kommd ihr willenlosen Schergen der Bolidig daher und wolld mir mein Führerschein abnehm? Ja, wo simmer denn etzerd, in einer Digdadur?«, rief er aufgebracht, dann vollführte sein Arm ansatzlos eine schnelle Bewegung nach vorne, und die Pfanne machte sich via Luftpost auf den Weg in Richtung der sich im Adrenalinstress befindenden Bamberger Polizeibeamtin.

Ein Schuss war gleich darauf in Wonfurt zu hören, und der einundneunzigjährige Leopold Leicht stürzte mit einem von einer Kugel aus Sandra Riegleins Waffe zerschmetterten linken Fuß zu Boden. Die eiserne Bratpfanne, welche die Polizistin an der Schläfe getroffen und zu ihrem Kollegen in die Waagrechte geschickt hatte, schepperte über die Steinplatten des Vorgartens, während sich Leopold Leicht mit beiden Händen und schmerzverzerrtem Gesicht seinen durchlöcherten Schuh hielt, aus dem Blut heraustrat.

»Scheiß-Bullen«, flüsterte er noch einmal heiser, dann gab,

obwohl weltkriegserfahren, der Kreislauf des Einundneunzigjährigen endgültig auf, und den renitenten Bratpfanneneigner umfing eine wohltuende Ohnmacht.

Als wenig später Notarzt und Sanitäter im Birkenweg 7 in Wonfurt eintrafen, hatten sie alle Hände voll zu tun, wenn auch unerwarteterweise nicht das, was ihnen als Szenario ursprünglich angekündigt worden war. Drei Ohnmächtige waren zu versorgen, die allesamt elegant verstreut im Eingangsbereich des Hauses herumlagen. Ein älterer Herr mit stark blutendem Beinschuss und die beiden Polizeibeamten, die sie hergerufen hatten, aus unerfindlichen Gründen ebenfalls bewusstlos.

Die Polizistin lag mit einer riesigen Beule sowie klaffender Platzwunde über dem linken Auge draußen im Vorgarten, direkt neben einer vor ranzigem Bratfett triefenden gusseisernen Bratpfanne. Ihr Kollege, dessen blutiges Gesichtsprofil den Notarzt sehr an die eher flache landschaftliche Beschaffenheit der Niederlande erinnerte, zierte halb die Fußmatte vor der Eingangstür, halb ragten seine Beine in das Haus hinein.

Als die Ohnmächtigen notversorgt und mit dem Rettungsdienst nach Bamberg unterwegs waren, sahen sich zwei von den Sanitätern hinzugerufene Streifenpolizisten gründlich in der Wohnung des Wonfurter Verkehrssünders um. Immerhin war hier immer noch ein Gerichtsurteil zu vollstrecken und ein Führerschein einzuziehen.

Die Fahrerlaubnis des Einundneunzigjährigen war jedoch, trotz gründlichen Suchens in Schränken und Unterlagen, zunächst nicht aufzufinden. Weder im Fahrzeug draußen im Hof noch irgendwo im Haus. Dafür entdeckten die beiden Beamten an den Wänden zahllose sorgfältig eingerahmte Strafzettel und Bußgeldbescheide. Nach konsequenter Erweiterung des Suchgebietes entdeckten die Beamten den Führerschein schließlich unter einem großen, schweren Blumentopf auf dem Balkon des Wohnhauses im Wonfurter Birkenweg Nummer 7.

Ein verlassenes Grundstück, welches seinen autobegeisterten Besitzer bis auf Weiteres nicht mehr zu Gesicht bekommen sollte.

Als Bernd Schmitt mit seinem Nachwuchsermittlerschweinchen am Haupteingang des Bamberger Klinikums eintraf, traute er seinen Augen nicht.

Hier hatte sich so ziemlich alles versammelt, was die Bamberger Polizei an Personal aufzubieten imstande war, wie es schien. Es wimmelte nur so von polizeilichen Mitarbeitern jeglicher Art. Ob mit Uniform, in Zivil, Spurensicherungs- oder sonstiges technisches Personal, alle paar Meter konnte man einen Mitarbeiter der Polizei antreffen. Jeglicher Mensch, der nicht im polizeilichen Staatsdienst arbeitete, sei es Patient, Arzt oder Besucher, wurde beim Hinein- oder Hinausgehen kontrolliert und die Identität überprüft.

Lagerfeld war unter den Kollegen natürlich bekannt wie ein bunter Hund, ergo kam niemand auf die absurde Idee, den Pferdeschwanz und Sonnenbrille tragenden Kommissar in seinen abgewetzten Jeans und ausgelatschten Cowboystiefeln überprüfen zu wollen. Das bürgerliche Publikum hingegen beäugte den Neuankömmling misstrauisch: Ausgerechnet der am auffälligsten gekleidete Mensch weit und breit blieb von jeglicher Überprüfung unbehelligt. Lediglich das kleine, dicke, schwarz-rosa gefleckte Minischwein auf seinem Arm hatte die eine oder andere hochgezogene Augenbraue zur Folge.

Lagerfeld ignorierte die neugierigen Blicke allerorten, stellte Presssack im Eingangsbereich wieder auf die kurzen Füße und machte sich mit seinem Ferkel im Schlepptau schnurstracks auf den Weg zur Notaufnahme einen Stock tiefer. Hierher hatte Andrea Onello den verletzten Zimmergörch gebracht, um ihn notärztlich versorgen zu lassen, ehe sie samt dem Patienten verschwunden war, also erwartete er, hier seinen Kollegen Franz Haderlein anzutreffen.

Unten angekommen, bot sich ihm das gleiche Bild wie auf dem Vorplatz. Aufregung und Konfusion. Von einem geregelten Krankenhausbetrieb im Bamberger Klinikum konnte beim besten Willen keine Rede sein. Was war denn hier los? Die Vorfälle, welche die Polizei auf den Plan gerufen hatten, waren doch schon Stunden her, da mussten sich die Leute doch irgendwann auch mal wieder einkriegen, dachte Lagerfeld verwirrt.

Der soeben wieder in Dienst getretene Bamberger Kommissar fasste die Leine seines neuen polizeilichen Mitarbeiters etwas kürzer und schlängelte sich durch den Menschenpulk hindurch, hinein in die Tiefen der Notaufnahme. Hier schien es etwas geordneter zuzugehen, jedenfalls saßen diverse Menschen wartend auf ihren Stühlen herum, ganz so, wie man es von einer Notaufnahme klassischerweise erwartete.

Presssack an der Leine neben sich führend, streifte Lagerfeld durch die Räumlichkeiten und hielt nach seinem Kollegen Franz Ausschau. Aber der schien irgendwo anders in diesem riesigen Komplex zugange zu sein, denn hier unten war gerade niemand zu sehen. Kein Heribert Ruckdeschl und keiner seiner Männer, kein Kollege von der Kripo, nur ganz hinten stand ein Streifenpolizist, der den Ausgang nach draußen zur Halle mit den Krankenwagen bewachte.

Lagerfelds Stimmung verschob sich allmählich in den sauren Bereich, und er wünschte sich trotz des kulturfremden Hopfengetränkes, das man ihm heute Morgen dort angeboten hatte, in den Hungry Highlander nach Coburg zurück. Da war seine Welt wenigstens noch einigermaßen im Lot gewesen. Statt im wohlverdienten Urlaub um seine Mühle und seine verlorene Beziehung zu trauern, stand er hier in einem Ameisenhaufen, der sich Krankenhaus nannte, und hatte keinen Plan, wie es jetzt weitergehen sollte. Gerade wollte er zum Handy greifen und besser mal nachfragen, wo Franz und Ruckdeschl denn genau abgeblieben waren, als ihn von hinten jemand ansprach.

»Soso, aha, und was haben wir für ein fürchterliches Leiden?«, hörte er eine weibliche Stimme mit professioneller Überheblichkeit fragen, was ihn erschrocken herumfahren ließ.

Vor ihm stand eine Stationsschwester der Notaufnahme. Brille, Seitenscheitel und ein Namensschild, das sie als Schwester Doreen Rensch auswies. Die Hände hatte sie in den Taschen ihrer Berufsuniform vergraben, und der Zug um ihren Mund ließ eine außerordentliche Missbilligung von Lagerfelds erstem Eindruck erkennen. Ihr Blick verfinsterte sich noch, als er auf das mitgebrachte Ferkel fiel, welches nach Meinung von Schwester Doreen

Rensch nun aber wirklich gar nichts auf dieser Station zu suchen hatte. Sie wollte eben zu einer noch weit strengeren Maßregelung ansetzen, als Lagerfeld ihr mit einer spontanen, jedoch aufgrund seiner wachsenden Genervtheit unpassenden Erklärung zuvorkam.

»Potenzprobleme. Ich bin hier wegen meiner Erektionsstörungen, Schwester Rensch. Ich war schon den halben Tag in Scheßlitz im Krankenhaus in Behandlung, aber die Schwestern dort konnten mir mit meinem Problem überhaupt nicht weiterhelfen. Obwohl sich die Mädels dort wirklich alle sehr bemüht haben, das muss ich schon sagen. Am Ende haben sie mich dann aber doch hierherverwiesen, mit dem Hinweis, dass das weibliche Personal in der Notaufnahme des Bamberger Klinikums hinsichtlich der ambulanten Behandlung dieses pathologischen Problems ausgebildet und daher weit besser dazu geeignet sei als so ein Provinzkrankenhäuschen in ›Scháätz‹.«

Schwester Doreen Rensch war deutlich anzumerken, dass sie nicht genau einschätzen konnte, ob der heruntergekommene Freizeitcowboy da vor ihr sie gerade verarschen wollte oder nicht. Was sie aber wusste, war, dass sie ganz und gar nicht dafür ausgebildet worden war, Potenzprobleme ambulant zu behandeln, und auf gar keinen Fall waren solche Beschwerden ein Fall für die Notaufnahme des Bamberger Klinikums. Und da die leitende Schwester der Notaufnahme nicht besonders gern lachte, schon gar nicht über sich selbst, beschloss Schwester Doreen Rensch, sicherheitshalber mit der nötigen Strenge vorzugehen. Dieser Tag war schon verrückt genug, da brauchte sie nicht auch noch einen Irren, der ein kleines Schwein an der Leine durch ihr Krankenhaus zog.

Wieder öffnete sie den Mund, diesmal um einen geharnischten, schwesterlichen Anschiss abzusondern, doch wieder kam ihr der seltsame Typ mit dem Ferkel zuvor. Blitzschnell fuhr seine Hand unter die Jeansjacke und beförderte eine kleine grüne Karte ans Tageslicht. »Kriminalkommissar Bernd Schmitt, Kriminalpolizei Bamberg.«

Verblüfft klappte Doreen Rensch ihren Mund wieder zu und

starrte auf Lagerfelds Dienstausweis, den der Kommissar aber umgehend wieder wegsteckte.

»Okay, lassen wir doch den Blödsinn, Frau Rensch. Könnten Sie mir vielleicht sagen, wo ich den Kollegen Haderlein und die Männer von der Spurensicherung finde? Da wäre ich Ihnen wirklich außerordentlich verbunden, es ist nämlich eilig – zumindest wurde mir das so mitgeteilt«, flötete Lagerfeld nun in einem betont freundlichen, aber bestimmten Ton.

Schwester Doreen Rensch gab ihre innere Protesthaltung auf. Die bissigen Bemerkungen, die ihr gerade noch auf der Zunge gelegen hatten, steckte sie weg, beschloss in diesem Moment aber feierlich, in naher Zukunft den Beruf zu wechseln. Das, was hier und heute in ihrem Klinikum abging, hatte nichts mehr mit dem Berufsbild zu tun, das sie einst bewogen hatte, den Beruf der Krankenschwester zu ergreifen.

Mit einem letzten vernichtenden Blick auf das kleine Ferkel, das brav neben dem Polizisten auf dem Boden ihrer sorgsam desinfizierten Notaufnahme saß, bedeutete sie dem Kommissar, ihr zu folgen, was dieser auch nur zu gern tat.

Nach der bizarren Vorstellung seines Chefs hatte sich César Huppendorfer hinter seinen Computer geklemmt und alles sorgfältig aufgelistet, was er bezüglich Georg Schugg herausgefunden beziehungsweise aus der Baunacher Burg derer zu Rotenhenne mitgebracht hatte. Angefangen bei der Wand mit den Zeitungsartikeln und dem verstörenden Wolfszitat bis hin zu dem, was ihm der Baron über das anscheinend psychisch instabile Vorleben seines Mieters berichtet hatte.

Aber so richtig kam er damit auch nicht weiter, denn das einzig Greifbare auf der Liste war dieses Klinikum in Hutschdorf, von dem er zuvor noch nie etwas gehört hatte. Dennoch schien es ihm im Moment der einzige Punkt zu sein, an dem er ermittlungstechnisch ansetzen konnte.

Mittels einer Internetrecherche hatte Huppendorfer herausgefunden, dass es sich bei besagter Klinik um ein durchaus anerkanntes Zentrum für psychosomatische Traumata und Belastungsstörungen handelte, und kurz entschlossen einen Termin mit dem leitenden Arzt Dr. Wolfschmitt vereinbart. Nun war er auf dem direkten Weg dorthin unterwegs, jedoch mit relativ wenig Begeisterung, denn je weiter er sich von Bamberg und Städten im Allgemeinen entfernte, desto unwohler fühlte er sich. Und der Ortsname Hutschdorf deutete auf eine sehr weite Entfernung hin.

Tatsächlich wurden die Ortschaften, die der Bamberger Kommissar passierte, nachdem er die Autobahn Richtung Kulmbach an der Ausfahrt Thurnau verlassen hatte, mit jedem Kilometer kleiner, die Abstände dazwischen hingegen größer.

Eckersdorf, Döllnitz, alles weltbekannte Stätten fränkischer Hochkultur. Ein ungutes Gefühl beschlich den gut gekleideten, von Kindesbeinen an urbanisierten César Huppendorfer. Wohin war er hier nur geraten? Die Klinik lag ja in der absoluten Pampa.

Auch wenn Bamberg nur eine kleine, dafür aber anerkanntermaßen sehr feine Ausgabe einer urbanen Siedlung war, bot sie dem Halbbrasilianer alles, was einem Innenstädter wichtig war. Kneipen, Verkehrslärm, Biergärten im Sommer und ein Mindestmaß an kulturellem Angebot. Nichts davon hatte nach Meinung des Kommissars das fränkische Umland zu bieten. Eine einzige Ödnis, in der man sich mit Besäufnissen im Wirtshaus, Schafkopfrennen und dem Ernten heimischer Feldfrüchte notdürftig über Wasser hielt. Eine Art Steppe, der es an so ziemlich allem mangelte, was das moderne Leben so ausmachte.

Zu seiner großen Erleichterung tauchte nun aber das Hutschdorfer Ortsschild vor ihm auf, und ein Hinweisschild »Fachklinik für dissoziative Störungen Hutschdorf, Haus Zachariel« wies ihm unmissverständlich den Weg. Zumindest also war er irgendwo angekommen, daran konnte sich seine Psyche fürs Erste klammern.

Die Straße führte durch die komplette Ortschaft hindurch immer weiter den Berg hinauf, bis er schließlich, am höchsten Punkt angekommen, den kleinen Gebäudekomplex des Fachklinikums vor sich sah.

Als er seinen Wagen geparkt hatte und die Aussicht ringsum betrachtete, hatte der Bamberger Kommissar das Gefühl, am von jeglicher Zivilisation weitestmöglich entfernten Punkt, das heißt, exakt im Zentrum von nichts zu sein. Was in aller Welt hatte wen auch immer dazu bewogen, einen medizinischen Komplex in diese gottverlassene Gegend zu bauen? Hier wollte Huppendorfer nicht einmal tot über dem Zaun hängen.

Er schüttelte die deprimierenden Gedanken ab und begab sich ins Innere des Hauses Zachariel, so zumindest stand es groß über dem Eingang der Einrichtung geschrieben. Im Eingangsbereich musste er sich gar nicht groß orientieren, denn es kam zu seiner Überraschung sogleich eine in eine schwarze Ordenstracht gehüllte Schwester auf ihn zugeeilt und baute sich vor ihm auf.

Die schon etwas ältere, aber nichtsdestotrotz resolute Dame erinnerte Huppendorfer an eine Dokumentation über Spinnen, die er neulich bei Phoenix gesehen hatte. Eine winzige Bewegung ihres Netzes reichte aus, um der Hausherrin zu signalisieren, dass ihr womöglich gerade eine Beute auf den Leim gegangen war, was dann auch in Windeseile von ihr kontrolliert wurde. Sollte sich die Annahme bestätigen, war der oder die Festgeklebte rettungslos verloren, der hungrigen Spinne hilflos ausgeliefert.

Diese Hausherrin hier zeigte ein vergleichbares Verhaltensmuster. Sie fixierte genauestens ihre Beute und hieß laut Namensschild Schwester Walburga.

»Guten Tag, junger Mann, was kann ich denn für Sie tun?«, raunzte sie ihn mit professionellem Lächeln an.

Aus ihrer Sicht mochte die Begrüßung freundlich gemeint gewesen sein, Huppendorfer hatte allerdings das Gefühl, soeben unerlaubt in den Intimbereich des katholischen Spinnentiers eingedrungen zu sein. Kurzzeitig erwog er Rückzug oder gar Flucht, aber dann siegte seine professionelle Einstellung, und er kramte den Polizeibeamten heraus.

»Ja, hallo, entschuldigen Sie bitte die Störung. Huppendorfer, Kriminalpolizei Bamberg. Ich habe einen Termin mit Dr. Wolfschmitt. Und wer sind Sie, wenn ich fragen darf?«

Die Angesprochene zeigte ihm mit allem, was sie an Mimik aufzubieten hatte, dass er keineswegs durfte, aber schließlich war das hier ein offizieller Termin, und dafür gab es gewisse Regeln, die auch eine katholische Hausspinne einzuhalten hatte. »Schwester Walburga, guten Tag. Meines Wissens ist Mathias in seinem Büro, ich frage einmal nach, warten Sie bitte so lange hier.«

Ohne weiteren Kommentar ließ sie den Kommissar stehen, wo er war, und eilte davon, um in den Tiefen des Hauses Zachariel nach dem Leiter der Fachklinik zu forschen.

Aha, Mathias, wie interessant. Die waren hier also per Du. Wäre das hier ein katholisches Pfarrhaus gewesen, hätte er bei der Rolle von Schwester Walburga glatt auf den Posten der Haushälterin getippt. Tagsüber ein offizielles Arbeitsverhältnis, nach Dienstschluss dann nur noch Verhältnis, ohne Arbeit in der Beziehung. Aber das ging ihn im Grunde gar nichts an, vielleicht war die Nonne ja wirklich bloß die sehr resolute Hausdame und nicht mehr.

Haushälterin oder nicht, das war allein deren Sache.

Es dauerte nicht lange, dann tauchte Schwester Walburga wieder auf, einen etwa vierzigjährigen blonden Mann im Schlepptau, der ihr mit langen Schritten hinterhereilte.

»Dr. Mathias Wolfschmitt«, sagte der Mann und reichte dem Kommissar die Hand. Er trug einen hellgrauen Rollkragenpullover und moderne Jeans.

Huppendorfer war erst einmal beruhigt, es nicht mit einem Vertreter des Klerus zu tun zu haben, und nickte dem Leiter der Anstalt grüßend zu.

Dr. Wolfschmitt zeigte in die Richtung, aus der er soeben gekommen war. »Vielleicht gehen wir in unsere Bibliothek, da sind wir ungestört und können uns besser unterhalten als in meinem leider viel zu engen Büro.« Er wandte sich halb der Nonne zu. »Schwester Walburga haben Sie ja schon kennengelernt, sie hat nun aber leider wichtigere Aufgaben zu erledigen und muss uns daher verlassen.«

Auffordernd, fast streng blickte er Schwester Walburga in die Augen. Es war unschwer zu erkennen, dass die Nonne ihrer Ansicht nach gar nichts Wichtigeres zu tun hatte und viel lieber bei dem Gespräch dabei gewesen wäre. Ein paar Sekunden lang kämpften die Blicke der beiden miteinander, dann fügte sich die ältere Dame und stapfte betont lautstark davon.

Dr. Wolfschmitt schaute ihr lächelnd nach, dann wandte er sich wieder an den Bamberger Kommissar. »Tja, so ist das halt, wenn man mit Gott verheiratet ist und der Ehemann ständig abwesend ist. Da muss jemand anders für die Beziehungskämpfe herhalten. Wenn Sie mir bitte folgen möchten, es sind nur ein paar Schritte den Gang hinunter.«

César Huppendorfer folgte dem Leiter des Hauses Zachariel bereitwillig in die kleine Bibliothek, wo sich die beiden Männer auf zwei einander gegenüberstehenden Sesseln niederließen. Sie hatten kaum Platz genommen, da begann der Leiter des Hauses Zachariel auch schon damit, ein paar Dinge klarzustellen. Ganz offensichtlich war er ein Mensch, der nicht lange um den heißen Brei herumredete oder seine Zeit gar mit Small Talk verschwendete.

»Also gut, Herr Huppendorfer, wenn ich Sie am Telefon richtig verstanden habe, erhoffen Sie sich Informationen über meinen ehemaligen Patienten Georg Schugg. Da muss ich Sie leider direkt enttäuschen. Ich würde Ihnen ja gern helfen, doch ich unterliege natürlich der ärztlichen Schweigepflicht. Solange Herr Schugg also nicht nachweislich verstorben ist oder seine ausdrückliche Einwilligung gegeben hat, darf ich Ihnen zu persönlichen oder medizinischen Fragen keinerlei Auskünfte erteilen, das müssen Sie bitte verstehen.«

Er trug seine Argumente ohne jegliche Emotion vor, ruhig, sachlich, distanziert. Für einen so jungen Arzt ein ziemlich abgeklärtes Verhalten, stellte Huppendorfer fest. Aber gut, vielleicht war die sachliche Ebene dann ja die geeignete Geschäftsgrundlage, um mit dem Mann die engere Auslegung zu diskutieren.

»Ja, das ist mir durchaus bewusst, Herr Dr. Wolfschmitt, und ich verstehe es natürlich auch. Aber vielleicht möchten Sie mir trotzdem weiterhelfen, wenn Sie erst die Problemlage erkennen, in der wir und vermutlich auch Ihr Patient gerade stecken. Die Situation ist nämlich folgende: Georg Schugg ist heute Morgen bei einem Aufenthalt im Bamberger Klinikum verschwunden, und zwar ausgerechnet zusammen mit einer meiner Kolleginnen von der Kriminalpolizei. Dieses Verschwinden geschah unter mysteriösen, äußerst besorgniserregenden Umständen, die eine Gewalttat nahelegen. Welche Rolle Ihr ehemaliger Patient in der ganzen Angelegenheit spielt, liegt noch völlig im Dunkeln. Ich möchte aber betonen, dass er entsprechend dem derzeitigen Kenntnisstand keiner Straftat beschuldigt wird. Mein Besuch hier dient allein dem Zweck, dem Verschwinden zweier Menschen auf den Grund zu gehen, und Georg Schugg ist einer von ihnen. Ich möchte Sie also bitten, abzuwägen, ob die Informationen, die Sie uns über ihn geben könnten, Ihrem Patienten nicht vielleicht helfen könnten. Das ist alles.« Huppendorfer beendete seine ebenfalls sehr sachlich gehaltenen Ausführungen und lehnte sich in dem gepolsterten Sessel zurück.

Dr. Wolfschmitt hatte ihm aufmerksam zugehört und musste das eben Erfahrene erst einmal sacken lassen.

»Herr Schugg ist also verschwunden. Das ist tatsächlich besorgniserregend. Ich vermute, dass Sie mir Ihrerseits nicht viel über die Umstände dieses Verschwindens erzählen können?«

Huppendorfer beantwortete die eher rhetorische Frage mit einem bedauernden Nicken. Der imaginäre Ball lag nun wieder im Spielfeld des Arztes.

Das war eine dieser berühmten Situationen im Leben, die in der Antike gern als Dilemma beschrieben wurden. Wenn der Arzt jetzt auf stur schaltete, und das wäre für ihn die bei Weitem bequemste Lösung, dann würde Huppendorfer rein gar nichts von ihm erfahren. Dann verhielte er sich exakt nach seinem Berufsethos und hätte sich nichts vorzuwerfen. Aus rechtlicher Sicht wäre das für ihn die sicherste Lösung. Sollte sein Verhalten allerdings dazu führen, dass Georg Schugg etwas zustieß beziehungsweise er aus der misslichen Situation, in der er sich mutmaßlich befand, aufgrund dieser Verweigerung nicht befreit werden konnte, widerspräche das diametral dem Sinn und Zweck der Schweigepflicht, nur das Beste für den Patienten zu wollen und ihm in diesem Zuge Schutz zu gewähren.

Mathias Wolfschmitt rang mit sich und seinem Werteschema als Arzt. César Huppendorfer erkannte das und ließ dem Mann die Zeit, die er benötigte, um sich diesbezüglich zu ordnen. Es dauerte auch gar nicht lange, dann war Dr. Wolfschmitt zu einer Entscheidung gelangt. Seine körperliche Anspannung ließ sichtbar nach, und er lehnte sich jetzt ebenfalls in seinem Sessel zurück.

»Also gut, Herr Kommissar, ich denke, ich kann Ihnen ein paar allgemeine Sachen anvertrauen, die nicht zu intim sind, die aber die Persönlichkeit von Georg Schugg näher beleuchten.«

Huppendorfer nickte erleichtert und holte seinen Notizblock hervor, dann begann Dr. Wolfschmitt zu erzählen.

»Vor ungefähr zwei Jahren stand Georg Schugg ohne jegliche Ankündigung hier vor unserer Tür und hat sich quasi selbst eingewiesen. Er erklärte mir, er habe sich von einem Taxi in Hutschdorf absetzen lassen und werde nun hierbleiben, bis ihm jemand helfen könne. Er machte einen zwar verstörten, jedoch relativ selbstständigen Eindruck, sodass ich fürs Erste keinen Grund sah, an seiner Zurechnungsfähigkeit zu zweifeln. Auf die Nachfrage, wie er denn ausgerechnet auf uns gekommen sei, antwortete er, die Adresse einfach gegoogelt zu haben. Er habe ein Problem, das seiner Meinung nach nur in einer Klinik wie der unseren gelöst werden könne. Wie ich kurz darauf feststellte, hatte er mit seiner Analyse sogar teilweise recht.«

»Eine kurze Zwischenfrage, wenn Sie gestatten«, hakte Huppendorfer nach. »Er kam aus freien Stücken? Und Sie haben ihn dann einfach hierbehalten?«

»Ja, in der Tat, so war es«, bekräftigte der Klinikleiter und fuhr in seiner langsamen, sachlichen Art mit der Schilderung der damaligen Ereignisse fort. »Wir sind ja eine Fachklinik für dissoziative Bewusstseinsstörungen, also können Sie sich vermutlich ungefähr vorstellen, welcher Art sein Problem war und warum der Mann letztlich bei uns aufgetaucht ist. Wer mit so etwas konfrontiert ist, dem fehlen in der Regel die Alternativen. Ich habe also seine Personalien überprüft, und dann haben wir ihn hierbehalten.«

César Huppendorfer hatte allerdings überhaupt keine Ahnung, wovon Wolfschmitt da sprach. Dissoziative Bewusstseinsstörung? Nie gehört.

Der Klinikleiter bemerkte an Huppendorfers Reaktion, dass sein Gast mit dem Fachterminus nichts anfangen konnte, und setzte zu einer Erklärung an. Diese Situation gab es durchaus öfter, dass man als Laie nicht sofort verstand, worum es ging. Er musste also alles möglichst einfach erklären.

»Lassen Sie es mich so ausdrücken, Herr Kommissar, vereinfacht gesagt geht es bei einer dissoziativen Störung um eine spezielle Form des Gedächtnisverlustes. Das kann sich durch einen partiellen oder völligen Verlust der Erinnerung an die Vergangenheit äußern oder zum Beispiel durch eine gedämpfte Wahrnehmung unmittelbarer Empfindungen die Umwelt oder die eigene Person betreffend bis hin zur fehlenden Kontrolle von Körperbewegungen. Die Störung kann sowohl mit akuten wie auch posttraumatischen Belastungsstörungen assoziiert sein und als Versuch der Psyche betrachtet werden, Situationen großer Anspannung, Angst oder Überlastung zu entkommen. Nicht selten tritt eine dissoziative Belastungsstörung auch nach Drogenkonsum, Tablettenmissbrauch oder Ähnlichem auf.«

Dr. Wolfschmitt warf einen prüfenden Blick auf sein Gegenüber. Der Bamberger Kommissar schien ihm halbwegs folgen zu können, jedenfalls hörte er aufmerksam zu und notierte fleißig alles in seinem Notizbuch. Also machte er mit seinen Ausführungen weiter.

»Eine dissoziative Störung ist ein komplexes psychologisches Phänomen. Die Betroffenen reagieren auf sehr belastende Erlebnisse mit der Abspaltung von Erinnerungen oder gar ganzen Persönlichkeitsanteilen. So lassen sich unerträgliche Erfahrungen ausblenden. Die Formen reichen von einer dissoziativen Amnesie wie im Fall von Herrn Schugg bis hin zur Auslöschung der eigenen Identität. Das stabile Bild der eigenen Persönlichkeit zerbricht. Daher auch die Bezeichnung Dissoziation, lateinisch für Trennung, Zerfall. An das traumatische Erlebnis oder den gravierenden Konflikt, der dafür ursächlich ist, kann sich der oder die Betroffene meist gar nicht mehr erinnern. Auch bei meinem Patienten war dies der Fall. Er hatte keinerlei Erinnerung an das, was seine Amnesie ausgelöst haben könnte. Diese Erinnerung wiederzuerlangen stand im Zentrum unserer gemeinsamen Bemühungen. Zu den Einzelheiten kann und werde ich Ihnen aber nichts sagen, Herr Kommissar, das ist nun wirklich zu persönlich.«

Huppendorfer kam mit dem Notieren kaum noch hinterher, was den Klinikleiter dazu veranlasste, eine kurze Pause einzulegen und zu warten, bis der Bamberger Kommissar von seinem Notizbuch aufblickte, ehe er weitersprach.

»Das Hauptmerkmal der dissoziativen Amnesie ist die Unfähigkeit, sich an wichtige persönliche Informationen erinnern zu können, an Aspekte der eigenen Lebensgeschichte. Diese Form des Erinnerungsverlustes geht über die normale ›Vergesslichkeit‹ im Alltag weit hinaus. So auch im Falle von Herrn Schugg, der mit erheblichen Erinnerungslücken zu kämpfen hatte.«

»Aha, und wie lange kann so ein Gedächtnisverlust andauern beziehungsweise konnte Herr Schugg mit Ihrer Hilfe sein Gedächtnis wiedererlangen?«, wollte Huppendorfer wissen, der das Thema so langsam richtig interessant fand. Aber seine Wissbegier erhielt einen derben Dämpfer.

»Bedaure, Herr Kommissar, das kann ich Ihnen beim besten Willen nicht sagen. Nicht weil ich nicht will, sondern weil ich es nicht weiß. Schauen Sie: So eine Amnesie kann einige Minuten bis mehrere Jahrzehnte umfassen. Dabei sind manchmal Teile des Ereignisses oder das gesamte Ereignis nicht mehr erinnerbar. Hinzu kommt, dass die Erinnerungslücken vom Gehirn mit Versatzstücken aus dem noch zugänglichen Gedächtnis aufgefüllt werden. Der Patient hat dann eine Art Patchwork-Gedächtnis, bei dem manches stimmt und manches andere nicht. Dies auseinanderzuhalten ist für den Therapeuten wie auch für den Patienten oft schwer bis unmöglich. Im Laufe der Therapie von Herrn Schugg zeigte sich, dass nur eine konsequente klinische Hypnosebehandlung eine Aussicht auf Erfolg gehabt hätte, aber genau dieser Behandlungsform hat sich Herr Schugg konsequent verweigert, er hatte eine regelrechte Panik davor. Was seine Amnesie ausgelöst hat, konnten wir daher nie wirklich erarbeiten. Er machte dennoch große Fortschritte, es gelang ihm immer besser, mit seiner Störung umzugehen, und schließlich kam der Punkt, da wir uns auf ein vorläufiges Ende der Therapie einigten. Ich fand, dass Herr Schugg stabil genug war, sich wieder in die Welt hinauszuwagen und sein Leben selbst zu gestalten. Der Baron von Rotenhenne war damals so freundlich, ihm eine Wohnung sowie eine Arbeitsstelle zu verschaffen. Er hat Herrn Schugg hier abgeholt, und seitdem habe ich ehrlicherweise nichts mehr von ihm gehört.«

Mit diesen Worten beendete Dr. Wolfschmitt seine Ausführungen und betrachtete abwartend den immer noch hektisch in sein Büchlein kritzelnden Bamberger Kommissar.

Als Huppendorfer endlich fertig war und Notizblock und Stift zur Seite legte, ging es in seinem Kopf bereits drunter und drüber. Dissoziative Amnesie, Gedächtnisverlust, aufgefüllte Erinnerungslücken. Der Fall wurde immer komplexer und gleichzeitig immer undurchsichtiger. Was Dr. Wolfschmitt ihm erzählt hatte, war ja höchst interessant, konnte aus kriminalistischer Sicht aber alles oder nichts bedeuten. Es war entweder der Schlüssel zu allem oder aber eine direkte Straße ins Nirgendwo. Wer konnte das schon wissen? Auf jeden Fall machten die ganzen Erklärungen, die er gerade seitenweise aufgeschrieben hatte, die Angelegenheit nicht leichter. Und dabei hatte er nicht einen einzigen direkten Hinweis auf den Verbleib von Georg Schugg bekommen.

Nun gut, vorerst musste er sich wohl oder übel damit zufriedengeben. Er wollte sich schon erheben, um sich dankend zu verabschieden, als Dr. Wolfschmitt vollkommen unerwartet die Hand hob und noch etwas ergänzte.

»Ach, bevor ich es vergesse, Herr Kommissar, es gab da etwas Merkwürdiges, auf das ich mir keinen Reim machen konnte. Aber vielleicht können Sie ja etwas damit anfangen. Herr Schugg hat während unserer Sitzungen in regelmäßigen Abständen etwas aufgeschrieben. An unser Flipchart, in sein Heft, egal. Es waren immer die gleichen Worte, der gleiche Satz, wenn man es so nennen kann, den ich als mögliches Überbleibsel seiner tatsächlichen Erinnerung ansehe. Ich habe allerdings nie verstanden, was das Geschriebene bedeuten soll, und Herr Schugg konnte es mir auch nicht erklären. Wenn Sie mir Ihr Notizbuch geben, schreibe ich es gern für Sie auf. Herr Schugg hat die Worte so oft niedergeschrieben, dass ich sie seither ebenfalls verinnerlicht habe«, erklärte der Klinikleiter, woraufhin Huppendorfer ihm bereitwillig sein Notizbuch reichte.

Dr. Wolfschmitt überlegte einen Moment, dann schrieb er aus dem Gedächtnis die Worte aufs Papier. Als Huppendorfer sein Notizbuch zurückbekam und das Aufgeschriebene las, konnte er allerdings ebenso wenig damit anfangen wie der Leiter der Fachklinik.

Tradhtar. Ujku kafshon mish të çuditshëm, lëpinë vetë.

Was war das denn? Das konnte doch kein Mensch aussprechen. Das klang ja fast wie eine Beschwörungsformel für Hohepriester irgendwelcher schwarzen Messen. Hatte er es hier mit einem Dämon zu tun, der Georg Schugg in Besitz genommen hatte, und es war ein Exorzismus fällig?

Dazu fiel ihm außer Sarkasmus nun wirklich nichts mehr ein. Schuggs Gehirn schien aber mal so richtig aus dem Ruder gelaufen zu sein. Wie auch immer, er würde auch diesem Geschreibsel irgendwann nachgehen. Aber nicht jetzt. César Huppendorfers interner Speicher war endgültig voll. Erst ein richtiger Tsunami an Fachbegriffen, ganz schön viel für so ein einfaches Polizistenhirn. Und jetzt auch noch so ein kryptisches Gefasel. Es reichte fürs Erste.

Er bedankte sich bei Dr. Wolfschmitt für die Auskünfte, die nun wirklich nicht selbstverständlich gewesen waren. Dann ging er zurück zu seinem Wagen, allerdings nicht ohne zu seiner eigenen Sicherheit aufmerksam nach einer katholischen schwarzen Spinne namens Walburga Ausschau zu halten, der er in seiner jetzigen Verfassung auf keinen Fall noch einmal begegnen wollte.

Die Mädchen der Jungfernhöhle

Im Klinikum Bamberg sah sich Franz Haderlein mit einem Problem der nicht ermittlungstechnischen Art konfrontiert. Die Klinikleitung höchstpersönlich, ein gewisser Bodo Herrenknecht, hatte sich am Schauplatz des Geschehens eingefunden und ließ sich über den Stand der Dinge informieren.

Bodo Herrenknecht wollte von Franz Haderlein alles ganz genau wissen. Nichts Genaues gab es aber zu berichten, nur den für Herrenknecht fatalen Umstand, dass die Station leider auf unbestimmte Zeit geschlossen bleiben musste. Immerhin hatte es hier eine Schießerei mit blutverschmiert hinterlassenem Zimmer gegeben. Dann hatte der Kriminalhauptkommissar vor nicht allzu langer Zeit auch noch eine bewaffnete Frau erschießen müssen, die sich als Ärztin ausgegeben und besagte Schießerei mutmaßlich verursacht hatte, ehe sie sich, selbst schwer verletzt, in einem Krankenzimmer auf dieser Station verschanzt hatte. Zudem waren ja auch noch zwei Menschen verschwunden, deren Schicksal bislang völlig im Dunkeln lag. Das waren wirklich mehr als genug Gründe, dieses Stockwerk von jeglichem Publikumsverkehr freizuhalten, was aber der Klinikleitung, in persona Bodo Herrenknecht, nicht wirklich einzuleuchten schien.

»Sie müssen verstehen, Herr Kommissar, dass Ihre Ermittlungen in unserer Klinik zu großen Turbulenzen und zu ganz außerordentlichen Belastungen unseres Personals führen. Im Klinikum Bamberg bieten wir eine große Bandbreite an modernsten diagnostischen und therapeutischen Verfahren. Wir betrachten es als unsere Pflicht, Menschen in jedem Lebensalter umfassend zu versorgen – vom ungeborenen Kind bis hin zu hochbetagten Senioren. Dafür engagieren sich verantwortungsbewusste Mitarbeiterinnen und Mitarbeiter in allen Bereichen mit fachlicher Kompetenz und menschlicher Zuwendung. Jeden Tag, rund um die Uhr. Wir setzen alles daran, unseren Patienten medizinische und pflegerische Leistungen auf höchstem Niveau zu bieten. Dies ist uns aufgrund Ihrer Ermittlungen derzeit nur unter äußerst erschwerten Bedingungen möglich. Ich kann Ihnen gar nicht sagen, Herr Kommissar, wie sehr ich mit meinen Mitarbeitern unter diesen unschönen Umständen leide.«

Bodo Herrenknecht, Vorstandsvorsitzender der Sozialstiftung Bamberg, stand in seinem grauen Maßanzug vor dem Kriminalhauptkommissar und machte ein Gesicht wie sieben Tage Regenwetter.

Irgendwie nahm ihm Haderlein die Betroffenheit sogar ab, er hegte allerdings den Verdacht, dass diese nicht dem Mitgefühl des Vorstandsvorsitzenden mit seinem Personal geschuldet war. Seit wann vergossen denn Klinikleiter Tränen wegen der Überlastung ihrer Ärzte und Krankenschwestern? Da kämen die ja gar nicht mehr aus dem Flennen heraus.

Es sah ihm eher danach aus, dass sich Bodo Herrenknecht massive Sorgen über die finanziellen Seiten der Stationssperrung und nicht zuletzt über die immense Rufschädigung für sein Haus machte. Hatte das Bamberger Klinikum doch in den letzten Jahren schwer an den Eskapaden zu leiden gehabt, die sich der eine oder andere Arzt mit seinen Patientinnen erlaubte. Herrenknecht musste geglaubt haben, dass allmählich Gras über diese unschönen Angelegenheiten wuchs, und nun das.

Wieder und wieder hatte Haderlein dem Klinikleiter während der letzten Minuten verdeutlicht, dass er ihm wenig Hoffnung auf ein baldiges Ende der Polizeiaktion machen konnte, was dem Herrn im grauen Anzug sichtliche Bauchschmerzen bereitete. Die fruchtlose Diskussion fand ihr jähes Ende, als in diesem Moment die Verstärkung für die polizeiliche Ermittlungsarbeit eintraf.

Franz Haderlein staunte nicht schlecht, als sein junger Kollege Schmitt am Ende des Ganges auftauchte, angeführt von einer Krankenschwester aus der Notaufnahme. Diese deutete auf den am Ende der Station stehenden Haderlein und verabschiedete sich. Lagerfeld stellte daraufhin Presssack auf den Boden und kam mit dem kleinen Ferkel auf die beiden Männer zu.

Im Grunde war Haderlein hocherfreut, endlich Hilfe zu bekommen, aber Lagerfelds Auftritt war nicht gerade so, wie er es erwartet hatte, nämlich mit Riemenschneider an der Leine, sondern mit einem ihrer erst halbwüchsigen und polizeilich nicht ansatzweise ausgebildeten Nachkömmlinge. Und so blickte er ihm äußerst verwundert und fragend entgegen.

Auch der Vorstandsvorsitzende der Bamberger Sozialstiftung schaute reichlich verstört auf das kleine, dickliche Miniferkel, das da fröhlich mit seinem Rüssel schnuppernd auf dem Gangboden seines Krankenhauses herumturnte. Polizeiliche Maßnahmen der rigorosen Art konnte er nach einer Schießerei mit blutigem Ausgang ja noch irgendwie nachvollziehen, auch wenn sie ihm empfindlich wehtaten. Aber ein kleines Schwein, ein Bakterienschwertransporter, hier in einer hygienischen Hochsicherheitszone, das überstieg sein an sich gewaltiges Vorstellungsvermögen.

»Äh, Bernd, was wird das denn? Wo ist Riemenschneider, und wieso hast du Presssack mitgebracht?«, fragte Haderlein verdutzt und tätschelte ratlos den Kopf des kleinen Ferkels, das sich zur Begrüßung intensiv mit den Schnürsenkeln seiner Schuhe beschäftigte.

Ehe Lagerfeld etwas entgegnen konnte, wurde es Bodo Herrenknecht zu viel. Wer war denn nun bitte dieser Kerl mit dem Schwein? Abgetragene Jeansklamotten, Cowboystiefel, Sonnenbrille – in einem Gebäude – und kaum Haare auf dem Kopf, aber einen Zopf, der viel zu dünn war, um als solcher bezeichnet zu werden? Das sollte ein Polizist sein? Und was redeten die denn da überhaupt? Das war doch völlig sinnloses Kauderwelsch! Der große fränkische Holzschnitzer Riemenschneider war seit Langem tot, und der unbekannte Mann hatte auch nichts zu essen mitgebracht. Hier gab es keinen Presssack. Nur ein kleines Schwein, das irgendwann mal einer werden könnte. Nein, das kapierte Bodo Herrenknecht beim besten Willen nicht, er wollte es auch gar nicht kapieren. Was zu viel war, war zu viel.

»Entschuldigung, Herr Kommissar. Wer ist dieser Mensch, und was macht er mit einem Schwein in meinem Krankenhaus?« Bodo Herrenknechts gefasste Fassade bekam erste Risse.

Lagerfeld, der für Anzugträger wenig bis gar nichts übrighatte, wartete nicht auf eine Bekanntmachung durch seinen älteren Kollegen, sondern nahm diese Formalie gleich selbst in die Hand. Auch seine Geduld hatte im Laufe dieses Tages massiv gelitten.

»Ich weiß nicht, wer du bist, Meister, aber ich bin ein Polizist, und zwar einer, der frisch aus einem viel zu kurzen Urlaub zurückkehrt. Ein Kriminaler mit Potenzproblemen, das kannst du gern unten in der Notaufnahme nachfragen. Die Mädels dort konnten mir nur leider nicht helfen. Genauer gesagt haben sie es gar nicht probiert. Aber Ihre Frau Rensch meinte, Sie wären genau der richtige Mann dafür. Deshalb hat sie mich hierhergebracht. Gut, dass Sie noch da sind, da habe ich ja mal richtig Schwein gehabt«, fauchte Bernd Schmitt und blickte bedeutungsvoll zu Presssack hinunter, der sich selig kauend in Haderleins Schnürsenkel verliebt hatte.

Bodo Herrenknecht war ehrlich erschüttert. Tatsächlich sah er nun Lagerfelds Dienstwaffe unter dessen Jeansjacke hervorspitzen. Auch machte Kommissar Haderlein keine Anstalten, diesem verwahrlosten Vertreter des Gesetzes zu widersprechen. Das war also die Bamberger Kriminalpolizei. Na, dann gnade mir Gott, dachte Herrenknecht verstört, und ebenso meinem Klinikum. Die Risse in seiner Fassungsfassade wurden immer größer, Steine und Betonbrocken lösten sich und polterten lautstark nach unten auf das Pflaster der für ihn immer surrealer werdenden Realität.

»Potenzprobleme, ah ja, soso, na, das wusste ich nicht. Dann wünsche ich eine gute Genesung«, faselte der Klinikleiter und zupfte hektisch am Revers seiner Anzugjacke. »Meine Herren, die Arbeit ruft, leider. Ich nehme an, Sie werden mich in Kenntnis setzen, sobald es Neuigkeiten gibt, vor allem die, dass wir den regulären Betrieb auf dieser Station fortsetzen können. Ich wünsche noch einen schönen Tag.« Er schlug andeutungsweise die Hacken zusammen und machte sich schleunigst wieder auf den Weg zurück zu seinem Schreibtisch.

Haderlein und Lagerfeld nahmen Herrenknechts Abgang ohnehin eher beiläufig zur Kenntnis, sie hatten gerade Wichtigeres zu klären.

»Wer war denn diese Nervensäge, Franz?«, verlangte Lagerfeld von dem kopfschüttelnd dastehenden Haderlein zu wissen, erwartete aber keine Antwort. »Jetzt zu deinen Fragen. Es ist so: Riemenschneider geht ja in ihrer Mutterrolle so richtig auf, da wollte ich sie nicht von ihren Kindern wegreißen«, erklärte er lässig. »Die soll mal schön in Ebensfeld bleiben. Außerdem hat der Zufall ergeben, dass sich ganz unvermutet neue Sterne am schweinischen Ermittlerhimmel auftun. Unser kleiner Nachwuchskollege hier hat sich vorhin bei Bauer Sporath durch eine ganz hervorragende Nase ausgezeichnet. Unter anderem hat er in Rekordzeit zwei Leichen gefunden, von denen seit geschätzten Jahrzehnten niemand etwas ahnte. Und da dachte ich, das ist jetzt doch eine hervorragende Gelegenheit, um unseren kleinen Presssack ein wenig einzuarbeiten, wo er doch so begabt ist.«

Vermeintlich entwaffnend grinste Lagerfeld seinen älteren Kollegen an. Der hatte aber gerade keine Lust auf irgendwelche Experimente, dazu war die Lage zu ernst, das musste der liebe Bernd langsam einmal begreifen.

»Potenzprobleme? Zwei Leichen? Presssack einarbeiten? Bernd, mal ganz im Ernst, willst du mich verarschen?«, donnerte Haderlein, während sich Riemenschneiders Nachwuchs jetzt geruchsmäßig mit seiner Hose beschäftigte.

Bernd Schmitt begriff allmählich, dass er die Sache wohl etwas zu locker genommen hatte, denn die düstere Stimmung seines älteren Kollegen trat nur bei sehr angespannten Ermittlungssituationen zutage. Also ließ er das mit dem Grinsen lieber sein und schaltete nun endgültig vom Après-Urlaubs-Feeling in den polizeilichen Arbeitsmodus.

»Nein, Franz, das mit den Leichen stimmt tatsächlich. Presssack hat in einem versteckten Gewölbekeller auf Sporaths Hof zwei Skelette gefunden. Aber die liegen schon so viele Jahre dort unten, das eilt überhaupt nicht. Fakt ist allerdings, dass unser kleiner Dicker hier eine verdammt gute Nase hat. Er wird Riemenschneiders Job ohne Probleme übernehmen können, falls es denn hier einen für ihn geben sollte. Und wenn nicht, dann ist es schon mal ein wirklich gutes erstes Training für den kleinen Kerl, noch dazu in einem richtigen Polizeieinsatz. So, und jetzt zieh nicht so ein Gesicht, sondern sag mir lieber, was genau hier los ist.«

Franz Haderlein ließ sich erweichen und begann damit, seinem Kollegen Bernd Schmitt die zu untersuchenden Räumlichkeiten zu zeigen und die darin erfolgten dramatischen Vorfälle zu schildern. Lagerfeld instruierte Presssack jedes Mal, möglichst viel an Gerüchen aufzunehmen, was der kleine Kerl auch mit großer Bereitwilligkeit tat. Das viele Blut und die ihm unbekannten Spurensicherer schienen ihn nicht im Geringsten zu beeindrucken. Voller Begeisterung verrichtete der Nachwuchsermittler seine Arbeit und nahm alles an Geruchsnoten auf, was er nur finden konnte.

Lediglich als sie hinter dem an der Leine ziehenden Ferkel herlaufend die Nasszelle erreichten, in der der Leichnam der unbekannten Frau immer noch auf dem Boden lag, bekam er es mit der Angst zu tun. Nach anfänglichem neugierigem Schnuppern wollte er dann doch so schnell wie möglich das Krankenzimmer verlassen und verkroch sich draußen erst einmal ziemlich eingeschüchtert zwischen Lagerfelds Beinen.

Auch Bernd Schmitt war in den letzten Minuten auffallend schweigsam geworden, denn so viel Blut wie in Schuggs Krankenzimmer hatte er schon lange nicht mehr in einem einzigen Raum gesehen. Und diese tote Frau hier, die es mit ihrem Verhalten fertiggebracht hatte, ihr Leben einfach so wegzuwerfen, drückte seine Stimmung noch zusätzlich. War es Verzweiflung, Selbstüberschätzung oder gar Fanatismus gewesen? Vielleicht würden sie es nie erfahren.

Die Frau hatte dunkle Haare und machte einen leicht südländischen Eindruck. Sie trug leider keinerlei Ausweispapiere oder sonstige Dokumente bei sich, die irgendwie zur Klärung ihrer Identität hätten beitragen können. Spontan hätte er sie nach Griechenland oder auf den Balkan gesteckt. Wenigstens das ließe sich durch eine Genanalyse herausfinden.

Was hier auch passiert war, es war mit einer eindeutigen Tötungsabsicht einhergegangen, wie die Anwesenheit dieser toten Bewaffneten zeigte, und zusammen mit dem vielen Blut Grund genug für Bernd Schmitt, sich nun ebenfalls ernsthaft Sorgen um Andrea und diesen Schugg zu machen.

Aber es gab keine weiteren Leichen, im Gegenteil, irgendwer hatte mittels Krankenwagen und Andreas Auto die Flucht ergriffen. Also war die Chance, dass Andrea lebte, relativ hoch. Doch wie lange noch? Die Fahndung lief auf Hochtouren, aber jenseits des Krankenhausgeländes hatten sie bisher nicht den geringsten Hinweis auf ihren Verbleib gefunden. Wo war sie?

Lagerfeld sah Leonhard Sachse mit seinem Leichensack am Ende des Ganges auftauchen. Das hieß, dass der Bestatter jetzt gleich die tote Frau hier einsammeln und ins Erlanger Institut der Rechtsmedizin zu ihrem innigen Freund Professor Siebenstädter schaffen würde.

Nachdenklich schaute er zu seinem schwarz-rosa gefleckten Ferkel hinunter. Es wurde Zeit für die versprochene Belohnung, Presssack hatte für heute wahrlich genug geleistet. Er würde den kleinen Racker jetzt erst einmal zu Honeypenny in die Dienststelle bringen und dafür sorgen, dass Presssack gekochte Kartoffeln erhielt. Und danach würde er in die Rechtsmedizin nach Erlangen fahren, um ein paar Takte mit Siebenstädter zu wechseln. Vielleicht brachte ihn ja die Nachricht, dass seine »Verlobte« unauffindbar war, auf Trab, und er intensivierte seine Bemühungen zur Identifizierung ihrer unbekannten Toten. Ebenfalls nicht schlecht wäre es, wenn ihn die Nachricht ausnahmsweise mal weniger angriffslustig machte.

Mit einem grimmigen Lächeln im Gesicht verabschiedete er sich von Haderlein, nahm Presssack auf den Arm und strebte den Aufzügen entgegen, vor denen ein Polizeibeamter postiert war. Der wusste natürlich, wer Lagerfeld war, Presssack kannte er allerdings noch nicht.

»Na, wen haben wir denn da, etwa einen von Riemenschneiders Nachkommen? Ist der Kleine zum Praktikum hier?«, wollte der Mann von der Bereitschaftspolizei wissen.

»Ja, so ähnlich, aber jetzt kommt er erst mal in die Dienststelle zur Tante Marina. Genug gearbeitet für heute«, meinte Lagerfeld grinsend, während sich die beiden Aufzüge aus dem unteren Stockwerk näherten.

»Na dann.« Der Polizist lachte und tippte sich grüßend an die

Stirn, als ein helles »Pling« die Ankunft des ersten Fahrstuhls verkündete. Lagerfeld drehte sich um und ging hinein, während aus dem anderen Aufzug drei Ärzte in den Gang traten.

Als sich die Tür vor seiner Nase schloss, sah Lagerfeld, dass einer der Ärzte eine Waffe mit aufgeschraubtem Schalldämpfer unter seinem Arztkittel hervorholte. Von draußen konnte er gerade noch ein leises »Plopp, Plopp« hören, dann war seine Sicht versperrt, und der Aufzug machte sich auf den Weg nach unten.

Wieder erwachte Andrea Onello, diesmal schweißgebadet aus einem tiefen, erschöpfungsbedingten Schlaf. Sie erinnerte sich dunkel an diffuse Träume von Lagerfeuern und wilden Gesängen, halb nackten Menschen, die mit bemalten Körpern um die Flammen tanzten und sie aus fiebrigen Augen anstarrten. Ein dünner, knochiger Arm streckte sich ihr entgegen, und dürre, zerschundene Finger wollten ihr Gesicht berühren.

Sie schlug erschrocken die Augen auf und blickte um sich. Im Gegensatz zum ersten Mal war nun niemand mehr direkt bei ihr, der sich um sie kümmerte. Schugg war nirgends zu sehen, und die beiden Zwillingsmädchen spielten ein paar Meter weiter auf dem staubigen Boden; was genau sie da machten, konnte Andrea allerdings nicht erkennen. Über ihr war die raue Felsendecke, und von irgendwoher drang fahles Tageslicht zu ihr.

Eine Wasserflasche lag neben ihr, die sie sich auch sofort griff und in einem Zug zur Hälfte leerte. Jetzt ging es ihr schon merklich besser, und sie verspürte allmählich das Bedürfnis, eine Toilette aufzusuchen. Vor allem aber wollte sie endlich wissen, wo sie sich eigentlich befand und was passiert war, nachdem diese angebliche Ärztin auf sie geschossen hatte und sie mit einem heftigen Schmerz in der Brust in Schuggs Krankenzimmer umgekippt war.

Sie konnte den Aufprall der Kugel und das austretende Blut immer noch spüren, obwohl sie beinahe sofort ohnmächtig geworden war. Es schauderte sie bei dem Gedanken daran.

Vorsichtig hob sie ihre blutdurchtränkte Bluse und betastete den Verband, den ihr Georg Schugg angelegt hatte. Sie staunte nicht schlecht, als sie erkannte, dass das eine ziemlich fachmännische Bandage war, die er ihr da verpasst hatte. Aber Wunder bewirken konnte er wohl nicht, denn kaum dass sie den Bereich über ihrem Herzen berührte, in den das Projektil eingedrungen war, zuckte ein heftiger Schmerz durch ihren Körper.

Stöhnend rollte sie sich auf die Seite, und ihr Blick fiel auf ihr Mobiltelefon, mit dem sie in diesem Leben kein Telefonat mehr führen würde. Das kleine, aber feine Loch im Display, unschwer als glatter Durchschuss zu erkennen, führte ihr deutlich vor Augen, wie knapp die Sache für sie gewesen war.

Erleichtert darüber, einen hellwachen Schutzengel neben sich gehabt zu haben, legte Andrea Onello das schrottreife Teil zurück auf den Boden. Dort lag, ordentlich gefaltet, auch ihre Jacke. Sie tastete nach dem Ärmel und zog sie zu sich herüber. Dann griffen ihre Finger in jede der Taschen, aber das, wonach sie suchte, war nicht da. Ihre Dienstwaffe, die SFP9 der Firma Heckler & Koch, war ebenso verschwunden wie ihr Retter Georg Schugg.

Da bedurfte es keines hohen Intelligenzquotienten, um eins und eins zusammenzuzählen. Als Ergebnis lief jetzt ein mit ihrer Pistole bewaffneter Georg Schugg durch die Gegend, und sie hatte keine Ahnung, wohin und warum.

Was sie unvermittelt zurück zu der Frage führte, warum diese angebliche Ärztin im Krankenhaus aufgetaucht war und versucht hatte, sie umzubringen. Niemand außer ihren Kollegen wusste, dass sie dort sein würde, ihr Name war auch bei der Anmeldung nicht festgehalten worden. Ergo musste es etwas mit Schugg zu tun haben, überlegte Andrea Onello. Allmählich setzte sich bei ihr die Ahnung durch, dass der Mann vielleicht doch nicht so verrückt war, wie sie zuerst geglaubt hatte.

Er hatte ihr doch gesagt, es sei jemand hinter ihm her, der ihn töten wolle. Und zwar wegen seines Manuskriptes über die angeblich nicht stattfindende Klimaerwärmung, das er ständig mit sich herumschleppte. Sie musste herausfinden, was es damit auf sich hatte.

Leichter gesagt als getan. Solange sie in dieser Höhle blieb, konnte sie gar nichts herausfinden. Der Umstand, dass noch keiner ihrer Kollegen aufgetaucht war, stimmte sie auch nicht besonders zuversichtlich, dass Georg Schugg beabsichtigte, sie von der Bamberger Kriminalpolizei abholen zu lassen.

Andrea Onello beschloss, trotz der Schmerzen durch ihre Verletzung, nun selbst die Initiative zu ergreifen. Es wurde Zeit für eine kleine Erkundungstour.

Sie legte den Kopf in den Nacken und sah in Richtung des fahlen Lichtscheins, der das Innere der Höhle zumindest etwas erhellte. Bis zum Ausgang ihrer Felsenbehausung konnte es gar nicht so weit sein. Wäre doch gelacht, wenn es ihr nicht gelänge, sich selbst auf den Weg zu machen, um erstens diese Höhle zu verlassen und zweitens Hilfe zu organisieren. Sie war nicht nur eine gut aussehende Frau im besten Alter, nein, sie konnte auch ziemlich eisenbereift sein, das hatte Andrea Onello in ihrem Leben schon mehrfach beweisen müssen.

Ächzend stemmte sie ihren Körper nach oben auf die Ellenbogen und richtete sich in eine sitzende Stellung auf. Das klappte schon einmal ganz gut und tat auch nicht allzu weh.

Die Zwillinge spielten weiter im abschüssigen Teil der Höhle und waren so vertieft, als ob es nichts Wichtigeres in ihrem Leben gäbe. Sie trugen dicke Windeln, was das Sitzen auf dem staubigen Boden doch um einiges bequemer machte. Trotzdem war das hier alles andere als ein Ort für Kleinkinder. Dass die beiden Mädchen hier waren, verstörte die Kommissarin ein wenig, andererseits schien es ihnen gar nicht so schlecht zu gehen. Trotzdem würde sie Georg Schugg gern einmal fragen, was das alles sollte.

Andrea Onello drehte sich nach rechts und warf so zum ersten Mal einen Blick auf die andere Seite ihrer Schlafstatt. Was sie dort sehen musste, war wenig romantisch. Es türmten sich leere Konservendosen, ausgetrunkene Flaschen jeglicher Art, Pizzaschachteln und zugebundene schwarze Müllsäcke mit unbekanntem Inhalt neben allerlei Proviant derselben Sorte. Das erklärte nun auch den leichten Küchengeruch, der ihre Nase seit dem Aufwachen umschmeichelte.

Wohnte der Kerl etwa hier? Womöglich sogar mit den Kindern? Wollte Schugg sie für einen längeren Zeitraum hierbehalten? Das konnte doch wohl nicht sein Ernst sein.

Während Andrea Onello mit wachsender Sorge dieses Szenario durchdachte, verspürte sie ein immer stärker werdendes Grummeln in ihren Verdauungsorganen. Und obwohl die Höhlenküche dort drüben mehr einem improvisierten Expeditionsbiwak als einem aufgeräumten Lebensmittellager glich, musste sie zugeben, dass sie zwar keinen Durst mehr, dafür aber richtigen Hunger hatte. Selbst so eine Konserve, solange sie vegetarischen Inhaltes war, würde sie sich jetzt antun.

Wie sie es auch drehte und wendete, sie musste hier weg. Sie nahm all ihre Willenskraft zusammen, winkelte ihre Beine an und stemmte sich nach oben auf ihre Füße. Ein stechender Schmerz fuhr ausgehend vom Brustbereich durch ihren Körper, und ein dunkles Stöhnen drang durch ihre zusammengebissenen Zähne, dann stand sie endlich auf ihren zwei Beinen. Die Felsendecke war jetzt nur noch wenige Zentimeter von ihrem Kopf entfernt, das Licht von draußen in der Ferne zu erahnen.

Andrea Onello holte noch einmal tief Luft, dann setzte sie vorsichtig einen Fuß vor den anderen und kam so langsam, aber stetig dem heller werdenden Lichtschein immer näher. Die Schmerzen in ihrer Brust mussten von ihr bei jedem Schritt ertragen werden, was die Kommissarin an den Rand ihrer körperlichen wie seelischen Belastungsfähigkeit brachte.

Meter um Meter bezwang Andrea Onello auf der ansteigenden Strecke, bis sich die Höhle vor ihr weitete und sie direkt ins Freie blicken konnte. Eigentlich hätte sie nun endlich die Gelegenheit gehabt, etwas euphorischer in die Zukunft zu sehen, aber die Gesamtsituation hatte sich, wenn sie ehrlich war, nicht wirklich verbessert.

Sie stand in der wahrscheinlich größten Ausdehnung der kleinen Höhle, einer Art Grotte, geschätzte sechs Meter im Durchmesser und ungefähr vier Meter hoch. Ein wahrlich imposanter Anblick, wenn man es an den reichlich beengten Abmessungen bemaß, die weiter hinten in der Höhle herrschten.

Das Problem für die in Abwanderung begriffene Kommissarin

war nun aber nicht die Weite der Grotte, sondern der Umstand, dass sich die Öffnung, durch welche das Licht hereindrang, in circa drei Metern Höhe befand. Und zwar oberhalb einer konsequent senkrecht abfallenden Wand, an der keinerlei Absätze oder Vorsprünge zu sehen waren, an denen sich ein Mensch, geschweige denn ein verletzter hätte nach oben ziehen können. Auch natürliche Hilfsmittel wie etwa Äste, Felsbrocken oder Ähnliches, womit sich vielleicht eine improvisierte Treppe bauen ließe, gab es nicht.

So stand Andrea Onello einfach nur da und schaute durch das unerreichbare Loch ins Licht, das ihr die tief stehende Sonne durch die dicht gewachsenen Bäume eines Waldes nach unten schickte.

Es dauerte ein paar Sekundenbruchteile, bis Lagerfelds Gehirn die Signale verarbeitet hatte, die gerade auf seine Synapsen getroffen waren. Dann ruckte seine rechte Hand nach oben, und er presste den Daumen auf die Taste für das nächste Stockwerk. Die Tür des Aufzuges öffnete sich, und er stand auf der Entbindungsstation. Zwei Krankenschwestern gingen mit einem Mann in ziviler Kleidung an ihm vorbei und wurden sogleich zu polizeilichen Zwecken rekrutiert.

Herrisch hielt er dem Trio seinen Dienstausweis unter die Nase, dann drückte er dem völlig verdatterten Mann, einem werdenden Vater im Wartestand, Presssack in die Arme. »Sie werden jetzt auf den Kleinen hier aufpassen, und zwar so lange, bis ich dort oben fertig bin und ihn wieder abholen kann.« Er deutete mit seinem Finger zuerst nach oben, dann mahnend auf den Mann mit dem zappelnden Ferkel im Arm. »Und Sie werden auf direktem Wege meine Kollegen von der Polizei unten im Eingangsbereich informieren, dass drei verdächtige Personen in die gesperrte Station eingedrungen sind und alle verfügbaren Kräfte sofort in den siebten Stock kommen sollen«, ergänzte er an die Schwestern gewandt. »Sagen Sie, Kommissar Schmitt braucht dringend bewaffnete Verstärkung. Ich wiederhole: dringend und sofort! Haben Sie das verstanden?«

Lagerfeld hatte eine Schwester so heftig am Arm gepackt, dass diese vor Schmerzen erschrocken aufschrie. Trotzdem stimmten alle drei bereitwillig zu und schienen die Wichtigkeit der ihnen übertragenen Aufgabe erkannt zu haben, was Lagerfeld fürs Erste reichen musste. Er zog seine Dienstwaffe und rannte ohne weiteren Kommentar zum Treppenhaus des Klinikums, um so schnell wie möglich wieder einen Stock höher zu kommen.

Er war nur noch wenige Stufen von seinem Ziel entfernt, als er die ersten Schüsse hörte. So klangen aber keine Kugeln, die mit einem Schalldämpfer abgefeuert wurden, diese Schüsse stammten eindeutig aus der Dienstwaffe eines der hier postierten Polizeibeamten. Dann waren laute Rufe in einer fremden Sprache zu hören. Lagerfeld verstand nicht, was da genau gerufen wurde, er bekam jedoch eine ziemlich genaue Vorstellung davon, aus welchem Land seine bewaffneten Gegner kamen.

Er öffnete die Tür zum Treppenhaus gerade so weit, dass er den Gang in beide Richtungen einsehen und hindurchschlüpfen konnte, dann schlich er in geduckter Haltung in Richtung der Aufzüge. Wie erwartet, stand dort ein Typ im Arztkittel mit Knarre vor den Aufzugsschächten und sorgte dafür, dass die Fahrstuhltüren offen blieben und niemand an ihm vorbeikam, der das Vorhaben seiner beiden Kumpane stören könnte, von denen hier nichts mehr zu sehen war. Direkt neben dem Mann lag der leblose Körper des Polizisten, mit dem Lagerfeld eben noch gescherzt hatte. Nun war er tot, daran hegte der Kommissar keinen Zweifel.

Der bewaffnete Muskelprotz, der den Aufzug bewachen sollte, hatte den eben erfolgten Schusswechsel auch gehört und starrte gebannt in die Richtung, was Lagerfeld einen Vorteil verschaffte, denn der Kerl wandte ihm dadurch den Rücken zu. Er sprang hinter seiner Deckung hervor und richtete seine Dienstwaffe auf den Mann.

»Polizei, Waffe weg und Hände nach oben, sofort!«

Falls er gehofft haben sollte, dass der Kerl auch nur einen Funken Einsicht zeigen würde, so hatte er sich getäuscht. Der grobschlächtige Typ riss seine Pistole nach oben und fuhr herum.

Lagerfeld drückte ab, ohne zu zögern. Eine Kugel durchschlug die rechte Schulter des Angreifers, die andere seine linke Brustseite. Mit einem überraschten Knurren ging der Mann zu Boden. Trotzdem versuchte der Irre, die Pistole erneut zu heben. Das war es dann endgültig. Lagerfeld schoss zwei weitere Male, und sein Gegner blieb bewegungslos am Boden liegen.

Mit dem Fuß schubste der Kommissar die Pistole ein paar Meter zur Seite, dann lief er weiter. Erneut waren von irgendwo am anderen Ende des Ganges laute Schüsse zu hören, klirrend barst das Glas der Türen, die dort die Station begrenzten. Danach war auf einmal alles still. Kein Laut war mehr zu vernehmen.

Haderlein sah zu, wie Leonhard Sachse die unbekannte Frau routiniert in einen schwarzen Plastiksack bugsierte und den Reißverschluss zuzog. Dann wurde die Tote auf eine Transportliege gepackt. Haderlein nahm die Beweismitteltüte, in der das lange, spitze Fundstück steckte, das er in Georg Schuggs Krankenzimmer unter dem Nachttisch gefunden hatte, und legte es auf den Leichensack. Keiner der Ärzte hier hatte ihm sagen können, um was für einen Gegenstand es sich bei dem seltsamen Teil handelte, hoffentlich wusste Siebenstädter mehr.

Er schaute zum sicher hundertsten Mal auf sein Mobiltelefon, in der stillen Hoffnung, dass sich Andrea vielleicht gemeldet haben könnte. Das war aber leider nicht der Fall. Seufzend steckte er das Handy wieder weg.

Heribert Ruckdeschl kam herein und hatte sich eben mit seinen Notizen zu den vorläufigen Erkenntnissen neben Franz Haderlein aufgebaut, als draußen im Gang der spitze Schrei einer Frau zu hören war. Haderlein und Ruckdeschl schauten einander an, und auch der Bestattungsunternehmer hob erstaunt den Kopf. Dann stellten sich Haderlein die Nackenhaare auf, und ein Schauer lief ihm über den Rücken, denn kaum war der Schrei verklungen, konnte er mehrfach das charakteristische »Plopp« einer Waffe mit Schalldämpfer hören.

Zum zweiten Mal an diesem Tag schrillten bei Haderlein sämtliche Alarmglocken. Das durfte doch wohl nicht wahr sein. Es waren doch unten am Eingang und auch vorne neben den Aufzügen Polizisten postiert?

Er zog seine Waffe und bedeutete Ruckdeschl und dem Bestatter, im Zimmer zu bleiben. Den Rücken an die Wand des Eingangsbereiches gepresst, blickte er vorsichtig in den Gang hinaus. Er konnte sich keinen wirklich detaillierten Eindruck verschaffen, denn direkt über ihm schlug eine Kugel in die Wand ein. Das Projektil entfaltete solch eine Wucht, dass der Putz nur so spritzte. Dass der Schütze nicht allein war, hatte er aber dennoch sehen können. Zwei bewaffnete Männer liefen direkt auf sie zu.

Ehe er sich erneut vorwagte, gab er dem Leichenbestatter ein Zeichen, sich unter dem Bett zu verstecken. Ein Hinweis, dem Leonhard Sachse sehr schnell und nur zu gern nachkam. Dann waren von draußen auf einmal die lauten Rufe eines Mannes zu hören.

»Luana! Luana!«, tönte es lautstark den Gang entlang, gefolgt vom Geräusch schneller Schritte.

Luana? Konnte es sein, überlegte Haderlein, dass das der Name der Frau war, die er hatte erschießen müssen? Dort draußen waren zwei Männer, die wie Ärzte des Klinikums angezogen waren, genau wie die tote Frau. Der Unterschied zu echten Klinikärzten bestand hauptsächlich darin, dass die, egal ob Chirurg oder Internist, nicht mit einer Knarre plus aufgesetztem Schalldämpfer herumzulaufen pflegten.

Wenn er richtiglag, waren die Männer womöglich hier, um jene Luana zu befreien. Dass die Frau bereits nicht mehr zu retten war, konnten die beiden ja nicht wissen.

Haderlein überschlug seine Möglichkeiten. In seiner Heckler & Koch war ein Magazin mit genau fünfzehn Schuss, von denen er heute schon drei verbraucht hatte. Es blieben ihm also noch zwölf Kugeln, um sich gegen diese beiden Männer zu wehren. Ruckdeschl und seine Männer trugen, obwohl an der Waffe ausgebildet, bei der Arbeit keine Schusswaffen, der Leiter der Spurensicherung konnte ihm daher keinen Feuerschutz geben. Am liebsten hätte Haderlein zu seinem Handy gegriffen, um von den unteren Stockwerken Verstärkung herbeizurufen, aber dafür war keine Zeit mehr. Der eine der beiden Typen war gerade nur noch ein paar Meter entfernt gewesen.

Blind und ohne seine Deckung zu verlassen, feuerte Haderlein auf gut Glück fünf Schüsse in den Gang hinein in die Richtung ab, aus der die beiden Bewaffneten auf ihn zugelaufen kamen. Laute Schreie in einer fremden Sprache waren zu hören, es kam Haderlein jedoch nicht so vor, als ob er einen der beiden Angreifer getroffen hätte. Das wäre zu schön gewesen, obwohl es nicht der Zweck der Übung war. Er wollte erst einmal nur Zeit gewinnen. Wahrscheinlich verschanzten sich die beiden Männer jetzt in irgendeinem Krankenzimmer, um sich neu zu sortieren. Damit blieb ihm ebenfalls etwas Zeit, zu überlegen, wie er weiter vorgehen sollte.

»Luana, a jeni ketu!«, schrie einer der Männer erneut, dann herrschte für einen kurzen Moment eine trügerische Stille.

Haderlein machte sich keinerlei Illusionen über einen möglichen Rückzug der beiden. Diese Männer waren so weit gegangen, die würden nicht abziehen, bevor sie hatten, was sie wollten. Und von einem einzelnen Polizeibeamten, bewaffnet oder nicht, ließen sie sich garantiert nicht abschrecken. Er musste etwas unternehmen, sonst sah es wirklich übel für sie aus.

»Hier spricht die Polizei! Legen Sie Ihre Waffen weg und kommen Sie mit erhobenen Händen heraus!«, rief er frech nach draußen, was allerdings nur ein kurzes, boshaftes Lachen zur Folge hatte. Dann kam endlich einmal ein Satz in der Sprache, die Haderlein verstand.

»Wo ist Luana? Gebt uns Luana, und niemand kommt beschadet!«, rief einer der Männer in gebrochenem Deutsch. »Gebt uns Luana!«

»Das geht leider nicht!«, rief Haderlein kurz entschlossen zurück. »Luana ist tot!«

Diese Information hatte zweierlei zur Folge. Aus dem Gang war ein lauter, geradezu verzweifelter Schrei zu hören, dann flogen wieder Kugeln und durchlöcherten ziemlich zielsicher die Wand des Eingangsbereichs, in dem sich Haderlein aufhielt. Aber jetzt wusste der Kommissar seinerseits, wo sich der Schütze in etwa befinden musste, und handelte umgehend.

Er beugte sich abrupt halb in den Gang und feuerte eine Salve in die Richtung, aus der die gegnerischen Schüsse gekommen waren. Eine weiß gekleidete Gestalt wollte zur Seite springen, da fanden die Kugeln auch schon ihr Ziel. Der falsche Arzt wurde gleich mehrfach getroffen und ging laut schreiend zu Boden, während sich Haderlein blitzschnell in seine Deckung zurückzog, denn aus dem anderen Zimmer kam der verbliebene Kerl und fing seinerseits an zu feuern.

Wieder war das hässliche Ploppen zu hören, und eine der Kugeln verfehlte den Kommissar nur knapp. Der Schütze feuerte konsequent weiter, sodass Haderlein es nicht riskieren konnte, seine Deckung zu verlassen. Er konnte aber auch nicht warten, bis der Mann das Magazin leer geschossen hatte, denn vorher hätte er dieses Zimmer erreicht, und dann wären sowohl er als auch Ruckdeschl und der Bestatter mausetot. Haderlein ging aufs Ganze, streckte wieder seine Hand nach draußen und feuerte auf gut Glück dorthin, wo er seinen Angreifer vermutete.

Das tat er so lange, bis seine Dienstwaffe nur noch ein deutlich vernehmbares Klicken von sich gab. Der Kommissar hatte im wahrsten Sinne des Wortes all sein Pulver verschossen. Er ließ den Arm mit der nunmehr nutzlosen SFP9 sinken, schickte ein Stoßgebet zum Himmel und harrte der Dinge, die da kommen sollten. Hatte er den Mann getroffen?

Die leise über den Linoleumboden des Krankenhauses schlurfenden Schritte sagten ihm etwas anderes.

Eine hünenhafte Gestalt trat langsam und vorsichtig mit vorgehaltener Waffe ins Blickfeld des nun wehrlosen Kommissars. Haderleins Idee war an sich gar nicht so schlecht gewesen, nur eben nicht gut genug. Die Kleidung auf der linken Körperseite des geschätzt dreißigjährigen Mannes war blutgetränkt. Dort schien er sich eine oder mehrere von Haderleins Kugeln eingefangen zu haben. Diese Verletzung hielt ihn jedoch nicht davon ab, mit irrlichterndem, fanatischem Blick auf Haderlein zuzugehen, die hoch erhobene Pistole mit dem aufgeschraubten Schalldämpfer direkt auf Haderleins Stirn gerichtet. Der ließ seine Waffe fallen und hob die Hände. Das war alles, was er noch tun konnte, auch wenn er nicht glaubte, dass ihm das helfen würde, diese Situation hier zu überleben.

»Luana?«, wiederholte der bereits leicht torkelnde, aber dennoch sehr entschlossen wirkende Angreifer, und Haderlein schüttelte den Kopf.

»Luana ist tot«, sagte er so ruhig und selbstsicher wie möglich. Er bemerkte, dass dem bewaffneten Mann eine Träne aus dem Auge trat. Wer diese Luana auch gewesen sein mochte, er musste ihr sehr nahegestanden haben.

Haderlein wollte schon die Augen schließen und sich mit dem Ende alles Irdischen abfinden, als ein Schuss fiel. Einer, der aus einer Waffe ohne Schalldämpfer abgefeuert worden war, die ganz genauso klang wie eine Dienstwaffe der Polizei. Haderlein verspürte keinerlei Schmerz. Stattdessen wurde der Unbekannte zuerst um die eigene Achse gedreht, dann nach hinten geworfen und stürzte schließlich, während weitere Schüsse fielen, mit einem lauten Stöhnen zu Boden. Als er auf dem Boden aufprallte, war Haderlein schon über ihm und entwand ihm die Waffe.

Der unbekannte Angreifer hatte drei Treffer abbekommen. Einen in die Schulter, der ein gebrochenes Schlüsselbein zur Folge hatte, zwei weitere in den Brustbereich, was nicht viel Hoffnung ließ, dass der Mann überleben würde.

Als sich der von dem Anblick erschütterte Franz Haderlein umwandte, sah er in ein konzentriertes, entschlossenes Gesicht, welches zu einem Mann gehörte, der viele Meter von ihm entfernt immer noch mit erhobener Waffe am anderen Ende des Ganges stand.

Sein junger Kollege Bernd Schmitt war sicherlich nicht das diszipliniertestes Mitglied der Bamberger Kriminalpolizei. Auch seine Ermittlungsmethoden waren manchmal gewöhnungsbedürftig und das äußere Erscheinungsbild gelinde gesagt fragwürdig. Die sportlichen Mindestanforderungen schaffte der kettenrauchende Kommissar immer nur gerade so.

Aber der Kollege konnte drei Dinge besser als jeder andere,

den Franz Haderlein in seiner langen Dienstzeit kennengelernt hatte. Lagerfeld war linguistisch hochbegabt, er sprach mehrere Sprachen fließend, er konnte sich in andere Menschen hineinfühlen wie kein Zweiter, und – das hatte sich gerade eben wieder bewahrheitet – er war der mit Abstand beste Schütze der Kriminalpolizei, der, frisch aus dem Urlaub zurückgekehrt, gerade mal eben seinem älteren Kollegen das Leben gerettet hatte.

Ihr sehnsuchtsvoller Blick nach oben brachte Andrea Onello leider nicht weiter. Ein lautes, frustgeladenes »Scheiße« hallte durch die Grotte, woraufhin sie zumindest etwas befreiter versuchte, ihren Adrenalinlevel wieder zu senken und nachzudenken.

Es musste doch einen anderen Weg aus diesem felsigen Loch heraus geben als den, die Flügel auszubreiten und davonzufliegen. Es musste. Wenn sie nur lang genug darüber nachdachte, würde ihr schon die zündende Idee kommen, da war sie sich sicher. Angestrengt überlegte sie, die Schmerzen in ihrer verbundenen Brust möglichst flach wegatmend, und wusste doch nicht, was sie tun sollte.

Kleine Hände ergriffen die ihren, und zwei fragende Gesichter blickten sie von unten an. Die beiden Mädchen hatten es anscheinend satt, allein in der Höhle zu spielen, und waren ihr zum Ausgang gefolgt. Andrea Onello war den Tränen nahe. Sie wollte hier raus, stattdessen war sie gefangen und hatte darüber hinaus überhaupt keine Ahnung, warum sie mit diesen beiden Kindern in dieser Höhle gelandet war.

Verzweifelt, aber trotzdem lächelnd strich sie den Mädchen sanft über den Kopf, was beiden ein Strahlen ins Gesicht zauberte. Schlagartig war Andrea Onellos Verzweiflung verflogen, und ihre Mutterinstinkte erwachten. Wenn sie schon hier gefangen war, wollte sie sich wenigstens um die beiden Kinder kümmern. Etwas Besseres hatte sie ja sowieso nicht zu tun.

Wieder begann eines der beiden Mädchen zu sprechen, aber die Kommissarin konnte nicht verstehen, was sie sagte, diese Sprache hatte sie noch nie gehört. Die Kleine hob mit wichtiger Miene etwas nach oben und präsentierte ihr einen kleinen Gegenstand, den sie wohl schon die ganze Zeit in der Hand gehalten hatte.

Andrea Onello nahm ihn mit einem warmen Lächeln entgegen und betrachtete ihn neugierig. Ihr Lächeln verebbte dann aber relativ schnell, denn das, was sie in der Hand hielt, war ganz eindeutig ein Knochen. Er war nicht groß, passte gerade so in ihre Handinnenfläche. Und die Kleine hatte ihn eher nicht unbeobachtet aus dem Müll gefischt. So wie der aussah, lag er nämlich nicht erst seit gestern hier, dieser Knochen musste schon vor längerer Zeit seinen Weg in diese Höhle gefunden haben.

Erschüttert steckte sie den Knochen in ihre Hosentasche und schüttelte den Kopf, als das Mädchen sie erwartungsvoll ansah. Ein alter Tierknochen war doch kein Spielzeug für eine Drei- oder Vierjährige, verdammt noch mal. Was dachte sich Schugg nur dabei, die beiden Mädchen hierherzubringen? Sie würde jetzt mit den beiden in die Höhle zurückgehen und einen Platz herrichten, an dem sich die Kinder einigermaßen sauber und geordnet aufhalten konnten.

Als sie die zwei gerade dazu bringen wollte, mit ihr in das Innere der Höhle zu gehen, konnte sie auf einmal Geräusche von oben vernehmen. Mit einem Scharren wurde eine Aluminiumleiter nach unten gelassen, und der Kopf von Georg Schugg tauchte darüber auf. Er musterte überrascht, jedoch wortlos die Kommissarin, die er hier nicht erwartete hatte, dann stieg er die Aluminiumleiter hinunter.

Andrea Onello sah, dass der Mann einen mittelgroßen, prall gefüllten Rucksack auf dem Rücken trug. Als Schugg unten ankam und sich mitsamt dem Rucksack umdrehte, rannten die beiden Kinder sofort quietschend und freudestrahlend auf ihn zu. Ihre dicken Windeln beulten sich deutlich unter den staubigen Hosenböden.

Voller Inbrunst umarmten die Mädchen die Beine des muskulösen Mannes. Ein kurzes, warmes Lächeln erschien auf dem Gesicht des Zimmergörch, und seine Hände legten sich beruhigend auf die zerzausten schwarzen Haare der beiden Kinder.

Andrea Onello beobachtete fasziniert und gerührt diese Szene, ihre Ratlosigkeit steigerte sich unterdessen immer mehr. Waren das womöglich seine eigenen Kinder? Wenn ja, warum lebte er dann mit ihnen in einer Höhle? War da eine Verzweiflungstat im Spiel, ein Kampf ums Sorgerecht oder so etwas in der Art? Könnte es sich bei der bewaffneten Frau in dem Krankenzimmer um die Mutter der beiden Kinder gehandelt haben, und sie hatte es hier mit einem Fall von Kindesentführung zu tun? Schon möglich, allerdings hatte sie noch nie von einer Mutter gehört, die sich ihre Kinder mit Waffengewalt zurückholen wollte, mochte der Vater auch noch so viel wahnhaften Unsinn von sich geben. Nun gut, es gab für alles ein erstes Mal.

Die kurze Begrüßung endete so abrupt, wie sie begonnen hatte. Schugg sagte etwas in der gleichen fremden Sprache, die Andrea Onello schon bei den beiden Kindern nicht verstanden hatte, dann holte er aus seinen Taschen zwei Lollis, die er seinen Schützlingen feierlich überreichte. Wieder wurden ein paar fremdländische Worte gewechselt, und die Kinder eilten lachend mit ihren Lollis davon, hinein ins diffuse Halbdunkel der Höhle.

Der Zimmergörch musterte ein paar Sekunden lang wortlos die vor ihm stehende Kommissarin, dann endlich bequemte er sich, auch mit ihr einige Worte zu wechseln, diesmal in klar verständlichem Deutsch.

»Wie geht es dir, Frau Kommissarin? Freut mich, dass du schon wieder aufstehen kannst. So schnell hatte ich bei deiner Verletzung nicht damit gerechnet«, meinte Schugg lakonisch. »Gut, dass du dein Mobiltelefon in der Tasche hattest, sonst wärst du jetzt tot.«

Andrea Onello nickte nur, ohne wirklich auf sein Gelaber zu hören. Unter anderen Umständen würde sie auch diese Duzerei nicht so einfach akzeptieren, allerdings lagen ihr eine Menge Fragen auf der Zunge, die wichtiger waren als eine Plauderei über ihr Fast-Ableben oder angemessene Höflichkeitsfloskeln. Sollte er sie halt duzen, das war jetzt auch schon egal, sie hatte ganz andere Probleme.

»Also gut, Georg, wir müssen reden, und zwar sofort«, fauchte sie erbost. »Ich will jetzt endlich wissen, was hier los ist.«

Der Zimmergörch konnte sehen, wie die hübsche blonde Kommissarin direkt nach ihrem Ausbruch schmerzvoll das Gesicht verzog, gefolgt von einem lauten Stöhnen. Dann bekam sie einen ganz glasigen Blick und hatte auf einmal mit massiven Gleichgewichtsproblemen zu kämpfen.

Georg Schugg erkannte ihre prekäre Lage und griff zu. Seine eigenen Schmerzen nach dem Unfall ignorierend, fing er die der Ohnmacht nahe Kommissarin auf und hob sie mit beiden Armen nach oben. Den schweren Rucksack auf dem Rücken, kämpfte sich Schugg mit Andrea Onello auf dem Arm zurück ins Innere der Höhle, wo er die Kommissarin wieder auf ihren Platz legte und sich ächzend aufrichtete. Erst dann stellte er den Rucksack ab.

Die beiden Mädchen waren bereits wieder in ihr Spiel vertieft, das daraus bestand, im staubigen Boden zu graben. Vermutlich fanden die Kinder es spannend, nach kleinen Knochen oder Ähnlichem zu wühlen.

Schugg setzte sich im Schneidersitz vor die Kommissarin und holte ein Stück Salami aus dem Rucksack, der kärgliche Rest dessen, was er unterwegs vertilgt hatte. Dazu angelte er sich eine Dose Red Bull aus dem Außenfach und schlang den Salamirest zusammen mit dem Energydrink in relativ kurzer Zeit hinunter. Dann begann sich die blonde Schönheit allmählich wieder zu rühren.

»Hier bitte, das hilft«, brummte er und hielt ihr die geöffnete Dose Red Bull entgegen.

Andrea Onello schaute das Getränk zuerst missmutig an, denn solch einen ungesunden Scheiß hatte sie sich in ihrem Leben eigentlich abgewöhnt. Andererseits war das ja angeblich eine richtige Koffeinbombe, also vermutlich genau das Richtige für ihren Blutverlust und den damit einhergehenden schwachen Kreislauf. Sie stützte sich umständlich auf ihre Ellenbogen, setzte die bereits zur Hälfte geleerte Dose an ihre Lippen, schloss die Augen und kippte die süße, lauwarme Brühe in sich hinein. Laut Werbung verlieh das Zeug ja angeblich Flügel, eine Fähigkeit, die ihr im Moment durchaus zupasskäme. Doch bekanntermaßen log Werbung ja immer, also vergaß sie das mit der Fliegerei wohl lieber und akzeptierte die Situation erst einmal so, wie sie war.

Jetzt, da sie wieder halbwegs bei Sinnen war, wurde es andererseits auch Zeit, dass ihr dieser Waldschrat endlich einmal erklärte, was in Gottes Namen hier eigentlich los war. Es könnte sonst passieren, dass sie ihn vor Ungeduld erwürgte – und wenn es das Letzte sein sollte, was sie in diesem Leben zustande brachte.

»Also gut, mir reicht's jetzt. Wo ist meine Dienstwaffe?«, forderte sie angriffslustig zu erfahren und fixierte Georg Schugg mit dem lauernden Blick einer Wildkatze auf Beutezug.

»Die ist im Auto, da liegt sie gut«, entgegnete er lapidar, was sie aber nicht im Mindesten befriedigte.

»Dann sag mir endlich, wieso ich hier bin, wo ich überhaupt bin und was die beiden Kinder hier zusammen mit uns in dieser beknackten Höhle machen? Los, rede, du Klimaspinner. Und was war das im Krankenhaus? Wieso hat diese Frau auf mich geschossen? Erklär mir das gefälligst mal!«

Ihre entschlossene Rede, begleitet von einer die gesamte Höhle umfassenden Bewegung, die auch die beiden spielenden Mädchen beinhaltete, trieb der Kommissarin erneut schmerzbedingte Tränen in die Augen. Sie atmete tief durch, behielt ihren fordernden Blick aber eisern bei.

Der vor ihr sitzende Schugg hielt ihrem Blick eine Weile stand, dann richtete er ihn auf sein verschlissenes Schuhwerk, und eine plötzliche Unsicherheit schien den kräftigen Mann zu befallen. Einige Sekunden lang herrschte beredtes Schweigen, dann rang er sich zu einer Antwort durch.

»Ich weiß es nicht«, kam es leise über seine Lippen.

Andrea Onello starrte Georg Schugg forschend an, die innere Verzweiflung des Mannes war förmlich mit den Händen zu greifen. Er focht einen inneren Kampf, vor allem aber schien er sie nicht zu belügen. Logischer machte das die Situation für Andrea Onello natürlich nicht.

»Wie, was soll das heißen, du weißt es nicht?«, fragte sie leicht verstört nach. Das konnte doch nicht die ganze allumfassende Erklärung gewesen sein? Genauer gesagt war das gar keine Erklärung. Das war überhaupt nichts. Das war ein erklärungstechnischer Rohrkrepierer ersten Ranges.

Aber die Nachfrage schien Georg Schuggs Verzweiflung nur noch in neue Höhen zu treiben.

»Ganz ehrlich, ich weiß es nicht«, wiederholte er. »Ich habe wirklich überhaupt keine Ahnung.« Seine Stimme klang traurig, und eine kleine, verschämte Träne floss aus seinem rechten Auge die Wange hinunter, ehe sie in seinem dichten, dunklen Bart verschwand.

Andrea Onello war kurz davor, schreiend gegen die felsige Höhlenwand zu laufen. Aber zwei Dinge hielten sie davon ab. Erstens der leidige Umstand ihrer schmerzhaften Verletzung, zweitens die Einsicht, dass ein solches Unterfangen zwar ihren negativen emotionalen Rückstau, nicht jedoch die Problematik der Gesamtsituation lösen würde. Daher beschloss sie, erst einmal tief durchzuatmen und es dann mit einer Methode zu versuchen, die in modernen westlichen Gesellschaften immer mehr aus der Mode zu kommen schien: dem Nachdenken.

Bei seiner angeblichen Ahnungslosigkeit handelte es sich entweder um Ausflüchte, denn jeder, der von einem Menschen mit einer Waffe bedroht wurde, sollte doch zumindest ansatzweise den Grund dafür kennen, oder aber er wusste es wirklich nicht. Ihr Bauchgefühl tendierte dazu, ihm zu glauben, das war aber nur eine emotionale Momentaufnahme. Und selbst wenn er ehrlich mit ihr war, es also nicht wusste, musste es für ihre Situation einen Grund geben, unbekannt oder nicht.

Diesem logischen Pfad folgend, gab es für sie nur zwei Wahrscheinlichkeitsvarianten, die als Erklärung in Frage kamen. Entweder es lag eine gewaltige Verwechslung vor, und Georg Schugg war unschuldig in irgendetwas hineingeschlittert, dessen Ursache und Tragweite er nicht einschätzen konnte, oder aber dem Mann war aus irgendwelchen Gründen die Erinnerung an das, was ihn in diese Situation gebracht hatte, verloren gegangen, warum und wie auch immer.

Sie musterte den hilflos vor sich hin starrenden Schugg, dann beschloss die Kommissarin, sich dem Ganzen langsam, Stück für Stück zu nähern. Blöd war der Kerl nicht, ganz im Gegenteil, so viel hatte sie schon geschnallt. Doch jetzt saß er da wie ein kleines

Kind, das seine beste Jacke irgendwo vergessen hatte, aber nicht mehr wusste, wo. Oder wie ein Maler, der ein Bild zeichnen sollte, dem aber irgendwer die Pinsel und Farben versteckt hatte. Er wollte, konnte aber aus unerfindlichen Gründen nicht.

So langsam dämmerte der Kommissarin, dass Georg Schugg wirklich unter einer Art Amnesie leiden könnte. Und dass er vermutlich nicht einmal mehr wusste, woher dieser Verlust der Erinnerungen rührte. Wenn dem tatsächlich so war, dann musste sie dem auf den Grund gehen. Sie musste Schugg helfen und das Heft des Handelns in die Hand nehmen.

»Okay«, meinte Andrea Onello versöhnlich und verzog ihren Mund zu einem schiefen Grinsen. »Dann machen wir jetzt einfach mal auf heiteres Beruferaten. Ich stelle dir einige Fragen, und du beantwortest sie mir, so gut es eben geht. Vielleicht kommen wir damit der Sache ein wenig näher.« Sie taxierte den verwilderten Bartträger mit Leidensmiene und beschloss, zu Beginn lieber ein paar unverfängliche Fragen zu stellen. Der Weg des Vertrauens wollte gut gepflastert werden, damit beide Seiten darauf laufen konnten. »Dein Spitzname, Zimmergörch, was bedeutet der? Wieso wirst du von allen so genannt?«

Mit einer solchen Frage hatte Georg Schugg nun wirklich nicht gerechnet. Nichtsdestoweniger war er nur zu gern bereit, sie zu beantworten, was ihm bei den nachfolgenden Fragen womöglich nicht mehr so leichtfallen würde. »Den Namen haben sie mir auf dem Bamberger Spezi-Keller verpasst, weil ich selbst im Sommer immer drinnen gesessen habe. Egal wie warm es war, bei bestem Sonnenschein und dreißig Grad, ich saß drinnen.«

Andrea Onello blieb beinahe der Mund offen stehen, sie schaute gelinde gesagt verblüfft. Das hatte sie ja noch nie gehört, dass ein biertrinkender Bamberger sich im Sommer auf dem Keller zum Trinken in die Wirtschaft setzt. »Und was sollte das, wieso hast du das gemacht, das ist doch völlig sinnlos? Wenn man sich reinsetzen will, muss man doch nicht auf einen Keller, das geht doch auch unten in der Stadt«, hakte sie ungläubig nach.

Georg Schugg verdrehte die Augen, dann fixierte er wieder die Schnürsenkel seines Schuhwerks. »Ich weiß auch nicht genau, warum. Ich glaube, ich wollte erstens meine Ruhe und zweitens nicht gesehen werden. Oben auf dem Spezi-Keller ist man so richtig weit weg von den Leuten unten in der Stadt, das gefiel mir. Na ja, und der Wirt hat mir dann den Spitznamen verpasst, weil seine Bedienungen ihn dauernd gefragt haben, wieso ich bei bestem Wetter drinnen sitze. ›Das ist der Zimmergörch‹, hat er gesagt, ›auf Hochdeutsch Zimmer-Georg‹, und so haben mich dann halt irgendwann alle gerufen.«

Andrea Onello schüttelte über derart absonderliche fränkische Kreativität kurz den Kopf, dann fragte sie: »Aber warum wolltest du denn nicht gesehen werden? Du läufst doch sonst auch immer durch die Stadt und verbreitest deine komischen Thesen über die Klimaerwärmung. Da ist es dir ja auch egal, dass dich die Leute sehen können.«

»Das ist was anderes. Es ist wichtig, dass die Menschen von meinem Manifest erfahren. Ich weiß, ich habe recht damit, trotzdem habe ich letzte Woche damit aufgehört, weil mich unten am Alten Rathaus jemand erkannt hat. Von da an habe ich gewusst, dass die mich umbringen wollen.«

»Erkannt, wer hat dich erkannt?«

Schuggs Miene nahm wieder leicht verzweifelte Züge an. »Ein kleiner dunkelhaariger Mann. Ich weiß nicht, wer er war, kann mich nicht erinnern, den Typen schon mal irgendwo getroffen zu haben. Aber als ich ihn sah und er mich, da wusste ich, der will mir ans Leder. Es stand in seinen Augen. Deswegen bin ich ja dann auch heute Morgen zur Polizei, aber ihr wolltet mir nicht glauben.« Er vollführte wild fuchtelnde Bewegungen, während er sprach, um seinem Anliegen Nachdruck zu verleihen.

Andrea Onello hätte gern mehr über diesen unbekannten Mann erfahren, hatte aber so eine Ahnung, dass Nachfragen nicht viel bringen würde. Für sie klang das, was Georg Schugg ihr erzählte, immer noch ziemlich wirr und unglaubwürdig.

»Und was ist mit den beiden Kindern, wieso sind die hier? Sind das deine Mädchen, hast du sie hierhergebracht?«

Georg Schugg sah aus, als wollte er verneinen und zustimmen zugleich. Jedenfalls wurde er jetzt richtig hektisch. »Nein, das sind nicht meine Kinder. Die habe ich gefunden und hierhergebracht. Hier haben sie es viel besser als dort, wo sie vorher waren«, erklärte er im Brustton der Überzeugung, und seine Augen leuchteten vor Stolz und Pflichtbewusstsein.

Andrea Onello kapierte nun gar nichts mehr. »Was? Wo, bitte schön, findet man denn zwei kleine Kinder? Und warum sollte es ihnen in diesem Loch hier besser gehen als da, wo sie waren? Wo sind denn die Eltern der beiden? Die machen sich doch sicher Sorgen und fragen sich verzweifelt, wo ihre Mädchen geblieben sind.« Entrüstet blickte sie dem Zimmergörch ins Gesicht, was aber nur dazu führte, dass der sich erneut mit seinen Schuhen beschäftigte.

»Ich habe sie halt gefunden. Wenn ich nicht gewesen wäre, hätte man ganz schlimme Dinge mit ihnen angestellt! Aber frag mich jetzt bitte nicht, welche, ich kann's dir wirklich nicht sagen, da musst du mir schon vertrauen«, erklärte er und klang wie ein trotziges Kind, dem man nicht glauben wollte.

Andrea Onello für ihren Teil wurde bald wahnsinnig. Ging's vielleicht noch ungenauer? »Soso, ganz schlimme Dinge, aha. Verrat mir nur nicht so viele Details, mein Lieber. Und vertrauen soll ich dir? Ich glaub, du hast sie nicht alle! Ich bin angeschossen worden und in einer Höhle gefangen, aber du weißt nicht, warum. Mit zwei kleinen Kindern, die eine fremde Sprache sprechen und es hier angeblich viel besser haben; weswegen, weißt du allerdings auch nicht. Kannst du mir vielleicht mal erklären, warum ich dir diesen Mist, den du mir da verklickerst, glauben soll, Herr Zimmergörch?«

Sie musste wirklich an sich halten, um nicht vollkommen auszurasten. So einen Menschen hatte sie noch nicht erlebt. Es musste doch irgendetwas geben, was ihr der Mann sagen konnte, irgendeinen Hinweis, einen Anhaltspunkt, der sie weiterbrachte.

Andrea Onello schwieg einen Moment, um sich abzuregen, und beschloss, es zur Abwechslung einmal mit ein wenig Systematik zu probieren. »Also gut, Georg, dann erzähl mir doch mal etwas über diese angebliche Ärztin. Woher kennst du die, und warum war sie im Krankenhaus?«

Sie stierte Schugg jetzt regelrecht an, nagelte ihren Blick in seinen. Sie konnte sich noch ganz genau an den letzten Satz erinnern, den Schugg von sich gegeben hatte, bevor die Frau ihre Waffe hob: »Das ist keine Ärztin.« Damit mochte er wohl recht gehabt haben, schließlich schossen Ärztinnen in der Regel nicht auf ihre Patienten, respektive anwesende Polizeibeamte. Wenn er jetzt also wieder behauptete, er wisse von nichts, brachte sie den Kerl auf der Stelle um, Amnesie hin oder her.

Georg Schugg hielt ihrem Blick stand, und sie konnte sehen, wie es in seinem Inneren arbeitete. Der Mann bemühte sich wirklich redlich, sich zu erinnern. Andrea Onello konnte sehen, wie vor lauter Anspannung erste Schweißperlen auf seine Stirn traten.

Erst nach einer längeren Denkphase brachte Schugg eine Antwort zustande. »Ich wusste sofort, dass das keine Ärztin war. Ich wusste auch sofort, dass es jetzt sehr gefährlich werden würde, aber ich weiß nicht, warum. Ich kann mich weder erinnern, diese Frau vorher schon mal gesehen zu haben, noch habe ich eine Ahnung, was die von mir wollte. Nur dass sie hinter mir her war, nicht hinter dir, das weiß ich. Mein Unterbewusstsein, mein Instinkt hat auf der Stelle rebelliert, als die Frau ins Zimmer kam. Aber so leid es mir tut, ich kann dir nicht sagen, wer diese Frau ist oder warum sie im Krankenhaus war. Sorry.«

Der Zimmergörch machte einen absolut elenden Eindruck, weshalb Andrea Onellos Ärger genauso schnell verrauchte, wie er gekommen war. Georg Schugg versuchte wirklich alles, auch wenn das im Ergebnis nicht besonders viel war.

»Dann erzähl mir doch wenigstens, was nach dem Schuss passiert ist, denn daran kann ich mich zur Abwechslung nicht mehr erinnern.«

Georg Schuggs Augen leuchteten auf. Endlich eine Frage, auf die er eine umfassende, lückenlose Antwort geben konnte. »Noch während sie die Waffe hob und auf dich schoss, bin ich schon raus aus dem Bett. Ich hab meine Jacke gegriffen, die auf dem Bett lag, und hab sie nach ihr geworfen, dann diesen idiotischen Eisbeutel hinterher. Das hat sie für einen kurzen Moment irritiert. Sie hat zwar trotzdem noch auf mich geschossen, durch meine

Jacke hindurch, aber getroffen hat sie nicht.« Er griff mit einer Hand an seine Jacke und hob sie hoch. Andrea Onello konnte zwei kleine, ausgefranste Löcher sehen, die die Kugeln der Unbekannten verursacht hatten. Dann ließ Schugg die Jacke wieder los und erzählte weiter. »Ich hab sie am Arm gepackt, aber sie hat sich gewehrt wie eine Wilde und geschrien ohne Unterlass. Dabei hat sie immer weitergeschossen. Was sollte ich machen, ich habe mit einer Hand ihren Arm mit der Waffe festgehalten und mit der anderen auf sie eingestochen, bis sie sich nicht mehr gewehrt hat. Das war Notwehr, sonst hätte sie mich erschossen.«

Die Augen der Kommissarin waren vor Erstaunen geweitet. »Auf sie eingestochen, aber womit denn? Da war doch gar nichts im Zimmer, was dafür geeignet gewesen wäre?«

Georg Schugg nickte. »Ja, das stimmt, aber glücklicherweise hatte ich etwas in meiner Jacke. Meinen Glücksbringer. Der hat mir und dir das Leben gerettet. Na, jedenfalls hat sie mich irgendwann losgelassen, ist an der Wand runtergerutscht und auf den Boden gesunken. Da konnte ich ihr dann die Waffe entwenden und mich um dich kümmern. Als ich sah, dass die Kugel dich nicht lebensgefährlich verletzt hatte, habe ich dich auf das Krankenbett gelegt und dich aus dem Krankenhaus geschafft. Dazu musste ich noch eine Notliege und einen Krankenwagen klauen, mit dem bin ich zu deinem Auto gefahren, habe dich umgeladen und hierhergebracht. Dann habe ich dich verarztet, so gut es mit den Sachen aus dem Erste-Hilfe-Kasten eben ging. Daran wirst du dich vermutlich erinnern, du bist kurz aufgewacht. Na ja, und danach hast du ja dann ewig lange gepennt, also bin ich noch mal hoch und mit deinem Auto zum nächsten Aldi gefahren, um das Nötigste für uns einzukaufen. Jetzt bin ich wieder hier, das war's.«

Georg Schugg hatte seine Geschichte erzählt wie ein begeistertes kleines Kind. Jetzt war er fertig und verfiel wieder in sein abwartendes, mürrisches Schweigen. Keine Frage, er hatte es gut gemeint, doch so ganz kapierte Andrea Onello sein Verhalten trotzdem nicht.

»Ja, warum bist du denn nicht zur Polizei? Meine Kollegen hätten sich um uns gekümmert. Das wäre doch am einfachsten gewesen. Stattdessen schleppst du mich hierher in diese Höhle. Das ist doch irre«, sagte sie verständnislos.

Aber der Zimmergörch schüttelte nur energisch seinen zerzausten Kopf. »Polizei, viel zu gefährlich. Die haben mich gesucht und im Krankenhaus gefunden. Wahrscheinlich sind die jetzt bei deinen Leuten und warten darauf, dass wir dort aufkreuzen. Außerdem musste ich ja schnell irgendwohin, wo du in Sicherheit warst und ich dich verarzten konnte. Schließlich war zuerst überhaupt nicht klar, wie schwer du verletzt warst und ob du überleben würdest.«

»Aber woher willst du das denn wissen? Warum, in Gottes Namen, sollte irgendwer in der Dienststelle auf uns warten, um uns umzubringen?«, regte sich Andrea Onello nun doch wieder auf, das klang einfach zu verrückt, wie aus einem James-Bond-Film.

Aber Georg Schugg zuckte wie gewohnt mit seinen Schultern, dann kam die übliche lapidare Auskunft: »Ich habe wirklich keine Ahnung, Frau Kommissarin.«

Mit feurigen Augen musterte Andrea Onello Schugg, der ihren Blick ruhig erwiderte. Stress, grenzenlose Müdigkeit, aber auch ehrlicher Beschützerinstinkt sprachen daraus.

Haderlein nickte seinem Kollegen anerkennend zu und konnte sehen, wie hinter Lagerfeld auf einmal ein Polizist nach dem anderen mit gezückter Waffe angerannt kam. Eine Idee zu spät, aber immerhin, dachte er grimmig, dann wandte er sich wieder dem Mann zu, der mit blutenden Schusswunden im Brust- und Schulterbereich zu seinen Füßen lag.

Der Unbekannte brabbelte etwas in einer unverständlichen Sprache vor sich hin, was aber wohl den Schmerzen und seinem Schockzustand geschuldet war. Seine Worte galten jedenfalls nicht dem Kommissar, sondern eher sich selbst.

Es dauerte nur wenige Sekunden, dann waren die ersten Polizisten bei Franz Haderlein angekommen und kümmerten sich um den am Boden liegenden Schwerverletzten. Der Kommissar dachte kurz nach, dann holte er sein Mobiltelefon heraus. Er hatte immer noch keine Ahnung, was hier genau los war, doch einen weiteren solchen Angriff würde es nicht mehr geben, dafür würde er jetzt sorgen und dieses Krankenhaus zu so etwas wie einer Festung machen.

Er beorderte zuerst einmal schwer bewaffnetes Personal von der Bereitschaftspolizei hierher, außerdem konnte es nicht schaden, wenn er ebenfalls ein SEK anrücken ließ. Das wurde, wie der Name Sondereinsatzkommando ja bereits sagte, nur in besonderen Ausnahmefällen angefordert, aber wenn das hier keiner war, was denn dann?

Als Haderlein sein Mobiltelefon wieder einsteckte, wanderte sein Blick suchend zum Ende des Ganges, wo eben noch der Kollege Schmitt gestanden hatte. Der war nicht mehr zu sehen. Stattdessen waren Ärzte und uniformierte Polizisten dabei, die Opfer der beiden schießwütigen Angreifer rettungstechnisch zu versorgen.

Mehrere Menschen lagen leblos links und rechts von Haderlein auf dem Gang der Station. Bei einem der Erschossenen schien es sich um einen Arzt zu handeln, und auch zwei Krankenschwestern, die hinter den nunmehr zerschossenen Glastüren zur angrenzenden Station ihrer Arbeit nachgingen, waren von den Angreifern ermordet worden. Doreen Rensch, die resolute Krankenschwester aus der Notaufnahme, war eine von ihnen. Auch ein Mitarbeiter der Spurensicherung lag mit einer Schussverletzung am Boden, schien aber zum Glück nicht lebensgefährlich verletzt worden zu sein.

Schweigend betrachtete Haderlein das wüste Szenario, und sein Verstand war für eine kurze Zeit nur damit beschäftigt zu überlegen, wer es gewagt haben konnte, sich mit der Polizei persönlich anzulegen. Welche Bande, welche Organisation fühlte sich so stark, dass sie glaubte, hier tun und lassen zu können, was sie wollte?

Diese Gedanken machten Franz Haderlein wütend, sehr wütend sogar. Allmählich begriff er den außerordentlichen Ernst der Lage und dass er dem Tod gerade noch einmal von der Schippe gesprungen war. Sie hatten es hier mit Leuten zu tun, denen alles egal war. Aber niemand, aber auch wirklich niemand durfte sich über das Gesetz stellen. Egal woher diese Menschen kamen, aus welchem Winkel der Welt, es wurde Zeit, ihnen zu zeigen, wo sie hier waren. Nämlich in einem Staat, der sich zu verteidigen wusste.

Eine Hand legte sich von hinten auf Haderleins Schulter. Als er sich umdrehte, stand Lagerfeld vor ihm, auf dem Arm den neugierig um sich schauenden Presssack.

»Entschuldige mein rüdes Eingreifen, Franz, aber mir schien, dass du dich in ernsthaften Kalamitäten befindest«, sagte er versonnen und streichelte über den Kopf des Ferkels.

Haderlein schaute seinen Mitarbeiter der schrägen Art, zunächst ohne eine Miene zu verziehen, an. Dann lächelte er, ehe ihm ein leises, aber ehrliches Wort über die Lippen huschte: »Danke.«

Lagerfeld grinste breit zurück, wies aber dann mit einer Kopfbewegung zum Eingang, wo soeben etwas Bedeutsames geschah. Ein Mann, dem man die Fassungslosigkeit vom Gesicht ablesen konnte, war durch die zerschossene Glastür von Station 7 getreten, ohne die am Boden liegenden Verletzten eines Blickes zu würdigen.

Bodo Herrenknecht kam schnurstracks auf Haderlein und Lagerfeld zugelaufen. Für den Kommissar mit der Sonnenbrille und dem dünnen Zopf hatte er nur einen kurzen, abfälligen Blick übrig, er wandte sich sofort dem Kriminalhauptkommissar zu. »Um Gottes willen, Herr Haderlein, was ist denn hier passiert? Ich dachte, es wäre nur eine Frage der Zeit, bis ich mein Klinikum wieder der Öffentlichkeit zugänglich machen könnte. Und jetzt dieser Amoklauf, das war aber so nicht abgesprochen, Herr Kommissar. Könnten Sie mir das bitte einmal erklären? Vor allem, hat das irgendeine Auswirkung auf unseren Zeitplan die Wiedereröffnung von Station Numero Sieben betreffend?«

Der nicht besonders große Leiter des Klinikums hatte sich vor Franz Haderlein aufgebaut und beide Fäuste angriffslustig in die Seite gestemmt. Seine Augen blitzten, und sein Gesicht war vor Aufregung gerötet.

Haderlein wusste einen Moment lang nicht, wie er reagieren

sollte. Dass hier Menschen verletzt und sogar getötet worden waren, schien diesen Giftzwerg rein menschlich überhaupt nicht zu interessieren. Also beschloss er, das vorsichtig ausgedrückt unsensible Verhalten des Klinikleiters auf adäquate Art und Weise zu erwidern.

»Nun, da habe ich leider eher unangenehme Neuigkeiten für Sie, Herr Herrenknecht. Die Sicherheitslage hat sich aufgrund der jüngsten Vorfälle erheblich verschärft. Daher sind jetzt radikalere Maßnahmen zu ergreifen, damit nicht noch mehr Menschen zu Schaden kommen.« Ruhig schaute er dem Mann ins Gesicht, während dessen Grad der Verunsicherung mit jedem Wort wuchs.

»Unangenehme Neuigkeiten? Was genau meinen Sie denn damit, wenn ich fragen darf?«, giftelte Herrenknecht aufgebracht.

Aber Haderlein ließ sich nicht provozieren, er machte seine Arbeit schlicht mit der äußersten Konsequenz, zu der er befugt war. »Nun, das heißt, dass nunmehr das gesamte Stockwerk aus Sicherheitsgründen zu räumen ist. Alle hier anwesenden Menschen, egal ob Mitarbeiter oder Patienten, haben die Etage umgehend zu verlassen. Darüber wird nicht diskutiert. Haben Sie das verstanden? Und kommen Sie mir bloß nicht mit Platzproblemen. Wenn Sie die Leute nicht im eigenen Haus unterbringen können, lagern Sie sie eben in die heiligen Länder aus, nach Scheßlitz, Burgebrach oder Ebern, kapiert? Die freuen sich, wenn sie auch einmal richtige Patienten kriegen«, knurrte Haderlein.

Herrenknecht vermittelte nach dieser Ansage allerdings keinen Eindruck allumfassender Einsicht. Sein Kopf glühte, die Augen rollten nervös hin und her, und die gerade noch zu Fäusten geballten Hände waren in den Taschen seines teuren Anzuges verschwunden. »Äh, was bitte? Ebern, Scheßlitz, ich soll meine Patienten auf diese Provinzhütten verteilen? Mit Verlaub, Herr Kommissar, finden Sie eine solche Maßnahme nicht ein wenig übertrieben? Haben Sie überhaupt eine Ahnung, was so ein ignorantes Vorgehen in meinem Finanzbudget anrichtet? Jetzt hören Sie mal zu, Herr Kriminalpräsident, wir sind hier nicht bei der Polizei, das hier ist die wahre Welt. Ich habe ein Klinikum gigantischen Ausmaßes zu betreiben, Sie Wicht. Also nehmen Sie gefälligst Rücksicht auf das hart arbeitende Personal dieses Klinikums und sehen Sie zu, dass Sie hier möglichst bald wieder verschwinden!«

Trotzig hatte Bodo Herrenknecht seine Arme vor der Brust verschränkt und schaute bockig zu Haderlein herauf. Lagerfeld stand daneben und tat so, als ginge ihn das alles gar nichts an. Gedankenverloren streichelte er Presssack über den rosa Kopf, was der Szenerie eine ziemlich seltsame Anmutung verlieh. Die verflüchtigte sich aber sogleich wieder und machte einer relativ drastischen Klarstellung der Hackordnung Platz.

Franz Haderlein packte den Klinikleiter mit einer schnellen Bewegung am Kragen seiner teuren Anzugjacke und zerrte ihn unsanft einige Meter weiter, hin zum leblosen Körper des Arztes, und zwang ihn, sich nach unten zu beugen und seinem abgelebten Angestellten mitten ins bleiche Gesicht zu blicken. »Übertreiben? Sie finden, dass ich übertreibe? Und was ist das hier? Das ist einer Ihrer doch so hochgeschätzten Mitarbeiter. Der Mann ist tot, wenn ich mich nicht irre. Von ziemlich gewalttätigen Menschen unbekannter Herkunft erschossen. Es hat nicht viel gefehlt, und ich selbst hätte neben dem armen Mann gelegen und das Zeitliche gesegnet. Stattdessen werde ich herausfinden, wer das getan hat, damit es nicht noch einmal passiert. Nichts anderes auf dieser Welt ist ab sofort wichtiger als das. Und deswegen werden Sie tun, was ich Ihnen sage, sonst werde ich dafür sorgen, dass Sie die längste Zeit der Leiter dieses Krankenhauses gewesen sind!«, bellte er Herrenknecht direkt ins Ohr.

Der war ob der völlig unerwarteten Handgreiflichkeit vor Schreck ganz still und starrte auf den toten Arzt. Irgendetwas rumorte in ihm, aber welche emotionale Regung das wohl sein könnte, blieb dem geneigten Zuschauer verborgen. Dann, nach einer gefühlten Ewigkeit, streckte Herrenknecht vorsichtig seine Hand aus und wischte mit einem Finger das Blut vom Namensschild des Ermordeten. Als er las, wer da lag, war so etwas wie gedämpfte Zuversicht in seinem Gesicht zu erkennen. »Behrenz, Kardiologe …«, murmelte er leise und atmete tief durch. Beinahe so, als wäre er froh, dass er keinen Chirurgen oder gar Internisten zu beklagen hatte.

»Raus hier«, zischte Franz Haderlein und übergab Herrenknecht am Kragen dem nächstbesten Polizeibeamten, der den Leiter des Klinikums nach draußen führte. Haderlein schaute den beiden mit versteinerter Miene hinterher, während Lagerfeld Presssack auf seine vier Füßchen stellte und anleinte.

Dann winkte Haderlein Leonhard Sachse zu sich, der, immer noch geschockt von den Ereignissen, wie ein Schluck Wasser in der Kurve auf dem Gang herumstand. Zum ersten Mal in seiner Bestatterkarriere hatte er live das Sterben von Menschen mit ansehen müssen. Und nicht nur das, er hatte auch damit rechnen müssen, plötzlich selbst Gegenstand des eigenen, traurigen Gewerbes zu werden.

Haderlein holte ihn aus seinem Sinnen über die mitunter grausamen Zufälligkeiten des Schicksals zurück auf den Boden der Tatsachen. Er solle die tote Frau, mutmaßlicher Name Luana, mitsamt der spitzen Fundsache aus dem Krankenzimmer schleunigst nach Erlangen fahren, während andere hier aufräumten, damit Siebenstädter sich umgehend mit ihrem Fall beschäftigen konnte.

Sachse folgte dem Auftrag wortlos, noch leicht benommen von den gewalttätigen Szenen, die sich hier abgespielt hatten.

Haderlein wartete ab, bis der Bestatter mit seiner Rollliege die Station verlassen hatte, und wandte sich dann Lagerfeld zu. »Was ist hier los, Bernd? Wer sind die, und warum knallen die in einem Krankenhaus wahllos Leute ab?«

Lagerfeld strich sich mit der rechten Hand über seinen dünnen Zopf, bevor er wohlüberlegt antwortete: »Das kann ich dir auch nicht sagen, Franz. Ich bin mir aber relativ sicher, dass die in einer ostromanischen Sprache vom Balkan miteinander geredet haben. Ich habe mich nur kurz mit Serbisch, Kroatisch und so weiter beschäftigt, aber das müssten nach meiner Meinung Männer aus Ex-Jugoslawien gewesen sein.«

Haderleins Augen blitzten. Balkan? Seit wann waren denn in Bamberg Leute vom Balkan zugange? In seinem Hirn begann es zu arbeiten, während sich Lagerfeld, ganz der Pragmatiker, bereits wieder auf das Naheliegende konzentrierte.

»Also, Großer, doch kein Feierabend«, sagte er zu Presssack, der aufmerksam zu ihm hinaufsah, und nickte seinem älteren Kollegen aufmunternd zu, dann gingen sie alle drei zu dem zuletzt erschossenen Angreifer, der gerade von Heribert Ruckdeschl von der Spurensicherung begutachtet wurde. Dessen blassem Gesicht war zu entnehmen, dass er mit seinem in der letzten Stunde arg ramponierten Nervenkostüm noch keinen Frieden geschlossen hatte. Seine Hände zitterten leicht, und auch seine Körperhaltung war alles andere als selbstbewusst.

Die beiden Kommissare verzichteten vorerst darauf, Ruckdeschl bei seiner Arbeit zu behelligen, Lagerfeld setzte stattdessen Presssack auf seine zu erledigende Aufgabe an. Er zeigte dem kleinen Ferkel die Schuhe des toten Angreifers, die das Schweinchen mit seinem Rüssel sogleich ausgiebig beschnupperte. Wieder war das leise Pfeifen zu hören, als es tief die Luft einsaugte.

Na, der kleine Kerl scheint ja ein gewaltiges Lungenvolumen zu besitzen, dachte Franz Haderlein überrascht und beobachtete mit Erstaunen das gründliche Engagement des Neulings in Sachen olfaktorischer Ermittlungsarbeit. Dann erteilte Lagerfeld dem aufgeregten Presssack den alles entscheidenden Befehl.

»Such. Such, Presssack«, rief er leise. Das Ferkel schaute kurz zu seinem Herrchen hoch, dann ruckte Presssacks Kopf nach unten, und sein Rüssel etablierte sich circa einen Zentimeter über dem Gangboden.

Den besonderen Geruch des erschnüffelten Individuums in der Nase, machte sich das kleine Ermittlerferkel auf, den Weg zurückzuverfolgen, den dieser Mann durch das Krankenhaus genommen hatte. Es stemmte seine vier kräftigen Beine in den Boden des Flurs, und die Leine spannte sich wie eine Gitarrensaite. Haderlein sah noch einmal nervös auf sein Mobiltelefon, aber es war immer noch keine Nachricht von Andrea eingegangen. Kein Anruf und auch keine Textnachricht. Sein kriminalistischer Instinkt sagte ihm zudem überdeutlich, dass auch nichts dergleichen kommen würde. Genau das war auch der Punkt, der ihm mehr und mehr

Sorgen bereitete. Etwas Mysteriöses war hier im Gange, und es war an ihnen, der Polizei, den Knoten zu entwirren, um Andrea, die mittendrin steckte, wenn möglich zu retten.

»Na, dann mal los«, knurrte Franz Haderlein, steckte das Telefon ein und gab Lagerfeld ein Zeichen.

Eigentlich war es nicht sein Ding, ein kleines, untrainiertes Ferkel, mochte es auch noch so begabt sein, für eine derart wichtige Polizeiarbeit einzusetzen. Andererseits hatte Riemenschneider auch einmal so angefangen, und er selbst hatte sich damals über sämtliche Regularien und Vorschriften hinweggesetzt. Haderlein konnte sich noch gut an die Diskussionen mit Fidibus über die Zusammenarbeit mit einem Schwein erinnern.

Aber nun schien Riemenschneider einen mehr als würdigen Anwärter auf den Posten als Ermittlerferkel auf die Welt gebracht zu haben, der jetzt mit gewaltigem Nachdruck und der Nase am Boden in Richtung Aufzug davonstrebte, zwei ausgewachsene Kommissare der Bamberger Kriminalpolizei im Schlepptau.

»Du hast dein Gedächtnis verloren, Georg. Du hast Angst, aber hast keine Ahnung, wie es weitergehen soll. Du weißt nur, wenn wir da rausgehen, wird es richtig gefährlich, stimmt's?«

Andrea Onellos Gegenüber schaute sie verblüfft über so viel Scharfsinn, aber auch Einfühlungsvermögen an. Dann nickte er, und die Kommissarin bemerkte erneut, dass dieser kräftige, muskelbepackte Mann mit den Tränen kämpfte. Eine plötzliche Sanftheit angesichts dieses Häufchens Elend breitete sich in ihr aus. Die ständige Kampfbereitschaft, in der sie sich befand, erlosch. Sie war nicht diejenige, die hier kämpfen musste, es war der Mann, der ihr gegenübersaß. Georg Schugg, der nach dem Unfall am Morgen selbst unter gehörigen Schmerzen leiden musste, hatte sie ungeachtet seiner angeschlagenen Verfassung erst in einen Krankenwagen verfrachtet, dann in ihr Auto umgeladen und schließlich ohnmächtig wer weiß wie weit bis hierher in diese Höhle geschleppt. Dann hatte er sie verarztet, und zum Dank saß sie da und machte dem Mann Vorwürfe.

Der Kommissarin wurde erst jetzt so richtig klar, dass Georg Schugg ihr das Leben gerettet hatte. Egal was die Hintergründe für sein seltsames Handeln waren, egal was er selbst erlitten hatte, dieser Mann hatte sie nicht einfach zurückgelassen, sondern sie beschützt und sich um sie gekümmert. Ohne ihn säße sie jetzt nicht hier.

Ihre Stimmung, ihre innere Einstellung und auch ihr Blick auf Schugg änderten sich fundamental. Sie beide saßen im selben Boot und mussten zusammen herausfinden, wie sie am besten ans Ufer der Erkenntnis rudern konnten.

Natürlich, wenn diese falsche Ärztin nicht gewesen wäre, würde sie Schugg keine einzige Silbe von dem glauben, was er ihr erzählte, das musste klar gesagt werden. Keller, ominöse schlimme Dinge, die den Kindern angetan werden sollten, unbekannte Verfolger. Ja, was denn nun genau? Aber der Mann schien sie wirklich nicht anzulügen, davon hätte er ja auch gar nichts, er war einfach nicht in der Lage, sich an die Details zu erinnern, die zu dieser verfahrenen Situation geführt hatten.

Alle Anwesenden in dieser Höhle, sie selbst, die beiden Mädchen und Georg Schugg, brauchten Hilfe. Der Zimmergörch am allermeisten. Er wollte ihr nichts antun, dazu hatte er jetzt ausreichend Gelegenheit gehabt. Es war darüber hinaus verschwendete Zeit, sich zu fragen, ob Schugg ein guter oder ein böser Mensch war, sie glaubte zwar, dass er es gut mit ihr meinte, aber das war nicht der zentrale Punkt.

Der zentrale Punkt war Schuggs Gedächtnisverlust. Wenn sie nicht irgendwie Zugang zu seinen Erinnerungen bekam, würden sie wahrscheinlich noch bis zum Sankt-Nimmerleins-Tag alle zusammen hier in diesem Loch sitzen. In den Umständen seiner Amnesie lag der Schlüssel zur Lösung des Rätsels.

Irgendwann in den letzten Minuten, in denen sie sich so intensiv unterhalten hatten, waren die Zwillinge herübergekommen und hatten sich zu ihnen gesetzt. Neugierig verfolgten sie das Gespräch der Erwachsenen, obwohl sie vermutlich kein Wort von dem verstanden, was geredet wurde. Dabei blickten sie immer wieder mit leuchtenden Augen zu Georg Schugg. Die drei schien etwas besonders Inniges zu verbinden. Andrea Onello strich dem Mädchen, das neben ihr saß, mit der Hand über den Kopf und lächelte ihr zu.

»Das ist Mira, und ihre Schwester heißt Svea«, meinte Georg Schugg mit sanfter Stimme, und die beiden Mädchen horchten bei der Erwähnung ihrer Namen auf. Dann richtete er auch an sie ein paar Sätze, die von den Zwillingen fröhlich beantwortet wurden.

»Welche Sprache ist das?«, wollte Andrea Onello wissen, woraufhin Schugg einmal mehr mit den Achseln zuckte, was die Kommissarin inzwischen aber nicht mehr aufregte. Die Dinge waren eben das, was sie waren.

Andrea Onello beschloss, Georg Schugg dabei zu helfen, das Rätsel um seine verlorenen Erinnerungen zu lösen. Das war das Mindeste, was sie für ihn tun konnte. Ganz offensichtlich hatte der Mann vor irgendetwas eine gewaltige Angst, sonst hätte er sie und die Mädchen nicht hierhergebracht. Natürlich wäre es ihrer Meinung nach immer noch am besten, wenn er sie alle zur Polizei bringen würde, aber das wollte er nicht, und sie konnte in ihrem Zustand erst einmal nichts daran ändern. Sie kam nur mit seinem Einverständnis aus diesem Loch hier heraus. Also musste sie ihm irgendwie helfen.

»Ich glaube, ich hab's begriffen, Georg. Dir ist ein Teil deiner Erinnerung abhandengekommen, der grundlegend ist für alles, was du im Moment tust. Hast du irgendeine Ahnung, woher dein Gedächtnisverlust rührt? Bist du jemals bei einem Arzt gewesen oder einem Therapeuten, der dir hätte helfen können, dein Gedächtnis wiederzuerlangen?«, fragte Andrea Onello vorsichtig, um dem Kern des Problems ein wenig näher zu kommen.

Zu ihrer großen Überraschung nickte Georg Schugg. »Ja, war ich. Ich habe mich vor gut zwei Jahren mal selbst eingewiesen. Es gibt in Richtung Kulmbach, in dem schönen Ort Hutschdorf, eine Klinik, die auf so etwas spezialisiert ist. Die haben mich dort auch für eine Weile aufgenommen, aber Dr. Wolfschmitt hat mir gesagt, wenn ich mich keiner Hypnosetherapie unterziehe, wird das nichts. Also bin ich gegangen.«

Das war wieder so ein Punkt, den Andrea Onello nicht verstand.

»Ja, aber wenn es dir doch geholfen hätte, warum hast du die Hypnosetherapie nicht einfach gemacht?«, fragte sie in der einfältigen Hoffnung auf eine logische Antwort.

»Ich weiß es nicht, Andrea, ich konnte es eben nicht«, stieß Schugg fast ein wenig angriffslustig hervor. Als er bemerkte, dass der Kommissarin bereits wieder der Kamm zu schwellen drohte, versuchte er es doch noch mit einer etwas genaueren Begründung. »Die Vorstellung, jemandem vollkommen ausgeliefert zu sein, nicht mehr die Kontrolle über mein Handeln zu haben, verursacht bei mir Panik. Ich bekomme Herzrasen und massive Beklemmungen, wenn ich nur daran denke. Einfach so dazuliegen oder zu sitzen, wenn ich weiß, da ist jemand, der mit mir machen kann, was er will, macht mir eine gewaltige Angst. Nein, vergiss es mal lieber gleich wieder.«

Andrea Onello empfand nun selbst ein gewisses Maß an Herzrasen und bemühte sich um eine ruhige Atmung. Der Typ regte sie einfach auf. So ein Riesenmannsbild, und dann Feigheit vor dem inneren Feind?

»Ach so, ja, Angst vor dem Ausgeliefertsein, na klar. Was bist du denn für eine Pfeife!«, platzte sie ziemlich harsch heraus. »Was soll ich da bitte sagen? Angeschossen, in einer Höhle von einem Irren festgehalten, der sein Gedächtnis verloren hat und anscheinend auch nicht wiederhaben will, dazu zwei kleine Kinder, die kein einziges Wort von dem verstehen, was ich sage. Was glaubst du eigentlich, wie das hier weitergehen soll? Meinst du, diese Situation löst sich von allein, oder sollen wir vier so lange hierbleiben, bis uns die Rentenversicherung anschreibt? Entweder du kriegst langsam deinen Arsch hoch und stellst dich deinen inneren Dämonen, oder wir verrotten hier in diesem Loch, kapierst du das, Herr Zimmergörch?«

Es war ein Anschiss allererster Güte, der da auf den armen Georg Schugg niederprasselte. Als Andrea Onello fertig war, widersprach er nicht, er saß einfach nur da und schaute sie hilfesuchend und ängstlich an. In seinem flehentlichen Blick stand die verzweifelte Bitte: Hilf mir!

Die Wut der Kommissarin verrauchte genauso schnell wieder, wie sie gekommen war. Sie sah ihm tief in die Augen, dann nickte sie fast unmerklich. Sie erkannte, dass sie ihm nur helfen konnte, seine Erinnerung wiederzuerlangen, wenn sie es schaffte, ihm wenigstens so viel von seiner Angst zu nehmen, dass er sich dazu bereit erklärte, sich hypnotisieren zu lassen.

Sie betrachtete diesen Mann, ihren Lebensretter, der sie mit verlorenem Blick anschaute, und es berührte etwas in ihr. Andrea Onello spürte ein längst vergessen geglaubtes Gefühl in sich aufsteigen, das mehr und mehr Besitz von ihr ergriff. Sie wusste nicht, wieso und weshalb, doch sie beugte sich nach vorne, legte Georg Schugg ihren rechten, schmerzfreien Arm um den Hals und drückte dem verfilzten, schwarzbärtigen Mann ohne jegliche Vorwarnung einen intensiven Kuss auf die verblüfften Lippen. Als sie sich nach endlos scheinenden Sekunden wieder von ihm löste, saß Georg Schugg da wie vom Donner gerührt, und die Augen der beiden Zwillinge leuchteten voller Begeisterung.

Andrea Onello lächelte Schugg an und nahm an seinem Hals auf einmal eine kleine Tätowierung wahr, die sie zuerst für eine Art Muttermal gehalten hatte. Jetzt, aus unmittelbarer Nähe, erkannte sie jedoch, dass es sich um ein Tattoo handelte, um einen stilisierten, etwa drei Zentimeter großen doppelköpfigen Adler. Was aber im Moment nur peripher von Interesse war, weshalb sie sich lieber auf ihre wichtigste Aufgabe konzentrierte, diesem Prachtstück von einem Mann wieder zurück ins normale Leben zu verhelfen.

Während die Mädchen anfingen zu kichern, fragte Andrea Onello den verdutzten Schugg leise: »Vertraust du mir?«

Zuerst passierte nichts, ihr Retter saß da wie erstarrt. Dann endlich löste sich die Anspannung in seinem Körper, und er nickte unmerklich.

Das Lächeln der Kommissarin, die immer noch ihren Arm um seinen umfangreichen Hals gelegt hatte, wurde noch breiter. Na schön, das war doch schon einmal ein Anfang.

»Gut, dann werde ich von jetzt an mein Möglichstes tun, um dir zu helfen, mein Lieber. Dazu benötige ich dein unbedingtes Vertrauen, vor allem aber bräuchte ich jetzt einmal dein Handy für ein kurzes Telefonat. Ginge das?«

Wieder nickte Schugg, er wirkte wie betäubt. Andrea Onello hatte es geschafft, einen Teil seiner inneren Verteidigung niederzureißen. Zuerst schien er nicht zu wissen, wie er sich nun verhalten sollte, dann griff er in eine seiner Jackentaschen und holte ein Mobiltelefon heraus, welches er entsperrte und der Kommissarin reichte. Noch vor wenigen Minuten hätte er nicht im Traum daran gedacht, dieser Kommissarin so viel Vertrauen entgegenzubringen und sie mit wer weiß wem telefonieren zu lassen.

»Danke«, sagte Andrea Onello lächelnd, dann wählte sie eine Nummer, und nach kurzem Klingeln war eine weibliche Stimme zu hören. Entgegen ihren sonstigen Gepflogenheiten hielt sich die Kommissarin nicht mit lockerem Geplauder auf, sondern kam ausnahmsweise direkt und ohne Umschweife zur Sache. »Rosi, ich bin's, Andrea, du musst mir unbedingt helfen. Es ist dringend, ich hab hier einen schwierigen Fall, einen wirklich schwierigen. Du bist die Einzige, die uns helfen kann.«

Georg Schugg, der immer noch unter dem Eindruck des unerwarteten Kusses stand, verfolgte das Gespräch, das die Kommissarin führte, wie durch einen Nebel hindurch. Er spürte, dass ihm die Gesamtsituation allmählich zu viel wurde. Man konnte ihm ja eine Menge aufladen, doch diese ständige Ungewissheit über sein Leben, über seine Vergangenheit hatte sich langsam, aber konsequent in seine Seele gefressen. Früher war er jeden Tag voller Energie aus dem Bett gestiegen und hätte stundenlang Bäume ausreißen können. Der Vorfall im Krankenhaus hatte ihn jedoch erstens schockiert und zweitens über sich selbst nachdenken lassen. Wieso hatte er sofort gewusst, dass diese Frau keine Ärztin war? Warum sofort gespürt, dass sie hinter ihm her war und nicht hinter Andrea? Und, über diesen Umstand machte er sich fast am meisten Gedanken, woher stammten diese instinktiven Fähigkeiten, die ihn befähigt hatten, die Frau mit bloßen Händen zu überwältigen und, nur mit seinem knöchernen Talisman bewaffnet, auszuschalten?

Er hatte reflexhaft gehandelt, fast so, als hätte er das, was zu tun war, durch ein langes Training verinnerlicht und die Bewegungsabläufe bloß noch abspulen müssen. Woher konnte er das? Wer war er wirklich? Sein Blick wanderte hinüber zu seinem Manifest, das neben Andreas Lager unter dem Verbandskasten lag, den er aus ihrem Wagen mitgenommen hatte.

Sein Manifest. Ein weiteres Rätsel.

Warum hatte ihn dieses Thema der Klimaerwärmung so fasziniert, und woher kam die Überzeugung, dass große Bamberger Firmen, Firmen mit Weltruf wie Bosch, Michelin oder Brose, diesbezüglich ein falsches Spiel spielten und nicht das waren, was sie zu sein vorgaben? Warum hatte er es sich auf die Fahnen geschrieben, den Schwindel aufzudecken und diese Verbrecher zu entlarven? Warum war es ihm so wichtig, dass man ihm, dem verrückten Zimmergörch aus Bamberg, Glauben schenkte?

Georg Schugg war an einem Punkt angelangt, an dem er allein

nicht mehr weiterkam. Und genau in diesem Moment war er an Andrea geraten. Diese verdammt hübsche Kommissarin war nach langer Zeit der erste Mensch, dem er seine Geschichte erzählen konnte. Auch sie hatte ihn zunächst hinauskomplimentiert, doch sie hatte ihn vom ersten Augenblick an fasziniert. Und jetzt hatte sie ihn geküsst. Natürlich konnte das ein Trick sein, um ihn zu übertölpeln und dann abzuhauen. Aber sein Bauchgefühl sagte ihm etwas anderes. Oder er sehnte sich einfach nur nach der Wahrheit, der Erlösung, dass ihm irgendjemand sagte, was mit seinem Leben geschehen war, damit er endlich seinen Frieden damit machen konnte. Und diese Frau schien es ernst zu meinen, sie wollte ihm dabei helfen. Sollte sie ihn außerdem als Mensch nicht gerade unsympathisch finden, hatte er bestimmt nichts dagegen. Wie auch immer, er hatte es satt, im Dunkeln zu tappen, was sein Leben anbelangte.

Andrea Onello hatte ihr Gespräch beendet und holte einen kleinen Notizblock plus den dazugehörigen Stift aus ihrer Jacke. Sie kritzelte ein paar Zeilen auf ein Blatt Papier, dann riss sie es aus ihrem Block und reichte es Georg Schugg. »Das sind die Kontaktdaten einer Freundin von mir. Sie heißt Rosi Scherer und hat im Nebenberuf eine sogenannte Praxis für mentale und körperliche Stärkung. Rosi führt in dieser Praxis auch Hypnosebehandlungen durch, und sie sagte mir, dass sie dir unter Umständen helfen könnte. Dazu müsstest du aber hinfahren, denn erst wenn sie sich mit dir unterhalten und dich persönlich kennengelernt hat, kann sie beurteilen, ob das was werden kann mit euch beiden. Aber sie will es gern versuchen. Und es ist nicht allzu weit weg, vorausgesetzt, wir sind hier noch in Franken?« Sie machte eine vage die Höhle umfassende Geste.

»Tiefenellern, wir sind in der Jungfernhöhle bei Tiefenellern, eine Viertelstunde von Bamberg entfernt«, antwortete Georg Schugg beinahe automatisch. Er schaute zuerst auf Andrea Onello, dann auf den Zettel. Zögernd nahm er der Kommissarin das Blatt aus der Hand.

Er wusste, was das bedeutete. Es gab jetzt nur noch ein Ja oder ein Nein. Zwischenlösungen oder ein Vielleicht waren nun nicht mehr möglich. Entweder gelang es ihm, seine innere Panik zu überwinden und diese Hypnosebehandlung zu akzeptieren, oder er ließ sich weiter vom Leben treiben und wartete einfach ab, was passierte. Dazu hatte er aber absolut keine Lust mehr. Sein Innerstes schrie förmlich nach der Wahrheit. Es schrie nach Auflösung, Gewissheit und Frieden. Er musste es tun, auch wenn es eine der schwierigsten Übungen in seinem ihm bekannten Leben werden würde.

»Wirst du es tun?«, fragte Andrea Onello und blickte ihm prüfend ins Gesicht. An seinem Mienenspiel konnte sie ablesen, dass er bereits wieder seinen inneren Kampf kämpfte, aber Georg Schugg nickte entschlossen.

»Gut«, sagte sie und lächelte. »Sehr gut. Rosi arbeitet tagsüber in einem Internat in Thüringen, in der Nähe von Coburg. Sie ist dort Lehrerin, hätte aber einen Raum, in dem sie mit dir arbeiten könnte. Du kannst mein Auto nehmen und sofort losfahren.«

Begeisterung sah anders aus, Georg Schugg glotzte sie an, als sollte er eine Woche lang Robbenbabys jagen.

»Wo bitte, wo soll ich hin? Thüringen? Noch weiter weg geht's wohl nicht?« Sein mühsam aufgebauter Elan drohte, einem baufälligen Kartenhaus nicht unähnlich, erneut in sich zusammenzufallen. Aber Andrea Onello konnte ihn sofort beschwichtigen.

»Was heißt Thüringen, es ist kurz hinter Coburg, nicht der Rede wert. Eigentlich begreifen die sich in der Ecke alle noch als Franken. Bleib ruhig und tu dir selbst den Gefallen und fahr da bitte hin, ja? In deiner Situation würde ich ehrlich gesagt bis in den Senegal fahren, wenn ich du wäre. Du schaffst das schon.« Sie legte ihm beruhigend die Hand auf die Schulter, was auf wundersame Weise auch sofort Wirkung zeigte.

Georg Schugg schaute sie dankbar an, nickte noch einmal mit blassem Gesicht, dann stand er auf und griff ohne weiteren Kommentar zu seiner durchlöcherten Jacke. Auch Andrea Onello erhob sich, wenn auch unter Schmerzen und mit mühsam unterdrücktem Stöhnen. Aber schließlich stand sie aufrecht, wenn auch wacklig, auf ihren Füßen und lächelte ihren Retter aufmunternd an.

Georg Schugg betrachtete sie schweigend. Die Haare seines

schwarzen Bartes standen in alle Richtungen, das dichte schwarze Haar auf seinem Kopf war es nicht wert, Frisur genannt zu werden. Er wollte dieser Frau alles Mögliche sagen, aber es wollte ihm kein geordneter Satz über die Lippen kommen. Eigentlich wäre es ihm am liebsten gewesen, die blonde Schönheit würde ihn begleiten. Aber das konnte und wollte er ihr in ihrem Zustand nicht zumuten. Außerdem durfte er die Zwillinge nicht schon wieder so lange allein lassen. Es war schlimm genug, dass er sie aus ihrem provisorischen Zuhause, seiner Wohnung auf der Stiefenburg, hatte entführen müssen.

In seiner Verwirrtheit stellte er Andrea Onello zum Abschied eine Frage, die ihm schon lange auf der Seele brannte, aber eigentlich nicht hierhergehörte, zumindest kam es ihm, kaum dass er sie ausgesprochen hatte, so vor. »Sag mal, bist du verheiratet oder verlobt oder so, oder warum trägst du diesen verrosteten Ring an deinem Finger?«

Andrea Onello betrachtete ihn überrascht, und das warme Gefühl in ihr verstärkte sich. Das war ja nicht zu fassen. Der Mann hatte ja wirklich genug eigene Probleme, trotzdem war ihm dieser dämliche Ring aufgefallen.

»Der Ring hat nichts zu bedeuten, Georg. Nein, eigentlich noch viel weniger als nichts. Vergiss das blöde Teil, ja? Jetzt geh schon. Ich bleibe hier bei Wasser und Brot und kümmere mich um die beiden Windelträger. Alles andere klären wir später, wenn du zurückkommst.«

Georg Schugg nahm ihre Antwort wohlwollend zur Kenntnis, half ihr, sich wieder zu setzen, und entfernte sich in Richtung Höhlenausgang. Nach drei Schritten blieb er jedoch abrupt stehen, weil ihm etwas Wichtiges eingefallen war, drehte sich um und kehrte mit nachdenklichem Blick zu ihr zurück. »Andrea, das Handy brauche ich für unterwegs, das kann ich dir nicht hierlassen. Aber das hier, das darfst du gern wiederhaben, es gehört dir ja außerdem sowieso.«

Er griff etwas verlegen hinter seinen Rücken und holte Andrea Onellos Dienstwaffe hervor, welche die ganze Zeit über in seinem Hosenbund gesteckt hatte.

»Wenn ich zurückkomme, mit welchen Erkenntnissen auch immer, hole ich euch hier raus. Du kannst mit deiner Verletzung genauso wenig hierbleiben wie die beiden Mädchen. Mir ist nur auf die Schnelle nichts Besseres eingefallen als diese Höhle hier. Ich habe hier mal gearbeitet, deswegen kenne ich die ganz gut. Also keine Panik, wenn ich zurück bin, wird alles gut, versprochen.« Ohne zu zögern, reichte er ihr die Heckler & Koch, drehte sich um und eilte zum Ausgang, so als hätte er Angst, dass sie ihn vielleicht doch nur verarscht hatte und die Waffe nun jeden Moment auf ihn richtete.

Aber nichts dergleichen geschah. Andrea Onello saß fast gerührt über diesen Vertrauensbeweis mit der Waffe in der Hand auf dem Höhlenboden und sah ihm hinterher. Sie hörte, wie er die Aluminiumleiter hinaufstieg, dann das scharrende Geräusch, als die Leiter nach oben gezogen wurde. Ihr Innerstes krampfte sich zusammen, weil sie am liebsten mit diesem Mann mitgegangen wäre.

Dass das aufgrund ihrer Verletzung und des Blutverlustes nicht ging, war ihr natürlich klar, das musste erst einmal auskuriert werden. Sie konnte sich ja kaum auf den Beinen halten, geschweige denn eine längere Autofahrt überstehen.

Sie hörte, wie in einiger Entfernung ein Auto gestartet wurde und das Motorengeräusch immer leiser wurde. Dann war es still, und sie war wieder allein in der sogenannten Jungfernhöhle, wie sie jetzt wusste. Allein mit zwei kleinen Kindern, die sie erwartungsvoll ansahen und deren Sprache sie nicht im Geringsten verstehen konnte. Lachend redeten sie miteinander und strahlten Andrea an. Fröhliche Naturen waren die beiden ja, das musste sie ihnen lassen. Dass sie hier im Dreck saßen, im Inneren einer Höhle, machte ihnen jedenfalls nichts aus.

Eines der Mädchen, nach Andrea Onellos Meinung war es Mira, deutete auf ihre Wasserflasche, was wohl heißen sollte, dass sie Durst hatte.

»Mom, pije, pije«, sagte sie und betatschte die Wasserflasche, als die Kommissarin sie ihr an den Mund hielt.

»Mom«, sollte das in der Sprache der Kinder womöglich »Mutter« heißen? Hatte dieses Kind da soeben »Mama« zu ihr gesagt? Gerührt strich Andrea dem Mädchen über den Kopf, als Svea ebenfalls an sie heranrückte. Auch sie schien jetzt Durst zu haben und deutete ungeduldig auf die große Wasserflasche, an der sich gerade ihre Schwester gütlich tat.

»Pije«, meinte auch sie, was wohl Durst oder Trinken bedeutete.

»Pije?«, wiederholte die blonde Aushilfsmama lächelnd, was bei der kleinen Svea ein heftiges Nicken auslöste. Sie legte ein zerfleddertes Etwas, das sie unter ihrem Arm mit sich herumgetragen hatte, auf den Boden und wollte ihrer Schwester die Wasserflasche wegnehmen, was zum ersten Mal, seit Andrea Onello aus ihrem Tiefschlaf aufgewacht war, zu Gezänk zwischen den Schwestern führte. Sie löste das Problem, indem sie einfach noch eine weitere Flasche aus der Getränkekiste nahm und sie ebenfalls öffnete. Jetzt hatten beide Mädchen eine eigene Flasche, und es herrschte wieder Ruhe in ihrer felsigen Zuflucht.

Der Blick der Kommissarin wurde von dem zerfledderten Manuskript angezogen, das die kleine Svea gerade abgelegt hatte. Es war Georgs Machwerk, das er in der Dienststelle als sein Manifest bezeichnet hatte. Da sie nichts Besseres zu tun hatte, würde sie die Zeit bis zu seiner Rückkehr nutzen, um als wahrscheinlich erster Mensch auf diesem Planeten die gesammelten Theorien des Zimmergörch zu lesen. Sie war gespannt, was das amnestische Hirn ihres verwilderten, aber dennoch attraktiven Schützlings so alles niedergeschrieben hatte. Gerade wollte sie sich auf ihre improvisierte Lagerstatt legen, um in dem Teil zu schmökern, als ein eindeutiger, zutiefst invasiver Geruch an ihre Nase drang.

Svea hatte ihre Flasche abgesetzt und schaute sie mit dem typischen angestrengten Blick an, den jede Mutter auf dieser Welt kannte. Das Wasser hatte seinen Zweck erfüllt, die Windel war voll. Auch Mira schien nun, wie auf Kommando, ähnliche Anstrengungen zu unternehmen, was der dreifachen Mutter Andrea Onello unmissverständlich klarmachte, dass sie nun, nach vielen Jahren der mütterlichen Abstinenz, wieder einmal Windeln wechseln durfte.

Mein Gott, was habe ich das vermisst, dachte Andrea Onello sarkastisch, legte das Manifest beiseite und machte sich an die Arbeit.

Aus der tiefsten fränkischen Provinz in die Urbanisation und damit in die Bamberger Dienststelle zurückgekehrt, hatte sich César Huppendorfer sofort an seinen Arbeitsplatz begeben und alles an Notizen, was er im Laufe des Vormittages und während seines Gesprächs mit Dr. Wolfschmitt zusammengetragen hatte, auf einen Stapel gelegt.

Dann hatte er sein Mobiltelefon zur Hand genommen und die Fotografien ausgedruckt, die er von der Wand in Schuggs Wohnung mit den ganzen Zeitungsartikeln gemacht hatte. Alles, was er irgendwie als relevant erachtete, heftete er nun an die große Magnetwand im Büro und versuchte, so etwas wie eine gefühlte Ordnung in dieses Chaos zu bringen. Dafür war er ja schließlich Kriminalbeamter, damit er aus dem Durcheinander vielfältiger und teils unzusammenhängender Hinweise eine zielführende Theorie entwickelte, die am langen Ende zu einer Aufklärung führte.

Allerdings war sein momentaner Eindruck, dass die Bamberger Kriminalpolizei, namentlich er selbst, noch meilenweit von so etwas Handfestem wie einer Aufklärung entfernt war.

Durch die Glaswand warf er einen prüfenden Blick in das Büro seines Chefs, aber der hatte seinen Kopf auf die verschränkten Arme gelegt, die ihrerseits einen schönen, friedlichen Platz auf Suckfülls Schreibtisch gefunden hatten. Selbst durch die geschlossene Tür konnte man das gewaltige Schnarchen hören, das Fidibus in seinem Tiefschlaf absonderte.

Als Huppendorfer sich mit fragender Miene zu Honeypenny umwandte, legte die nur ihren Zeigefinger auf die Lippen, was wohl heißen sollte, dass er sich ruhig zu verhalten habe, damit Fidibus sich endlich in Ruhe ausschlafen konnte. Unglaublich, was ein zu Gummi verkochter Tintenfisch so alles anrichten kann, dachte er, nahm seinen Bürostuhl und setzte sich in angemessener Entfernung vor die Magnetwand.

Minutenlang schaute er von seinen Zetteln zu den Fotos und von dort wieder auf seine diversen Schlagworte. Begriffe wie Amnesie, Klimaerwärmung, Selbsteinlieferung, Stiefenburg und Grabungshelfer, die alle zusammen wenig Sinn ergaben.

Na gut, mit irgendetwas muss man ja anfangen, dachte er und griff zum Telefon, um einfach mal bei dieser Grabungsfirma anzurufen, die Schugg im letzten Sommer als Aushilfe beschäftigt hatte. Bei einer archäologischen Grabung an irgendeiner Höhle in der Nähe von Tiefenellern, hoch oben auf den Höhen der Fränkischen Schweiz. Vielleicht konnten die ihm ja etwas Sinnstiftendes über Georg Schugg sagen.

Jungfernhöhle? In seinem ganzen Leben hatte er noch nie etwas von einer Jungfernhöhle gehört. Aber das konnte er sich ja jetzt von den Archäologen erklären lassen.

Er wollte gerade die Nummer der Grabungsfirma wählen, als sein Handy klingelte. Seufzend legte er den Hörer wieder auf und ging ran. Franz Haderlein war am anderen Ende der Leitung. Er schilderte ihm in aller Kürze, was nach Andreas Verschwinden im Klinikum vorgefallen war. Schon wieder gab es Tote, schon wieder wusste niemand, woher die Typen gekommen waren oder was sie gewollt hatten. Franz hatte ein SEK und zusätzliche Männer von der Bundespolizei angefordert, um das Krankenhaus zu sichern. Das hieß im Umkehrschluss, er rechnete mit dem Schlimmsten, was immer das auch war.

Sie vereinbarten, dass der schockierte César seine Arbeit hier im Büro erst einmal stehen und liegen lassen sollte, um sich nach Erlangen zu ihrem allseits geliebten Rechtsmediziner Professor Dr. Thomas Siebenstädter zu begeben. Er sollte dem selbst ernannten Pathologenpapst ein wenig auf die Füße treten, damit dieser seinen Untersuchungen die gebührende Eile und Wichtigkeit zumaß, zumal es nach wie vor darum ging, die verschwundene Andrea Onello unbeschadet wiederaufzufinden.

Große Begeisterung löste dieser Auftrag bei César Huppendorfer nicht gerade aus, denn die Kommunikation mit diesem arroganten Arsch von einem Professor gestaltete sich im Allgemeinen mehr als schwierig. Andererseits war jetzt nicht die Zeit für persönliche Befindlichkeiten, schließlich galt es, Andrea zu finden, und sonst erst einmal gar nichts.

Huppendorfer überlegte kurz, ob er vorher vielleicht noch rasch den Anruf bei der Grabungsfirma tätigen sollte, um sich über Schugg zu erkundigen. Aber Marina Hoffmann, der Haderleins Neuigkeiten eine sorgenvolle Blässe ins Gesicht getrieben hatten, gemahnte ihn zur Eile, weshalb er das Telefon Telefon sein ließ, nach seinem eleganten Sommermantel griff und sich nach Erlangen aufmachte. Er steckte nur noch schnell die Notizen über die Grabungsfirma und ihre letztjährige Arbeit in die Manteltasche, dann eilte er die Treppe hinunter und verließ die Dienststelle wie immer durch den Haupteingang. Vielleicht konnte er ja von unterwegs in einer ruhigen Minute mit den Archäologen telefonieren.

Als er in den Wagen gestiegen war und das Gelände der Bamberger Polizeidienststelle verließ, parkte kurz nach ihm ein weiterer Wagen aus und folgte dem seinen in gebührendem Abstand. Huppendorfer bekam davon nichts mit, der Kommissar war viel zu sehr mit sich selbst beschäftigt, als dass er das unscheinbare graue Fahrzeug bemerkt hätte.

Er folgte dem Frankenschnellweg bis Erlangen, wo er die Autobahn verließ und seinen Wagen schließlich auf dem Parkplatz der Erlanger Gerichtsmedizin abstellte. Ohne Zögern stieg er aus und klingelte am Haupteingang, woraufhin sich die Tür automatisch öffnete und der Bamberger Kommissar im Inneren des Gebäudes verschwand.

Aus dem grauen Kombi, der direkt hinter ihm eingeparkt hatte, stiegen zwei Männer und folgten ihm ins Innere des rechtsmedizinischen Instituts. Allerdings begaben sie sich nicht zum Haupteingang, sondern umrundeten das Gebäude, bis sie den Hintereingang der Rechtsmedizin erreicht hatten. Einer der beiden bezog neben dem Eingang Stellung und beobachtete aufmerksam die Umgebung, während der andere eine Art Schlüsselbund aus der Tasche zog. Daran befanden sich allerdings keine Schlüssel, sondern allerlei andere Gerätschaften, mit denen man Türen, für die man keine Zugangsberechtigung besaß, auf illegale Art und Weise öffnen konnte.

Er brauchte einige Minuten, da sich das Sicherheitsschloss der neuesten Generation als weit hartnäckiger erwies als erwartet. Doch schließlich öffnete sich die Tür mit einem leisen Klicken, und der Mann steckte sein Handwerkszeug zurück in die Tasche.

»Ka ardhur koha«, flüsterte er heiser, dann verschwanden die beiden Männer lautlos im Inneren des Gebäudes.

Wenn Lagerfeld jemals gedacht hatte, sein kleiner rosa Schwerstarbeiter hätte die ursprünglich anvisierte Pause allmählich nötig, so wurde er spätestens jetzt eines Besseren belehrt. Presssack zog an seiner Leine, als freute er sich auf diesen Moment schon sein ganzes Leben lang, auch wenn selbiges noch nicht sonderlich lang war. Zusammen mit Haderlein lief Lagerfeld dem kleinen Ferkel hinterher, was im Bamberger Klinikum mit seinen inzwischen reichlich verstörten Insassen mehr Aufsehen erregte, als ihnen lieb war. Zwar war die Bamberger Kriminalpolizei bedingt durch Riemenschneiders langjährige Mitarbeit abgehärtet, was die Reaktionen des Publikums betraf. Trotzdem waren die beiden Kommissare froh, als Presssack schnurstracks aus dem Klinikum hinausstrebte, interessanterweise wieder durch die Notaufnahme, die sie ja nun schon zur Genüge kannten. Demnach waren die drei Männer über die Halle für die Rettungswagen hereingekommen und dann durch die Notaufnahme ins Krankenhaus gelangt.

Haderlein, der gerade noch mit Huppendorfer telefoniert hatte, zitierte sofort zwei Polizisten an die Glastür; dieses Schlupfloch musste ein für alle Mal geschlossen werden. Als die beiden Schwerbewaffneten eingetroffen waren, gaben Lagerfeld und Haderlein erneut dem Ziehen ihres kleinen Kollegen nach und folgten dem stämmigen Presssack, der mit dem Rüssel dicht über dem Teer hinunter zum Besucherparkplatz eilte.

Franz Haderlein ergab sich mit leichtem Unwohlsein seinem Déjà-vu, hatte er doch heute bereits einige Zeit auf dem Gelände mit den geparkten Autos verbracht. Zielstrebig steuerte Presssack mit Lagerfeld an der Leine auf dem immer noch total überfüllten Parkplatz auf einen weißen Kleintransporter zu. Der Aufschrift nach handelte es sich um das Lieferfahrzeug eines Obst- und Gemüsefabrikanten aus Hallstadt, zumindest stand das so auf der Seitenfläche des Lieferwagens. »GEMO – Gemüse und Obst«, mit einer feurig roten Chilischote als Firmenlogo.

Als Haderlein erkannte, dass Presssack diesen Wagen als Zielobjekt ausgemacht hatte, legte er dem Kollegen Bernd Schmitt die Hand auf die Schulter und einen Zeigefinger mahnend auf den Mund. Ob in dem Transporter noch jemand saß, war nicht zu erkennen, da der Wagen vorwärts eingeparkt war.

»Du bindest Presssack jetzt irgendwo fest«, flüsterte er Lagerfeld zu, dem auch sofort klar war, was sein älterer Kollege vorhatte.

Während Lagerfeld das Ermittlerferkel an einem Hinweisschild in ungefähr fünfzig Metern Entfernung anband, telefonierte Haderlein leise mit dem Einsatzleiter des SEK und beorderte ihn mit einem Teil seines Teams zu ihnen auf den Besucherparkplatz des Bamberger Klinikums. Sie mussten nicht lange warten und umstellten gemeinsam möglichst geräuschlos und ungesehen in U-Form den Obst- und Gemüsetransporter.

Alle anwesenden Polizeibeamten, auch Haderlein und Lagerfeld, hatten ihre Waffen gezogen und richteten sie auf die Türen des umstellten Fahrzeugs, ehe einer der SEK-Beamten vortrat und die Hand an den Griff der Schiebetür legte. Er schaute seinen Einsatzleiter kurz an, der ihm per Handzeichen das Okay gab, und mit einem festen Ruck zog der SEKler die Schiebetür des Transporters auf.

Huppendorfer lief den langen Gang in der Erlanger Rechtsmedizin entlang, bis er schließlich die Tür zum Sezierraum erreichte und sie aufstieß.

Der Anblick, der sich ihm hier bot, verschlug ihm erst einmal die Sprache. Normalerweise sollte es in diesem Raum und zu dieser Uhrzeit von Studenten, die sich voller Ungeduld auf geöffnete Leichen stürzten, nur so wimmeln.

Nun, das war vielleicht etwas übertrieben, in der Regel verspürte der gemeine Erlanger Student keine große Lust, sich näher mit der Pathologie zu beschäftigen. Außer vielleicht, er hatte eine gleichermaßen abartige innere Architektur wie der Leiter des hiesigen Instituts, Professor Dr. Thomas Siebenstädter. Nur dann kämen bei diesem Studenten eventuell warme, vielleicht sogar noch ganz andere Gefühle auf.

Aber von jedwedem Studenten, welcher Neigung auch immer, war nirgendwo etwas zu sehen. Stattdessen saß der Spiritus Rector des Hauses in einem ziemlich edlen gepolsterten Gestühl und starrte auf die Frauenleiche, die, frisch eingetroffen, auf dem Seziertisch vor ihm lag.

An den Wänden hingen lauter Tücher in Weiß und einem dunklen Rot, allerdings ziemlich unordentlich und teilweise auch schon einigermaßen verschlissen. In den vier Ecken des Raumes waren Gemälde ausgestellt, auf die aber jemand mit Steinen oder irgendwelchen Gegenständen geworfen haben musste, jedenfalls deutete Huppendorfer so die vielen großen Löcher in den Kunstwerken. Überall auf dem Boden, der komplett mit Perserteppichen zugepflastert war, lagen weiße Blumen. Außerdem roch es, wie César Huppendorfer indigniert feststellte, im ganzen Raum nach Zigarrenrauch. Tatsächlich entdeckte er neben der Toten eine Nierenschale aus Edelstahl, die der Professor zu einem Aschenbecher umfunktioniert hatte, in dem der letzte, kärgliche Rest einer Zigarre vor sich hin schwelte.

Was in Gottes Namen war hier passiert, dass der sonst so penible Professor hier ein solches Tohuwabohu zugelassen hatte? Im Sezierraum der Erlanger Rechtsmedizin sah es aus wie nach einer drogengeschwängerten Medizinstudentenfete!

»Kommen Sie herein, setzen Sie sich, Sie Polizist«, tönte der Leiter des Instituts und deutete auf einen zweiten Polsterstuhl, der ebenfalls aussah, als wäre er aus einem Chalet Ludwigs XIV. entwendet worden.

Zögernd ging Huppendorfer um den Professor herum, nahm auf dem edlen Gestühl Platz und betrachtete sein Gegenüber argwöhnisch. Siebenstädter saß in einem komplett weißen Anzug da, mit weißen Lackschuhen und ebenso weißen Strümpfen. Er machte nicht gerade den Eindruck, als hätte er in letzter Zeit sonderlich viel geschlafen, was auf seltsame Weise ein Zustand war, den er mit dem Chef der Bamberger Kriminalpolizei teilte. Außerdem war Siebenstädter unrasiert und machte einen leicht alkoholisierten Eindruck. Als Huppendorfer einiger sowohl geöffneter als auch geleerter Champagnerflaschen neben Siebenstädters Polsterstuhl gewahr wurde, ahnte er auch, warum. Nach Meinung des Halbbrasilianers sah der Leiter der Erlanger Rechtsmedizin aus wie ein billiger Casanova, der sich nach einem amourösen Fehlschuss die Kante gegeben hatte. Und wie sich kurze Zeit später herausstellte, lag er damit gar nicht so falsch.

Siebenstädter hatte ein etwa zwanzig Zentimeter langes, spitzes Teil in der rechten Hand, mit dem er herumspielte, ohne den vor ihm sitzenden Kommissar zu beachten. In seiner anderen Hand hielt er eine Champagnerflasche, in der sich noch ein Rest des sauteuren Dom Pérignons befand. Er setzte sie sich an den Mund, um nun auch noch den letzten Tropfen edelsten Champagners in sich hineinzuschütten.

Als er damit fertig war, schmiss er die Flasche einfach in die Mitte des Raumes, wo sie mit einem lauten Klirren zerbarst. César Huppendorfer zuckte erschrocken zusammen, dann schaute er ungläubig zu Professor Siebenstädter hinüber, der sich soeben die nächste Zigarre in den Mund steckte.

»Sagen Sie mal, mein Lieber, was wissen Sie eigentlich so über die Frauen?«, begehrte Siebenstädter von dem perplexen Kommissar zu wissen, während er mit angestrengtem Gesicht in den Taschen seiner weißen Anzugjacke nach einem Feuerzeug wühlte.

Huppendorfer war so verblüfft, dass er erst einmal nur hilflos vor sich hin stottern konnte. »Uh, äh, boah, Frauen, das ist ein heikles Thema, Herr Professor, ja, also, ich weiß jetzt ehrlich gesagt nicht so genau, wie Sie das meinen …«

Dass Siebenstädter die Unterhaltung mit einem derart fachfremden Thema begann, war zunächst einmal höchst verdächtig und darüber hinaus äußerst gefährlich, fand Huppendorfer. Eine vollkommen korrekte Einschätzung des professoralen Gemütszustandes.

Erst jetzt setzte der Leiter der Erlanger Gerichtsmedizin sein weithin gefürchtetes Haifischlächeln auf, und der altbekannte, üble Sarkasmus kehrte zurück. »Also nicht einmal davon haben Sie eine Ahnung, Huppendorfer. Nicht genug, dass Sie mit Ihrem nachgedunkelten Teint und Ihren teuren Klamotten den Lebemann heraushängen lassen, nein, jetzt stellt sich auch noch heraus, dass Sie zu einer der zentralen Fragen der menschlichen Existenz ganz offensichtlich blankziehen müssen. Geben Sie es zu, Sie sind ein Verbalerotiker, Huppendorfer, einer, der vom Wesen der Liebe, dem Geheimnis der menschlichen Zuneigung, dem Mysterium zwischen Mann und Frau überhaupt keine Ahnung hat.«

César saß da und wusste nicht, was er auf so einen beleidigenden Mist antworten sollte. Bekam er jetzt auch noch eine Unterweisung in Paartherapie?

Die Sekunden der Huppendorfer'schen Fassungslosigkeit nutzte der Professor eiskalt aus, um diesem ahnungslosen Bamberger Polizisten einmal ganz in der Manier eines Hochschullehrers einen ordentlichen Einlauf in Sachen holder Weiblichkeit zu verabreichen.

»Jetzt pass mal auf, du südamerikanischer Sklavenenkel. Ich erkläre dir jetzt mal als Mann, wie die Welt zwischen den Geschlechtern funktioniert. Nämlich, Achtung: gar nicht.« Siebenstädter paffte mit selbstzufriedenem Gesichtsausdruck an der teuren Zigarre, bevor er in dem aus seiner Sicht lehrreichen Vortrag fortfuhr. »Die Frau an sich, das muss einmal so deutlich gesagt werden, ist an und für sich ein Fehlgriff der Natur, eine absolut missratene Konstruktion. Vergleichen wir die Natur der Frau doch einmal mit einer Sache, von der wir Männer, die wir uns doch psychisch weitestgehend im grünen Bereich bewegen, wirklich etwas verstehen. Mit etwas Logischem vielleicht, einem berechenbaren, landwirtschaftlichen Gerät wie beispielsweise einem Mähdrescher.«

Wieder zog Siebenstädter ausgiebig an seiner Zigarre und paffte eine dichte Wolke aus Zigarrenrauch gen Zimmerdecke. Huppendorfer überlegte derweil, ob er sich diesen Blödsinn wirklich anhören oder lieber die Flucht ergreifen sollte, aber er würde sich Andrea zuliebe alles antun, komme, was da wolle.

»Mähdrescher«, stellte er sinnloserweise fest, damit er auch einmal was zum Thema gesagt hatte.

»Genau. Oder wenn Ihnen als Stadtmensch ein Mähdrescher vielleicht zu ungewohnt erscheint, mein lieber Huppendorfer, dann nehmen wir doch einfach ein Bügeleisen, damit kommen Sie bestimmt besser zurecht. Ein schönes Bild, ein phantastischer Vergleich. Ein Bügeleisen, also die Frau, ist die meiste Zeit ihres Lebens undicht, sie neigt dazu, sich wegen geringster Problemchen irrational zu überhitzen, und lässt dann einfach Dampf ab. So, und wir Männer, mein lieber Polizist, wir Männer sind das armselige, ungebügelte Hemd, welches hernach mit den Brandflecken zu kämpfen hat.« Beifallheischend stierte Siebenstädter zu dem Bamberger Kommissar hinüber, der aber der professoralen Argumentation nicht mehr so ganz folgen konnte. »Und dann, um im Bild unserer modernen Gesellschaft zu bleiben, diese ständigen Softwareprobleme. Das Weib an sich, mag es auch noch so ansehnlich daherkommen, neigt bewiesenermaßen in den unmöglichsten Momenten zu Softwareproblemen, denn das weibliche Betriebssystem, nennen wir es doch einfach Lipgloss 10, läuft nicht wirklich stabil. Und als Folge haben wir dann in regelmäßigen Abständen einen kompletten weiblichen Systemabsturz. Ein absolut unberechenbares, unlogisches Verhalten, mit dem wir Männer von jetzt auf gleich klarkommen sollen.«

Huppendorfer kam langsam nicht mehr mit. Mähdrescher, Bügeleisen, Lipgloss 10? Ihm war neu, dass es bei Bügeleisen, mochten sie auch noch so modern daherkommen, zu Softwareproblemen kommen konnte. Aber der angetrunkene Siebenstädter war noch nicht fertig.

»Ich bin mir sehr sicher, mein lieber Huppendorfer, sehr sicher, dass die Frau den Großteil ihrer geistigen Leistungsfähigkeit erst nach der sexuellen Vereinigung mit einem Mann erlangt. Denn erst beim Sex ist für die Frau zu erkennen, dass sie nun endlich intellektuell erblühen darf, nachdem sie sozusagen mit dem Hauptrechner verbunden ist. Und deswegen sage ich Ihnen …« Siebenstädter lallte jetzt merklich und deutete mit ausgestreckter Zigarre auf sein Gegenüber. »Deswegen sage ich Ihnen, wenn ich

Gott gewesen wäre, mein lieber Huppendorfer, wenn ich Gott gewesen wäre, bei mir wäre das Produkt Frau niemals durch die Endkontrolle gekommen, sondern bei der Qualitätsprüfung rausgeflogen. Zu fehlerhaft, zu viele Reklamationen. Und Ihre Kollegin Andrea Onello, diese Verlobte, ist ein Paradebeispiel für eine solchermaßen fatale, unberechenbare Fehlentwicklung. Aber bitte, ich bin durchaus gewillt, noch einmal Gnade vor Recht ergehen zu lassen. Zuvor muss dieses Stück aber noch sehr an sich arbeiten, um sich eines Mannes wie mir würdig zu erweisen«, faselte er selbstzufrieden, und sein alkoholgeschwängerter Atem breitete sich konsequent in den Räumlichkeiten der Erlanger Rechtsmedizin aus.

Aha, daher weht also der Wind, dachte Huppendorfer erleichtert. Der Professor quält sich mit seinen verletzten Gefühlen herum. Andrea schien es dem Professor so richtig besorgt zu haben, denn so beleidigt und gekränkt hatte er ihn noch nie erlebt. Tja, das hatte man davon, wenn man die Pubertät mit dem Studium medizinischer Fachzeitschriften verbrachte, anstatt sich mit diesen langhaarigen Dingern zu beschäftigen, welche sich Mädchen aus der Nachbarschaft nannten. Andrea hatte dem Professor so richtig die Meinung gegeigt, wie sich das anhörte, und jetzt drehte Siebenstädters Ego anscheinend frei. Alles klar.

Huppendorfer beschloss, jetzt doch lieber mal die Notbremse zu ziehen. Betrunken oder nicht, Siebenstädters verstörendes Gesabber ging ihm allmählich auf die Nerven. Seine unausgegorenen Theorien über das weibliche Geschlecht sollte er anderen vortragen, er selbst hatte jetzt genug. Es wurde Zeit für Widerspruch.

»Nebenbei erwähnt, auch wenn Sie das vielleicht anders sehen, Herr Professor, Sie sind es nicht. Gott, meine ich«, traute er sich zu sagen. Bei Erwähnung dieser unumstößlichen Wahrheit konnte er zuerst ein kaum merkliches Zusammenzucken, dann einen optisch nachvollziehbaren, quälend langsamen Denkprozess im Gesicht des Professors feststellen, der jedoch nicht zu einem befriedigenden Ergebnis führte.

»Wie meinen Sie das, nicht Gott?«, fragte Siebenstädter verunsichert nach, was Huppendorfer nur noch zu einem Kopfschütteln veranlasste.

Der Kommissar hätte dem Leiter der Erlanger Rechtsmedizin gern noch die wesentlichen Unterschiede zwischen ihm und dem Allmächtigen erklärt, aber die auf sie beide gerichteten Handfeuerwaffen ließen ihn spontan davon Abstand nehmen.

Zwei dunkelhaarige Männer waren durch die offene Tür in den Seziersaal getreten und machten nicht den Eindruck, als wären sie an der argumentativen Laisierung des Professors aus dessen vermeintlichem Weihestand interessiert.

Haderlein hielt vor Anspannung den Atem an. Aus der dunklen Öffnung hinter der Schiebetür des Kleintransporters drang aber nicht der befürchtete Haufen schwer bewaffneter Verbrecher, sondern nur der etwas muffelige Geruch nach vergammeltem Obst und Gemüse, der überlagert wurde vom unverwechselbaren Gestank tierischer Ausdünstungen und Urin, so als hätte ein komplettes Wolfsrudel in dem Fahrzeug übernachtet.

Ansonsten war der Transporter der Hallstadter Firma auf den ersten Blick leer. Vorsichtig spähten die Beamten des Sondereinsatzkommandos in den Transporter hinein, aber auch nach gründlicher optischer Prüfung war niemand zu entdecken, sodass der Einsatzleiter des SEK den Transporter für die beiden Kommissare zur Besichtigung freigab.

Haderlein stieg ungeduldig in das Innere des Gefährts und schaute sich um. Was für ein Gestank, dachte er angewidert. Aber außer etlichen Hosen, T-Shirts und Hemden, die ungeordnet auf einem Haufen lagen, waren hier keine besonderen Hinweise zu entdecken. Der Innenraum schien in erster Linie ein neues Aufgabengebiet für die sowieso überlasteten und durch die jüngsten Geschehnisse verunsicherten Spurensicherer zu sein. Im Moment konnte man ja nicht einmal sicher sagen, ob sich in diesem Fahrzeug tatsächlich Männer mit unlauteren Absichten aufgehalten hatten. Eher schon lag der Verdacht nahe, dass der Wagen von irgendwelchen Hundeliebhabern für einen Transport ihrer Lieblinge zum nächsten Schönheitswettbewerb ausgeliehen worden war.

Nachdem Bernd Schmitt Presssack von seinem Pfahl befreit hatte und zusammen mit dem kleinen Ferkel ebenfalls in den Transporter gestiegen kam, gab es dann aber doch noch so etwas wie einen Hinweis zu entdecken.

Das stämmige Schweinchen ließ sich von dem Gestank nach Hundepisse nicht ablenken, sondern trippelte sofort nach hinten in die abgelegenste Ecke der Ladefläche. Dort lag etwas auf dem Boden, was im Halbdunkel des Innenraums zwar den Augen der Beamten, jedoch nicht Presssacks Nase entgangen war.

Laut geben wie seine voll ausgebildete Mutter konnte Presssack natürlich noch nicht, das musste er erst noch lernen. Daher setzte er sich kurzerhand auf sein durchaus beachtliches Hinterteil, schnüffelte pfeifend an irgendetwas am Boden herum und schmatzte fröhlich.

Lagerfeld bückte sich, um das Fundstück genauer zu betrachten. Es entpuppte sich als ein Gegenstand, den er in seinem beruflichen Alltag täglich zu Gesicht bekam, allerdings zumeist in eigener Sache: Dort auf dem Boden lag das geladene Ersatzmagazin einer Handfeuerwaffe. Lagerfeld schimmerten goldfarbene Neun-Millimeter-Patronen entgegen, die er von seiner eigenen Heckler & Koch nur zu gut kannte. Er hob das Magazin vorsichtig auf und reichte es Haderlein, der bereits eine Beweismitteltüte bereithielt, in die Lagerfeld das Magazin fallen ließ und es voller Interesse betrachtete.

»Alles klar«, meinte Franz Haderlein mit zusammengebissenen Zähnen. »Das passt genau zu den russischen Waffen, mit denen diese Irren da oben im Klinikum um sich geballert haben. Also sind sie mit dem Transporter hergefahren, haben sich im Laderaum umgezogen und sind dann durch die Notaufnahme ins Klinikum, und zwar ohne groß aufzufallen.«

Seine Augen bekamen einen dunklen Glanz. Was sie auch unternahmen, er hatte immer mehr das Gefühl, den Ereignissen hinterherzulaufen.

»Mir reicht's jetzt«, rief Haderlein laut, und man konnte deutlich die Ungeduld in seiner Stimme hören. »Der Parkplatz des Klinikums wird ebenfalls abgesperrt, und alle Fahrzeuge werden kontrolliert. Jeder, der auf den Parkplatz will, muss sich ab sofort ausweisen, Verdächtige werden durchsucht. Sollte sich jemand weigern, sofort verhaften, Ende der Durchsage!«, bellte er.

Lagerfeld hob beschwichtigend die Hände, dann deutete er nach draußen auf den Leiter des SEK, der, von Haderleins Ausbruch leicht verunsichert, irritiert zu ihnen herüberschaute. »Franz, sag das den SEKlern dort draußen. Mich brauchst du nicht anzuschreien, ich kann nichts dafür, dass wir hier nicht wirklich weiterkommen«, sagte er ruhig und nahm den erschrocken dreinschauenden Presssack sicherheitshalber auf den Arm.

Haderlein wusste natürlich, dass Lagerfeld recht hatte, aber seine Nerven waren heute nicht mehr die besten. So oft war es in seiner Laufbahn schließlich noch nicht vorgekommen, dass man ihn hatte töten wollen. Da durfte man schon mal etwas überreagieren.

»Ach!«, rief er abwehrend und wischte die Bedenken mit einer schnellen Geste beiseite. Dann sah er auf sein Mobiltelefon, in der verzweifelten Hoffnung, dass Andrea sich vielleicht zwischenzeitlich gemeldet hatte. Aber sein Handy konnte ihm diesbezüglich nicht weiterhelfen. Erbost drehte sich Franz Haderlein um und stürmte nach draußen, um den SEKlern ihre neue Aufgabe zu erläutern. Dass sie den Parkplatz sichern sollten, würde denen nicht gefallen, aber das brauchte er jetzt, um sich abzureagieren.

Lagerfeld schaute ihm mitleidig hinterher, während er seinem verschreckten Schützling den Kopf kraulte. »So, mein Lieber, wir beide streichen jetzt aber endgültig die Segel. Ich bringe dich in die Dienststelle, wo dir die Tante ein paar Kartoffeln kochen wird, denn die hast du dir heute wirklich verdient«, brummte er liebevoll.

Dann trug er Presssack nach draußen und ging mit ihm zu seinem drei Reihen weiter geparkten Umzugstransporter, der sie nun endlich zu einer Brotzeit mit gekochten Gourmetkartoffeln und Honigschnitten für Bernd Schmitt chauffieren durfte.

César Huppendorfer gingen alle möglichen Gedanken durch den Kopf, doch es war keine plausible Erklärung dabei, warum er hier in der Erlanger Rechtsmedizin von diesen Typen mit einer Waffe bedroht wurde. Wenigstens war jetzt Schluss mit dem blödsinnigen Palaver, das ihm vom Professor aufs Auge gedrückt worden war. Die beiden Pistolen aus russischer Produktion, in deren Mündungen er blickte, waren ein handfester Grund, dieses Gespräch zu beenden. Nur sah Siebenstädter das nicht ein, da die beiden Männer hinter ihm standen. Erst als kaltes Metall seine Schläfe berührte, ahnte er, dass sich eine zu seinen Ungunsten veränderte Gesamtsituation eingestellt hatte.

Der andere Mann kam zu dem regungslos dasitzenden Kommissar und drückte ihm seine Makarov ins Genick. »Knarre, Handy«, befahl er knapp, und Huppendorfer händigte bereitwillig aus, was er haben wollte.

Die Mündung der Pistole blieb allerdings auch danach an seinem Nacken, während der Kopf des Mannes seinem Gesicht gefährlich nahe kam. Am Halsansatz des südländisch aussehenden Mannes konnte Huppendorfer eine Tätowierung erkennen, einen kleinen Adler mit zwei Köpfen.

»Wo ist er? Los, sagen«, befahl der Mann in gebrochenem Deutsch und bohrte den Lauf seiner Waffe jetzt regelrecht in Huppendorfers Haaransatz. Der ahnte zwar, nach wem der Fremde fragte, stellte sich aber trotzdem erst einmal dumm.

»Wo ist wer? Ich habe keine Ahnung, von wem Sie sprechen«, erwiderte er betont ruhig.

Als Antwort schlug ihm der Mann mit der Faust so hart auf den Nasenrücken, dass ein heftiger Schmerz durch sein Gesicht fuhr, während ein leises Knacken verdeutlichte, dass die Nase nun nicht mehr ganz mittig saß. Blut schoss heraus und tropfte wertmindernd auf Huppendorfers sündhaft teure Hose.

»Ein Freund von Ihnen?«, ätzte Siebenstädter und paffte eine Wolke Zigarrenrauch in Richtung des heftig blutenden Kommissars.

Auch der Professor bekam als Reaktion auf seinen unerwünschten Redebeitrag einen Schlag verpasst. Allerdings auf den Hinterkopf, was ihn vorwärts von seinem Stuhl stürzen und auf den Boden fallen ließ. Die glimmende Zigarre rollte davon, und ein brennender Schmerz breitete sich unter seiner Schädeldecke aus.

»Schnauze, halte Maul«, war der einzige Kommentar des dunkelhaarigen Schlägers über ihm.

Uneinsichtigkeit war aber eines der hervorstechendsten Charaktermerkmale von Herrn Professor Siebenstädter, weshalb sein ohnehin in Mitleidenschaft gezogenes Ego diese Demütigung, zumal in seinem beruflichen Zuhause, nicht akzeptieren wollte. Trotz seines brummenden Schädels richtete er sich auf und sah, nunmehr auf dem Boden kniend, in die Mündung der von seinem Aufpasser auf ihn gerichteten Waffe. Ein Anblick, der den überwiegenden Teil solcherart bedrohter Menschen eher kleinlaut daherkommen ließ. Bei Professor Siebenstädter hingegen löste dieser Umstand eine ihm eigene, spezielle rebellische Reaktion aus. Sein von den Zurechtweisungen der letzten Zeit zusammengepresstes Selbstbewusstsein meuterte, sein Blick wurde hart, und ein breites Lächeln entblößte die spitzen weißen Zahnreihen, die man sonst nur von der Gattung der haifischartigen Raubfische her kannte.

»Meine Herren. Die Art und Weise, wie Sie hier auftreten und sich artikulieren, deutet auf eine gewisse Primitivität hin. Mangelt es an kognitiver Leistungsfähigkeit und dadurch bedingt an Argumenten, beginnt eben so mancher, mit Mitteln zu arbeiten, die ich ansonsten nur von gewissen amerikanischen Staatsvorstehern her kenne. Hier mit einer Schusswaffe zu hantieren ist einigermaßen lächerlich, da sich in diesem Institut diverse durch exakt dieses Tötungsinstrument ziemlich unfreiwillig Abgelebte einfinden, damit ihr Sterben von niemand Geringerem als meiner Wenigkeit untersucht werde. Ein für ein rechtsmedizinisches Institut durchaus akzeptabler Vorgang. Was ich allerdings nicht akzeptieren werde, ist, dass zwei talentfreie, intellektuelle Tieflieger wie Sie mich, einen Pathologen von internationalem Rang, hier in meinem Quasi-Wohnzimmer mit Ihren Spielzeugpistolen herumkommandieren. Im rechtsmedizinischen Institut zu Erlangen, dessen Leiter zu sein ich die Ehre habe, wird keine Mafiaposse aufgeführt, nein, hier wird gefälligst gearbeitet. Dort drüben liegt zum Beispiel mein neuester Fall. Eine unschuldige Frau, die durch das Hantieren mit Gerätschaften zu Tode gekommen ist, wie Sie mir gerade eines vor die Nase halten. Also hören Sie endlich auf mit Ihren plumpen, testosterongeschwängerten Hirnlosigkeiten, guter Mann, und denken Sie lieber über Ihr Leben nach. Sie werden sehen, danach erwägen Sie eine Fortbildung oder gar einen Berufswechsel!«

Siebenstädter war zum Schluss richtig laut geworden und hatte den Arm auf den Seziertisch mit der frisch eingelieferten Frauenleiche aus dem Klinikum gerichtet. Der Mann mit der Pistole war ob seines impulsiven Vortrages zuerst verunsichert über den Redeschwall, der ihm entgegengeschleudert wurde. Weil er aber aus verschiedenen Gründen kein Wort von dem verstand, was dieser offensichtlich betrunkene Irre da von sich gab, hob er nun die Waffe und schickte die uneinsichtige Plaudertasche mit einem erneuten, weit heftigeren Schlag auf den Hinterkopf erneut in die waagrechte Position.

Dann sah er in die Richtung, die ihm der ausgestreckte Arm des Professors gewiesen hatte. Ein Schatten legte sich auf sein Gesicht, als er der Frauenleiche gewahr wurde, die nackt in der Mitte des Raumes auf dem Seziertisch lag, und er fing an, in einer fremden Sprache auf seinen Kumpan einzureden.

Mehrfach fiel der Begriff »Luana«, was den Professor, der spätestens jetzt besser geschwiegen hätte, zu einer letzten verbalen Wucherung animierte. Er fuchtelte mit einem länglichen, spitzen Teil in der Luft herum und begann fatalerweise mit dem, was er auf der ganzen Welt am besten konnte: andere Menschen belehren.

»Nun, mein Herr, Ihren emotionalen Äußerungen nach scheinen Sie das bedauernswerte Opfer in Ihrem näheren Bekanntenkreis verortet zu haben. Nun, selbst dieser Umstand berechtigt Sie aber nicht, hier eigenmächtig gegen die Hausordnung zu verstoßen. Es ist fachfremden Angehörigen, und mögen Sie auch noch so innigliche Verwandtschaftsbande vorweisen, nicht gestattet, hier in der Rechtsmedizin, im Angesicht gewaltsam entlebter Mordopfer, Besuche, Besichtigungen oder gar von alleinstehenden Frauen organisierte Kaffeekränzchen jedweder Art –«

Weiter kam Professor Dr. Thomas Siebenstädter nicht mehr. Die Makarov traf ihn an genau derselben Stelle am Hinterkopf, die kurz zuvor schon einmal das Ziel zweier heftiger Schläge gewesen war. Wie ein gefällter Baum kippte Siebenstädter nach vorne und schlug frontal auf dem Boden der Gerichtsmedizin auf. Zwar wurde der Aufprall vom dichten Gewebe eines äußerst kostspieligen Perserteppichs aus dem südlichen Iran leicht gedämpft, trotzdem kapitulierte auch Siebenstädters Nase vor den schlichten, aber unumstößlichen Gesetzen der Physik. Sein Nasenbein wurde rechtwinklig deformiert und glich nun frappierend dem seines ihm gegenübersitzenden Besuchers von der Bamberger Polizei.

Der nahm die Vorgänge ohne äußere Regung zur Kenntnis und harrte dem, was folgen würde, denn nach diesem gewalttätigen Intermezzo richtete sich die Aufmerksamkeit der ungebetenen Besucher nun alleinig auf den Bamberger Kommissar.

Der Mann, der Siebenstädter ins Reich der Träume geschickt hatte, begab sich zur Leiche der toten Frau und betrachtete diese mit blutleerem Blick. Dann kam er wieder zurück und baute sich vor Huppendorfer auf.

»Luana tot? Wer hat umgebracht? Wo ist er, wo ist Georg? Rede, Bulle, dreq atë!«, forderte er wütend. Sein Gesicht war jetzt ganz nah an dem des Kommissars, dessen Nase immer noch konsequent Blut verlor.

Huppendorfer wusste nicht, was die zuletzt ausgerufenen Worte bedeuten sollten, aber er nahm einmal an, dass sie nicht sonderlich positiv aufzufassen waren. Ihm dünkte, dass er sein Leben aufs Spiel setzte, wenn er jetzt nicht mit Bedacht und Umsicht zu Werke ging. Diese Typen wussten, dass er Polizist war, und es kümmerte sie einen Scheiß.

Er beschloss, es mit größtmöglicher Offenheit zu versuchen. Da er den Aufenthaltsort von Georg Schugg nicht kannte, blieb ihm ja ohnehin nichts anderes übrig. »Ich kenne diese Frau nicht, ich habe sie noch nie zuvor gesehen. Und Georg Schugg war heute Morgen bei uns in der Dienststelle, das wurde mir jedenfalls erzählt. Ich bin dem Mann aber selbst nicht begegnet, ich kenne ihn nicht und weiß auch nicht, wo er sich aufhält«, sagte er mit Bedauern in der Stimme. Sein ganzes Sinnen und Trachten war jetzt einzig und allein darauf ausgerichtet, lebend aus dieser Situation herauszukommen. Wenn diese Typen so skrupellos waren, wie es den Anschein hatte, hing seine irdische Existenz an einem seidenen Faden.

Sein Gegenüber dampfte regelrecht vor unterdrückter Wut und drückte ihm als Antwort den Lauf seiner Makarov so vehement gegen die Schläfe, dass Huppendorfers Zuversicht, was seine Überlebenschancen anbelangte, schlagartig gegen null sank. Seine Nase hatte endlich aufgehört zu bluten, und er steckte das rot gefärbte Tempotaschentuch mit zitternden Händen in seine Jackentasche zurück.

Der Druck der Pistole verstärkte sich noch einmal schmerzhaft, sodass der Kommissar das Gefühl hatte, der Stahl der Waffe würde demnächst mit dem Schädelknochen direkt Kontakt aufnehmen. Der Mund seines Peinigers war jetzt nur noch Millimeter von seinem Ohr entfernt.

»Deine letzte Chance, Bulle. Sag mir, wo ist Georg, dann du darfst leben. Du haben zehn Sekunden, dann du bist tot«, flüsterte der Mann mit heiserer Stimme in sein Ohr.

Huppendorfer schloss die Augen und begann, mit seinem Leben abzuschließen. Aber dann spürten seine Finger, die eben noch in seiner Manteltasche das Taschentuch entsorgt hatten, ein Stück Papier, und ihm kam ein Gedanke. Als der Unbekannte bei »vier« angelangt war, hob César Huppendorfer abwehrend die linke Hand.

»Okay, okay, ich gebe auf. Ich sage Ihnen, wo sich Georg Schugg aufhält«, rief er laut, dann zog er die Hand mit dem zusammengefalteten Zettel, den er vor der Abfahrt noch rasch eingesteckt hatte, aus seiner Manteltasche und hielt diesen so hoch, wie es ihm in seiner sitzenden Position und mit zwei Schusswaffen am Kopf möglich war.

Der Mann vor ihm unterbrach tatsächlich sein Zählen, richtete sich auf und griff nach dem Zettel. Er las ihn mehrfach gründlich durch, dann hielt er ihn Huppendorfer direkt vors Gesicht.

»Dort sein Georg?«, fragte er drohend, und César Huppendorfer nickte. Vielleicht schluckten sie ja den Köder, und er konnte so sein Überleben sichern. Natürlich würden sie diesen Ort womöglich überhaupt nicht finden, und wenn doch, würden sie feststellen, dass dort alles war, nur nicht Georg Schugg. Das konnte ihm aber egal sein, Hauptsache, er blieb am Leben und die waren beschäftigt. Dazu mussten sie ihm die Geschichte aber erst einmal abkaufen, sonst war es vorbei. »Ja, dort ist er. Ich habe es vorhin erst erfahren. Schugg hat dort letzten Sommer für eine archäologische Grabungsfirma gearbeitet, wir vermuten, dass er sich dort versteckt hält.«

Der Mann, Fisnik war sein Name, hatte ihm unbewegt zugehört und ihn genau beobachtet. Die Augen dieses Polizisten waren die ganze Zeit hin und her gehetzt, und sein Gesicht war vor Angst schweißnass. Was war die deutsche Polizei doch für ein erbärmlicher Verein! Bei ihnen zu Hause würde man über solche Polizisten lachen. Viel zu korrekt, viel zu weich. Deutsch eben.

Noch einmal las er die Informationen auf dem Zettel. Er kannte diesen Begriff nicht und hatte auch keine Ahnung, was das sein sollte. Er war noch nicht so lange in Deutschland, sein Wortschatz eher rudimentär. Das andere auf dem Zettel konnte er zuordnen, das waren Telefonnummer und Adresse irgendeiner Firma in der Stadt Würzburg. Wichtiger war aber dieser unbekannte Ort, der ganz oben auf dem Papier genannt war.

»Was ist das? Was ist Jungfernhöhle?«, fragte er den schwitzenden Polizisten und tippte auf das Wort, aber der dunkelhäutige Schönling im schicken Mantel zuckte nur ängstlich mit den Schultern.

»Das weiß ich doch auch nicht, nach meinem Termin hier in der Rechtsmedizin wollte ich dort anrufen, um es herauszufinden. Die Telefonnummer steht auf dem Zettel.« Er schaute ihn aus fast kindlichen Augen flehentlich an und ergänzte wimmernd: »Ihr habt doch jetzt, was ihr wollt, das ist jedenfalls alles, was ich weiß, also könnt ihr mich doch gehen lassen.«

Huppendorfers Bitte war angesichts der übermittelten Informationen durchaus nachvollziehbar, seine Mutmaßung, die

Männer würden nun von ihm ablassen, aber leider ein eklatanter Fehlschluss. Fisniks Achtung vor der deutschen Polizei sank noch weiter. Ein dünnes, hartes Lächeln umspielte die Mundwinkel des Mannes mit den kalt glitzernden Augen, und er beugte sich erneut zu dem wehrlos vor ihm sitzenden deutschen Kommissar hinunter. Dann flüsterte er ihm ein paar Worte in der Sprache seiner Heimat ins Ohr.

»Tradhtar. Ujku kafshon mish të çuditshëm, lëpinë vetë«, zischte er, dann richtete er sich auf und betrachtete den verweichlichten Deutschen mit einem abfälligen Lächeln.

Huppendorfer war es unterdessen leid, vor diesem Kriminellen den Hilflosen zu spielen, denn offensichtlich bewirkte er damit nur das Gegenteil. Es wurde Zeit für einen kleinen Gegenschlag, um den Schwarzhaarigen vielleicht ein wenig aus der Fassung zu bringen.

Tradhtar. Ujku kafshon mish të çuditshëm, lëpinë vetë. Ganz sicher war er sich nicht, aber irgendwie klang das genauso wie der Spruch, den ihm der Doktor in Hutschdorf aufgeschrieben hatte. Und dann gab es ja noch die Schugg'schen Wandmalereien in dessen Wohnung auf der Stiefenburg. Wenn er eins und eins richtig zusammenzählte …

Um das herauszufinden, ist jetzt ein glänzender Moment, dachte Huppendorfer zynisch. »Der Wolf beißt fremdes Fleisch, das eigene leckt er«, sagte er laut, und diesmal blickte er seinem Peiniger selbstbewusst, ja regelrecht frech ins Gesicht.

Die Reaktion des Dunkelhaarigen sprach Bände. Das Glitzern in seinen Augen bekam einen fast fanatischen Zug, und Huppendorfer wusste, dass er ins Schwarze getroffen hatte.

Fisnik war nach einer gedehnten Sekunde, die es dauerte, bis er begriffen hatte, wie erstarrt. Diese Worte konnte der Deutsche nicht kennen, geschweige denn ihre tiefe Bedeutung erahnen, und doch hatte er sie soeben ausgesprochen. Eine gewaltige Wut kochte in ihm hoch, dann gab er Adnan mit einem schnellen Kopfnicken ein Zeichen.

Der Schlag traf Huppendorfer mit Macht am Hinterkopf, sodass auch er bewusstlos von seinem Stuhl kippte.

Fisnik fluchte laut in seiner Heimatsprache und diskutierte erregt mit seinem Kumpan, wie jetzt mit den beiden Bewusstlosen zu verfahren sei. Erst nach längerem gegenseitigem Anbrüllen kamen sie zu einem übereinstimmenden Ergebnis.

Die beiden Männer steckten ihre russischen Waffen weg, nahmen Huppendorfers Pistole an sich und zerstörten mit kräftigen Schlägen sein Handy. Als von dem Mobiltelefon nur noch Scherben und Plastikmüll übrig waren, griffen sie sich die am Boden Liegenden und schleiften sie zu einer Tür, auf der in großen Buchstaben »Kühlraum« zu lesen stand, was Adnan und Fisnik dazu verleitete, zu glauben, es handele sich um einen Raum, in dem man leicht verderbliche Sachen wie diese beiden Niedergeschlagenen lagern konnte. Als sie die Tür öffneten, offenbarte sich ihnen jedoch ein Bild, das ganz und gar nicht so war, wie sie es erwartet hatten.

Abgesehen von der durchaus niedrigen, dem Zweck einer solchen Lokalität angemessenen Temperatur sah es hier eher aus wie in einem Hotel für ganz bestimmte Stunden, allerdings wie in einem der hochpreisigen Sorte.

Den Großteil des Raumes nahm ein quadratisches Boxspringbett ein, dessen vier Ecken dünne, gewundene Säulen zierten, die einen Baldachin aus halbdurchsichtigem Vlies trugen. Die Säulen glichen in ihrer gedrechselten Machart sehr der Aufmachung luxuriöser Intimgondeln auf den Kanälen norditalienischer Lagunenstädte.

An den Wänden des Kühlraumes hingen dicke Tücher in einem schwülstigen Dunkelrot, die entfernt an die schweren Gobelins erinnerten, welche die besonders Adligen und Reichen zur Zeit des französischen Königs Ludwig XIV. in ihren feudalen Palästen aufzuhängen pflegten. Über dem Bett hing ein gigantischer Leuchter aus Bergkristall, der durch den Luftzug der sich öffnenden Tür ein permanentes, feines, kaum wahrnehmbares Klirren und Klimpern absonderte.

Alles in allem war die visuelle Botschaft der Räumlichkeit eine grundlegend andere, als die Aufschrift »Kühlraum« vermuten ließ.

Die beiden starrten mit offenen Mündern in das unerwartet verruchte Ambiente einer Lokalität, in der sie sich durchaus zu Hause fühlen konnten, dann zuckten sie mit den Schultern und warfen die beiden Bewusstlosen auf das mit roten, jedoch verwelkten Rosenblättern übersäte Bett. Anschließend drückten sie die Tür zu dem fensterlosen Raum ins Schloss und blockierten den Griff von außen mit einem der gepolsterten Holzstühle. Als sie sicher waren, dass keiner der beiden aus eigener Kraft das gekühlte Bordell mehr würde verlassen können, gingen sie noch einmal zu der verstorbenen Frau, die nackt auf dem Seziertisch lag.

Ihr Körper war von Schusswunden in die Brust und etlichen Einstichen gezeichnet. Luana hatte gekämpft, am Ende aber doch verloren, was die beiden Männer sowohl in Trauer als auch eine sich immer mehr steigernde Wut stürzte.

Als sie ihre Gefühle wieder einigermaßen im Griff hatten, nahm Adnan den Zettel des Kommissars an sich, um ihn genauer zu betrachten und ein paar der Worte mit dem Online-Wörterbuch auf seinem Handy zu übersetzen. Die unten genannte Adresse gehörte zu einer Firma für archäologische Grabungsarbeiten, stellte er fest, bei der Georg wohl eine Anstellung gefunden hatte.

Viel interessanter war aber der andere Ort, diese Jungfernhöhle. Er hatte so eine Ahnung, dass das der entscheidende Hinweis für sie sein könnte. Eine Höhle als Versteck, das würde zu dem Georg, den sie kannten, durchaus passen.

Sie mussten diese Jungfernhöhle schleunigst finden. Es roch richtig danach, dass sie nicht mehr weit von ihrem Ziel entfernt waren.

Bisher hatten sie nur Rückschläge zu verzeichnen gehabt. Luana lag tot vor ihnen, von irgendwem umgebracht, und dieser Hurensohn Georg war immer noch verschwunden. Auch die Rettungsmission im Krankenhaus hatte offensichtlich nicht geklappt. Sie hatten geglaubt, Luana dadurch retten zu können, aber die drei, die das erledigen sollten, meldeten sich nun ebenfalls nicht mehr. Er machte sich keine Illusionen über ihr Schicksal.

Ab jetzt herrschte Krieg. Ein Krieg gegen alle und jeden, bis sie gefunden hatten, was sie suchten. Ausgelöst von einem einzigen Mann. Und genau diesen Mann, Georg Schugg, würden sie jetzt aufspüren und töten.

Er hatte das Gaspedal auf der bisherigen Strecke bis zum Anschlag durchgetreten, aber ein Suzuki Swift war eben kein Porsche 911. Gut, dass diese Rosi auf jeden Fall so lange warten würde, bis er da war, sonst hätte ihm die Dauer der Fahrt garantiert einen Strich durch die Rechnung gemacht.

Es war Georg Schugg unerklärlich, wie Andrea mit so einem motorisierten Einkaufswagen zurechtkam. Das Ding zog echt keinen Hering vom Hocker, also stand es in den Sternen, wann er in diesem ominösen Haubinda, im abgelegensten Zipfel Thüringens, ankommen würde, und das machte ihn nicht eben weniger nervös.

Eigentlich war er ein ziemlich relaxter Typ, jedenfalls soweit er das in seinem derzeitigen Zustand beurteilen konnte. Doch im Moment hatte er ganz kurze Nerven, war aufgewühlt, konnte sich schlecht konzentrieren. Die Situation, in der er sich befand, machte ihn allmählich fix und fertig, und die bevorstehende Hypnosebehandlung, die wie ein Damoklesschwert über ihm hing, machte es nur noch schlimmer.

So tanzten seine Gedanken und Gefühle Tango miteinander, und er hatte Mühe, sich auf den Straßenverkehr zu konzentrieren. Da war es vielleicht gar nicht so schlecht, dass er es mit Rückenwind gerade eben so über die hundertfünfzig schaffte, sonst würde er in seiner Fahrigkeit womöglich noch einen Unfall bauen.

Außerdem neigte sich die Nadel der Tankanzeige bedenklich dem Anschlag entgegen, sodass er sein Ziel ohne nachzutanken niemals würde erreichen können. Ein Umstand, der ebenfalls leichtes Unbehagen in ihm auslöste, denn er hatte gerade noch sieben Euro bei sich. Dafür bekam er selbst bei dem bescheidenen Tankinhalt eines Suzuki Swift nicht einmal ansatzweise eine komplette Füllung. Die brauchte er aber, wollte er später wieder zurück nach Tiefenellern fahren.

Was soll's, dann würde er eben improvisieren, wie so oft in den letzten Monaten seines zerklüfteten Lebens. Immerhin war er noch nicht von den Bullen angehalten worden, die Andreas Wagen inzwischen sicherlich zur Fahndung ausgeschrieben hatten. So gesehen war es ein immenser Vorteil, dass er mit einem Fahrzeug, wie es tausendfach auf Deutschlands Straßen herumfuhr, unterwegs war, mochte es in Bezug auf die Motorleistung auch etwas schwach auf der Brust sein.

Kurz vor Coburg, an der Anschlussstelle Rödental, fuhr er von der Autobahn ab, und schon sehr bald kam eine Tankstelle auf der rechten Seite in Sicht. Er stellte den Suzuki an eine freie Säule und füllte den Tank so voll, dass es voller nicht mehr ging. Während der Zapfhahn brummend seine Arbeit tat und die Literanzeige sich immer weiterdrehte, überlegte sich Georg Schugg, was er dem Tankstellenbesitzer für eine Geschichte auftischen sollte, damit der ihn erst einmal ohne Bezahlung wegfahren ließ.

Er öffnete kurz entschlossen die Beifahrertür und durchwühlte den spärlichen Inhalt des Faches am Armaturenbrett in der Hoffnung, dort vielleicht etwas halbwegs Dienstliches zu finden, mit dem er sich »ausweisen« könnte. Er brauchte irgendeinen Ausweis oder vielleicht ein Schriftstück, das den Kassierer davon überzeugen würde, dass er, Georg Schugg, im Auftrag der Bamberger Polizei unterwegs war und dass das Geld schon bald und ohne Probleme auf seinem Konto landen würde.

Aber selbst nach gründlichem Wühlen konnte er nichts weiter finden als eine Einladung zum Silvesterball der Bamberger Polizei. Die kam reichlich zerknittert daher, außerdem hatte besagter Polizeiball schon vor knapp vier Monaten stattgefunden, was als Argumentationshilfe kaum förderlich war.

Trotzdem musste er irgendwie damit auskommen, mehr polizeilichen Inhalt hatte Andreas Auto nun mal nicht zu bieten. Er schraubte den Deckel auf den Tankstutzen und machte sich mit seinem »Dokument« auf den Weg in die Tankstelle.

Drinnen angekommen, war vor ihm noch ein junges Pärchen an der Reihe, das sein Benzin mit einer nagelneuen Kreditkarte bezahlte. Neidisch schaute Georg Schugg zu, wie der Kassenautomat das Geld klaglos auf das Konto der Tankstelle transferierte, dann war er an der Reihe.

»Super, Nummer vier«, sagte er und legte seine Einladung zum Silvesterball auf die Theke.

Tankstelleninhaber Wolfgang Friedrich strich sich mit der Hand durch die langen, zerzausten rötlichen Haare, dann nahm er das seltsame, zerknitterte Stück Papier an sich, um es zu lesen. Mit jeder Zeile verdüsterte sich sein Blick, die eben noch freundliche Miene wich einer muskulären Körperstarre. Georg Schugg hatte den Eindruck, der Tankstellenbesitzer nahm eine Art Verteidigungsposition ein, die verdächtig nach einem Anfängertraining in Karate oder Taekwondo ausschaute.

»Bamberger Polizei, aha. Lassen Sie mich raten, Sie haben kein Geld dabei und können die Tankrechnung nicht bezahlen, stimmt's?«, fauchte Wolfgang Friedrich. Der Tankstellenbesitzer setzte ein regelrecht hysterisches Grinsen auf, dazu hielt er das zerknitterte Blatt Papier in die Höhe, als wäre es ein wichtiges Beweisstück im Impeachment-Verfahren gegen den amerikanischen Präsidenten.

Georg Schugg war überrascht. Konnte der Mann hellsehen, oder was? Er hatte doch noch gar nicht gesagt, dass er seine Tankrechnung nicht bezahlen konnte? Aber vielleicht war das ein gutes Zeichen, womöglich war der Mann früher schon mal in dieser Situation gewesen, hatte sein Geld auch erhalten, und er kam mit der Nummer durch.

»Ja, in der Tat, Sie kennen sich ja gut aus. Ich bin von der Bamberger Kriminalpolizei, und Sie haben recht, die Dienststelle müsste meine Rechnung per Überweisung begleichen, da ich kein Bargeld bei mir habe. Ist doch sicher kein Problem für Sie?«, fragte er im Brustton der Überzeugung. Innerlich ging ihm allerdings der Arsch auf Grundeis, denn so eine hanebüchene Ausrede konnte einem im normalen Leben doch wirklich niemand glauben. Er stellte sich schon einmal darauf ein, von jetzt auf gleich in Andreas Suzuki die Flucht ergreifen zu müssen. Wahrscheinlich mit dem zusätzlichen Handicap, dass der Swift mit vollem Tank noch langsamer vorankam als ohnehin schon.

Wolfgang Friedrich warf einen Blick nach draußen auf den kleinen Suzuki an Zapfsäule vier, dann betrachtete er den verwahrlost wirkenden, kräftigen Mann mit den zerzausten Haaren und dem verwilderten Bart. Nein, das war nicht der Spinner mit der Sonnenbrille und dem dünnen Pferdeschwanz von der Bamberger Kripo, der ihm schon zweimal die Bude demoliert hatte. Dieser Typ hier sah sogar noch heruntergekommener und noch durchgedrehter aus. Der andere Kerl hatte ihm vor nicht allzu langer Zeit die Schiebetür seiner Tankstelle zerschossen. Wegen dieses Irren hatte er jetzt schusssicheres Glas in seiner Tür und zusätzlich zu seiner Alarmanlage Kameras überall im Gebäude und auf dem Gelände.

Der kleine weiße Suzuki Swift sah nicht gerade nach Kriminalpolizei aus. Friedrich hatte selten ein Auto gesehen, das einem Einsatzwagen der Polizei unähnlicher gewesen wäre. Und auch der Mann, der den Wagen fuhr, dürfte seiner bescheidenen Meinung nach nicht bei der Polizei arbeiten, sondern hätte eher einen Spitzenplatz auf den Fahndungslisten von Europol verdient.

Aber dieser Meinung war er schon zweimal gewesen, und beide Male endete es in einem finanziellen Debakel. Bamberger Polizisten sahen eben ziemlich verhaut aus, das war anscheinend einfach so. Da durfte er jetzt nicht schon wieder den gleichen Fehler begehen.

Sein innerer Stolz focht einen unbarmherzigen Kampf mit der Abteilung Vernunft, die am Ende obsiegte. Wenn er sich jetzt erneut mit der Bamberger Polizei anlegte, konnte das nur mit einem gewaltigen Sachschaden enden, den er dann wie gewohnt selbst bezahlen durfte. Also lief er lieber Gefahr, auf der Rechnung sitzen zu bleiben, als seine Tankstelle von Grund auf renovieren zu müssen.

»Ist schon in Ordnung, ich regele das mit der Bamberger Dienststelle, überhaupt kein Problem«, flötete Wolfgang Friedrich, dessen Zähne ein laut vernehmliches Knirschen absonderten, während seine Finger sich in die Einladung zum Silvesterball krallten. Alles an ihm signalisierte eine eklatante Diskrepanz zwischen dem, was er sagte, und dem, was er meinte.

Georg Schugg war entsprechend verunsichert. Dieser Tankstellenmensch benahm sich ja wie ein Eichhörnchen mit einer Überdosis Kokain in der Nase, völlig unberechenbar. Der Blick irrlichterte umher, das Gesicht war hoch errötet, und auf seinem grob karierten Hemd bildeten sich große Schweißflecke unter den Armen. Das war seiner Meinung nach alles andere als normal. Aber bitte, er wollte dem Eichhörnchen ganz sicher nicht widersprechen, wenn es ihm schon so unerwartet den Weg in die Freiheit ermöglichte.

»Ja also, vielen Dank dafür«, meinte Georg Schugg freundlich, drehte sich um und marschierte zügig zum Ausgang.

Friedrichs Blick klebte an ihm wie asiatische Geckos, die Augen waren fiebrig. Der Tankstellenbesitzer würde sich erst wieder locker machen können, wenn dieser vermaledeite Bamberger Polizist endgültig aus seinem Sichtbereich verschwunden war.

Georg Schugg hatte die elektronische Schiebetür der Tankstelle fast erreicht, als diese sich wie von Geisterhand öffnete und zwei Polizisten der Bundespolizei einließ.

»Gehört Ihnen der weiße Suzuki, der dort draußen steht?«, wollte der eine der beiden eigentlich fragen, aber dazu kam er nicht mehr.

Georg Schugg reagierte automatisch wie eine Maschine. Warum er konnte, was er tat, wusste er nicht, da waren antrainierte Reflexe am Werk, von denen ihm gar nicht klar gewesen war, dass er sie besaß.

Binnen Sekunden lagen die beiden Beamten der Bundespolizei, die draußen an der Zapfsäule den zur Fahndung ausgeschriebenen Wagen der vermissten Bamberger Kommissarin entdeckt hatten, ohnmächtig am Boden. Dafür hatte Georg Schugg jetzt zwei Pistolen der Firma Heckler & Koch in der Hand. Wild entschlossen blickte er um sich. Zum Nachdenken über das, was gerade geschehen war, blieb ihm jedoch keine Zeit, es war im Gegenteil angebracht, schleunigst zu verschwinden.

Mit einem letzten warnenden Blick zum Tankstellenbesitzer hinter seiner Theke wandte er sich wieder dem Ausgang zu und wollte durch die Tür, um endlich in seinen Suzuki steigen zu können. Aber die schloss sich fauchend direkt vor seiner Nase und war per Bewegungssensor nicht mehr zu öffnen. Als er sich zu Wolfgang Friedrich umdrehte, der mit verkniffenem Gesicht dastand, den Daumen auf dem gedrückten Alarmknopf direkt neben dem Zahlungsterminal, war das Aufheulen einer Sirene zu hören, und eine Warnlampe begann rot leuchtend zu rotieren.

»Aufmachen!«, schrie Schugg und richtete seine frisch erbeuteten Waffen auf den Tankstellenbesitzer. Aber der schüttelte nur verbissen den Kopf und stierte ihn mit nunmehr vor der Brust verschränkten Armen angriffslustig an.

Georg Schugg hatte keine Zeit für langwierige Diskussionen. Wenn es nicht mit Vernunft ging, dann eben mit Gewalt. Er schwang herum, zielte mit den beiden Handfeuerwaffen, die er den Bundespolizisten abgenommen hatte, auf die gläserne Schiebetür und drückte ab. Das laute Knallen von Schüssen war zu hören, und es bildeten sich zerrissene Spinnwebmuster, aber die Scheiben hielten den Kugeln stand.

Hinter sich hörte Schugg ein irres Lachen, und eine heisere Stimme, die wie der leibhaftige Joker aus dem gleichnamigen Film klang, drang an sein Ohr. »Hä, hä, hä, schusssicheres Glas, schusssicheres Glas! So, jetzt bist du am Arsch, du Pseudobulle. Hab ich dich, Ganove! Diese Tankstelle wird dein Gefängnis, dein Untergang, deine Endstation. Nicht mit mir, Bruder der Sonne! Niemand drückt sich hier vorm Bezahlen, du hast ausgespielt. Da kannst du von mir aus hier rumballern, so viel du willst –«

Das Geräusch von splitterndem Glas ließ Friedrich verstummen. Georg Schugg hatte sich zur Seite gedreht und die beiden Waffen auf die große Außenscheibe der Tankstelle gerichtet. Ein Schuss nur, und mit einem lauten Klirren war die große Glaswand in sich zusammengefallen.

»Ganz tolle Tür, du Tankwart, herzlichen Glückwunsch!«, knurrte Schugg sarkastisch, während der wie versteinert dastehende Friedrich mit plötzlich auftretenden Herzproblemen zu kämpfen hatte.

Tja, Geiz war eben nicht immer geil. Schugg warf die beiden Handfeuerwaffen achtlos auf den Boden, dann stieg er am

Regal mit den Automobil- und Erotikheften vorbei durch die zerschossene Scheibe nach draußen, ausgesprochen erleichtert, dass Friedrich blöd genug gewesen war, nur die Schiebetür seiner Tankanstalt mit schusssicherem Glas auszustatten, die restlichen Glasflächen seiner Tankstelle aber nicht.

Sämtliche Kunden der Tankstelle, die bei den ersten Schüssen nicht sofort die Flucht ergriffen hatten, standen mit hoch erhobenen Händen an ihren Fahrzeugen oder hatten sich in wilder Panik hinter beziehungsweise unter ihre Autos geworfen. Georg Schugg beachtete sie nicht, er stieg in seinen Suzuki, startete den Motor und sah zu, dass er endlich hier wegkam.

Auf dieses Riesentheater hätte er wirklich verzichten können, schließlich ging es gerade mal um knapp siebenunddreißig Euro Superbenzin. Und er hatte zurzeit weiß Gott andere Sorgen als eine unbezahlte Tankrechnung, verdammt noch mal.

Mit quietschenden Reifen fuhr der kleine weiße Suzuki Swift vom Tankstellengelände und war wenige Sekunden später auf Nimmerwiedersehen in Richtung Autobahn verschwunden.

Seit Georg losgefahren war, dachte Andrea Onello darüber nach, was sie da vorhin eigentlich gemacht hatte.

Sie hatte den Mann geküsst, der sie entführt und in dieses felsige Loch gesteckt hatte. Litt sie womöglich am berühmten Stockholm-Syndrom, bei dem sich die Opfer von Entführungen in die Täter verliebten?

Nein, natürlich nicht. Der Mann hatte ihr das Leben gerettet und war im Grunde kein schlechter Mensch. Im Gegenteil, dieser Georg Schugg löste etwas in ihr aus. In Bezug auf Männer schien er etwas freizulegen, das lange verschüttet gewesen war. Apropos, jetzt musste er aber erst einmal die Sache mit seiner eigenen verschütteten Vergangenheit klären.

Deswegen verscheuchte sie diese Gedanken und beschäftigte sich lieber mit den beiden Mädchen. Dabei stellte sie fest, dass Mira und Svea sehr wohl ein paar Brocken Deutsch verstanden, allerdings nur sehr Grundlegendes. Trotzdem reichte es für eine gute Stunde Spielen, Lachen und auch ein paar Basteleien. Dazu hatte Andrea Onello ihre Halskette abgenommen, die aus einem dünnen Lederband und vier durchbohrten Halbedelsteinen bestand, und daraus zwei kleine, identische Halsketten gefertigt, welche die Zwillinge jetzt mit großem Stolz trugen.

Der grüne Moosachat war für die Kleinen wertvoller als alles Gold dieser Welt. Sie hatte ihnen die Ketten kaum um den Hals gelegt, da hatten Mira und Svea ihre Gönnerin bereits vergessen und beschäftigten sich fortan nur noch mit dem wertvollen Geschmeide.

Andrea Onello beobachtete die beiden noch eine Weile mit einem versonnenen Lächeln. Wessen Kinder waren die beiden? Warum hatte Georg sie hierhergebracht? Dass die zwei Mädchen, die so selbstvergessen neben ihr spielten, in Gefahr waren, bezweifelte sie nicht, denn sie konnte sich beim besten Willen nicht vorstellen, dass Georg Schugg die Kinder aus niederen Beweggründen entführt hatte. Aber was war dann der Grund?

Georgs sogenanntes Manifest, das die ganze Zeit achtlos auf einem Kleiderhaufen gelegen hatte, fiel ihr wieder ein. Sie hatte jetzt Zeit, da konnte sie, während sie ihrem geschundenen Körper eine Ruhepause gönnte, ein wenig in seinem Geschreibsel herumstöbern.

Sie holte den wirklich arg ramponierten Ausdruck, dessen Klebebindung bereits in Auflösung begriffen war, und legte sich damit auf ihren Platz. Die Zwillinge spielten wieder in großer Eintracht, sodass sie sich in aller Ruhe mit Georgs Theorien über die Machenschaften großer Firmen beschäftigen konnte.

Das Deckblatt war bereits nicht mehr zu lesen, deswegen hielt sie sich nicht weiter damit auf, sondern schlug es um. Das, was sie auf der nächsten Seite vorfand, entsprach allerdings nicht im Mindesten dem, was sie von einem Manifest, von wem und wofür auch immer, erwartete.

Sicherheitshalber blätterte sie das gesamte Machwerk stichpunktartig von vorne bis hinten durch, aber das Ergebnis blieb dasselbe. Dieser Ausdruck war eigentlich eine Abhandlung über den gesetzeskonformen Arbeitsschutz im Unternehmen, und zwar von der Firma Michelin in Bamberg. Diese Firma beziehungsweise die dortige Niederlassung gab es aber nicht mehr. Michelin hatte sein Werk in Hallstadt bei Bamberg wegen der katastrophalen Auftragslage bei den Autozulieferern schon vor längerer Zeit dichtgemacht. Seither hatten sich im Zuge eines beschäftigungstechnischen Aufforstungsprogrammes der Stadt Hallstadt unter der Schirmherrschaft des neuen Bundeslandes Franken etliche kleinere Firmen auf dem ehemaligen Betriebsgelände angesiedelt, um das riesige Areal nicht völlig brachliegen zu lassen.

Also war diese Druckschrift hier ein Relikt aus vergangenen Tagen, das Georg benutzt hatte, um in die Zwischenräume seine Thesen zu schreiben. Das Ergebnis war ein fast unleserliches Gemisch aus gedruckter Arbeitsstättenverordnung für Großbetriebe und handschriftlich hineingequetschten Zeilen.

Warum, um Himmels willen, hatte er denn das gemacht? Besaß der arme Kerl kein Geld für ordentliches Papier, oder war sein psychisches Durcheinander tatsächlich so groß, dass er es nicht einmal geschafft hatte, in ein Geschäft zu gehen und einen Block oder etwas Ähnliches zu erwerben, auf dem er seine Theorien ordentlich niederschreiben konnte?

Kopfschüttelnd kniff sie die Augen zusammen und konzentrierte sich auf das gequetschte Geschreibsel zwischen den gedruckten Zeilen. Wie lange sie das bei diesem Dämmerlicht durchhielt, würde sich noch herausstellen, aber im Moment hatte sie ja nun wirklich nichts anderes vor.

Als Lagerfeld die Dienststelle betrat, saß abgesehen von ihrem
Chef, der in seinem gläsernen Kasten mit dem Kopf auf den verschränkten Armen eingeschlafen war, nur Honeypenny wie gewohnt an ihrem Schreibtisch. An und für sich hätte er hier auch
nichts verloren, denn eigentlich war er ja im Urlaub, stellte Bernd
Schmitt mit einer gewissen Bitternis fest. Andererseits hatte die
heutige Rückrufaktion in die kriminalistische Arbeitswelt einen
neuen Stern am schweinischen Ermittlerhimmel hervorgebracht.
»Presssack, das Superschweinchen«, so die Schlagzeile vor
Lagerfelds innerem Auge. Zuvor galt es aber, einige unwissende
Geister über die jüngsten Ereignisse zu informieren, zum Beispiel eine gewisse Marina Hoffmann, die ihn gerade mit einem
Blick musterte, dem eine Mischung aus Überraschung, Sorge und
hochgradigem Misstrauen innewohnte.
Der Dienststellensekretärin als selbst ernannter Wächterin
von Sitte und Moral in diesem Büro war nicht so ganz klar, was
ein minderjähriges Ferkel, welches noch dazu sämtlichen Norm-
vorgaben eines gesunden Body-Mass-Index widersprach, hier in
ihrer Dienststelle zu suchen hatte. Wenn in ihrem Arbeitsalltag
schon geferkelt werden musste, gab es ja schließlich eine offizielle
schweinische Mitarbeiterin namens Riemenschneider, die sich
aber gerade im Mutterschutz befand. Auch Bernd, der sie gerade
wieder frech angrinste, hätte gar nicht hier sein dürfen, er hatte
nämlich Urlaub. Also war sein Besuch in der Dienststelle mutmaßlich privaten Ursprungs, und auch das kleine, dicke Ferkel
auf seinem Arm musste aus nicht dienstlichen Gründen seinen
Weg zur Bamberger Kriminalpolizei gefunden haben.
Aber von Lagerfeld wurde sie sogleich eines Besseren belehrt.
»Hallo, Marina, ich bin wieder im Dienst«, kam Bernd Schmitt
unmissverständlich zur Sache, nachdem er Honeypennys kriti-
schen Blick registriert hatte. »Presssack hier übrigens auch, ich
habe ihn heute spontan zum Hilfssheriff ernannt. Dieses kleine

Superferkel hat im Laufe seines wenige Stunden kurzen Arbeitslebens so sensationelle Leistungen erbracht, dass es sich eine Extraportion gekochter Kartoffeln verdient hat. Der uneigennützige Kommissar Lagerfeld, der wegen dringender aktueller Ereignisse seinen Urlaub abgebrochen hat und im Zuge seiner Arbeitsaufnahme mal eben seinem älteren Kollegen das Leben retten durfte, hat ebenfalls Hunger, und zwar auf frische Honigbrote. Wo sind die?«

Mit seinem Redeschwall hatte Lagerfeld die gute Honeypenny allerdings auf dem falschen Fuß erwischt. Sie konnte die Informationen auf die Schnelle nicht richtig einordnen und zeigte mit offenem Mund auf die kleine Ablage bei der Kaffeemaschine, wo das Tablett mit der üblichen Ration geschmierter Brote stand.

Durch ihre intimen Beziehungen in die Imkerei war sie befähigt, die Bamberger Kripo regelmäßig und reichlich mit frischen Biohonigbroten zu versorgen, die auch regelmäßig und mit nicht abnehmender Begeisterung zur Gänze vertilgt wurden. Heute jedoch war noch etliches an Brotvorrat zu haben, da sich die Belegschaft ja irgendwo befand, nur nicht hier in der Dienststelle. Und war schon mal jemand zugegen, dann schlief er.

Entsprechend fand Lagerfeld eine außerordentliche Vielfalt an Honigbroten hinsichtlich Größe, Aufstrichdicke und goldfarbener Ausprägung vor, die er nun mit größter Genugtuung einem Geschmackstest unterziehen würde. Er drückte Honeypenny das Ferkel in die Arme und machte sich schnurstracks auf zur polizeilichen Kaffeemaschine.

»Wo ist denn eigentlich César?«, fragte er beiläufig, während er das Angebot sondierte. »Und hast du einen aktuellen Stand für mich?«

Honeypenny, deren Muttergefühle beim Anblick des kleinen Ferkels auf ihrem Arm sofort wieder fröhliche Urständ feierten, versuchte in aller Kürze die Lage zu schildern.

»Also Andrea hat sich, seit sie verschwunden ist, nicht mehr gemeldet. Ich wähle mindestens jede Stunde einmal ihre Nummer, aber das Handy ist immer aus. Franz ist ja oben am Klinikum zugange, und was ich so gehört habe, ist dort der Teufel los.« Mit besorgtem Blick schaute sie zu Lagerfeld, um vielleicht genauere Informationen zu bekommen, aber der war gerade auf seine Brote fokussiert und konnte sich nur darauf konzentrieren. Also machte Honeypenny weiter mit ihrem Bericht und streichelte dabei ihrem gefleckten Schützling zärtlich über den Kopf. »César ist schon vor einer Weile nach Erlangen in die Rechtsmedizin gefahren, um Siebenstädter bei seinen Untersuchungen ein bisschen Dampf zu machen. Der ist längst überfällig, und angerufen hat er auch nicht. Keine Ahnung, was da los ist, aber bei Siebenstädter weiß man nie, das kennst du ja selbst, Bernd.«

Lagerfeld kaute bereits und nickte nur zustimmend, während er sich das erste Honigbrot einverleibte.

»In Wonfurt haben wir zwei bewusstlose Streifenbeamte aufgefunden.«

»Aha«, meinte Lagerfeld, der diese Informationen einfach mal so hinnahm, mampfend.

»Und dazu unseren ebenfalls bewusstlosen Unfallflüchtigen, der sich zuvor seiner Verhaftung widersetzt hatte. Der Haßfurter hat außerdem einen Beinschuss, anders ging's anscheinend nicht«, fügte Honeypenny noch lakonisch hinzu.

»Sehr gut, ausgezeichnet«, pflichtete ihr Lagerfeld bei, der bei Problemen mit Haßfurter Autofahrern klare Lösungen schon immer befürwortet hatte.

»Und unser aller Chef ist, übermüdet, wie er ist, schon vor Stunden in seinem Büro eingeschlafen. Wenn du mich fragst, hat er den Schlaf auch bitter nötig, nach dem Essen, das ihm seine Frau da gekocht hat.«

Bernd Schmitt hatte gerade zum nächsten Brot gegriffen, schaute jetzt aber verwundert zu Honeypenny, denn von einem fragwürdigen Essen für Fidibus hatte ihm noch keiner etwas erzählt.

»Tintenfisch«, erläuterte Marina Hoffmann bereitwillig. »Eleonore hat ihrem Mann ein Tintenfischgericht kredenzt. Und ich sage es ganz offen, kochen kann die Frau definitiv nicht, das weiß ja inzwischen jeder. Dieser Oktopus scheint einem runderneuerten Ganzjahresreifen ziemlich ähnlich gewesen zu sein und hat das

Verdauungssystem unseres Chefs an den Rand des Zusammen-
bruchs getrieben. Jedenfalls hat er nachts kein Auge zugemacht,
und wenn doch, dann hat er einen derart filmreifen Mist geträumt,
das willst du nicht wissen. César kann dir ein Lied davon singen,
aber der ist ja nun nicht da.«

Das war's, Marina Hoffmann hatte ihren Rapport über die Ereignisse des heutigen Tages beendet und überlegte nun, wo sie auf
die Schnelle gekochte Kartoffeln für dieses kleine Schweinchen
herbekommen sollte.

Lagerfeld hatte sich derweil ein drittes Honigbrot zwischen
die Zähne gesteckt, damit er mit der freien Hand sein Handy
herausholen konnte. Fidibus hatte Mist geträumt, das war ja interessant. Was César so lange in der Erlanger Rechtsmedizin trieb,
war ihm eigentlich egal, aber die wilden Träume seines Chefs,
die würden ihn sehr wohl brennend interessieren. Aber sooft er
auch die Nummer seines Kollegen wählte, er bekam immer die
gleiche Meldung: Der angerufene Gesprächspartner ist zurzeit
nicht erreichbar.

Lagerfelds mit abnehmendem Hungergefühl durch Honig-
brote besänftigter Bauch sandte ihm ein leises, aber spürbares
Warnsignal. Nach all den dramatischen Vorfällen im Bamberger
Klinikum schloss er gerade gar nichts mehr aus, auch nicht, dass
César vielleicht in größeren Schwierigkeiten steckte, als nur wie
üblich von Siebenstädter moralisch deformiert zu werden.

Immer noch sein Honigbrot im Mund, blickte er zum Schreibtisch seines Kollegen und entdeckte dort die Fläche mit den ganzen angepinnten Begriffen. Neugierig ließ er seinen Blick über die
Ermittlungsergebnisse an der Magnetwand schweifen, verstand
aber nur Bahnhof. Huppendorfer war augenscheinlich auf einem
ganz anderen Erkenntnislevel als er selbst, allerdings hatte César
ja auch keinen Urlaub.

Was Andreas Verschwinden anbelangte, so brachte ihn keiner
der Begriffe weiter, dafür hatte Huppendorfer aber umso mehr
über die Personalie Georg Schugg zusammengetragen, mit dem
er sich intensiv beschäftigt zu haben schien. Womöglich hatte
César ja sogar schon eine Spur, die er nur noch niemandem mit-

geteilt hatte. Wie auch immer, die besten Infos gab es direkt an der Quelle. Und ebendiese würde Lagerfeld jetzt aufsuchen. Er war nicht mehr hungrig, er hatte Zeit, und Presssack war auch versorgt.

»If ge ma fu Eanger ifdsmemmifin«, erklärte er mit dem Brot zwischen den Zähnen.

Marina Hoffmann hörte ihn wohl, verstand jedoch nicht, was er ihr sagen wollte. Also nahm Lagerfeld widerstrebend das Honigbrot aus seinem Mund. »Erlangen«, wiederholte er, dann ging er auch schon zur Tür.

»Ach so, Rechtsmedizin, alles klar. Und bitte keinen Gruß von mir an diesen Siebenstädter«, rief Honeypenny ihm zynisch hinterher.

Na gut, dann würde sie sich mal um die versprochene Portion gekochter Kartoffeln für den kleinen Presssack kümmern. Marina Hoffmann packte das kleine, dicke Bonsaiferkel auf ihrem Arm ein wenig fester und marschierte mit ihm ein Stockwerk tiefer, um dort einen hilfsbereiten Polizisten zu finden, der sich des Ferkels erbarmte und in irgendeiner Gastwirtschaft die gekochten Kartoffeln organisierte.

Die Tür schloss sich hinter der Dienststellensekretärin, und eine friedliche Ruhe legte sich über das Büro. Aufmerksame Beobachter hätten bestenfalls ein leises, gleichmäßiges Schnarchen aus dem Glasverschlag des Dienststellenleiters hören können, der sich dort seit Stunden dem Schlaf des Gerechten hingab.

Gut fünfzehn Minuten später war es allerdings vorbei mit der friedlichen Stimmung, denn auf Honeypennys Schreibtisch klingelte das Telefon. Leider in Abwesenheit der Dienststellensekretärin, die gerade einen Stock tiefer mit sehr wichtigen tierischen Aufgaben beschäftigt war, sodass sie dieses Gespräch nicht entgegennehmen konnte.

Wirklich schade, denn falls doch, hätte ihr ein Mitarbeiter der Bundespolizei von einem unerwarteten Fahndungserfolg berichtet. Der weiße Suzuki Swift der Kriminalkommissarin Onello aus Bamberg war an einer Tankstelle in Rödental bei Coburg gesichtet worden, der Fahrer, ein Mann, dessen Beschreibung auf den gleichfalls zur Fahndung ausgeschriebenen Georg Schugg passte, hatte sich den Weg aus der Tankstelle freigeschossen, weshalb gerade eine Großfahndung mit Straßensperrungen und allem, was dazugehörte, anlief. Laut ihres imaginären Gesprächspartners von der Bundespolizei wäre es nun nur noch eine Frage der Zeit, bis das Fahrzeug lokalisiert und der Fahrer gestellt werden konnte.

Aber leider hatte der Anrufer diesen Informationsschatz erst einmal exklusiv, da sämtliche Mitarbeiter der Bamberger Kriminalpolizei bis auf ihren in der Dienststelle im Koma liegenden Chef zurzeit im Außendienst beschäftigt waren.

Das Internatsdorf Haubinda war einzigartig im deutschen Bildungswesen. Hervorgegangen aus einem mittelalterlichen Rittergut, sah diese Internatsschule ungefähr so aus wie die thüringische Version eines Harry-Potter-Schlosses. Hier standen Freude am Lernen, Persönlichkeitsbildung und Nähe zur Natur im Blickpunkt. Von großem Wert war dabei die bewusst gewählte Lage auf dem Lande.

Idyllisch gelegen im Süden Thüringens, unweit der Landesgrenze zum neuen fränkischen Bundesland, wuchsen die Schülerinnen und Schüler behütet in der »Dorfgemeinschaft« auf, die das Internat darstellte. Auf dem weitläufigen Gelände fanden sich ein eigenes Haus für jede »Familie« von acht bis zehn Schülern, ein Backhäuschen, eine Gärtnerei mit Gewächshaus, ein Biobauernhof und eine große Werkstatt für Holz- und Metallarbeiten. Hier lernten die Schüler durch die praktizierte Landwirtschaft, nachhaltig mit natürlichen Ressourcen umzugehen und den Naturkreislauf der Produktion nachzuvollziehen. Außerdem wurde das Zusammenleben im Internatsdorf im eigenen »Schulstaat Haubinda« von den Bewohnern selbstständig und demokratisch geregelt, und zwar von Mitarbeitern und Schülern gleichermaßen. Eine weit über die Region hinaus in pädagogischen Kreisen diskutierte und als positiv bewertete Idee, die in dieser Art des Zusammenlebens und Lernens den Blick für das Wesentliche schärfte und eine gesunde Lebensweise widerspiegelte.

Es war exakt der Ort, an dem Rosi Scherer schon immer als Lehrerin arbeiten wollte. Sie empfand es als großes Glück, hier in Haubinda an diesem Projekt mitarbeiten zu dürfen; diese Chance erhalten zu haben erfüllte sie mit Dankbarkeit. Dafür nahm sie auch gern an drei Tagen in der Woche das Leben in dem kleinen Dorf auf sich und ließ ihre Praxis für Hypnosetherapie in Bad Staffelstein geschlossen. Das Landleben machte ihr sogar viel weniger aus, als sie gedacht hatte.

Dieses Schuldorf in Haubinda war ein entrückter Ort, der Schüler wie Lehrer aus der hektischen Wirklichkeit der momentanen Welt herauslöste und ihnen ein Gefühl von Zeitlosigkeit und Geborgenheit verlieh. So unterrichtete Rosi Scherer jetzt bereits seit zwei Jahren mit großem persönlichem Gewinn die Fächer Kunst und Handwerkliches Arbeiten in der hauseigenen Schreinerei.

Donnerstags und freitags war sie in Bad Staffelstein und behandelte Patienten in ihrer kleinen Praxis für »mentale und körperliche Stärkung«, vor allem aber Hypnosetherapie. Ein Beruf, den sie genauso liebte wie das Lehramt in Haubinda, nur aus völlig anderen Gründen. Heute jedoch war Unterricht im Internat angesagt. Danach hätte sie noch mit ein paar Kollegen auf ein Glas Wein auf der Terrasse zusammensitzen wollen, aber ihre alte Freundin Andrea hatte vorhin angerufen und ihr von diesem Mann mit der dissoziativen Amnesie erzählt.

Sie kannte Andrea gut genug, um zu wissen, dass sie sich niemals mit einem solchen Anliegen bei ihr gemeldet hätte, wenn es nicht wirklich außerordentlich wichtig wäre. Also hatte sie sich breitschlagen lassen und hier im Internat einen Raum organisiert, der normalerweise für kleine Zusammenkünfte im Kollegenkreis gedacht war. Dort gab es eine große Couch und die Ruhe, die sie für eine Hypnosetherapie brauchte. Draußen, direkt vor dem Fenster, stand eine große, alte Linde, die sich sanft im Wind wiegte und deren Blätter bei geöffnetem Fenster ein leises, beruhigendes Rascheln erzeugten. Ein wirklich schöner Raum, eigentlich so schön, dass ihre Hypnosepraxis hier viel besser aufgehoben wäre. Aber was nicht war, das konnte ja vielleicht noch werden.

In Gedanken versunken saß sie jetzt in der nagelneuen Mensa der Schule, um nach dem absolvierten Unterricht ihre wohlverdiente Leberklößchensuppe zu löffeln. Sie hatte den Boden des Suppentellers schon fast erreicht, als sich die Tür des verglasten Außeneingangs öffnete und ihr älterer Kollege Ricco Fischer mit einem Gast hereinkam.

»Der Pate«, wie ihr Kollege wegen seines italienischen Vornamens von den Schülern gern gerufen wurde, schlenderte mit dem kernig aussehenden Mann im Schlepptau auf ihren Tisch in der Mensa zu. Er bedachte Rosi Scherer mit einem zweifelnden Blick und zeigte auf den abgerissenen Typen mit schwarzen Haaren und dichtem, jedoch völlig verfilztem Vollbart.

»Äh, Rosi, ich habe draußen auf dem Hof diesen Mann hier aufgelesen, einen gewissen Herrn Schugg. Er behauptet, er hätte einen Termin mit dir, kann das sein?« Der Pate musterte mit mühsam unterdrücktem Widerwillen das ungepflegte Äußere des seltsamen Gastes.

Auch Rosi Scherer hatte sich Andreas »Problem« etwas gepflegter vorgestellt. Allerdings unterstrich der äußere Zustand dieses Mannes ihre Vermutung, dass im inneren wie äußeren Leben von Georg Schugg so einiges aus dem Gleichgewicht geraten war.

»Ja, Ricco, alles in Ordnung, Herr Schugg hat tatsächlich einen Termin«, entgegnete sie lächelnd, was den Paten aber nicht wirklich beruhigte.

Fischer fand, dass dieser Typ aussah wie von einem Mähdrescher ausgespuckt, er machte überhaupt einen physisch wie psychisch desorientierten Eindruck. Aber bitte, wenn sie so ein Individuum zu ihrem Bekanntenkreis zählen wollte, bitte schön. Anscheinend schien seine Kollegin ihm auch nicht auf die Sprünge helfen zu wollen, welche Angelegenheit Georg Schugg genau hierherführte. Sei's drum. Der Pate nickte ihr kurz zu, dann machte er sich ohne weiteren Kommentar auf den Rückweg.

Georg Schugg wollte sich noch bei Herrn Fischer bedanken, aber der schien auf solche Bekundungen keinen gesteigerten Wert zu legen und war einfach gegangen. Wenn er ehrlich mit sich war, konnte ihm das aber nur recht sein, er hatte das Ende seiner Kraftreserven erreicht.

Die Nummer in der Rödentaler Tankstelle war nach all dem anderen Mist, der heute schon passiert war, die Krönung seines Dilemmas gewesen und hatte ihm schon vor einer halben Stunde den Rest gegeben. Nicht allein, dass er seine Tankrechnung nicht bezahlt hatte, er musste auch noch zwei Bundespolizisten ins Reich der Träume befördern. Wahrscheinlich war inzwischen eine ganze Armada von Einsatzkräften hinter ihm her, was zu seinem persönlichen Seelenfrieden rein gar nichts Positives beitrug. Allerdings würden sich seine Verfolger vermutlich schwertun, ihn hier, an diesem abgelegenen Ort, der noch dazu in einem anderen Bundesland lag, aufzuspüren.

Georg Schugg war schon lange nicht mehr so weit über Land gefahren wie heute. In dieser Ecke im Grenzland zwischen Thüringen und Franken war er ohnehin noch nie gewesen. In Heldburg hatte er oben über der Stadt eine Art Märchenschloss gesehen, gehört hatte er von diesem Bauwerk aber noch nie. Ebenso wenig wie von den Ortschaften in diesem thüringischen Zipfel, der wie ein geografischer Blinddarm in das Bundesland Franken hineinragte.

Dieses sogenannte Dorf Haubinda schien seinem ersten Eindruck nach auch gar kein Dorf im üblichen Sinne zu sein. Alles hier war um dieses riesige alte Gebäude gruppiert, das eigentlich mehr einer Filmkulisse als einer Internatsschule glich, und die Umgebung wirkte so … idyllisch. Er kam sich vor wie in einer Art Zeitblase, auf welche die Realität keinen wirklichen Zugriff hatte, Großfahndungen der Bundespolizei eingeschlossen. So gesehen war dieser Ort für sein Seelenleben genau das, was er jetzt brauchte. Noch vor wenigen Tagen hätte er eine Hypnosebehandlung, wo und mit wem auch immer, vehement abgelehnt. Jetzt, in diesem Augenblick und genau hier, wusste er, dass dies die richtige Zeit war, um seinen inneren Dämon zu besiegen. Wenn diese Freundin von Andrea sich nicht gerade als absolut unsympathisch herausstellte, wollte er mit ihrer Hilfe den gordischen Knoten durchschlagen, die Sache heute endlich zu Ende bringen.

Ein wenig argwöhnisch betrachtete er die Frau, die sein Innerstes nach außen kehren sollte. Rosi Scherer war schlank, mit dichten, üppig wachsenden Haaren, deren lange schwarze Locken ihr Gesicht umrahmten. Schugg schätzte sie auf um die vierzig Jahre, aber sicher war er sich nicht. Zwei hellwache Augen musterten ihn freundlich und ruhig, sodass er sofort von seinem Bauch das Signal geschickt bekam, hier absolut richtig zu sein. Mit einem freundlichen Lächeln streckte sie ihm ihre rechte Hand entgegen.

»Ich bin Rosi. Andrea hat mir schon alles erzählt. Na, dann wollen wir mal«, meinte sie, legte ihren Suppenlöffel beiseite, erhob sich immer noch lächelnd und führte Georg Schugg aus der Mensa hinaus und durch die Gänge der Internatsschule zu ihrem improvisierten Behandlungszimmer.

Es war der Kommissar aus Bamberg, der in der Dunkelheit als Erster wieder zu sich kam und sofort die niedrige Raumtemperatur registrierte. Wie lange er bewusstlos gewesen war, konnte er natürlich nicht ahnen, aber er erinnerte sich noch genau an die Geschehnisse, die ihm bis zu jenem Moment widerfahren waren.

Zu seiner größten Erleichterung durfte er konstatieren, nicht umgebracht worden zu sein, auch wenn ihm seine Lage immer noch misslich dünkte. Das war aber doch immerhin schon einmal ein Anfang. Allerdings dröhnte sein Kopf gewaltig, und er konnte sich nicht recht erklären, warum es um ihn herum so zappenduster war. Im Sezierraum, dem Ort seiner Niederschlagung, war es alles andere als dunkel und auch nicht so kalt gewesen.

Also stellte sich César Huppendorfer alsbald die Frage, wo zum Geier er sich hier überhaupt befand und warum es hier so verdammt kalt war. Er tastete um sich und hatte den Eindruck, auf einem Bett zu liegen. Ein weiterer verwirrender Umstand, denn er konnte sich nicht vorstellen, dass in einem pathologischen Institut irgendwo ein Bett vorgesehen war. Wenn er sich hier also nicht mehr in Erlangen in der Rechtsmedizin befand, wohin hatten ihn diese beiden Männer dann gebracht?

Seine Hand ging weiter auf Wanderschaft und erfühlte bereits ein nächstes Ergebnis, nämlich ein Bein. Allerdings nicht sein Bein. Huppendorfer zuckte instinktiv zusammen, als er merkte, dass jemand neben ihm lag. Sofort hatte er alle möglichen Bilder und Szenarien vor Augen. Lag er womöglich neben einer Leiche? Hatten ihn die Verbrecher am Ende lebendig in einem Keller, einem unterirdischen Verlies oder gar einer Totengruft eingemauert?

Hektisch tastete er über die Kleidung des neben ihm liegenden Körpers, um herauszufinden, ob die Leichenstarre schon eingetreten war oder nicht. Zumindest konnte er, by the way, schon einmal sagen, dass es sich um ein männliches Subjekt handelte, das man da neben ihn platziert hatte. Und von einer Leichenstarre war zumindest im Schritt des Körpers nichts festzustellen, ganz im Gegenteil.

»Sind Sie schwul, oder was? Wenn Sie mich noch einmal anfassen, sind Sie des Todes, Sie verdammter Bamberger Warmblütler!«, schrie urplötzlich eine laute Stimme direkt in César Huppendorfers Ohr, und seine Hand wurde brüsk zur Seite geschlagen.

Mit diesem zornigen Ausruf waren nun auf Anhieb mindestens zwei Dinge geklärt: Die Leiche neben ihm war gar nicht tot, und auch ihre Identität musste nicht näher erforscht werden. Auf der anderen Seite des Bettes lag der Leiter der Erlanger Rechtsmedizin, Professor Thomas Siebenstädter, der ihm gerade eben ausgesprochen deutlich sein Missfallen über die Erkundungstouren seiner Finger kundgetan hatte.

Diese Erkenntnis war für Huppendorfer allerdings alles andere als beruhigend. Er lag an einem ihm unbekannten Ort in einem komplett dunklen Raum zusammen mit Siebenstädter auf einem Bett. Egal welches mögliche Szenario er sich auch ausmalte, das dieser Konstellation vorausgegangen sein mochte, keines seiner Gedankengebäude wurde ein architektonisches Meisterwerk.

Stattdessen ereilte César Huppendorfer der allen Säugetieren innewohnende Fluchtreflex, der immer dann eintrat, wenn selbige sich in einer unerträglichen Bedrohungslage befanden. Er wurde aber von einem spitzen Gegenstand an dessen Verwirklichung gehindert, einem Gegenstand, der ihm von keinem Geringeren als dem Professor an die Kehle gedrückt wurde.

»Wenn Sie mich noch einmal unsittlich berühren, mein lieber Polizist, werde ich dafür sorgen, dass Sie umgehend auf meinem Seziertisch landen, verstanden? Eigentlich keine Strafe, sondern etwas, auf das Sie stolz sein könnten.« Der Professor schien dem Gedanken einiges abzugewinnen. »Noch nie habe ich mich dazu herabgelassen, mir quasi als Arbeitsbeschaffungsmaßnahme die eigenen Leichen zur Verfügung zu stellen.« Er lachte keckernd.

Huppendorfer konnte auf eine solche Weltpremiere dankend verzichten, genau wie auf die unangenehme Situation, erneut mit dem möglichen Verlust seines Lebens konfrontiert zu werden. Nur war es diesmal kein Verbrecher unbekannter Herkunft, sondern der Leiter der Erlanger Rechtsmedizin höchstpersönlich, der ihm das Lebenslicht ausblasen wollte. Irgendwie musste er es schaffen, den Professor mitsamt seiner aggressiven Grundhaltung in eine andere Richtung zu lenken.

»Was halten Sie mir denn da eigentlich an den Hals, Herr Professor?«, fragte Huppendorfer todesmutig. »Es fühlt sich erstens unangenehm an und ist zweitens auch absolut unnötig, denn ich versichere Ihnen, ich bin unbewaffnet.« Er hoffte, mit einem leicht unterwürfigen Tonfall die Brisanz aus dem Gespräch zu nehmen. Das hatte heute schließlich schon mal geklappt, wenn auch nur bedingt. Doch immerhin, César Huppendorfer lebte noch.

Und, oh Wunder, die Methode schien auch beim Professor zu funktionieren, sogar besser als bei den ausländischen Verbrecherprobanden zuvor.

»Sie sind vor allem dann unbewaffnet, wenn Sie sich mit meinesgleichen verbal duellieren wollen, mein lieber Huppendorfer. Aber bitte, ich will mal nicht so sein und Ihnen vertrauen. Sie sind erstens nicht weiblich und zweitens nicht blond, da scheint mir die Gefahr für meine Weichteile doch eher gering zu sein«, zischte Siebenstädter so bösartig, dass dem Kommissar die Haare zu Berge standen.

Huppendorfer spürte, wie der spitze Gegenstand von seinem Hals genommen wurde und der Professor auf dem Bett wieder in seine Rückenlage zurückrollte. Er quittierte das erleichtert mit einem tiefen Durchschnaufen und heftigem Reiben an seinem Hals.

»Nun, um auf Ihre Frage zurückzukommen, dieses spitze Teil, wie Sie es nennen, war eine Beigabe zu der weiblichen Leiche, die mir heute von Ihrem dilettantischen Bestatter gebracht wurde, und könnte laut Spurensicherung als Mordinstrument in Frage kommen.«

Damit begann ein Vortrag, den sich Huppendorfer aufgrund der ungünstigen Allgemeinsituation lieber einmal anhören wollte. Zumal es nun glücklicherweise nicht mehr um Siebenstädters Weichteile oder sein künftiges Ableben durch die Hand des Professors ging, sondern um das, weswegen er ursprünglich hierher nach Erlangen gekommen war.

»Zur Theorie der Mordwaffe kann ich sagen, dass mit diesem Gegenstand genau sieben Stiche auf die in meinem Institut liegende Frau ausgeführt wurden, mindestens drei davon hätten durch die Verletzung der inneren Organe zum Tode geführt, doch jemand anders war schneller. Todesursache waren die später abgegebenen Schüsse, die am Endergebnis aber auch nichts mehr geändert, sondern es nur beschleunigt haben. So weit, so gut.«

Huppendorfer hörte, wie sich der Professor neben ihm in eine sitzende Position aufrichtete, gerade so, als müsste er nun etwas sehr Spannendes verkünden.

»Das wirklich Sensationelle an diesem Beinahe-Mordinstrument ist aber das Material respektive sein Alter. Da ich ja inzwischen glücklicher Besitzer eines bei der Auflösung einer anderen Einrichtung günstig erworbenen Gerätes bin, welches mich zu entsprechenden Untersuchungen befähigt, konnte ich mittels C14-Analyse das Alter Ihres sogenannten Teiles feststellen, so auf fünfzig Jahre genau, würde ich meinen. Das habe ich übrigens in Windeseile herausgefunden. Andere, weniger befähigte Wissenschaftler als ich benötigen dazu ganze Tage, nur so am Rande bemerkt.«

»Aha«, rutschte es César Huppendorfer nun doch heraus. »Genauer ging's in der Eile wohl nicht? Demnach wissen Sie also jetzt, ob die Mordwaffe aus diesem oder dem letzten Jahrhundert stammt, oder wie?«

Es entstand eine kurze Pause, nur das heftige Atmen des Professors war in dem dunklen Raum zu vernehmen.

»Sie haben wirklich keine Ahnung von nichts, Huppendorfer. Aber das war ja nicht anders zu erwarten bei einem Mitmenschen Ihrer intellektuellen Preisklasse. Ich vergaß, dass ein Polizeibeamter vor solch einem Problem steht wie die Kuh vorm Uhrwerk. Daher werde ich es so erklären, dass es auch ein Schüler einer Vorschulklasse begreifen könnte.«

Wieder war ein schweres Atmen zu hören, diesmal von der anderen Bettseite, was Professor Siebenstädter zutiefst befriedigte. »Nun, ich mache es kurz. Ihre Beinahe-Mordwaffe stammt aus dem Geweih einer vorzeitlichen Hirschart und ist ziemlich genau fünftausendeinhundert Jahre alt. Da sind fünfzig Jahre hin oder her ja wohl ohne jegliche Relevanz, oder nicht? Ich glaube, dass wir es hier mit einer vorgeschichtlichen Lanzenspitze oder etwas Ähnlichem zu tun haben. Aber ich bin kein Archäologe, dazu müssten Sie wirklich einen solchen befragen.« Das klang fast entschuldigend, war Siebenstädter es doch nicht gewohnt, mal ausnahmsweise etwas nicht zu wissen.

César Huppendorfer war baff und musste diese Nachricht erst einmal verdauen. Was er damit anfangen sollte, wusste er auch nicht. Wer zum Kuckuck benutzte denn fünftausend Jahre alte Knochenwaffen, um im Bamberger Klinikum jemanden zu erstechen? Vor allem, wo bekam man so etwas überhaupt her?

»Entschuldigung, Herr Professor. Wo in Gottes Namen sollte denn jemand so eine Lanzenspitze herbekommen und warum sie mit sich herumtragen? Das ist doch irre!«

»Tja, mein lieber Polizist, warum und wieso, das weiß ich natürlich auch nicht. Finden kann man solche Sachen vorwiegend bei archäologischen Ausgrabungen, beispielsweise in Gräbern oder neolithischen Höhlen.«

Wie zäher Schleim tropften die Worte langsam in Huppendorfers Gehirn, dann fiel bei ihm endlich der Groschen. Grabungshelfer, Archäologie, Höhle. Seine Gedanken rasten, und sein

Verstand schlug Alarm. Jetzt wusste er, wo sich Georg Schugg verkrochen hatte, und vermutlich war Andrea ebenfalls dort zu finden.

Leider Gottes hatte er genau diese Information an die beiden ausländischen Unbekannten weitergegeben, die den Professor und ihn bewusstlos geschlagen und in dieses Loch gesteckt hatten, im Glauben, das mordlustige Gesindel mit seinen Notizen in die Irre zu führen. Stattdessen hatte er sie direkt auf ihre Spur gesetzt.

»So eine verdammte Scheiße, ich muss sofort hier raus! Wo sind wir überhaupt?«, rief César Huppendorfer erregt. Er rutschte in der Dunkelheit vom Bett und begann, sich an der Wand entlangzutasten, in der Hoffnung, so den Ausgang zu finden.

»Wir sind in der Kühlkammer meines Institutes, direkt neben dem Sezierraum. Ich nehme an, die beiden Halunken haben uns hier entsorgt, damit sie in Ruhe ihren weiteren Missetaten nachgehen können. Zum Glück hatte ich in weiser Voraussicht ein Boxspringbett in diesem Raum platziert, sodass wir wenigstens nicht auf dem kalten Boden nächtigen müssen.«

Kommissar Huppendorfer hörte nur mit halbem Ohr zu. Immerhin wusste er jetzt, wo er war. Kein Keller, keine Gruft. Stattdessen ein Kühlraum mit Tür, durch die man den Raum auch wieder verlassen konnte. Was er auch umgehend tun wollte, denn es war wirklich saukalt hier drin. Und wenn es ihm nicht gelang, hier zeitnah wieder herauszukommen, blieb als bittere Konsequenz für das Überleben nur die Körperwärme eines anderen Lebewesens. Kuscheln mit Siebenstädter war jedoch völlig ausgeschlossen, da würde er doch tatsächlich lieber sterben.

Ein Türgriff, endlich. Die Finger des Kommissars krampften sich um das kalte Metall und versuchten, die Türklinke nach unten zu drücken. Aber Huppendorfer konnte sich anstrengen, wie er wollte, die Klinke rührte sich keinen Millimeter. Er rüttelte und zog daran, doch es bewegte sich nichts. Irgendwer hatte von draußen die Türklinke so verkeilt, dass sie wie festgeschweißt in ihrer Position verharrte.

»Lassen Sie das, Sie Polizist. Das hätte ich Ihnen gleich sagen können, dass diese Ganoven uns sicher den Fluchtweg versperrt haben. Das ist doch sinnlos, Huppendorfer. Setzen Sie sich lieber zu mir aufs Bett, dann können wir endlich einmal in aller Ruhe ein paar sinnvolle Gespräche über das Leben führen, natürlich auf Ihrem bescheidenen Niveau, da brauchen Sie keine Angst zu haben, mein lieber Kommissar.« Siebenstädter sonderte eine Art Lachen ab. Er schien an der ganzen Situation sogar noch Gefallen zu finden, was Huppendorfer erst recht in Rage versetzte.

»Aaaaahhh!« Sein verzweifelter Schrei hallte durch das Dunkel im Kühlraum der Erlanger Rechtsmedizin.

Er war kaum verhallt, da war ein Rumpeln und Ruckeln aus Richtung der Tür zu vernehmen, und auf einmal bewegte sich die Klinke deutlich hörbar nach unten, die Tür schwang auf. Geblendet vom grellen Licht der Beleuchtung im Sezierraum, musste Huppendorfer seine Augen schließen. Nur schemenhaft hatte er noch die Silhouette eines Mannes erkennen können, der zu ihnen in den Kühlraum getreten war. Auch der Professor hatte seine Arme schützend vor die Augen gehalten, als plötzlich das Licht durch die geöffnete Tür fiel.

»Was ist das denn hier? Eine Party für Bofrost-Junkies, oder was? Hier herrscht ja eine Temperatur wie im Kühlfach für eine Tonne Fischstäbchen.«

Die laute Stimme war César Huppendorfer durchaus bekannt, und selten zuvor hatte er sie so gern gehört wie jetzt. Er öffnete blinzelnd die Augen und schaute in das Gesicht von Bernd Schmitt.

»Mensch, Bernd, bin ich froh, dich zu sehen«, rief Huppendorfer erleichtert und legte dem grinsenden Kollegen dankbar seine rechte Hand auf die Schulter. Aber dann fiel ihm sein fataler Fehler wieder ein, die Existenz der Jungfernhöhle und damit das mutmaßliche Versteck von Andrea und Georg Schugg verraten zu haben. Er packte seinen pferdeschwänzigen Kollegen mit beiden Händen an der Schulter und schrie mit weit aufgerissenen Augen: »Scheiße, Bernd, die Jungfernhöhle, die Jungfernhöhle!«

Lagerfelds Grinsen verzog sich zu einem ratlosen Gesichtsausdruck, und er sah von César zu Professor Siebenstädter, der sich nun ebenfalls erhob und sich neugierig dazugesellte. Erst jetzt registrierte Lagerfeld mit einigem Befremden, dass irgendwer den beiden Männern die Nasen demoliert hatte. Zumindest sein Kollege schien das aber gerade nicht wahrzunehmen, denn er hielt ihn immer noch fest an der Schulter gepackt und schaute ihn fast ein wenig verzweifelt an.

»Die Jungfernhöhle, ja, die kenn ich«, entgegnete Bernd Schmitt ein wenig verwundert. »Die ist doch bei Tiefenellern irgendwo auf der Fränkischen oben, oder?«

»Du weißt, wo die ist? Wie lange brauchen wir dahin, wenn wir uns beeilen?«, fragte Huppendorfer hektisch und schüttelte seinen Kollegen, was dieser allmählich als lästig empfand.

»Jetzt lass mich doch mal los, César, was soll das, warum tatschst du dauernd an mir herum? Zur Jungfernhöhle? Na ja, über den Frankenschnellweg jetzt im Berufsverkehr bestimmt fünfundvierzig Minuten, vielleicht auch länger. Warum? Was machst du so einen Stress?«

»Weil ich glaube, dass Andrea in dieser Höhle ist und dass die beiden Männer, die uns hier eingesperrt haben, gerade auf dem Weg dorthin sind«, antwortete Huppendorfer, der endlich die Hände von Lagerfelds Schultern genommen hatte und nun aufgeregt mit ihnen in der Luft herumfuchtelte. »Wenn wir es nicht schaffen, irgendwie vor denen dort zu sein, dann ist Andrea tot, so wie ich die Typen einschätze!«

Lagerfeld war noch nicht wirklich überzeugt. Wieso Andrea sich in einer Höhle aufhalten sollte, das musste ihm erst einmal einer erklären.

»Also, César, jetzt mal in aller Ruhe. Wie in Herrgotts Namen kommst du auf die Idee, dass sich unsere Andrea in einer Höhle aufhält? Das ist doch einigermaßen verrückt, meinst du nicht?« Mit skeptischem Blick betrachtete er seinen ziemlich zerfahren wirkenden Kollegen, der immer hilfloser dreinschaute. Aber es kam Unterstützung zur rechten Zeit, und zwar von jemandem, mit dem Huppendorfer am allerwenigsten gerechnet hätte.

»Deswegen«, meinte der Professor lapidar, und seine knochige Hand hielt Lagerfeld eine knöcherne, von menschlichem Blut verkrustete Speerspitze vors Gesicht. Bernd Schmitt schaute zuerst Siebenstädter an, dann das seltsame Ding.

»Was ist das?«, fragte er und blickte nun seinerseits etwas hilflos drein.

Der Professor ließ sich nicht lange bitten. Es war ihm immer wieder eine Freude, ungebildeten Mitmenschen die unermessliche Reichhaltigkeit seines eigenen Wissensschatzes vor Augen zu führen. »Das ist ein ungefähr fünftausend Jahre altes Hirschgeweih und wurde als Stichwaffe in einem jüngst ausgeführten Tötungsdelikt im Klinikum zu Bamberg verwendet. Es ist prähistorisch und stammt höchstwahrscheinlich von einer Grabung, wie sie unter anderem in urzeitlichen Höhlen oder deren Umgebung durchgeführt werden.«

Jetzt legte sich auch bei Bernd Schmitt der Hebel um. Grabung, Georg Schugg, Jungfernhöhle. Klar, das alles hatte César ja auf seiner Magnettafel in der Dienststelle verewigt, jetzt fiel es ihm wieder ein.

»Okay«, meinte Lagerfeld, und man konnte sehen, wie es in seinem Kopf zu arbeiten begann. »Ich glaube, ich habe verstanden.« Er wusste, die Männer hatten einen viel zu großen Vorsprung, als dass sie jetzt noch irgendwie von ihnen einzuholen wären. Auch für Franz wäre es eine zu lange Fahrt bis zur Jungfernhöhle. Zumal die nicht direkt an einer Hauptstraße lag, man musste sich schon einigermaßen auskennen, um sie zu finden. Aber wozu war er ein einheimischer Franke mit Stammbaum? Einer wie er hatte so seine Beziehungen.

Lagerfeld nahm sein Mobiltelefon und suchte eine Nummer in seinen Kontakten, die er schon seit ewigen Zeiten nicht mehr angerufen hatte. Huppendorfer und Professor Siebenstädter beobachteten gespannt, wie er die Verbindung herstellte und inständig hoffte, am anderen Ende der Leitung jemanden zu erreichen.

Die Couch in dem kleinen Raum war weitaus bequemer, als er gedacht hatte. Der Länge nach ausgestreckt lag er auf dem Sofa und schaute durch das geschlossene Fenster nach draußen in das sich im Wind bewegende Blattwerk eines großen Lindenbaumes. Erst jetzt bemerkte er wieder die schmerzenden Rippen. Das Adrenalin in seinem Blutkreislauf hatte seit der Flucht aus dem Krankenhaus verhindert, dass ihn seine geschundenen Gliedmaßen beeinträchtigten. Aber jetzt, da er endlich einmal entspannen durfte, bemerkte er nur zu deutlich, was sein Körper ihm sagen wollte.

Die Hypnosetherapeutin setzte sich an das Kopfende der Couch und stellte ein kleines Aufnahmegerät auf den Tisch, der sich direkt hinter ihm neben dem Sofa befand. Dann schlug sie die Beine übereinander und begann zu erklären, was nun genau auf ihn zukommen würde. Andrea hatte ihr schon erzählt, dass er wahrscheinlich ein schweres Trauma erlitten hatte und deswegen eine ziemliche Angst davor verspürte, die Erlebnisse, die dazu geführt hatten, wieder an die Oberfläche seines Bewusstseins zu holen.

»Also gut, Herr Schugg, lassen Sie mich Ihnen zunächst eine ungefähre Vorstellung davon geben, was auf Sie zukommt. Die Hypnose ist ein anerkanntes Behandlungsverfahren in der Psychotherapie und hat eine lange Tradition, seit Jahrtausenden sind Suggestionen und Trancerituale wichtige Bestandteile von Heilungsprozessen. Der hypnotische Trancezustand ermöglicht einen leichten Zugang zu unserem Unterbewusstsein. So können Blockierungen aufgelöst und traumatische Erlebnisse neu bewertet und verarbeitet werden. Und genau so etwas haben wir heute vor. Wir möchten den Zugang zu Ihren verschollenen Erinnerungen öffnen. Das Ganze wird von Ihnen, Herr Schugg, als ein Zustand der tiefen, fokussierten Entspannung empfunden. Sie werden in einen sehr angenehmen, schlafähnlichen Zustand versetzt. Sie schlafen jedoch nicht wirklich, sondern Ihre Aufmerksamkeit ist auf bestimmte Dinge konzentriert, wie etwa meine Stimme, während andere Dinge immer unwichtiger werden, zum Beispiel Ihre Umgebung oder die Geräusche draußen auf dem Gang. Sie werden sich dabei vollkommen entspannt und absolut wohl fühlen, das kann ich Ihnen versprechen. Zudem sind Sie die gesamte Zeit über bei Bewusstsein, Sie können mir also vertrauen, dass nichts Unangenehmes oder gar Schlimmes mit Ihnen geschehen wird, natürlich abgesehen von der Tatsache, dass Sie mit Ihren vergessenen Erinnerungen konfrontiert werden. Aber seien Sie versichert, Herr Schugg, dass dieser Vorgang keine Angst in Ihnen hervorrufen wird. Durch das Erleben einer alten Situation von einem sicheren Ort aus – und in der Hypnose sind Sie sicher – wird diese Situation verändert wahrgenommen und birgt keine Gefahr mehr. Tatsächlich erleben die meisten Menschen Selbsthypnosen, ohne es bewusst zu merken. Tagträumen ist eine Form der Hypnose, eine Art Trance, die jeder mehrmals täglich erlebt. Auch der Zustand, den wir beim Einschlafen und Aufwachen durchlaufen, ist mit dem der hypnotischen Trance identisch. Wichtig ist dabei, zu wissen, dass Sie in der Trance alles hören werden, was ich Ihnen sage, und Sie werden auch alles andere mitbekommen, lediglich das Zeitgefühl geht Ihnen wahrscheinlich etwas verloren. Sie haben dennoch zu jeder Zeit die Kontrolle und können, wann immer Sie es wünschen, die Hypnose beenden. Dazu ist es nur nötig, mir mit dem Zeigefinger der linken Hand ein Zeichen zu geben, dann werde ich das Ende der Trance herbeiführen. Haben Sie das so weit alles verstanden, Herr Schugg?«

Georg Schugg nickte. Er war zwar immer noch angespannt und nervös, aber die Aussicht, die ganze Sache beenden zu können, wenn es für ihn unerträglich werden sollte, beruhigte ihn immens. Unauffällig krümmte er seinen linken Zeigefinger, um das mit dem Zeichengeben schon einmal zu üben.

»Also gut, Herr Schugg, dann fangen wir an. Sind Sie bereit, mit mir diese Hypnosebehandlung durchzuführen, und darf ich Sie während dieser Behandlung berühren?«

Wieder nickte Georg Schugg. Dann fiel ihm aber doch noch etwas Wichtiges ein. »Bitte sag Du, ich kann dieses Gesieze nicht mehr leiden.«

Rosi Scherer lächelte ihn an. »Ganz wie du willst, Georg, kein Problem. Wir müssen da jetzt gemeinsam durch, da ist ein Du durchaus angemessen. Und nun entspanne dich bitte und versuche einfach nur, meinen Anweisungen zu folgen.«

Sie hob ihre Hand und hielt sie direkt über das Gesicht ihres Patienten, dann begann sie leise und sanft mit ihm zu sprechen.

»Gut, Georg, versuche, dich wirklich zu entspannen, und schaue auf die Finger meiner Hand. Schließe die Augen, atme aus und halte für einen Moment die Luft an. Gut. Und nun konzentriere dich auf deinen Atem, während du wieder ausatmest.«

Georg Schugg folgte ihren Anweisungen und schloss seine Augen. Er hielt die Luft an, wie ihm gesagt worden war, und atmete sie dann langsam wieder aus, lauschte nur noch der weiblichen Stimme, die da an seiner Seite weiter mit ihm sprach. Er vernahm ihren Klang, und er hörte auch, was sie sagte, aber alles war plötzlich wie in Watte gepackt, so als ob er mitten in einer dicken weißen Wolke läge, durch die alles nur noch gedämpft zu ihm durchdrang.

»Jetzt, Georg, erzähle mir doch bitte noch einmal, wie du heißt und wie alt du bist.«

Das sanfte Timbre von Rosi Scherers Stimme versenkte ihn immer mehr in sich selbst, bis allmählich die ersten Bilder aus dem Dunkel seiner Seele hervorkrochen und den dunklen Keller, das muffige Verlies verließen, in das sie von seinem Bewusstsein gesperrt worden waren.

Bilder reihten sich zu langen Schlangen aneinander, klopften sich den Kellerstaub aus den Klamotten und begannen sich dann langsam, aber konsequent zu bewegen, zu Szenen und Abläufen zu formen. Und die Antwort auf die Frage, die Rosi ihm stellte, artikulierte sich von ganz allein.

»Mein Name ist Thomas Callenberg, aber die meisten nennen mich nur Tom. Ich bin neununddreißig Jahre alt«, sagte er ordnungsgemäß.

Rosi Scherer hielt einen Moment verdutzt inne, denn einen Klienten, der ihr in Trance eine andere Identität präsentierte als zuvor, hatte sie auch noch nicht gehabt. Thomas Callenberg? Oder doch Georg Schugg? Das war äußerst mysteriös und brachte sie einen Moment lang aus der Fassung. Trotzdem versuchte sie, sich nichts anmerken zu lassen. Sie hatte ihren Patienten auf sein Unterbewusstsein fokussiert. Es war nun an der Zeit, durch gezielte Fragen herauszufinden, welches belastende Ereignis diesem ominösen Tom Georg Callenberg Schugg widerfahren war.

»Also gut, Tom, nun versuche dich an den Moment zu erinnern, in dem dir die Dinge widerfahren sind, an die du dich bisher nicht mehr erinnern wolltest.«

Georg Schugg alias Thomas Callenberg zögerte nun nicht mehr, sondern begann bereitwillig von dem zu berichten, was er bis zum heutigen Tag tief in seinem Unterbewusstsein vergraben hatte. Und obwohl ihm allmählich klar wurde, was er da vor seinem inneren Auge zu sehen bekam, schilderte er es so, als würde das alles gar nicht ihm passieren, sondern als würde er sich selbst aus dem Abseits heraus zuschauen wie ein stiller, unbeteiligter Beobachter.

Er saß in der Mitte des Raumes und war mit Händen und Füßen an einen Stuhl gefesselt. Sein Körper war von den vielen Schlägen, Stößen und sonstigen Misshandlungen so mitgenommen, dass er den ganzen unglaublichen Schmerz, der seinen Körper bereits seit Stunden flutete, schon gar nicht mehr spürte. Vielleicht war aber auch der Stoff dafür verantwortlich, den sie ihm gespritzt hatten. Blut lief ihm ins Auge, und die Wirklichkeit in dem kalten, fensterlos betonierten Raum begann vor seinen Augen zu verschwimmen.

Er hatte sich beharrlich geweigert, ihnen seinen wahren Namen und den Namen seines Kontaktmannes bei der Nürnberger Spezialeinheit zu nennen, bis er dann, was Letzteres betraf, doch weich geworden war. Sie hätten es ohnehin herausgefunden, waren bereits nahe dran gewesen. Es gab zu wenige andere fragliche Nummern in seinem Handy. Die Identität des Kontaktmannes, ihr geheimer Treffpunkt und auch die Telefonnummer waren darin gespeichert. Das, was ihnen am allerwichtigsten war, den Aufenthaltsort der Kinder, hatte er ihnen jedoch nicht verraten. Denn täte er das, wäre sein Schutzschild passé, dann würden sie ihn früher oder später töten.

Also musste er durchhalten, irgendwie. Aber die Droge in seiner Blutbahn verfehlte ihre Wirkung nicht. Was wäre denn schon dabei, ihnen alles zu sagen?

Pflästerle hatte ihm immer treu zur Seite gestanden. Ein vorbildlicher Kollege, mit dem er im Verlauf der letzten Jahre schon viele Aufträge erledigt hatte. Wie viele Mitglieder der Unterwelt saßen hinter schwedischen Gardinen, weil er, Tom Callenberg, in den inneren Zirkel vorgedrungen war und das Netzwerk, den mafiösen Bereich oder den Clan mit seinen Informationen ans Messer geliefert hatte? Bis heute tat er das. Nur hatten sie ihn diesmal erwischt, hatten ihn enttarnt. Warum und weshalb, wusste er nicht.

Doch er wusste, dass durch die Droge seine Widerstandskräfte allmählich schwanden.

Sie hatten ihn hier in diesem Raum allein gelassen und sich auf den Weg gemacht, um seinen Kontaktmann aufzuspüren, ihn zu überrumpeln und zu töten. Bald würden sie wiederkommen, und dann würde er ihnen auch den Rest seines Wissens offenbaren, würde ihnen alles erzählen, was sie wissen wollten.

Als er geschnallt hatte, dass sie sein Handy hatten, wussten, wer er war, hatte er in einem Reflex die Mädchen als Geiseln genommen. Unschuldige Geiseln, die ihm eigentlich selbst schon ans Herz gewachsen waren. Doch er brauchte sie, um sein Leben und das seines Kontaktmannes zu schützen. Solange dieses Unterpfand existierte, hatte er und hätte auch Gerhard Pflästerle, seine Verbindung zur Spezialeinheit, eine Chance gehabt.

Die Tür wurde geöffnet, und ein Mann betrat den Raum. Mit langen Schritten kam er auf ihn zu, packte ihn an den dichten schwarzen Haaren und zog seinen Kopf nach hinten.

»Hallo, Tomor«, presste er mit tonloser Stimme hervor und starrte gequält an die Decke, wo eine billige Deckenleuchte ihr helles, kaltes Licht verbreitete.

»Ich habe dir vertraut, Georg. Du warst ein Mitglied meiner Familie. Meine Kinder haben mit dir gespielt, und meine Männer haben dich als wahren Freund geachtet, obwohl du ein verdammter Deutscher bist. Du warst ein Gleicher unter Gleichen, du warst der zweite Wolf in meinem Rudel, mein General, mein Adjutant. Ich habe dir wirklich vertraut, Georg. Und jetzt stellt sich heraus, dass du ein verdammter Verräter bist, ein Scheiß-Bulle? Dafür

musst du büßen. Aber dein größter Fehler war es, meine Kinder zu entführen. Das werde ich dir niemals verzeihen. Ich nicht, meine Familie nicht und der Rest des Wolfsrudels auch nicht. Du wirst sterben, Georg. Du wirst elendig sterben, weil du die Familie verraten hast. Weil du einen von uns umgebracht hast. Meinen Bruder, Georg, hast du kaltblütig erschossen, als er seine Nichten beschützen wollte. Deswegen wirst du unter großen Schmerzen sterben, so will es der Kanun, die Blutrache. Aber vorher wirst du uns alles erzählen, was du weißt, du verdammtes Stück Scheiße. Erst dann, du Scheiß-Bulle, erst dann werden wir dir zeigen, was wirkliche Schmerzen sind.«

Tomor Dragushas Mund näherte sich seinem Ohr, bis seine Lippen bereits sein Ohrläppchen berührten. »Tradhtar. Ujku kafshon mish të çuditshëm, lëpinë vetë«, flüsterte er, ehe er seine Haare wieder losließ und sich zu voller Größe aufrichtete. Dann holte er aus und schlug ihm, dem Verräter, ins Gesicht, sodass sein Kopf mit Wucht zur Seite geschleudert wurde.

Wieder wurde die Tür geöffnet, und zwei weitere Männer kamen herein, einen anderen Gefesselten zwischen sich. Sie schleppten den Mann, der ebenfalls schwer misshandelt worden war, bis zu seinem Stuhl und zwangen ihr Opfer vor ihm auf die Knie.

Tomor Dragusha betrachtete den Mann, der aus zahlreichen Wunden blutete und dessen Gesicht von den vielen Schlägen fast bis zur Unkenntlichkeit deformiert war. Gerhard Pflästerles Blick war hohl und leer, er wusste, was ihm bevorstand. In diesem Beruf ließ man sich auf ein gefährliches Spiel ein, und diesmal hatten sie es verloren. Es war ihnen ein fundamentaler Fehler unterlaufen, er war aufgeflogen, und mit seiner Enttarnung ging Pflästerle jetzt ebenfalls den Bach runter.

Dragusha zog seine Makarov, die er hinter dem Rücken in seinem Hosenbund trug. Er hielt die Waffe an Pflästerles Schläfe und drückte ab, ohne ihn anzusehen. Stattdessen lag der Blick des Clanchefs auf ihm, Tom Callenberg, um sicherzugehen, dass er auch hinsah. Pflästerles Kopf wurde zur Seite geschleudert, dann kippte der restliche Körper hinterher und blieb in der Blutlache, die sich unter ihm ausbreitete, liegen. Dragusha hob die russische Pistole und hielt sie ihm an die Schläfe. »Pass auf, Arschloch. Sag mir, wo Mira und Svea sind, dann darfst du auch so sterben. Dann wirst du einen einfachen, schmerzlosen Tod bekommen. Wenn nicht, Georg Schugg, wenn nicht, wirst du Schmerzen erfahren, von denen du bisher gar nicht wusstest, dass es sie gibt.«

Noch einmal drückte er ihm die Makarov an den Kopf, dann steckte er die Pistole wieder in den Hosenbund hinter seinem Rücken und ging, ohne ein weiteres Wort zu verlieren, aus dem Raum. Seine beiden Schläger folgten ihm und schlossen die Tür hinter sich.

Er war wieder allein. Allein mit sich, seinen Schmerzen und der Leiche eines guten Kollegen, der ihm in den Tod vorausgegangen war. Seine Psyche begann zu flattern, die Wände seines inneren Hauses stürzten ein. Trotz seiner Ausbildung und umfassenden Berufserfahrung kam er nun an die Grenzen seiner Belastbarkeit. Körper und Geist hatten immer mehr mit massivem Zerfall zu kämpfen, die Droge tat ihr Übriges.

»Tradhtar. Ujku kafshon mish të çuditshëm, lëpinë vetë«, stieß er laut hervor, »Verräter. Der Wolf beißt fremdes Fleisch, das eigene leckt er«, dann verfiel er in ein lautes, hysterisches Lachen.

Das war es also gewesen, sein Leben auf dieser Erde. Und es würde enden in diesem elenden Loch, im Keller einer einstmals großen Industrieansiedlung.

Rosi Scherer musste erschüttert innehalten. Ihre Hände zitterten, so intensiv schilderte der Mann, den Andrea ihr geschickt hatte, seine Erlebnisse. Fast panisch sah sie auf das digitale Aufnahmegerät, ob auch wirklich jedes Wort, das hier gesprochen wurde, gespeichert und zu gegebener Zeit wieder abgehört werden konnte. Aber der digitale Rekorder verrichtete unerschütterlich seinen Dienst, die kleine Kontroll-LED leuchtete weiterhin grün.

Sie hatte sich wieder im Griff und forderte ihren Klienten mit ruhigen Worten auf, in seiner Schilderung fortzufahren.

Erneut öffnete sich die Tür des Kellerraumes. Eine schlanke schwarzhaarige Frau schloss sie leise hinter sich und eilte mit schnellen Schritten auf ihn zu.

Sie holte eine Spritze aus ihrer Jacke, präparierte sie mit geübten Bewegungen und injizierte den kompletten Inhalt in seinen Oberarmmuskel, dann zog sie die Nadel wieder heraus und verstaute die Spritze dort, wo sie sie hergenommen hatte. Im nächsten Moment hielt sie ein kleines Messer in der Hand und zerschnitt damit das grau glänzende Klebeband, mit dem er an den Stuhl gefesselt worden war.

Das führte erst einmal zu gar nichts, geschweige denn zu einer Fluchtbewegung. Sein Körper wie auch sein Geist waren im Augenblick zu nichts fähig.

Die Frau betrachtete sein gequältes Gesicht, beugte sich vor und nahm es in beide Hände. »Das Mittel braucht ungefähr fünf Minuten, um zu wirken, Georg, danach kannst du dich wieder frei bewegen. Ich verschaffe dir eine halbe Stunde, mehr nicht. Aber so lange wird sich hier unten keiner blicken lassen. Also geh. Flieh, Georg. Bring mir meine Kinder!«

Den letzten Satz hatte sie geschrien, Tränen standen ihr in den Augen, während sie immer noch mit beiden Händen seinen Kopf umklammerte und ihm eindringlich ins Gesicht starrte.

»Du hast vierundzwanzig Stunden, Georg. Wenn du mir meine Kinder bis dahin nicht gebracht hast, werde ich persönlich kommen und dich töten. Hast du verstanden, du Drecksbulle? Vierundzwanzig Stunden!«

Wieder schrie sie den letzten Satz, wieder standen Tränen in ihren Augen, während ihre Finger sich in seine Haare krallten.

»Luana, ich wollte nicht –«, brachte er stöhnend über die Lippen, aber sie schnitt ihm mit einer entschiedenen Handbewegung das Wort ab.

»Vierundzwanzig Stunden. Eine bessere Chance kriegst du nicht, du Hurensohn. Der Kanun wird dich für den Rest deines Lebens verfolgen, und du wirst jeden Tag mehrmals über die Schulter schauen müssen, ob nicht ein Mitglied meiner Familie hinter dir steht, bereit, die Blutrache zu erfüllen. Das ist mehr,

*als du verdienst. Ich schenke dir dein erbärmliches Leben, Georg,
gib du mir dafür meine Kinder zurück.«*

*Diesmal schrie sie nicht, sondern zischte ihm ihre Worte hass-
erfüllt ins Ohr. Dann ließen ihre verkrampften Finger von seinem
Kopf ab, und sie starrte ihm sekundenlang mit tränenerfülltem
Blick ins Gesicht, ehe auch sie den Raum verließ.*

*Mit einem schleifenden Geräusch fiel die Tür hinter ihr ins
Schloss.*

Rosi Scherer konnte nicht mehr. Sämtliche Haare an ihrem Körper
hatten sich während des Zuhörens aufgestellt. Gegen Ende von
Thomas Callenbergs monoton vorgetragener Schilderung hatten
sich sogar erste Schweißperlen auf ihrer Stirn gebildet, so intensiv
hatte sie die Schmerzen und Qualen ihres Patienten miterlebt.

Noch einmal kontrollierte sie nervös, ob das Aufnahmegerät
auch wirklich alles aufgezeichnet hatte, aber die kleine grüne LED
leuchtete immer noch, das eben Erzählte war sicher gespeichert
worden. Es war genug, für sie selbst und auch für ihren Patienten.

Sie tat sich wirklich schwer damit, die Geschichte einfach nur
als genau das zu betrachten, was sie war, nämlich eine an die Oberfläche geholte Erinnerung eines Patienten, der in der Vergangenheit durch ebendiese geschilderten Ereignisse sein Gedächtnis
verloren, eine massive Amnesie erlitten hatte. Doch sie fing sich
wieder und versuchte, sich so gut es ging auf ihre gewohnten
Abläufe während einer Sitzung zu konzentrieren. Sie führte nun
das Prozedere durch, um ihn sicher aus seiner Trance zu holen
und die Sitzung zu beenden.

Es war alles getan, die Dinge hier am Klinikum gingen ihren
Gang, und Franz Haderlein konnte nur noch warten. Die Spurensicherung war inzwischen mit all ihren verfügbaren Kräften
vor Ort und machte ihre Arbeit. Ein Großteil von ihnen unter
dem Eindruck einer Schießerei mit Todesfolge direkt vor ihren
Augen. Selbst der abgebrühte und mit jahrzehntelanger Berufserfahrung ausgestattete Heribert Ruckdeschl war aktuell noch im
Schockzustand und nicht im Vollbesitz seiner geistigen Kräfte.

Trotz alledem wollte er seine Arbeit machen, was Haderlein ein gehöriges Maß an Respekt abnötigte.

Franz Haderlein hingegen hatte zum ersten Mal an diesem Tag das Gefühl, ein wenig kürzertreten zu dürfen. Inzwischen war es Nachmittag geworden, und seine innere Unruhe bedurfte dringend einer Befriedung.

Also machte er das, was ein jeder Bamberger in Situationen ersehnter innerer Einkehr tat, er begab sich an seinen bevorzugten Meditationsplatz, den Greifenklau-Keller am Laurenziplatz, auf dem Mittleren Kaulberg in Bamberg gelegen. Dort setzte er sich an einen einsamen Tisch und bestellte sich ein Bier. Gut, das war selbst in Bamberg für einen Kriminalbeamten im Dienst nicht direkt vorschriftsmäßig, aber kein Vorgesetzter dieser Welt, Fidibus am allerwenigsten, würde ihm nach so einem Tag ein heilkräftiges Getränk verwehren, und das Kellerbier war sowohl Labsal als auch ein vorzüglicher Seelentröster. Immerhin war eine Kollegin verschwunden, er hatte einen Menschen erschießen müssen, und man hatte mit einer Waffe auf ihn gezielt, in der eindeutigen Absicht, ihn umzubringen. Dass dieser für ihn überaus unerfreuliche Umstand nicht eingetreten war, hatte er nur Bernd Schmitt zu verdanken, der ja auch ohne Weiteres auf seinen Urlaub hätte bestehen können, den er sich weiß Gott auch verdient hatte.

So saß er also glücklicherweise recht lebendig hier auf dem Greifenklau-Keller und dachte über die Tücken seines Berufes, vor allem aber über sein Leben nach. Der heutige Tag hatte ihm wieder einmal vor Augen geführt, wie schnell es doch vorbei sein konnte, zumal in genau dem Moment, in dem man am wenigsten damit rechnete. Aber so war das eben in seinem Beruf. Der Tod war immer präsent, auch wenn er ihn bereits in jenem Augenblick verdrängt hatte, in dem er sich zu dieser Berufswahl entschloss.

Gedankenverloren öffnete er die Anruferliste auf seinem Mobiltelefon und ging die Kontakte des heutigen Tages durch. Andrea hatte sich immer noch nicht gemeldet. Es gab keinen einzigen Hinweis darauf, wo seine Kollegin sein könnte. Er wusste nicht, ob sie noch lebte oder wie schwer verletzt sie war und ob dieser Schugg auch etwas abbekommen hatte. Eigentlich wusste er, wusste die gesamte Bamberger Polizei fast nichts, was das Schicksal dieser beiden anbelangte. Es hatte aus irgendeinem Grund, der mit ihrem Verschwinden zu tun haben musste, einen Riesentumult am Bamberger Klinikum gegeben, dazu etliche Tote, die teils ebenfalls eine Rolle in diesem undurchsichtigen Spiel einnahmen. Allerdings war immer noch völlig unklar, wer die Männer beziehungsweise die Frau waren, die das Klinikum überfallen hatten und noch dazu bereit gewesen waren, zu töten und selbst getötet zu werden.

Franz Haderlein hatte ein solches Vorgehen in seinem ganzen Berufsleben noch nicht erlebt.

Ihm fiel auf, dass er seit dem ersten Telefonat heute Morgen keinen Kontakt mehr zu César gehabt hatte. Was hatte der eigentlich den ganzen Tag getrieben? Wo blieben die Ergebnisse zu den Recherchen über Schugg, die er ihm aufgetragen hatte? Er versuchte, seinen Kollegen telefonisch zu erreichen, aber es war nur wiederholt die Meldung zu hören, dass diese Nummer zurzeit nicht zu erreichen sei. Nun, das bedeutete wohl, dass César die gewünschten Ermittlungen vor Ort durchführte, sicherlich befand sich der Kollege Huppendorfer gerade irgendwo auf dem fränkischen Land in einem Funkloch und hatte keinen Empfang, was im Bamberger Landkreis durchaus des Öfteren der Fall war. Nun gut, César würde sich schon melden, wenn es etwas zum Melden gab.

Haderlein steckte sein Handy in die Tasche seiner Wildlederjacke zurück und nahm den nächsten durstigen Zug von seinem Greifenklau-Bier. Vielleicht wäre es jetzt am besten, er widmete sich einer Tätigkeit aus dem Feld beruflicher Routinearbeiten. Irgendwelche Überprüfungsgeschichten, mit denen man normalerweise einen Kommissarslehrling im ersten Lehrjahr betrauen würde. Ja genau, eine solche potenziell sinnentleerte Aufgabe war jetzt genau das Richtige für sein überreiztes Gemüt. Schließlich gab es noch ein paar Kollegen inklusive Honeypenny und Fidibus, die sich um die Nachsorge der Vorfälle am Klinikum kümmern konnten.

Er würde jetzt erst einmal in Ruhe aus diesem Bier den Inhalt entfernen und sich dann in aller Ruhe zur Firma »GEMO – Gemüse und Obst« nach Hallstadt begeben, um ein paar Obst- und Gemüsebauern zu befragen. Er war sich zwar ziemlich sicher, dass dieser Gemüsetransporter geklaut worden war, wenn auch noch keine Meldung darüber vorlag, aber vielleicht ja auch nicht, und dann ergab sich bei einer kleinen Recherche in der Gemüsefirma ja eventuell irgendetwas Neues, und wenn es auch nur die kleinste Kleinigkeit war.

Manchmal hatte ja doch jemand irgendetwas gesehen oder gehört, was sich erst auf den zweiten Blick als interessant entpuppte. Er hatte es schon so oft erlebt, dass die vermeintlich geringsten Hinweise den größten Nutzen erbrachten. Dass er bei der Gemüsefirma tatsächlich einen Hinweis auf Andreas Verbleib entdeckte, erschien ihm wie schon gesagt eher unwahrscheinlich, aber seine Seele brauchte jetzt ein wenig routinemäßigen Auslauf, ehe er in die Dienststelle zurückkehrte, um mit seinen Kollegen die weitere Vorgehensweise zu besprechen.

Die Therapeutin und ihr Patient saßen nach der Hypnosesitzung in der Mensa der Hermann-Lietz-Schule und widmeten sich schweigend ihrem Tee.

Thomas Callenberg starrte mit ausdruckslosem Gesicht auf eine der runden weißen Säulen und rührte geistesabwesend in seinem heißen Getränk.

Rosi Scherer sagte ebenfalls nichts, denn auch sie hatte noch mit dem Gehörten zu kämpfen. Callenbergs Geschichte war eine ganz andere Hausnummer, als einem Menschen durch Hypnose das Rauchen abgewöhnen zu wollen. Dieser Mann hatte Fürchterliches erlebt, und die Erinnerung daran war ihm gerade eben erst wieder zugänglich geworden. Hervorgeholt durch sie, die an dem Ergebnis ihrer hypnosetherapeutischen Arbeit nun ebenfalls zu knabbern hatte.

Sie kannte solche Situationen bereits, allerdings nicht in diesem Ausmaß und dieser Intensität. Die Hypnosetherapie war eben kein Wunschkonzert. Mit dem, was dadurch ans Licht kam, musste umgegangen werden, damit der von ihr als Therapeutin so schonend wie möglich initiierte Verarbeitungsprozess gelingen konnte. Es war daher absolut verständlich, dass der Mann jetzt erst einmal eine Weile brauchte, um das alles zu verdauen. Dass er nicht derjenige war, der er zu sein glaubte. Dass er zwei Jahre lang eine Identität gelebt hatte, die eigentlich zu seiner Tarnung aufgebaut worden war. Weshalb ihn natürlich niemand finden und eines Besseren belehren konnte, da die Verbrecher, in deren innersten Kreis Tom Callenberg vorgedrungen war, seinen Kontaktmann zur Außenwelt und damit den Einzigen außer dem verdeckten Ermittler selbst, der wusste, wer Georg Schugg wirklich war, umgebracht hatten. Vermutlich rätselte man in seiner Dienststelle bis heute, wo er blieb und wo sein Kontaktmann abgeblieben war.

Jetzt lag es an Thomas Callenberg, zuerst einmal seine Situation zu ordnen, seine Schlüsse zu ziehen und dann gegebenenfalls Maßnahmen zu ergreifen. Sie, Rosi Scherer, saß nur hier, um ihm bei diesem Prozess zu helfen und ihn zu unterstützen. Das konnte dauern, niemand wusste, wie lange. Aber das war ihr egal, sie würde dem bedauernswerten Mann mit dem Wildwuchs im Gesicht jetzt so lange zur Seite stehen, wie es eben nötig war. Das war sie ihm, aber auch ihrer Freundin Andrea schuldig.

Das Rühren hatte plötzlich ein Ende, und Tom Callenberg schaute Rosie Scherer aus tränennassen Augen an. Er schob den Tee zur Seite, ohne dass er auch nur einen einzigen Schluck davon getrunken hatte.

»Danke«, sagte er mit tonloser Stimme, und Rosi Scherer nickte ihm mit einem Lächeln zu.

»Keine Ursache, dafür bin ich ja da«, erwiderte sie und legte ihm ihre Hand auf den Arm. Zögernd wagte sie sich etwas weiter vor. »Ich hätte da eine Frage, Tom. Du hast da etwas von zwei Kindern erzählt, die du zurückbringen sollst. Wo sind die beziehungsweise wo waren sie die ganze Zeit untergebracht?« Sie hoffte inständig, dass Thomas Callenberg in seiner Verwirrtheit nicht irgendetwas Unüberlegtes mit den Kindern angestellt hatte.

Callenberg wischte sich mit dem Handrücken die Feuchtigkeit aus den Augenwinkeln, dann legte sich ein ziemlich gefasster, um nicht zu sagen entschlossener Ausdruck auf sein Gesicht.

»Es sind zwei Mädchen, drei Jahre alt, fast vier. Ich hatte sie bei einer guten Freundin untergebracht, Agnes. Eine pensionierte Lehrerin, gebürtig aus Tirana, bei der ich für meinen Auftrag Albanisch gelernt hatte. Eine sehr nette, alleinstehende ältere Dame, die sehr zurückgezogen lebt. Nachdem Luana mich freigelassen hatte, wusste ich zwar nicht mehr den wahren Grund, warum ich diese Sprache gelernt hatte. Und gleichzeitig hatte ich Agnes über meinen Beruf natürlich im Unklaren gelassen. Aber an sie und die Mädchen habe ich mich noch erinnert. Sie hat sich um die beiden gekümmert, sie wohnten bei ihr in einem kleinen, alten Schlösschen in Daschendorf, nicht weit von Baunach, wo ich später untergekommen bin. Lange habe ich die beiden nur heimlich besucht, ohne genau zu wissen, warum ich mich so bedeckt halten musste. Ich wusste nur, dass sie nicht gefunden werden durften. Aber nachdem ich vor Kurzem das Gefühl hatte, in der Bamberger Innenstadt erkannt worden zu sein, habe ich die beiden Mädchen zu mir geholt. Ich wollte Mira und Svea in meiner unmittelbaren Nähe wissen. Heute Morgen, nach der Sache im Klinikum, mussten sie von da weg, also brachte ich sie und Andrea in ein geheimes Versteck. Ich dachte, wir wären dort sicher, aber nach Lage der Dinge ist womöglich nichts mehr geheim in diesem Spiel. Wenn die mich im Klinikum finden konnten, dann finden sie auch die Höhle. Die lassen eine Spur, die sich nach so langer Zeit endlich für sie aufgetan hat, nicht einfach im Sande verlaufen.«

Sein Blick wurde plötzlich hart und unerbittlich. Von der großen Verunsicherung, die seine zurückgekehrte Erinnerung in ihm ausgelöst hatte, war Thomas Callenberg nun nichts mehr anzumerken.

»Ich werde mich zu gegebener Zeit noch einmal melden, Rosi, aber ich muss jetzt gehen. Ich weiß nicht genau, was die wissen. Nur dass ich von jemandem erkannt worden bin, und anscheinend sind sie mir danach bis ins Bamberger Klinikum gefolgt. Inzwischen kennen sie höchstwahrscheinlich auch meinen Wohnort und meine alte Arbeitsstelle, die sie direkt zu der Höhle führen könnte, in die ich Andrea und die Zwillinge gebracht habe. Rosi, ich muss zurück nach Bamberg, zurück zu Andrea und dann mit ihren Kollegen das weitere Vorgehen besprechen. Es darf nicht sein, dass meinetwegen noch jemand zu Schaden kommt. Aber genau das wird passieren, wenn ich jetzt nicht sofort zurückfahre. Andrea ist in ihrem Versteck nicht mehr länger sicher. Ich muss zurück.«

Thomas Callenberg sprang jetzt regelrecht von seinem Stuhl, und das mit einer derartigen Heftigkeit, dass er die weiße Säule, neben der er gesessen hatte, fast mit seiner Schulter gestreift hätte. Rosi Scherer musste ein Machtwort sprechen.

»Hör zu, Tom. Ich verstehe deine Sorge. Aber du bist alles andere als in einem fahrtüchtigen Zustand. Ich habe jetzt sowieso frei, also werde ich dich zu Andrea fahren. Du kannst dich neben mich ins Auto setzen und mir den Weg zeigen. Aber auf gar keinen Fall wirst du in deinem Zustand selbst fahren. Außerdem denke ich, dass nach Andreas Suzuki gesucht wird, wir nehmen also besser meinen Wagen. Alles klar?« Energisch hatte sie ihren Zeigefinger erhoben.

Tom Callenberg machte gar nicht den Versuch, irgendwelche Einwände zu erheben. Es war unbestreitbar, dass Andreas Freundin mit ihrer Einschätzung recht hatte. Seine Rippen taten ihm weh, seine Gedanken kreisten in einem fort um dieses Kellerloch, in dem er gefangen gehalten worden und in dem Gerhard gestorben war. Und natürlich stimmte das mit der Fahndung nach dem Suzuki. Spätestens nach seinem unrühmlichen Auftritt in der Tankstelle mit ihrem renitenten Besitzer würde die ganze fränkische Polizei verstärkt nach weißen Swifts Ausschau halten und jeden einzelnen kontrollieren. Mit Andreas Wagen würde er die Jungfernhöhle niemals erreichen können. »Also gut«, meinte er und ließ seinen Blick unstet durch den verglasten Anbau schweifen, mit seinen Gedanken schon wieder ganz woanders, »dann machen wir das. Hauptsache, wir sind so schnell wie möglich da.«

Tom Callenberg hatte sein Mobiltelefon genommen und wählte die Telefonnummer von Agnes, seiner Nanny für die beiden Zwillinge. Er wollte seiner Sprachlehrerin nahelegen, ihr Zuhause bis auf Weiteres zu verlassen, auch wenn sie das sicher nur sehr ungern tat. Aber seine Gegner waren zu allem entschlossen, da war Agnes ebenso in Lebensgefahr wie alle anderen.

Er ließ es mehrmals bei ihr läuten, doch sie ging nicht ran. Also sprach er ihr eine kurze, jedoch dringliche Warnung aufs Band, dann legte er mit ernstem Blick auf.

Es wurde wirklich allerhöchste Zeit, dass sie sich auf den Weg machten.

Wolfsrudel

Dieses sogenannte Manifest, das Georg da geschrieben hatte, war wirklich eine Farce. Erstens einmal war die gequetschte Schrift absolut schwer zu lesen. Und wenn sie es schon einmal schaffte, die Buchstaben zu entschlüsseln, kam dabei ein absolut konfuser, total sinnloser Quatsch heraus.

Was er sich auch dabei gedacht hatte, kein Außenstehender würde mit seinem Geschreibsel jemals irgendetwas anfangen können. Es ging darin um Weltfirmen, die den Klimawandel angeblich dazu nutzten, Tiere zu züchten, die gegen das wärmere Klima immun waren. Ehemalige Autozulieferer, die seiner Theorie zufolge Hunde abrichteten, um diese dann auf die Menschheit loszulassen. Ausländische Organisationen, die sich unter dem Deckmantel der EU großer Konzerne bemächtigten, sie sich quasi komplett einverleibten, um dann am Ende die Herrschaft in Deutschland zu übernehmen und die Demokratie abzuschaffen.

Eine hanebüchene Theorie reihte sich an die nächste. Andrea Onello wurde es irgendwann leid, sie legte das Manifest entnervt beiseite. Es wäre kurzweiliger und bei Weitem nicht so ermüdend gewesen, sich den eigentlichen Text dieses Werkes einzuverleiben, nämlich die Arbeitsrichtlinien der ehemaligen Michelin-Werke in Hallstatt bei Bamberg.

Oh Mann, bei dem lieben Georg war eindeutig irgendwo eine Schraube locker. Auch wenn sie davon ausging, dass er nichts für seine Verwirrtheit konnte, beschlich Andrea Onello ein merkwürdiges Gefühl bei dem Gedanken, den Mann, der diesen wirren Quatsch verfasst hatte, vor einigen Stunden spontan geküsst zu haben.

Aber da war ja noch etwas ganz anderes, das sie hinter der Fassade des verwirrten Zimmergörch gespürt hatte. Eine Persönlichkeit, deren Konturen nur verblasst, durch irgendein schreckliches Ereignis verschollen waren. Und diesen Mann fand sie ungemein anziehend, diese unbekannte Persönlichkeit hatte sie genau deswegen geküsst.

Trotzdem reichten ihre noch frischen Gefühle nicht so weit, dass sie sich einen solchen Quatsch antat wie dieses Geschreibsel.

Da starrte sie lieber an die Decke dieser Höhle und wartete auf die Heimkunft des Urhebers, der nach seiner Hypnosetherapie hoffentlich einen großen Schritt weitergekommen war, was seine Traumabewältigung und auch seinen klaren Verstand anbelangte.

Einer der größten Unterschiede zwischen dem Leben dort draußen in der modernen Welt und ihrem Aufenthalt hier war der Umstand, dass im Inneren der Höhle eine nie gekannte Ruhe herrschte. Alles, was sie hier zu hören bekam, waren die Geräusche, welche die beiden Zwillinge verursachten, sowie ab und zu das Rauschen der Bäume draußen vor dem Eingang, wenn ein wenig Wind durch den Wald blies, oder das Gezwitscher eines Vogels, der seinen Frühlingsgefühlen auf einem Ast direkt vor dem Höhleneingang freien Lauf ließ. Das war es dann aber auch schon mit den akustischen Einflüssen aus der Außenwelt.

Wie musste es wohl vor vielen tausend Jahren gewesen sein, als die Menschen noch in genau solchen Höhlen gelebt hatten und gar nichts anderes kannten als die Natur um sie herum? Waren sie entspannter gewesen, ausgeglichener, oder überwogen die harten Lebensumstände, die Sorge um die nächste Mahlzeit und die Gefahren, denen der Mensch in der Wildnis ausgesetzt war? Jetzt, nach etlichen Stunden in dieser Höhle, stellte sich zumindest in Andrea Onello allmählich eine große Ruhe und Gelassenheit ein. Wenn die Schmerzen der Schussverletzung nicht gewesen wären, hätte sie sich wahrscheinlich sogar auf angenehme Weise entspannen können.

So weit ging die Liebe zu ihrem Aufenthaltsort zwar noch nicht, trotzdem genoss sie die Stille und begann durchaus, sich daran zu gewöhnen.

Genau dieser Umstand hatte zur Folge, dass sie zusammenzuckte, als sie von draußen vor dem Eingang der Höhle ein deutlich vernehmbares Knacken hörte. Irgendwer oder irgendwas musste auf einen Ast getreten sein oder hatte mutwillig einen solchen mit den Händen zerbrochen.

Dann hörte sie die Stimmen. Genauer gesagt hörte sie die Stimmen von Männern, die sich leise flüsternd miteinander unterhielten. Wie viele es waren, konnte sie nicht sagen, aber es waren Menschen dort draußen, die nicht wollten, dass man sie hörte. Sie erhob sich mühsam aus ihrer liegenden Haltung in eine Sitzposition, was ihr ein schmerzinduziertes Stöhnen abverlangte. Sie wollte schon glauben, dass die Personen am Höhleneingang vorbeigehen würden, als einige der geflüsterten Gesprächsfetzen etwas deutlicher an ihr Ohr drangen.

Die Worte klangen genauso wie die fremdartige Sprache, die Mira und Svea benutzten, wenn sie sich in ihrem Kleinkinderkauderwelsch miteinander unterhielten. Sie versetzten Andrea Onellos Instinkt in Alarmbereitschaft.

Wer waren diese Männer da oben, und was wollten die hier?

Mit zusammengebissenen Zähnen erhob sie sich, ihre Dienstwaffe in der Hand. So leise, wie es in ihrem angeschlagenen Zustand möglich war, schlurfte sie an der felsigen Wand entlang in Richtung Ausgang und äugte vorsichtig um einen schützenden Steinvorsprung herum. Ihr wurde klar, dass sie einen gewaltigen Fehler gemacht hatte, denn sie sah direkt in das Gesicht eines Mannes, der mit einer Pistole in der Hand oben auf der Kante des Höhleneinganges kauerte und zu ihr herabblickte.

Reflexartig riss sie ihre Dienstwaffe nach oben, aber da fiel auch schon der erste Schuss. Wenige Zentimeter über ihrem Kopf schlug das Projektil ein und zerfetzte den oberen Teil des kleinen Felsvorsprunges, hinter dem sie sich in Sicherheit wähnte. Erschrocken zog sie ihren gesamten Körper hinter die Deckung zurück, was zu einem heftigen Schmerz in ihrer Brust führte. Ein Schrei entfuhr ihr, und die Zwillinge blickten mit blassen Gesichtern aus dem hinteren Teil der Höhle zu ihr herüber. Die beiden wussten nicht genau, was los war, aber sie spürten, dass sich dort am Eingang gerade gefährliche Dinge abspielten.

Draußen waren nun laute und wilde Diskussionen zu hören,

dann ein metallisches Schaben. Die Männer hatten die Aluminiumleiter gefunden. Als sie das dumpfe Geräusch vernahm, mit dem die Füße der Leiter am Boden der Höhle auftrafen, ging die Kommissarin noch einmal volles Risiko und feuerte ein paar Schüsse in Richtung Höhleneingang ab, die aber sofort beantwortet wurden.

Andrea Onello überlegte fieberhaft, was sie jetzt tun sollte. Ihre Möglichkeiten waren ziemlich begrenzt. Diese Männer würden gleich diese Leiter herabsteigen, und sie hatte nur noch wenige Schuss Munition. Vielleicht wäre es besser, sich zu ergeben, auch wenn ihr Gefühl sie dringend davor warnte. Die Männer machten nicht den Eindruck, als wären sie auf Gefangene aus.

Sie hörte das typische Kratzen, das dreckige Schuhe auf dem Metall einer Aluminiumleiter verursachten, und beschloss, dass sie sich auf keinen Fall hier in dieser Höhle verkriechen und auf den sicheren Tod warten würde. Dann lieber mit fliegenden Fahnen untergehen und wenigstens einen oder zwei der Angreifer mit auf die Reise ins Jenseits nehmen, als sich hier in diesem Loch einfach erschießen zu lassen. Sie hatte keine Ahnung, in was für eine Sache Georg da hineingeraten war, aber dass der ganze Mist sie jetzt das Leben kosten würde, damit hatte sie heute Morgen, als sie aus ihrem Bett gekrochen war, weiß Gott nicht gerechnet.

Irgendjemand dort oben schrie seinen Kumpanen am Höhleneingang etwas zu, das sie nicht verstand. Das war ihre Chance, vielleicht ließen sich die Männer dadurch ablenken und verschafften ihr so einen minimalen Vorteil. Sie nahm ihren ganzen Mut zusammen. Dann trat sie, den Schmerz in ihrer Brust ignorierend, hinter ihrer Deckung hervor, bereit, auf alles zu schießen, was sich bewegte. Sie hatte den Außenbereich visuell noch nicht ganz erfasst, da war erneut ein Schuss zu hören. Doch der kam definitiv nicht aus der Handfeuerwaffe ihrer Gegner. Er kam aus überhaupt keiner Handfeuerwaffe. Dieser Schuss war dunkler, lauter, und die Waffe, aus der er abgegeben wurde, befand sich etwas weiter weg vom Eingang.

Als Ergebnis kam ihr vom oberen Ende der Leiter ein Mann

entgegengeflogen. Er krachte mit dem Rücken voraus direkt vor ihr auf den Höhlenboden. Seine Brust war von einer gewaltigen Kugel zerfetzt worden und bildete ein einziges, blutverschmiertes Bild des Grauens. Die Hand des Mannes hielt zwar noch seine Waffe, aber zu einer für sie gefährlichen Handlung war der Typ definitiv nicht mehr fähig. Seine Augen wurden blass, und sein Kopf kippte leblos zur Seite.

Oben wurde es laut. Schüsse fielen, erst die einer Handfeuerwaffe, dann war erneut der dunkle Knall der anderen Waffe zu hören. Sie vernahm keine Schreie, dafür kippte der Körper eines weiteren Mannes auf den Boden, diesmal oben am Eingang der Höhle, außerhalb ihres Sichtfeldes. Gleich darauf schob sich ein Kopf über den Rand der Öffnung, und der Sterbende versuchte, sich mit einer Hand an der obersten Sprosse der Leiter festzukrallen. Aber der verzweifelte Versuch endete wenige Sekundenbruchteile später, und auch sein Blick wurde leer. Dann löste sich auch die Hand, welche die Leiter umkrampft hatte, von der Strebe und hing schlaff nach unten.

Andrea Onello stand da wie vom Donner gerührt. Sie war von den Geschehnissen völlig überfordert. Gerade eben hatte sie noch mit ihrem Leben abgeschlossen, jetzt lagen zwei der Männer, die auf sie geschossen hatten, tot vor ihr. Wieder hörte sie Schritte. Jemand ging oben durch trockenes Laub und kam immer näher.

Andrea Onellos überreizte Psyche war nicht mehr in der Lage, Gut und Böse zweifelsfrei einzuordnen, also richtete sie ihre Dienstwaffe sicherheitshalber auf die über ihr liegende Öffnung. Dort ließ sich aber niemand blicken, dafür konnte sie nun eine Stimme hören, die laut und entschlossen ihren Namen rief.

»Hallo, Frau Onello, sind Sie das dort unten?«, fragte die Person, was sie noch mehr verwirrte, aber auch ein wenig aufatmen ließ. Wer das auch war, er sprach Deutsch und kannte zudem ihren Namen. Das war ein ziemlich guter Anfang und weitaus vertrauenerweckender als wild um sich schießende Männer, die sich in fremden Idiomen verständigten.

»Ja, ich bin hier. Wer sind Sie, was wollen Sie?«, schrie Andrea Onello so laut sie konnte nach oben, die Waffe fest im Anschlag.

Es dauerte einige Sekunden, bis sich die Person erneut meldete, einen beruhigenden Unterton in der Stimme.

»Bitte nicht schießen, die Gefahr ist erst einmal vorüber. Ich komme jetzt zum Eingang, damit Sie mich sehen können. Hören Sie? Bitte nicht mehr schießen, ich will Ihnen helfen!«

Andrea Onello fing langsam an zu glauben, dass ihr der Mann dort draußen tatsächlich nichts tun wollte. Trotzdem hielt sie die Waffe auf die Öffnung der Grotte gerichtet, in der momentan nur Baumwipfel und etwas blauer Himmel zu sehen waren. Dann schoben sich die Umrisse eines Mannes vor das Gegenlicht, beide Hände zum Zeichen seiner Waffenlosigkeit mit den Handflächen voraus erhoben.

Der Mann entdeckte sie und sagte: »Alles gut, Frau Onello, Ihr Kollege Bernd Schmitt hat mich geschickt. Ich sollte hier auf Sie aufpassen. Und so, wie ich die Sache sehe«, er wies mit dem Kinn auf die Leiche des Mannes zu Andreas Füßen, »war das auch dringend nötig.«

Andrea Onello ließ ihre Waffe sinken, und noch während sich ein erlöstes Lächeln in ihr Gesicht stahl, liefen ihr bereits Tränen der Dankbarkeit die Wangen hinunter.

Otto Küps staunte nicht schlecht, als er nach so langer Zeit mal wieder etwas von Bernd Schmitt zu hören bekam. Erst meldete sich der treulose Sack jahrelang nicht mehr, und dann rief er plötzlich mitten am Tag an, tat recht dienstlich und kam schließlich auch noch mit so einem hanebüchen klingenden Antrag um die Ecke.

Aber bitte, wer konnte Bernd schon böse sein. Er war schon immer ein Chaot gewesen, selbst als Polizist, und das würde sich auch für den Rest seines Lebens nicht mehr ändern.

Kennengelernt hatten sich Bernd Schmitt und Otto Küps während ihrer Bundeswehrzeit in der unterfränkischen Hainbergkaserne in Mellrichstadt. Schon am ersten Abend mit alkoholischem Getränk hatten beide gewusst, dass sie im Leben auf der exakt gleichen Wellenlänge agierten. Sooft sie konnten, verbrachten sie fortan ihre Zeit während des Bundeswehrdienstes zusammen.

Auch ihre Fähigkeiten erwiesen sich als durchaus ähnlich, weshalb sie sich innerhalb der Kompanie einer Spezialausbildung unterzogen. Dazu verlängerten sie ihren Wehrdienst freiwillig auf dreiundzwanzig Monate und absolvierten eine vierwöchige Ausbildung zum Scharfschützen. Da die bei der Bundeswehr immer als Pärchen ausgebildet und zum Einsatz geschickt wurden, waren sie danach noch enger verbandelt als zuvor, die wahrscheinlich dicksten Freunde, welche die Hainbergkaserne zu Mellrichstadt jemals beherbergt hatte.

Damals sah man Otto Küps und Bernd Schmitt sehr häufig einträchtig mit ihren G22-Scharfschützengewehren über den Kasernenhof laufen. Eins Komma zwanzig Meter hoch, fünf Schuss, das waren die Maße ihrer Freundinnen über die dreiundzwanzig Monate. Eine wirklich schöne Zeit, was nicht alle Soldaten von ihrer Grundausbildung behaupten konnten.

Nach der Zeit bei der Bundeswehr hatten sie sich weiterhin getroffen. Da es sie beide zurück in ihre alte Heimat nach Oberfranken verschlagen hatte, wohnten sie nicht weit voneinander entfernt. Bernd hatte eine Ausbildung bei der Polizei begonnen, Otto Küps widmete sich dem Studium der Forstwirtschaft mit anschließender Ausbildung zum Förster.

Erst als Bernd seine Freundin Ute kennengelernt hatte und in die Nähe von Bad Staffelstein gezogen war, waren ihre Treffen nach und nach spärlicher geworden, und seit dann auch noch das Kind auf die Welt kam, war es irgendwie vorbei mit der jahrelangen Männerfreundschaft.

Über zwei Jahre hatte er von Bernd nichts mehr gehört, bis der heute seine Nummer gewählt und ihm mit großer Ernsthaftigkeit diese unglaubliche Geschichte von seiner verschollenen Kollegin erzählt hatte, die von irgendwelchen Männern vom Balkan umgebracht werden würde, sollte er ihr nicht zu Hilfe eilen. Natürlich war Otto Küps seiner Bitte nachgekommen, auch wenn er überzeugt gewesen war, dass Bernd übertrieb. Aber bitte, er wollte sich nicht nachsagen lassen, er habe einem alten Kumpel die Hilfe verweigert.

Er hatte seine doppelläufige Bockflinte umgehängt und sich auf den Weg zur Jungfernhöhle gemacht. Die war ihm persönlich gut bekannt, ein auf den Höhen des Fränkischen Jura gelegenes, eher unterbesuchtes Touristenziel, das sich gerade noch so innerhalb seines Forstreviers befand. Dass sich Bernds Kollegin in dieser Höhle versteckt haben sollte, erschien Otto Küps dennoch ziemlich an den Haaren herbeigezogen. Zwar rankten sich einige alte Sagen um die Jungfernhöhle, und es hatte innen wie außen auch bereits mehrere Grabungen von Universitäten gegeben, aber als Versteck für längere Zeit erschien ihm die vergleichsweise kleine Höhle doch eher ungeeignet. Da gab es weiß Gott komfortablere Möglichkeiten.

Nachdem er sein Auto in sicherer, aber dennoch unmittelbarer Entfernung abgestellt hatte, war er die wenigen hundert Meter zur Höhle gelaufen, darauf bedacht, von niemandem gesehen zu werden. Er wollte sich später nicht nachsagen lassen, Bernds Anliegen aus Unglauben auf die leichte Schulter genommen zu haben. Er hatte sogar extra die Munition für sein Jagdgewehr ausgewechselt und statt Schrot einige Ladungen Brenneke-Flintenlaufmunition mitgenommen. Die war eigentlich für Reh- und Schwarzwild gedacht, denn sie eignete sich für den schnellen Schuss auf sich bewegende Ziele und hatte eine wirksame Einsatzreichweite von bis zu fünfzig Metern, was für diesen Zweck besser geeignet schien als wie auch immer beschaffener Schrot.

Sollte es also jemand wagen, wovon er nicht wirklich ausging, ihn mit einer Waffe zu bedrohen, dann würde derjenige sein blaues Wunder erleben.

Aber ein solches Szenario lag seiner Meinung nach in weiter Ferne. Er würde jetzt erst einmal in aller Ruhe die Höhle inspizieren, was nicht allzu lange dauern dürfte, um dann unverrichteter Dinge wieder heimzukehren und Bernd zu berichten, dass er sich leider getäuscht haben musste. So sein stiller Plan.

Zu seiner größten Überraschung schien Bernd mit seinen Vermutungen aber tatsächlich recht zu behalten, denn als Otto Küps sich dem Höhleneingang näherte, erblickte er dort zwei Männer, die ganz ohne Zweifel Handfeuerwaffen in ihren Händen hielten. Sekunden später kam es dann auch tatsächlich zu einem kurzen

Schusswechsel mit jemandem innerhalb der Höhle, bei dem von unten der Schrei einer Frau zu hören war.

Otto Küps hatte die Szene zuerst angemessen verblüfft betrachtet, um dann auf seinen längst vergessen geglaubten Bundeswehrmodus umzuschalten. Er schlug einen kleinen Bogen und pirschte sich vorsichtig im Schutz der Bäume von vorne an den Höhleneingang heran.

Einer der unbekannten Männer hatte zwischenzeitlich eine Leiter in die Höhle hinabgelassen und schickte sich nun an, nach unten zu steigen. Der andere der beiden stand rücklings an den Felsen gepresst und zielte mit seiner Pistole auf etwas oder jemanden im Inneren der Höhle. Offenbar wollte er seinem Kumpan Feuerschutz geben. Otto Küps blieb keine Zeit mehr für ausgefeiltes Nachdenken, er handelte intuitiv. Er legte seine Browning-Bockflinte an den Baumstamm an, an dem er stand, und rief lautstark eine Warnung.

»Waffen weg, Polizei!« Natürlich war er kein Polizist, aber Bernd hatte ihm eingeschärft, genau das zu rufen.

Die Reaktion der Männer war alles andere als einsichtig. Der Mann auf der Leiter sah hoch, entdeckte ihn in etwa fünfundzwanzig Metern Entfernung und richtete seine Pistole auf ihn. Otto Küps drückte sofort ab, und die großkalibrige Flintenlaufmunition traf den auf der Leiter stehenden Mann mitten in die Brust. Von der Wucht des Aufpralls nach hinten gerissen, stürzte der Mann rücklings ins Dunkel der unter ihm liegenden Höhle.

Im selben Moment eröffnete dessen Kumpan das Feuer auf Otto Küps. Doch die Kugeln schlugen in den Baumstamm, hinter dem der Revierförster Deckung gesucht hatte, und das Dauerfeuer hatte nicht das beabsichtigte Ergebnis.

Küps blieb unter dem Beschuss so ruhig, wie er es während seiner Grundausbildung bei der Bundeswehr gelernt hatte. Er zielte sorgfältig, dann ging auch die zweite Kugel Spezialmunition auf ihre tödliche Reise. Der Mann wurde in den Oberkörper getroffen und vom Rückstoß nach hinten an die Felswand geworfen. Mit durchlöchertem Brustkorb und ungläubigem Blick rutschte er langsam nach unten in eine sitzende Position und kippte zur

Seite, wo er dann beim Versuch, die Leiter im Eingang zur Höhle zu erreichen, im trockenen Laub liegend sein Leben aushauchte.

Niemand, der von einer solchen Munition getroffen wurde, hatte eine Chance auf Überleben. Beide Männer waren tot, da machte sich Otto Küps keinerlei Illusionen. Blieb zu hoffen, dass die Frau, Bernds Kollegin, die Schießerei dort unten in ihrem Versteck überlebt hatte. Falls ja, musste er sie zuallererst davon überzeugen, dass er in friedlicher Absicht gekommen war und nicht zu diesem Verbrecherpack gehörte, das gerade versucht hatte, sie umzubringen.

Er ging möglichst nah an den Eingang der Höhle heran, ohne sich sehen zu lassen, und rief: »Hallo, Frau Onello, sind Sie das dort unten?«

»Ja, ich bin hier. Wer sind Sie, was wollen Sie?«, schrie eine Frau von unten zurück.

Er atmete erleichtert auf und leistete seinem alten Kumpel Bernd, der mit allem richtiggelegen hatte, innerlich Abbitte. Dann lehnte er die Flinte an die Felswand und hob beide Arme. »Bitte nicht schießen, die Gefahr ist erst einmal vorüber. Ich komme jetzt zum Eingang, damit Sie mich sehen können. Hören Sie? Bitte nicht mehr schießen, ich will Ihnen helfen!«

Otto Küps trat vorsichtig an die Öffnung und spähte über den Rand nach unten in die Höhle. Dort stand eine langhaarige blonde Frau mit erhobener Pistole und ängstlichem, aber konzentriertem Gesicht.

»Alles gut, Frau Onello, Ihr Kollege Bernd Schmitt hat mich geschickt, ich sollte hier auf Sie aufpassen. Und so, wie ich die Sache sehe, war das auch dringend nötig.«

Sie ließ ihre Waffe sinken und begann nun, hemmungslos zu weinen. Er wollte schon die Leiter hinuntersteigen, um sich um das völlig aufgelöste blonde Etwas zu kümmern, als er in einiger Entfernung das laute Schlagen von Autotüren vernahm. Vorne am Parkplatz waren Fahrzeuge angekommen. Er lugte vorsichtig über den Felsen und konnte sehen, dass mehrere Männer in Richtung der Höhle gelaufen kamen. Und wie die beiden anderen zuvor hielten diese Männer Waffen in ihren Händen.

Otto Küps ging fluchend in die Hocke und holte zwei weitere Patronen für seine Jagdwaffe aus der Tasche.

Sie waren die ganze Strecke bis zur Jungfernhöhle am Stück durchgefahren, ohne auch nur an eine Pause zu denken. Unterwegs waren sie an zwei Polizeistreifen vorbeigekommen, die an der Autobahn die Augen nach weißen Suzukis offen hielten. Rosi Scherers Golf war jedoch ein deutsches Fabrikat und noch dazu knallblau, was für die Beamten so unverdächtig war, wie es nur ging.

So konnten sie von allen Gesetzeshütern unbemerkt bis nach Bamberg durchfahren, um dann über Scheßlitz und Zeckendorf, am Gügel vorbei immer weiter den Jura hinauf, den Weg zur Jungfernhöhle einzuschlagen.

Als sie an dem kleinen Parkplatz ankamen, wunderte sich Thomas Callenberg über die vielen Fahrzeuge, die hier herumstanden. Nicht wenige davon waren Einsatzfahrzeuge der Polizei, was von einem Ereignis mit größerer Tragweite zeugte.

Ihm schnürte sich vor Schreck der Hals zusammen. Irgendetwas musste hier passiert sein, etwas Schlimmes. Wirre Bilder von Andrea und den beiden kleinen Mädchen standen ihm vor Augen, und eine leicht panische Anwandlung flutete seinen Körper. Woher wusste die Polizei überhaupt von der Höhle und Andreas Aufenthaltsort? Er hatte niemandem außer Rosi davon erzählt.

»Du bleibst hier und wartest, bis ich die Lage geklärt habe«, befahl er seiner Hypnosetherapeutin, dann machte er sich mit schnellen Schritten auf in Richtung des ihm wohlbekannten Höhleneinganges. Er war kaum in Sichtweite, als auch schon der erste Polizeibeamte auftauchte und ihn mit der Waffe im Anschlag anschrie, er solle gefälligst stehen bleiben. Aber Callenberg war im Moment so ziemlich alles egal, also hob er nur seine Hände in die Luft und lief einfach weiter. »Keine Sorge, ich bin Polizist, ich gehöre dazu!«, rief er laut, ohne sich um den hektisch werdenden Streifenbeamten zu scheren.

Als der Polizist seinen Befehl jetzt noch einmal wiederholte und erregt mit seiner Pistole in der Luft herumzufuchteln begann, drängte sich von hinten eine langhaarige blonde Frau an dem Mann vorbei, die den Polizisten einfach zur Seite schob und auf Callenberg zurannte.

An ihrem schmerzverzerrten Gesicht konnte Thomas Callenberg ablesen, dass Andrea dies nur unter Aufbietung all ihrer Willenskraft zustande brachte. Trotzdem freute er sich, als sie ihm regelrecht in die Arme flog und sich an ihn klammerte.

»Hallo, Georg, gut, dass du da bist. Hier sind schreckliche Dinge passiert«, rief die Kommissarin, während sie sich aufgelöst und mit zitterndem Körper an ihn presste.

Die diversen Polizeibeamten, die diese Szene mit einigem Erstaunen beobachtet hatten, ließen ihre Waffen sinken und kamen langsam auf sie zu. Einer von Andreas Kripokollegen, der sich als Kriminalkommissar Schmitt vorstellte, führte ihn nach kurzer Bekanntmachung zum Höhleneingang, wo die Leichen zweier Männer lagen, der eine direkt vor dem äußeren Höhleneingang, der andere circa zwei Meter tiefer, im Inneren der Höhle. Das Kaliber der Waffe, mit der die Männer erschossen worden waren, musste gewaltig gewesen sein, jedenfalls hatte Callenberg in seiner ganzen Berufslaufbahn noch nie ein Einschussloch von derartiger Größe gesehen.

»Die beiden heißen Adnan und Fisnik«, sagte er zu Andrea und ihrem Kollegen. »Sie sind Mitglieder der albanischen Mafia. Genauer gesagt einer albanischen Mafiafamilie, die hier in Bamberg ihr kriminelles Lager aufgeschlagen hat. Diese Typen sind brutaler als alles, was ich in meiner gesamten Laufbahn bei der Polizei jemals erlebt habe. Die sind wirklich gefährlich und zu absolut allem fähig.«

Er wurde von den beiden angestarrt, als wäre er soeben mit einem knallbunten Raumschiff auf einer Lichtung im Wald gelandet. Andrea Onello war die Erste, die ihre Sprache wiederfand.

»Albaner, Polizeilaufbahn? Wovon redest du denn da, Georg?«, wollte sie mit leicht verstörtem Gesichtsausdruck wissen. Der Mann, der sie heute Morgen gerettet und hierhergebracht hatte, wirkte auf einmal so ganz anders. Selbstsicher, souverän, und er machte überhaupt keinen verwirrten Eindruck mehr. Jetzt lächelte er sie auch noch verständnisvoll an und wartete mit einer Antwort auf, die sie noch mehr verwirrte.

»Ich heiße nicht Georg, Andrea. Mein Name ist Thomas Callenberg, und ich arbeite als verdeckter Ermittler bei der Nürnberger Polizei. Deine Freundin hat ganze Arbeit geleistet, ich bin jetzt wieder völlig klar.«

Andrea Onello blieb der Mund offen stehen, und ihr logisches Denkvermögen hatte mit massiven Aussetzern zu kämpfen. Tom Callenberg erkannte ihre innere Not und lenkte das Gespräch wieder auf die sachliche Ebene.

»Aber das ist im Moment ganz egal, Andrea, ich erklär dir das später. Du musst zurück ins Krankenhaus, und ich muss meine Vorgesetzten in Nürnberg kontaktieren, damit dieses albanische Nest so schnell wie möglich ausgehoben werden kann, bevor noch Schlimmeres passiert.« Er wandte sich an Andreas Kollegen, der die ganze Zeit geschwiegen und sich die Unterhaltung angehört hatte, allerdings mit einem zunehmend skeptischen Gesichtsausdruck. »Und glauben Sie mir, es wird Schlimmeres passieren«, stieß Callenberg hervor. »Wir müssen handeln, sofort.«

In der Zwischenzeit war noch ein anderer Kripobeamter zu ihnen getreten, ein dunkelhäutiger Kommissar in eleganten Klamotten, der ihm jetzt als César Huppendorfer vorgestellt wurde. Dessen Nasenbein schien kürzlich eine unliebsame Begegnung mit einem Güterzug gehabt zu haben, jedenfalls sah die Gesichtsmitte des Beamten nicht wirklich gut aus und war ziemlich angeschwollen.

»Sie wollen also das Nest ausheben, aha. Dann wissen Sie ja sicher auch, wo wir die ganze Bande finden können, oder nicht?«, fragte dieser Huppendorfer ganz so, als glaubte er ihm kein Wort von dem, was er gerade gesagt hatte.

Aber Tom Callenberg hatte keine Lust, sich noch länger mit Nebensächlichkeiten aufzuhalten. »Ja, natürlich weiß ich, wo die sind. Ich war lange genug Mitglied in diesem brutalen Kreis. Ich sage Ihnen, was wir jetzt machen. Wir fahren nach Bamberg in Ihre Dienststelle. Dort werde ich Sie mit meiner Abteilung in Nürnberg verbinden, damit man Ihnen meine Identität bestätigt.

Und dann starten wir alle zusammen eine konzentrierte Aktion, um dieses verdammte Rattenloch auszuräuchern. Und zwar so schnell wie möglich, bevor die völlig durchdrehen oder das ganze Rudel auf Nimmerwiedersehen verschwindet.«

Das war keine Erklärung, sondern eine Ansage von solcher Intensität gewesen, dass niemand mehr an der Wahrhaftigkeit von Callenbergs Worten zweifeln mochte.

»Okay«, meinte Lagerfeld nach kurzem Nachdenken. »Fahren wir los. Als Erstes sprechen wir mit unserem Chef, der muss einen solchen großen Einsatz ja absegnen. Dann schauen wir weiter.« Er nickte César Huppendorfer zu, was hieß, dass der sich gefälligst beeilen solle, und setzte sich in Bewegung. Callenberg und Huppendorfer folgten ihm in Richtung Parkplatz.

Nur Andrea Onello stand immer noch völlig erschüttert am Rande des Geschehens und wusste nicht so recht, was sie mit dem eben Gehörten anfangen sollte. Georg Schugg, der heute Morgen noch ein gestörtes Mitglied des Bamberger Stadtproletariats gewesen war, der berüchtigte Zimmergörch mit seinen abgefahrenen Klimaspinnereien, war ein verdeckter Ermittler der Polizei?

Zwei Hände legten sich behutsam auf ihre Schultern, und als sie ihr Gesicht zur Seite drehte, schaute sie in die besorgten Augen ihrer langjährigen Freundin Rosi Scherer. Die hatte nicht länger allein auf dem Parkplatz herumstehen wollen und war, nachdem Callenbergs Erscheinen ruhig aufgenommen worden war, zu der illustren Gesellschaft gestoßen. Sie ahnte, dass Andrea mit der neuen Entwicklung nicht sofort klarkommen konnte, da war eine Freundin als Beistand bestimmt hochwillkommen.

»Stimmt das?«, fragte Andrea Onello, und ihr Blick sprach Bände. »Stimmt es, dass Georg in Wahrheit Callenberg heißt und wie ich bei der Polizei arbeitet?« Hilfesuchend klammerte sie sich an ihre Freundin, die ihr lächelnd zumindest einen Teil ihrer Ängste nehmen konnte.

»Ja, es stimmt, Andrea. Es entspricht alles der Wahrheit. Der Mann hat ganz schlimme Dinge mitmachen müssen, aber jetzt ist er genau der, der er schon immer war. Er heißt Thomas Callenberg und ist ein Polizeibeamter aus Nürnberg, der verdeckt in Mafiakreisen ermittelt hat. Aber das soll er dir lieber selbst erzählen, Andrea, es ist nicht an mir, dir all diese schrecklichen Sachen zu schildern. Ich gebe dir nur den Rat, lass den Kerl jetzt erst einmal seine Arbeit machen, er steht ja selbst noch ein wenig unter Schock. Ich wette, den wird es, wenn dieser Einsatz vorbei ist, irgendwann so was von zusammenfalten, da kann er dann durchaus jemanden brauchen, der ihm helfend zur Seite steht. Dann bist du dran, meine Liebe.«

Andrea Onello wollte erst einmal gar nichts mehr wissen. Wieder liefen Tränen über ihr Gesicht, und sie lag ihrer Freundin dankbar, vor allem aber erleichtert in den Armen.

Als Franz Haderlein bei »GEMO – Gemüse und Obst« in der Michelinstraße 130 ankam, war er ob des emsigen Betriebes auf dem ehemaligen Michelin-Firmengelände bass erstaunt. Von einem, wie er ursprünglich vermutet hatte, öden Leerstand konnte hier keine Rede sein. Die Obst- und Gemüsefirma, nach der er suchte, war zwar nirgends zu sehen, dafür aber umso mehr von einer ihm wohlbekannten Baufirma namens Fiesder, deren Maschinen überall auf dem Gelände herumstanden beziehungsweise mit intensiver Bautätigkeit beschäftigt waren.

Die Gebäude der Michelin-Werke in Hallstadt waren zum größten Teil abgerissen worden, sodass sich dem Auge des Betrachters eine ungewohnt freie Fläche bot, in deren Mitte einsam und allein ein riesiger, länglicher Steinblock von strahlend weißer Farbe lag. Der Stein sah aus wie Marmor, allerdings war das nach Lage der Dinge schlicht nicht möglich, was sollte ein so gewaltiger Marmorblock nördlich der Alpen auf dem Gelände einer ehemaligen Reifenfirma verloren haben?

Direkt neben dem Steinblock gab es eine improvisierte, kreisrunde Landefläche, auf welcher der »Fiesder Airlines«-Firmenhubschrauber stand. Es war das Fortbewegungsmittel der Wahl, mit dem der weithin bekannte Bauunternehmer Georg Fiesder seine Baustellen zu besuchen pflegte.

Haderlein war so verblüfft, dass er erst einmal ein paar Sekunden lang nur schaute und alles auf sich wirken ließ. Nach dem

Tohuwabohu des heutigen Tages bildeten die emsigen Arbeiten der Firma Fiesder dazu einen durchaus wohltuenden Kontrast.

Die Nachmittagssonne hatte eine für diese Jahreszeit ungewohnte Intensität, sodass Franz Haderlein seine geliebte Wildlederjacke auszog und auf die Rückbank seines Wagens legte. Das Handy in der Jacke vergaß er mitzunehmen, ihm ging so allmählich die Konzentration flöten. Er schloss seinen Wagen ab und begann, das Gelände zu erkunden, um diese Obst- und Gemüsefirma ausfindig zu machen.

Vorher wollte er aber noch diesen seltsamen Block in der Mitte des Geländes betrachten, an dem sich etliche Menschen dem Augenschein nach händisch mit Hammer und Meißel zu schaffen machten. Er ging im Zickzack durch die hin und her fahrenden Baumaschinen, bis er schließlich an dem riesigen Steinblock stand. Hier tummelten sich unzählige Handwerker beziehungsweise Künstler, die sich mit Werkzeugen aller Art bemühten, aus dem Stein die Konturen eines menschlichen Antlitzes herauszuarbeiten.

Soll das ein Kunstwerk werden, oder was?, überlegte der erstaunte Kriminalhauptkommissar, der für einen Moment all die turbulenten Vorkommnisse des heutigen Tages zur Seite schieben konnte. Das Steinteil war locker dreißig Meter lang, zehn Meter breit und ebenso hoch. Haderlein legte seine Hand auf das kühle Gestein, und es verfestigte sich bei ihm immer mehr die Überzeugung, dass er es hier tatsächlich mit strahlend weißem Marmor zu tun hatte. Bei genauerem Hinsehen bemerkte er jedoch, dass dieser Block in Wirklichkeit aus mehreren Einzelblöcken bestand, die sich fast fugenlos aneinanderreihten.

Er war so fasziniert, so tief in diesen Anblick versunken, dass er das Herannahen eines aufgebrachten Mannes nicht bemerkte, der den fremden Eindringling auf der Baustelle umgehend zur Rede stellen wollte.

»Du horch amal, des is fei ka öffendlich zugängliches Gelände, sondern a Baustelln. Also wenn Sie bloß zum Glodzn da sin, dann könna Sie sich soford widder schleichn, weil des hier a Brivadgelände is, kabierd?«

Franz Haderlein war zusammengezuckt und ob des unerwarteten Anpfiffes erschrocken herumgefahren. Als er allerdings erkannte, wen er vor sich hatte, entspannten sich seine Gesichtszüge, und eine fast angriffslustige Grundstimmung machte sich in ihm breit. Der kleine, stämmige Mann mit dem zornesroten Gesicht und dem schwarzen Hut auf dem Kopf war kein anderer als der Helikopter fliegende Bauunternehmer Fiesder, Chef der Menschen und Maschinen auf diesem Gelände hier. Leibhaftig stand er vor ihm und funkelte ihn dramatisch an. Offensichtlich hatte er den Bamberger Kommissar noch nicht erkannt, obwohl dieser ihn in einem früheren Fall schon einmal persönlich verhört hatte. Da galt es, zur Klärung der Situation, sofort für eine Richtigstellung zu sorgen.

»Ach, das ist ja unser geliebter Betonmischer und Bruchpilot Fiesder. Schön, dass wir uns nach so langer Zeit mal wiedersehen. Können Sie sich noch erinnern, Fiesder? Ich hatte vor ein paar Jahren mal das Vergnügen. Haderlein, Kripo Bamberg, klingelt da was?«

Bauunternehmer Fiesder musste nicht lange in seiner schlichten Seele kramen, um zu erkennen, wer ihn da so schwach anredete. Das war Franz Haderlein, der Mann von der Bamberger Kripo, der es tatsächlich einmal gewagt hatte, ihn einzusperren. Und das, obwohl er, Georg Fiesder, jahrzehntelang ein hochverdientes Mitglied der CSU gewesen war. Bis zu seiner damaligen Verhaftung war Georg Fiesder davon überzeugt gewesen, dass Mitglieder des Kreistages und der CSU keinesfalls von Beamten des bayerischen Staatsgebildes ihrer wertvollen Freiheit beraubt werden konnten. Von Franz Haderlein wurde er eines Besseren belehrt, indem dieser das Sakrileg beging, den hoch angesehenen Bauunternehmer und Förderer unzähliger Fußballvereine zwecks Untersuchungshaft in eine kleine Zelle einzusperren. Und jetzt stand diese Ausgeburt des leibhaftigen Beelzebub erneut vor ihm, direkt neben dem größten, wichtigsten und teuersten Projekt seines Lebens.

»Was willst'n, soch?«, stieß Fiesder hervor, sich mühsam selbst daran hindernd, diesen Kommissar eigenhändig mit einem Bagger zu überfahren, und zwar einem sehr großen Bagger.

Franz Haderlein hatte aber gar keine Lust, direkt zur Sache zu kommen, da war dieser seltsame Steinquader doch viel zu interessant. »Was ist denn das für eine Sache hier mit dem riesigen Stein? Was soll das werden?«, fragte er mit Unschuldsmiene, was Georg Fiesder aber nicht zu einer entspannteren Haltung verführen konnte. Im Gegenteil, sein Kinn schob sich nach vorne, und sein Kopf schien noch roter glühen zu wollen, als er es sowieso schon tat.

»Des geht dich gar nix a, des is geheim. Vor allem is des nix Verbotenes, was mir da machen. Des is eine sogenannde künsdlerische Dädlichkeit, da had die Gribbo überhaubd nix damid zu dun!«, zischte der Bauunternehmer erbost.

Bauunternehmer und nichts Verbotenes. Das war ja schon im Allgemeinen ein Widerspruch in sich und bei Georg Fiesder auch im Besonderen.

»Ach ja, nichts Verbotenes? Also entweder du sagst mir jetzt sofort, was hier gespielt wird, oder ich lass in kürzester Zeit den Zoll und die Einwanderungsbehörde auflaufen. Jede Wette, dass die was Verbotenes finden, und wenn es nur ein paar Arbeiter aus Rumänien, Bulgarien oder sonst wo sind, die zufällig keine Arbeitserlaubnis besitzen, kann das sein?«

Der Kriminalhauptkommissar hatte sich leicht nach vorne gebeugt und feuerte die gleichen Blicke auf Fiesder zurück, die er soeben selbst von diesem hatte einstecken müssen. Seine Ansprache zeigte Wirkung, Fiesder gab auf, mit hochrotem Kopf rotzte er dem Kommissar seine Kapitulation regelrecht vor die Füße. »Was willst'n wissen?«

Haderlein ignorierte sein despektierliches Verhalten und kam sogleich zum Thema. »Das da, was ist das, was soll das werden?«, wiederholte er und schaute den kleinen Bauunternehmer, der jetzt damit begann, sein Gesicht mit einem weißen Stofftaschentuch abzutupfen, erwartungsvoll an.

»Des is Marmor aus Carrara, des is irchendwo in Spanien oder Idalien oder Griechenland, ich waas des etzerd a ned genau. Jedenfalls had des Marmorzeuch einen Haufen Geld gekost, da bin ich amal gspannd, was der Kaschber vom Finanzamt widder dazu sacht.

Auf jeden Fall soll aus dem Marmor a Grisdusfigur gemacht wern, genauso wie in Rio de Janeiro, bloß schöner. Und wenn die ferdich is, dann stell ich die aufn Staffelberch nauf, sollst amal sehn, was des nacherd für a Durisdenaddragdsion wird. A riesischer Grisdus auf am grisdlichen Berch. Und da is mir aach egal, was alle sachen, des beschdimmd immer noch die CSU, was aufm Staffelberch gemachd wird, und ned die Grünen oder der Nadurschudz.«

Haderlein hatte sich die bauunternehmerischen Phantasien unwidersprochen angehört, glauben konnte er das, was er hörte, jedoch nicht. »Also, wenn ich richtig informiert bin, ist der Staffelberg von der Besiedlung her eigentlich keltisch, das haben jüngste Ausgrabungen eindeutig ergeben«, erklärte er mit unverhohlener Süffisanz.

Aber Fiesder war nicht bereit, sich mit historischen Feinheiten abzugeben. »Blödsinn! Der Staffelberch kört scho immer der CSU und wird aach immer der CSU körn. Aufm Staffelberch war scho immer a Wirtschaft, a Kapelln, und die CSU hat scho immer gsacht, was da oben gemacht wird. Bleib mir bloß ford mid dana Keldn. Aufm Staffelberch warn bloß Franken, die kadolische Kergn und die CSU und noch nie an annara, kabiert?«

Franz Haderlein konnte es nicht fassen. So viel kulturelle Borniertheit auf einem Haufen hatte er selten erlebt. »Red doch keinen Mist, Fiesder. Dort waren die Kelten, und das bereits über hundert Jahre vor Christi Geburt. Ergo gab es zur keltischen Besiedlungszeit noch gar keinen Christus – und mangels Christus auch keine CSU. Also wenn da oben was gebaut wird, dann was Keltisches, von mir aus auch von der CSU, aber ganz sicher kein zwanzig Meter hoher Marmorchristus aus Italien, Fiesder, vergiss es, das wird nie was.«

Georg Fiesder hörte die Worte wohl, allein die Einsicht, um diese zu begreifen, fehlte dem schwarz behuteten Bauunternehmer. Die steckte einfach nicht in seinen Genen. Außerdem fehlte ihm für ein erfolgreiches verbales Duell etwas sehr Grundsätzliches, nämlich die Munition, Argumente genannt. Also stand er da, zu vehementem Widerspruch neigend, fand aber keine Worte, diesen auch einigermaßen plausibel zu formulieren.

Die nun entstehende Pause wurde nicht etwa von einem der beiden Diskutanten beendet, sondern vom Quietschen der Reifen heranpreschender Einsatzfahrzeuge der Polizei. Sowohl Haderlein als auch Fiesder verfolgten mit gehöriger Überraschung, wie sich ein haltendes Einsatzfahrzeug hinter das andere reihte und Beamte jeglicher Gattung heraussprangen.

Georg Fiesder wandte sich wutentbrannt an Haderlein. »Was soll des etzerd? Ich hab gedachd, mir ham a Abmachung? Ich hab fei dodal freiwillich alles vo meim Grisdus erzählt, und als Dank gibts edzerd a Razzia? Siehd so a gschäfdliche Abmachung mit die Bambercher Bolizei aus? Na, ward ner, mid dir hab ich des ledzde mal a Gschäfd gemachd, Haderlein, des kannsd glaabn!«, brüllte er, während Haderlein intuitiv sein Handy herausholen wollte. Irgendwer musste ihm schleunigst erklären, was das Polizeiaufgebot zu bedeuten hatte.

Aber er musste feststellen, dass sein Mobiltelefon schon die ganze Zeit über in der Wildlederjacke und damit auf dem Rücksitz seines Wagens lag. Demnach hatte keiner seiner Kollegen die Chance gehabt, ihn von den kurzfristigen Entwicklungen in Kenntnis zu setzen, die sich offensichtlich gerade abspielten.

Ehe Haderlein sich allerdings zu einem Entschluss über sein weiteres Verhalten durchringen konnte, kam ihm auch schon der Kollege Schmitt mit dem schwarz-rosa gefleckten Nachwuchsmitarbeiter Presssack an der Leine entgegen. Das Ferkel schien in kürzester Zeit massiv zugenommen zu haben, zumindest war Haderlein nicht ganz klar, ob es schon rollte oder tatsächlich noch lief. Die beiden hatten das SEK im Schlepptau, das bis vor Kurzem noch mit der Bewachung des Bamberger Klinikums beschäftigt war.

Was war hier bitte los? Dort lief ja auch ihrer aller Chef Robert Suckfüll, der zum ersten Mal, seit Franz Haderlein in Bamberg Dienst schob, eine kugelsichere Weste angelegt hatte.

»Na, Franz, lebst du auch noch?«, fragte Lagerfeld lässig, als er vor Haderlein stand, dann reichte er seinem verblüfften Kollegen eine kugelsichere Weste.

Der hatte zwischenzeitlich sämtlichen Marmor südlicher

EU-Staaten vergessen. Ihn interessierte bloß noch, was dieses immense Polizeiaufgebot auf dem ehemaligen Michelin-Gelände plus rollendem Ferkel und Kevlar-Weste zu bedeuten hatte. Worüber Lagerfeld ihn auch umgehend aufklärte, denn die Zeit drängte.

Im Grunde war der Tag in der Bamberger Dienststelle für Marina Hoffmann so ruhig gewesen wie selten zuvor.

Natürlich hatte die Sekretärin der Kriminalpolizei mitbekommen, dass es dort draußen an der Verbrecherfront überall brannte und die Kommissare von einem Großfeuer zum nächsten hetzten. Und auch Honeypenny machte sich große Sorgen um das jüngste Mitglied im Kollegenteam, Andrea Onello.

Aber was da genau vor sich ging, davon hatte sie niemand in Kenntnis gesetzt. Lediglich ein Mitarbeiter der Bundespolizei hatte sie gerade eben erreicht und durchgegeben, dass Andreas Suzuki vor ein paar Stunden mit dem flüchtigen Georg Schugg in der Nähe von Coburg gesichtet worden war und dass nun eine Großfahndung nach diesem Fahrzeug laufe. Das war's dann aber auch schon.

Honeypenny hatte den Tag größtenteils damit verbracht, gekochte Kartoffeln an Presssack zu verfüttern, von denen das Ferkel einen kompletten Schnellkochtopf voll verdrückt hatte, und Telefondienst zu schieben. Dem sowieso schon rundlichen Ferkel hatte die üppige Mahlzeit zu einer mehr oder weniger ballartigen Form verholfen. Zwischendurch hatte sie immer wieder einmal ein wachsames Auge auf ihren Chef gehabt, der stundenlang auf seinen Armen liegend in seinem gläsernen Büro vor sich hin schnarchte.

Und so war das Klopfen, welches nun an der Dienststellentür zu vernehmen war, eine willkommene Abwechslung an diesem eher öden Arbeitstag. Marina Hoffmann stellte das Ferkel in den Schnellkochtopf, in den Presssack in seiner halbwüchsigen Form gerade noch so hineinpasste. Dort konnte der kleine Schweinerich noch die letzten Reste seiner ausgelobten Kartoffeln vernichten, während sie sich um den Besuch an der Tür kümmerte.

Sie öffnete und staunte nicht schlecht, als sie erkannte, wer dort draußen stand. Es war der ehemals bekannteste Politiker Frankens, der Fast-Ministerpräsident und zwischenzeitliche Drogenhäftling Manfred Zöder. Daneben ein junger Mann, dessen Funktion und Herkunft sich Honeypenny nicht erschloss.

»Sie wünschen?«, fragte Marina Hoffmann, die sich auf Zöders Hiersein keinen Reim machen konnte. Beide Männer waren hochoffiziell im Anzug unterwegs und machten einen ziemlich seriösen Eindruck.

»Mein Name ist Manfred Zöder, ich bin hier im Auftrag der fränkischen Landesregierung«, hob der ehemalige Crystal-Meth-Häftling an. »Das hier ist Herr Staatssekretär Huml. Ich hätte ein wichtiges Anliegen mit Ihrem Chef, Herrn Suckfüll, zu besprechen. Ich habe es bereits den ganzen Tag auf seiner Dienstnummer versucht, aber da ist er leider bis zur Stunde nicht zu erreichen.«

Honeypenny wunderte das überhaupt nicht, schnarchte Fidibus doch schon seit etlichen Stunden vor sich hin. Es stand zu vermuten, dass er bei seinem massiven Schlafdefizit das Telefon nicht gehört hatte oder besser noch das Klingeln in einen seiner skurrilen Träume eingebunden hatte. Aber damit war jetzt Schluss. Hier war eine Abordnung der Regierung, da musste sie den Mann eben aufwecken, ob er wollte oder nicht.

Sie bat die beiden Herren herein und führte sie umgehend bis vor die gläserne Eingangstür zum Büro ihres Chefs. Der Form halber klopfte sie mehrfach ans Glas, aber wie zu erwarten gewesen war, reagierte Fidibus nicht. Also öffnete Honeypenny eigenmächtig die Tür und bat die beiden Herren herein. Als diese in den beiden Stühlen vor dem Schreibtisch Platz genommen hatten, ging sie um den Schreibtisch herum, um ihren Chef aus dem Reich der Träume zu reißen. Sie legte ihre Hand auf die Schulter des Schlafenden und rüttelte ihn kurz, aber heftig. Das lautstarke Schnarchen verstummte auf der Stelle, der Kopf ihres Chefs schoss ruckartig in die Höhe, und mit panischem Ausdruck in den Augen blickte er hektisch um sich.

»Entschuldigung, Chef, hier sind zwei Herren von der Regierung, die Sie dringend sprechen wollen. Ich lass Sie dann mal allein, ja?« Sprach's, verließ das gläserne Büro und schloss flugs die Tür hinter sich.

Robert Suckfüll hatte gerade geträumt, dass ihm hier in seinem Büro das Bundesverdienstkreuz für seine Leistungen zur Erhaltung der deutschen Sprachkultur verliehen werden sollte. Die Herren der Verleihungskommission saßen ihm nun gegenüber, sie sahen nur plötzlich etwas anders aus. Aber das war im Traum manchmal so, da feierte die Willkür fröhliche Urständ, vor allem in seinen Träumen. Nun denn, die Herren sollten einfach in ihrem Werk fortfahren, damit er seinen wohlverdienten Orden bekam und irgendwann in aller Ruhe aufwachen konnte.

»Herr Suckfüll, mein Name ist Manfred Zöder, und das ist Staatssekretär Huml. Bitte entschuldigen Sie die unangemeldete Störung, aber wir haben Sie den ganzen Tag über zu erreichen versucht. Unser Anliegen hat ja auch einen durchaus erfreulichen Ursprung, den wir Ihnen gern mitteilen möchten.«

Fidibus lehnte sich mit einem überlegenen Lächeln in seinem Sessel zurück und harrte der Orden, die da kommen sollten. Natürlich wusste er schon Bescheid, Bundesverdienstkreuz und so, da musste sein Traum jetzt nicht mehr so einen Popanz drum machen. Diesen Zöder kannte er auch irgendwoher, da war er sich sicher, er wusste bloß nicht mehr genau, von wann und woher. »Aha, dann legen Sie mal los«, meinte er und grübelte weiter, woher er diesen Zöder kannte. Gleich würden ihm die beiden Männer jedenfalls seine Verdienste für die deutsche Sprache vortragen und ihm dann den Orden um den Hals legen. Was für ein schöner, glorreicher Moment!

»Nun, Herr Suckfüll, ich bin heute im Namen der fränkischen Landesregierung gekommen, um Ihnen das Angebot zu unterbreiten, fränkischer Innenminister zu werden. Der Vorschlag zu Ihrer Person kam von allerhöchster Stelle, wenn ich das einmal so sagen darf. Also, was sagen Sie?« Manfred Zöder blickte Robert Suckfüll erwartungsvoll an.

Der Leiter der Bamberger Polizeidienststelle irrte indes immer noch ziellos im Niemandsland zwischen Traum und Wachzustand hin und her, sodass ihn dieses Angebot erst einmal verwirrte. Innenministerium? Was hatte ein Ministeramt denn mit dem Bundesverdienstkreuz zu tun?

»Äh, nun, ich verstehe nicht ...«, stotterte Fidibus leicht verunsichert vor sich hin, aber damit hatte Manfred Zöder gerechnet. Der Ruf dieses hervorragenden Juristen eilte ihm zwar voraus, aber auch die Schattenseiten der Personalie Suckfüll mussten adäquat berücksichtigt werden.

»Nun, Herr Suckfüll, ich weiß natürlich, worauf Sie hinauswollen. Aber glauben Sie mir, Ihre Unzulänglichkeiten in wörtlicher Rede sind uns bekannt, und wir haben auch schon eine Geheimwaffe für Ihr Problem. Hier sitzt sie.« Stolz zeigte Zöder auf Huml, der Fidibus nun breit angrinste.

»Herr Suckfüll, als Ihr Pressesprecher werde ich dafür sorgen, dass Ihre Schwierigkeiten mit der deutschen Sprache niemandem auffallen. Im Gegenteil. Mit mir an Ihrer Seite werden Sie als Sprachlegastheniker nirgendwo mehr in der Öffentlichkeit unangenehm auffallen müssen, keine Sorge, das krieg ich hin.« Humls Lächeln wurde noch breiter, nur bei Dienststellenleiter Robert Suckfüll erfror selbiges in seinem Gesicht.

Sprachlegastheniker? Waren die beiden noch zu retten? Es wurde Zeit aufzuwachen, sonst musste er diesen Zöder nämlich erwürgen. Es schlichen sich ernsthafte Zweifel daran in Suckfülls Bewusstsein, dass es sich tatsächlich noch lohnte, in diesem ehemals so wunderbaren Traum zu bleiben. Er wollte sich an die Oberfläche kämpfen, die Augen öffnen, doch es gelang ihm nicht. War das womöglich gar kein Traum? War er wach, und sein Pirellitintenfisch-Gehirn brachte alles komplett durcheinander? Da waren Ordnung und Klarstellung vonnöten, auch wenn es hierfür drastischer Maßnahmen bedurfte.

»Schlagen Sie mich«, forderte er Manfred Zöder auf und beugte sich weit über seinen Schreibtisch.

Zöder glaubte zunächst an einen schlechten Scherz, da dieser Suckfüll, der als hochintelligent einzustufen war, andererseits ja schon immer als etwas sonderbar galt. Schlagen, warum das denn? Aber bitte, wenn er das so wollte und es der Wahrheitsfindung diente, dann würde er dem Chef der Bamberger Kriminalpolizei eben den Gefallen tun und ihm eine scheuern.

Zöder holte aus und verpasste Fidibus mit der rechten Hand eine eher gemäßigte Backpfeife. Das war nicht wirklich schlimm, aber für Suckfülls Zwecke sollte es wohl reichen.

Robert Suckfüll spürte den Schmerz, den der Schlag auf seiner Backe hinterlassen hatte, während sich nichts an seinem Wesenszustand änderte. Er musste also wach sein, ansonsten wäre er von einem solchen Schlag aufgewacht.

Auf diese Erkenntnis folgte der weit größere Schmerz über die Tatsache, dass ihn dieser Mann einen Sprachlegastheniker genannt hatte. Und jetzt endlich wusste Fidibus auch wieder, woher er diesen Zöder kannte. Den hatten sie doch vor Jahren schon einmal verhaftet, wegen Besitzes von Crystal Meth. Und dieser Junkie wollte ihm einen PR-Mann als Geheimwaffe für sein »Problem« andrehen? Dieses Ministeramt konnten sich die Herren gefälligst sonst wohin schieben!

»Sie nennen mich also einen Sprachlegastheniker, aha. Anstatt meine Verdienste für die deutsche Sprache zu würdigen, kommen Sie in mein Büro, um mich zu beleidigen? Nehmen Sie Ihren sauberen Huml-Sekretär, Sie Ex-Sträfling, und suchen Sie sich gefälligst einen anderen für Ihr Ministerium. Und jetzt verschwinden Sie, bevor ich mit einem Duden nach Ihnen werfe.« Robert Suckfüll war außer sich. Noch nie hatte er eine solche Schmähung seiner außerordentlichen sprachlichen Fähigkeiten erdulden müssen.

Wenn Fidibus jetzt aber gedacht hatte, damit wäre die Sache erledigt, dann hatte er sich einmal mehr getäuscht. Der angesprochene Ex-Häftling hatte mitnichten die Absicht, einfach so zu kapitulieren, dazu war er viel zu ehrgeizig. Er beugte sich urplötzlich weit über den Tisch und packte den Leiter der Bamberger Dienststelle mit beiden Händen an der Schulter.

»Was ist denn bloß los mit Ihnen, Suckfüll!«, rief Zöder und schüttelte Fidibus, so stark er nur konnte. »Was reden Sie denn da für einen Unsinn? Es geht um ein Ministeramt, um den großen Sprung auf Ihrer Karriereleiter! Jetzt wachen Sie doch einmal auf, Mann, wachen Sie endlich auf!«

Fidibus öffnete die Augen und blickte Marina Hoffmann ins Gesicht. Sie hatte seine Schultern umfasst und packte ihn so heftig, dass es heftiger nicht mehr ging, Zöder und Staatssekretär Huml waren verschwunden. Erst jetzt begriff Robert Suckfüll, dass er von seiner Sekretärin gerade unsanft aus dem Schlaf gerissen worden war. Er saß an seinem Schreibtisch in seinem gläsernen Büro, und vor ihm stand Marina Hoffmann, die ihn äußerst vorwurfsvoll, mit regelrecht strafendem Blick, ansah. Hinter ihr hatten sich mehrere Männer versammelt, darunter die Kollegen Lagerfeld und Huppendorfer. Den Mann mit dem dichten, verfilzten, schwarzen Bart kannte er nicht.

»Frau Hoffmann, Sie werden nicht glauben, was ich gerade geträumt habe«, faselte er und rieb sich die Augen. »Warum haben Sie diesem Ex-Häftling überhaupt die Tür geöffnet?«

Aber Honeypenny wollte das gar nicht hören. Sie hatte sowieso keine Ahnung, wovon Suckfüll da redete, und machte sich gerade ziemliche Sorgen um ihren Chef, der ganz offensichtlich zwischen Realität und Einbildung hin- und herstolperte.

»Ich habe keinem Ex-Häftling die Tür geöffnet, Chef, wo denken Sie hin?« Honeypenny schwor sich, dass sie mit Eleonore, der Frau ihres Chefs, einmal ein ernstes Wörtchen über die Zubereitung von Meeresfrüchten und anderem Getier reden musste. Mit ihren Fischspezialitäten hatte sie ihren Mann ja quasi an den Rand eines Nervenzusammenbruchs gebracht. Der arme Fidibus war in einem absolut desolaten Zustand, und das jetzt, wo er so wichtige Entscheidungen zu treffen hatte.

Zum Glück gab es ja noch einen Kommissar Bernd Schmitt, der sich streng genommen im Urlaub befand, aber als Einziger den Überblick behielt.

»Marina, was ist eigentlich mit Franz? Ich kann ihn nicht erreichen, sooft ich auch anrufe«, wollte er von Marina Hoffmann wissen, ohne sich um seinen desorientierten Chef zu kümmern.

Die Dienststellensekretärin zuckte nur ratlos mit den Schultern. Auch sie hatte eben mehrmals erfolglos versucht, Franz Haderlein zu kontaktieren. Aber der ging aus unerfindlichen Gründen nicht ans Telefon.

Doch sie hatten keine Zeit, um sich noch länger mit Haderleins Verbleib auseinanderzusetzen, es mussten ein paar Entscheidungen getroffen werden. Also wandte Lagerfeld sich an seinen Chef, der, ausgeschlafen oder nicht, von der komplexen Situation in Kenntnis gesetzt werden musste. Er semmelte Fidibus in aller Kürze die Fakten auf den Tisch und versäumte es auch nicht, Tom Callenberg in seinen Bericht mit einzubeziehen. Er erwähnte außerdem, dass sie Andrea endlich gefunden hatten, noch dazu lebend und annähernd unversehrt, dass diese sich aber auf dem Weg ins Klinikum befand, um sich ärztlich versorgen zu lassen.

Am wichtigsten war allerdings der sofortige Schlag gegen die Mafia. »Das heißt, Chef, wir müssen alles an Einsatzkräften sammeln, was wir haben, und diese Brut auf dem Michelin-Gelände ausheben, und zwar sofort.«

Eindringlich betrachtete Lagerfeld seinen Chef, der zuerst ihn mit einem merkwürdigen Gesichtsausdruck musterte, dann die hinter Lagerfeld stehenden Kollegen Huppendorfer und Callenberg.

Fidibus hatte sich alles angehört und versuchte, die Informationen in einen logischen Zusammenhang zu bringen. Er erhob sich und strich sich durch die zerzausten Haare, die, durch seine wilden Träumereien bedingt, in alle Richtungen abstanden. Robert Suckfüll dämmerte, dass nun endgültig Schluss mit Schlafen war, der Ernst des Polizeilebens hatte sich mit größtmöglicher Dringlichkeit zurückgemeldet.

Dann war er wieder wach und Herr seiner Dienststelle. »Sie wollen mir also sagen, mein lieber Schmitt, dass es heute eine Schießerei am Bamberger Klinikum gegeben hat und später noch eine Schießerei, mit mehreren toten Menschen? Dann noch einmal eine Schießerei an einer Höhle in der Fränkischen Schweiz, wieder mit Todesopfern? Das alles, weil sich in den ehemaligen Michelin-Werken in Hallstadt die albanische Mafia niedergelassen hat, die Sie jetzt mit Hilfe des Sondereinsatzkommandos auszuheben gedenken?«

Alle anwesenden Kommissare nickten, Thomas Callenberg eingeschlossen.

»Was wollen Sie denn da stürmen, das Fiesder-Gelände? Ich dachte, dieser irre Bauunternehmer will dort einen Freizeitpark à la Geiselwind errichten? Wissen Sie nicht, dass Fiesder das Gelände mit dem Verweis auf die Unmenge an Arbeitsplätzen, die er dort schaffen will, für einen Appel und ein Ei bekommen hat? Wenn das schiefgeht, habe ich hier haufenweise Ärger mit der Politik am Hals, das ist Ihnen doch klar? Na gut, mein lieber Schmitt, ich hoffe, Sie wissen, was Sie da tun. Also tun Sie, was Sie tun müssen«, meinte Suckfüll und schwor sich insgeheim, in seinem ganzen restlichen Leben keinen Tintenfisch mehr zu essen.

Franz Haderlein war noch damit beschäftigt, die Kevlar-Weste anzulegen, als Lagerfeld ihm Thomas Callenberg vorstellte, der ihm die Hintergründe des Einsatzes erklären sollte.

Als er hörte, dass er es hier mit einem verdeckten Ermittler zu tun hatte, wurde Haderlein hellhörig und nahm alles sehr ernst, was ihm der Mann zu sagen hatte. Dass Andrea inzwischen in Behandlung, vor allem aber in Sicherheit war, erleichterte den Kommissar außerordentlich. Damit hatten sich einige Dinge endlich geklärt, blieb nur noch, die schwerste Aufgabe dieses turbulenten Tages zu bewältigen: den Mafiasumpf trockenzulegen.

Beim Stichwort albanische Mafia wurde Haderlein einiges klar. Er war lange genug im Polizeigeschäft tätig, um zu wissen, was das bedeutete. Bis in die Neunziger hinein waren kriminell organisierte Albaner vielfach als Handlanger für die italienische Mafia tätig gewesen. Auf diese Weise wurden sie sozusagen im Mafiageschäft angelernt. Das hatte Haderlein in seiner Münchner Zeit des Öfteren kennenlernen dürfen. Nach dem Zusammenbruch der sogenannten »Pizza Connection« war die entstandene Lücke zum Teil von diesen Albanern besetzt worden, und seit Mitte der neunziger Jahre konnte man von der albanischen Mafia als eigenständiger Organisation sprechen. Zu diesem Zeitpunkt hatte sie begonnen, kriminelle Strukturen der italienischen Mafiaorganisationen zu übernehmen. Vorangetrieben wurde die Entwicklung durch den Zusammenbruch des Sozialismus in Albanien, bei dem das Land im Chaos versank und viele Staatsangehörige die Chance zur Auswanderung nutzten.

Als in Jugoslawien der Krieg ausbrach, hatte sich die Balkanroute nach Albanien verlagert. Das Handelsembargo gegen Jugoslawien förderte den Schmuggel von Treibstoff und anderen Waren, der ebenfalls über Albanien lief. Dadurch hatten sich die entstandenen kriminellen Strukturen verfestigt. Die unterste, ausführende Ebene bestand aus kleinen Basiszellen, deren Mitglieder meist aus der gleichen Familie stammten. Die Führungsposition hatte der »Kryetar« inne. Die mittlere Ebene war die Clanebene, die aus bis zu tausend Personen bestand und von einem »Krye« geleitet wurde. Dann kam die höchste Ebene, der Führungsrat, an dessen Spitze eine Art Pate stand.

In ihrem Fall hier schien es sich ziemlich sicher um eine mittlere Clanebene zu handeln, an deren Spitze ein Krye mit dem Namen Tomor Dragusha die Fäden zog. Demnach hatten sie es mit dem Dragusha-Clan zu tun, dessen Familienoberhaupt wahrscheinlich in Albanien selbst saß und von dort aus alles lenkte. Laut Auskunft des verdeckten Ermittlers Callenberg würden sie es gleich mit mehreren Dutzend schwer bewaffneten Männern zu tun bekommen, die vor nichts, aber auch gar nichts zurückschreckten. Die albanische Mafia war vor allem für eines bekannt: Brutalität. Was auch immer sie erwartete, es würde ein harter, wahrscheinlich sogar sehr harter Gang werden, zudem mit einigen Opfern, das musste jedem klar sein, der sich an dieser Polizeiaktion beteiligte.

»Wie kamen diese Albaner überhaupt an dieses Gelände ran? Immerhin war das doch einmal eine große Firma, das stellt selbst für eine große Mafiaorganisation einen ziemlichen finanziellen Brocken dar«, wollte Haderlein wissen.

Robert Suckfüll zeigte an Haderlein vorbei auf eine hinter dem Kommissar stehende Person und meinte: »Tja, mein lieber Franz, das müssen Sie den da fragen.« Es war der nun eher betreten dreinblickende Georg Fiesder.

Franz Haderlein schaute den Bauunternehmer an und wusste,

was die Stunde geschlagen hatte. »Was haben Sie getan, Fiesder? Los, raus mit der Sprache!«, forderte er aufgebracht, während Fiesder alles an den Tag legte, nur kein Schuldbewusstsein.

»Des is a riesisches Gelände, was brauch ich da an Keller? No, hab ich die ganzen Keller hald untervermieded. Is des verboden?«, fauchte der Bauunternehmer wie ein in die Ecke gedrängter Dachs.

»Das nicht. Aber es ist definitiv verboten, eine solche Untervermietung heimlich und mit haufenweise Schwarzgeld abzuwickeln. Es ist definitiv auch verboten, Bestechungsgeld anzunehmen, egal von wem und in welcher Höhe«, wandte Suckfüll ungewohnt energisch ein, und das Gesicht des Bauunternehmers wurde blasser und blasser.

Woher wusste dieser Polizeichef das, diesen Mann hatte er doch noch nie hier gesehen? Natürlich hatte der Mann vollkommen recht, aber lügen und abstreiten war eine der ersten Übungen in der Bauunternehmergrundausbildung.

»Des is a Gemüsfirma und damid feddich. Mid was die dann handeln odder auch ned, des gehd mich als Vermieder gar nix a. Haubdsach, die zahlen büngdlich.« Ende der Durchsage, Fiesder beschloss, ohne seinen Anwalt fürderhin kein Wort mehr von sich zu geben.

Der Worte waren ohnehin genug gewechselt, es interessierte sich auch niemand mehr für ihn, nicht einmal Fidibus, der jetzt das Briefing des bevorstehenden Einsatzes übernahm. Das, was sie vorhatten, war von weitaus größerer Bedeutung und Gefahr als ein bekannt korruptes Bauunternehmerchen.

»Also gut, wie kommen wir da rein?«, fragte Haderlein in die Runde.

Lagerfeld zeigte auf Presssack, aber Haderlein schüttelte entschieden den Kopf.

»Unsinn, Bernd, das ist noch viel zu früh. Steck den Kleinen währenddessen in dein Auto, und dann kommst du wieder her. Sie, Callenberg, können uns da unten sicher durchführen? Sie kennen sich dort aus, oder nicht?«, schlug Haderlein vor.

Callenberg nickte, auch wenn dadurch klar war, dass er an

vorderster Front zusammen mit den Männern des SEK in dem unterirdischen Labyrinth unterwegs sein würde.

Als Lagerfeld wieder zurück war, diesmal ohne Ferkel, gab Haderlein das Kommando zum Einsatzbeginn. Das gesamte Gelände war jetzt von Kräften der Bundespolizei umstellt, fliehen konnte also niemand. Viel wahrscheinlicher war es allerdings, dass sich das Wolfsrudel in den Kellern der ehemaligen Michelin-Werke verschanzte. Die Aufgabe, sie zu stellen und das Nest auszuheben, würde nicht leicht zu bewerkstelligen sein.

Thomas Callenberg führte sie zu einem Nebeneingang, der durch eine Stahltür geschützt war. Er machte sich keine Illusionen, hier einen Überraschungsangriff durchführen zu können. Sie würden erwartet werden, da war er sich ganz sicher. Entsprechend vorsichtig mussten sie vorgehen.

Ein Mann des SEK drückte auf das Zeichen des Einsatzleiters die Klinke hinunter und stieß mit seinem Gewehrlauf die Stahltür auf. Es passierte nichts, also rückte das SEK vor, Thomas Callenberg direkt dahinter. Schon nach wenigen Metern standen sie zwischen aufgetürmten Kisten. Unmengen feuerroter Chilis mussten hier gelagert sein. Oder so schien es, denn dass jegliches hier im Keller lagernde Obst oder Gemüse nur der Tarnung einer verbrecherischen Organisation diente, war ihnen mittlerweile bekannt. Und das war bei Weitem noch nicht alles an Seltsamkeiten, was sie hier unten vorfanden.

Thomas Callenberg ging voraus bis zur nächsten Tür und legte warnend seinen Finger auf den Mund. Wenn ihn seine wiedererstarkte Erinnerung nicht täuschte, entschied dieser Zugang zu den Katakomben über Wohl und Wehe des Einsatzes. Er kannte die albanische Mafia nach all der Zeit an Dragushas Seite ziemlich gut, und er wusste auch genau, wie sie arbeiteten. Mit entschlossener Geste bedeutete er den Männern vom SEK, in Deckung zu gehen, dann griff er sich einen in der Ecke stehenden Besen und drückte von der Seite, mit ausgestrecktem Arm und dem Besen in der Hand, die Türklinke hinunter. Sie war noch nicht einmal zur Hälfte unten, da brach die Hölle los.

Mit einem Donnerschlag flog ihnen, von einer großen Sprengladung getrieben, die schwere Kellertür entgegen, dann setzte umgehend das Knattern von Maschinengewehren ein. Skurril war dabei der Umstand, dass durch die aufgesprengte Tür nicht nur Kugeln geflogen kamen, sondern auch eine beträchtliche Anzahl von panischen Hunden vielerlei Rassen auf sie zustürmte. Ein unsäglicher Qualm lag in der Luft, durch den das Gebell der wild umherspringenden Hunde drang, während die Kugeln der Kalaschnikows in Wände und Kisten einschlugen. Ein absolut irres Szenario, auf das Thomas Callenberg die Männer vom SEK aber vorbereitet hatte. Die verstörten Tiere wurden weiter hinten eines nach dem anderen nach draußen gebracht, bis wieder einigermaßen Ruhe einkehrte.

Was dann folgte, war Schwerstarbeit für das SEK. Meter um Meter drang Thomas Callenberg mit den Männern der Spezialeinheit in die dunklen Keller des ehemaligen Reifenherstellers vor. Raum für Raum erkämpften sie sich und schalteten einen bewaffneten Gegner nach dem anderen aus. Ein mühsamer und blutiger Prozess. Die Entschlossenheit sowie das Arsenal der Albaner waren beachtlich. Abgesehen von den AK-47-Maschinengewehren wurden auch Handgranaten, Sprengfallen und Sprengstoff verwendet. Die Polizisten mussten alles an Kenntnissen und Fertigkeiten aufbieten, was sie hatten, um einigermaßen ungeschoren durch das Gewirr dieses unterirdischen Reiches zu gelangen. Immer wieder wurden sie in der Dunkelheit beschossen oder hatten es mit plötzlich auftauchenden Hunden zu tun, die verängstigt kläffend von irgendwoher nach irgendwohin stürmten.

Aber so zäh sich die Gegenwehr der Albaner auch gestaltete, ein Gegner nach dem anderen wurde eliminiert, sodass die Schüsse aus den russischen Kalaschnikows immer spärlicher wurden.

Nach gut einer halben Stunde war es dann so weit: Hinter einer geschlossenen Tür verschanzten sich ihre letzten beiden bewaffneten Gegner. Thomas Callenberg wusste auch genau, um wen es sich handelte.

»Gib auf, Tomor, ich weiß, dass du da drin bist!«, rief er laut.

Als Antwort durchschlug eine Salve Kugeln das metallene Türblatt, die in den gegenüberliegenden Wänden ihre letzte Bleibe fand.

Thomas Callenberg gab den SEK-Beamten ein Zeichen, dann feuerten sie aus der Deckung heraus mit allem, was sie hatten, auf die Tür, die im Anschluss vor lauter Einschusslöchern nicht mehr wirklich als solche bezeichnet werden konnte. Einer der Beamten trat mit seinem Fuß dagegen, und das Türblatt fiel in einer staubigen Wolke nach innen auf den Fußboden.

Die Lampen auf den Waffen der Spezialeinheit erleuchteten das Innere des kleinen Raumes, der in früheren Zeiten wohl einmal als Schaltraum für die Heizungsanlagen gedient hatte. Die Männer, die sich hier verschanzt hatten, waren zu einer Gegenwehr nicht mehr fähig. Einer der beiden lag, von mehreren Kugeln getroffen, tot am Boden. Der andere war auf die Knie gesunken und versuchte trotz massiver Verletzungen immer noch, seine Kalaschnikow abzufeuern. Callenberg machte zwei schnelle Schritte und trat dem schwer verwundeten Mann die Waffe aus der Hand. Mit einem metallischen Kratzen schlitterte das AK-47 über den Estrich des Kellerbodens und blieb schließlich knapp vor der nächsten Wand vor einer Schalteinheit liegen.

Callenberg beugte sich zu dem stöhnenden Mann hinunter, packte ihn an den Haaren und zog seinen Kopf nach hinten, damit er ihm direkt ins schmerzverzerrte Gesicht blicken konnte. »Hallo, Tomor, so sieht man sich wieder«, sagte er, und in seinen Augen funkelte ein mühsam beherrschtes Feuer.

Tomor Dragusha konnte oder wollte nichts mehr sagen, sein Blick war hohl und leer und gänzlich unbewegt auf Callenberg gerichtet, seinen ehemaligen Stellvertreter in der Organisation.

Der führte seine Lippen jetzt so nah an Dragushas linkes Ohr heran, dass sie das Ohrläppchen des Albaners leicht berührten. »Wir sehen uns in der Hölle, Tomor«, flüsterte er.

Dann fügte er eine kurze Bemerkung in der Sprache an, mit der Tomor Dragusha aufgewachsen war. Es war das Letzte, was der Krye, das hiesige Oberhaupt der albanischen Mafia, noch lebend mitbekommen sollte.

»Ujku kafshon mish të çuditshëm, lëpinë vetë«, zischte Thomas

Callenberg leise, dann ließ er Dragushas Haare los. Kurz darauf war das letzte albanische Mafiamitglied tot.

Als die Kommissare der Bamberger Polizei die gesäuberten und gesicherten Kellerräume der ehemaligen Michelin-Werke nach dem Einsatz durchsuchten, staunten sie nicht schlecht.

Natürlich war niemand, der auch nur etwas Ahnung von diesem Metier hatte, ernsthaft davon ausgegangen, hier ausschließlich Obst und Gemüse vorzufinden. Eher schon hatten Haderlein, Lagerfeld und Huppendorfer mit Menschenhandel, Drogen oder auch Waffen gerechnet. Außer einigen wenigen Kilogramm Kokain war allerdings nichts davon aufzufinden.

Stattdessen stießen die Kommissare beinahe überall auf Hundewelpen. Inmitten einer Geruchsmischung aus Pulverdampf, Hundefäkalien und verwesenden Gartenabfällen tummelten sich die auf engstem Raum in erbärmlichen Verhältnissen zusammengepferchten Tiere. Von der Hektik und dem Lärm der langwierigen Schießerei aufgeschreckt, kläfften, bellten und winselten Hunderte junge Hunde jeglicher Altersklasse und Gattung hilflos und panisch vor sich hin.

Ein akustischer Alptraum, der den Polizeibeamten die Haare zu Berge stehen ließ.

Von Labradoren über Chihuahuas, persische Windhunde, dänische Doggen, japanische Akitas, Chow-Chows und englische Bulldoggen bis hin zu Samojeden und Pharaonenhunden war alles zu finden, was auf dem Weltmarkt gutes Geld brachte. Die Tiere vegetierten in diesem Keller allerdings mehr dahin, als dass sie zu stolzen Vertretern ihrer jeweiligen Rasse heranwuchsen, und es machte nicht den Eindruck, als hätten die Hunde jemals eine medizinische Grundversorgung erhalten.

Nach einer gründlichen Zählung kam die Polizei am Ende des Tages auf knapp tausenddreihundert Hunde, die in diesen Kellern für den Weiterverkauf in alle Welt gehalten worden waren.

Haderlein war als Einziger nicht überrascht, hatte er doch erst kürzlich bei einem Treffen mit anderen Kommissariaten von diesem rapide wachsenden Geschäftsmodell erfahren. Die bayerischen Kreisverwaltungsbehörden hatten allein in den letzten beiden Jahren rund sechshundert illegal eingeführte Welpen registriert, die häufig im Rahmen polizeilicher Kontrollen entdeckt wurden. Die Transporte kamen überwiegend aus osteuropäischen Ländern wie Rumänien, Bulgarien, Ungarn und eben auch Albanien. Die Hundewelpen waren in der Regel viel zu jung, nicht gegen Tollwut geimpft, häufig krank und unter tierschutzwidrigen Bedingungen zur Welt gekommen. Vor allem über das Internet wurden die Welpen massenhaft zu Dumpingpreisen gehandelt. Ein gesunder und sorgfältig aufgezogener Welpe hatte eben seinen Preis.

Inzwischen hatte sich der illegale Hundehandel zur drittgrößten Einnahmequelle international agierender Mafias entwickelt. Und augenscheinlich war auch Bamberg in den Sog solcher Machenschaften geraten. Es würde viel Zeit und Hilfe bedürfen, all den bemitleidenswerten Tieren eine medizinische Erstversorgung und danach ein artgerechtes Zuhause zu verschaffen.

Als das SEK und die Bamberger Kriminalpolizei das ehemalige Michelin-Gelände verließen, waren sie erschöpft, aber zufrieden. Zwei SEK-Beamte waren mittelschwer verletzt, Tote hatte das Kommando allerdings nicht zu beklagen – ganz im Gegensatz zur albanischen Dragusha-Familie.

Ein turbulenter, fürchterlicher Tag hatte schlussendlich noch ein erfolgreiches Ende genommen, auch wenn ihnen im Nachklang der umfassenden Polizeiaktion eine ganze Menge Arbeit ins Haus stand.

Irgendwann, die Sonne war bereits dabei, sich hinter dem Horizont zu verkriechen, beschlossen die Kommissare der Polizeidienststelle in Bamberg, ihren Frieden mit diesem Tag zu machen, der allen Beteiligten so zugesetzt hatte. Haderlein war wirklich froh, als er die Tür zur Dienststelle hinter sich schließen durfte, um zu seiner Lebensgefährtin Manuela heimzukehren und ihr von den unglaublichen Vorfällen zu erzählen.

Nach und nach verabschiedete sich jeder in seinen ganz persönlichen Feierabend, um auf seine Art und Weise endlich ausspannen und nachdenken zu können. Alle bis auf einen. Ein Kommissar, der noch dazu eigentlich Urlaub gehabt hätte, musste Überstunden schieben. Überstunden, auf die er aus den verschiedensten Gründen gern verzichtet hätte.

Lagerfeld stand mit dem Chef des Hungry Highlander an genau dem Tisch, an dem er heute Morgen mit dem Coburger Sänger gesessen hatte. Das Problem war, dass besagter Sänger jetzt, viele Stunden später, immer noch hier saß. Als Sitzen konnte man die Körperhaltung, die der Sänger an den Tag legte, allerdings guten Gewissens nicht mehr bezeichnen. Vielmehr lag der Mann im Vollrausch mit lang ausgestrecktem Oberkörper quer über dem Tisch und war meilenweit davon entfernt, als ansprechbar zu gelten.

»Sie haben mir ja im Hinausgehen gesagt, der Mann kann auf Ihre Rechnung so viel trinken, wie er will«, sagte der Wirt. »Na ja, das hat er dann auch ausgiebig getan. Allerdings bin ich mit Ihren zwanzig Euro nicht sehr weit gekommen, wenn Sie verstehen, was ich meine.«

Hier gab es nicht viel zu verstehen. Der Coburger Sänger hatte die Gunst der Stunde genutzt und sich mit allerlei Alkoholika, meist schottischer Herkunft, volllaufen lassen.

»Wie viel?«, wollte Lagerfeld wissen, was zu einer für ihn äußerst unerfreulichen Antwort führte.

»Zweihundertneunundachtzig Euro«, lautete die lapidare Antwort des Wirtes.

Lagerfeld zuckte unmerklich zusammen, beschloss aber, nach diesem anstrengenden Tag alles nur noch sportlich zu nehmen. Er bedachte den Wirt des Hungry Highlander mit einem letzten grimmigen Blick, dann legte er widerwillig dreihundert Euro, die eigentlich sein Urlaubsgeld hätten sein sollen, auf den Rücken des Betrunkenen.

»Stimmt so«, blaffte er, dann zeigte er auf den besoffenen Sänger. »Und jetzt – rausschmeißen«, knurrte er mühsam beherrscht.

Eine Aussage, die der Wirt des Hungry Highlander mit allergrößter Befriedigung zur Kenntnis nahm, woraufhin er umgehend zur Tat schritt.

Bernd Schmitt tat sich die Aufräumaktion allerdings nicht mehr an, sondern verließ so schnell als möglich dieses überteuerte Etablissement.

Nach einem Tag auf der Überholspur, der sich wenigstens in den verbliebenen Abendstunden noch so ähnlich wie Urlaub hätte anfühlen sollen, wartete nun ein noch immer voll beladener Transporter darauf, von Lagerfeld ausgeräumt zu werden. Aber so, wie die Dinge lagen, würde er, sobald er zu Hause war, einfach auf dem Sofa verenden und warten, bis ARD, ZDF oder Netflix ihm gnädig die Augen schlossen.

Epilog

Wenige Tage nach den turbulenten Ereignissen hatte die Bamberger Dienststelle beschlossen, sich am späten Nachmittag gemeinsam in Ebensfeld bei Biobauer Sporath einzufinden, um die offizielle Ernennung Presssacks zum Polizeiferkel zu feiern, dem neuen Stern am Bamberger Ermittlerhimmel.

Natürlich war der Termin auch dazu gedacht, die Erlebnisse und Schockmomente dieses einen Tages auszutauschen und gegebenenfalls gemeinsam verdauen zu können. Die Feierlichkeiten waren anfänglich jedoch etwas eingetrübt, da Biobauer Sporath nach Lektüre der aufgefundenen Briefe seiner Großmutter etwas geknickt aus der Wäsche schaute. Sowohl die Herkunft der beiden im Gewölbekeller aufgefundenen Skelette als auch die Umstände ihres Todes konnten durch die Briefe, welche Bernhard Sporaths Großmutter Hedwig in der alten Holzkiste aufbewahrt hatte, geklärt werden. Aber was außerdem in diesen Briefen zu lesen war, gefiel Bernhard Sporath nicht im Geringsten.

Das Bild, das er von seiner Oma gehabt hatte, war völlig falsch gewesen, genauer gesagt hatte die Frau in einer entscheidenden Phase ihres Lebens mehr kriminelle Energie an den Tag gelegt, als ihr der Biobauer jemals zugetraut hätte.

Wie sich durch die briefliche Konversation herausstellte, war Oma Hedwig während des Krieges ein heftiges Verhältnis mit einem jungen, hübschen Bäckermeister aus dem benachbarten Kleukheim eingegangen. Als ihr Mann zu einem Kurzbesuch von der Ostfront nach Hause kam, hatte er die beiden in flagranti erwischt, was zu seinem plötzlichen Ableben führte. Was der Zweite Weltkrieg nicht geschafft hatte, wurde von seiner Frau vollbracht.

Weil der Bäcker aus Kleukheim Hedwig Sporath, die die verdächtige Beziehung zu ihm sicherheitshalber beenden wollte, danach erpresste, ereilte diesen kurzerhand das gleiche Schicksal wie zuvor ihren eifersüchtigen Mann.

Hedwig Sporath liebte schnelle und einfache Lösungen. So hatte sie beide, den Ex-Mann und den Ex-Liebhaber, im ehemaligen Kartoffelkeller entsorgt und den Zugang zu diesem für immer verschlossen und unkenntlich gemacht. Fortan lebte sie den Rest ihres Lebens ohne männliche Beteiligung, das war zwar mit der einen oder anderen erotischen Einbuße verbunden, aus ihrer Sicht jedoch weitaus stressfreier als zuvor.

Das hatte bis zu ihrem Tod und weit darüber hinaus auch ganz gut geklappt – bis zu dem Tag, als der kleine Presssack mit seiner außerordentlichen Nase über den Hof des Biobauern geschickt worden war. Diese mörderischen Neuigkeiten bezüglich seiner blutrünstigen Familiengeschichte hatten Bernhard Sporath die Hälfte seines Mirabellenschnapsvorrates gekostet. Die andere Hälfte sollte heute im Rahmen dieser launigen Runde im wahrsten Sinne des Wortes ihren Geist aufgeben.

Robert Suckfüll war mit seiner Ehefrau gekommen, die sich allerdings von Marina Hoffmann einige Bemerkungen über ihre Kochkunst und gewisse Tintenfischmenüs anhören musste.

Lagerfeld saß, eine Zigarette rauchend, etwas abseits. Haderlein und seine Lebensgefährtin Manuela Rast hatten auf den hölzernen Gartenstühlen Platz genommen, genau wie Andrea Onello und Thomas Callenberg, mit dem sie auffallend eng zusammensaß.

Lediglich César Huppendorfer war nicht mit von der Partie, da ja irgendwer in Bamberg Dienst schieben musste. Und da Bauernhöfe sowieso nicht seine Welt waren, hatte sich der Halbbrasilianer freiwillig gemeldet.

Der Mirabellenbrand verlor in auffallend schneller Geschwindigkeit an Volumen, die Stimmung am Hof des Biobauern stieg dafür umso mehr.

Das Neumitglied der Bamberger Ermittlerfamilie lag von einer Extraportion gekochter Kartoffeln satt gefressen im Gehege, neugierig umringt von seinen sechs Geschwistern, die ihn abwechselnd beschnupperten.

Die menschlichen Mitglieder der privaten Runde rekapitulierten noch einmal den turbulenten Fall und sprachen auch darüber, dass zwei ihrer Kollegen, nämlich Franz Haderlein und Andrea

Onello, beinahe in Ausübung ihrer Arbeit zu Tode gekommen wären. Ein Umstand, der bei allen Beteiligten kurzzeitig zu einer gewissen Nachdenklichkeit führte.

Wenig später stand jedoch wieder feuchtfröhliches Geplauder im Vordergrund, und wichtige Themen des Alltags mussten besprochen werden. Besonders Robert Suckfüll, der Chef der Dienststelle, schien unter Alkoholeinfluss in eine redselige Stimmung zu kommen.

»Also gut, Kameraden, lasst uns trinken. Wer weiß, ob uns nicht irgendwann dieser Carola-Virus dahinrafft, und alles ist vorbei«, faselte er und kippte den nächsten Mirabellenschnaps.

»Corona!«, verbesserten ihn die anderen Anwesenden im Chor, was ihn aber überhaupt nicht interessierte.

»Wo ist denn jetzt eigentlich der Eingang zu diesem ominösen Kellergewölbe?«, fragte Fidibus mit leichtem Lallen in der Stimme.

Bernhard Sporath sah ihn erschrocken an, denn eigentlich wollte er nicht mehr so gern an das unrühmliche Kapitel in seiner Familiengeschichte erinnert werden. Aber dann gab er sich, mirabellenbedingt, einen Ruck und erhob sich.

»Also dann, alle mir nach. Ich habe den Eingang zu diesem Ort zweier grausamer Verbrechen mit einer Ladung Kies getarnt, damit ein nicht Eingeweihter –«

Abrupt blieb Biobauer Bernhard Sporath stehen und hielt auch alle anderen Besucher davon ab, weiterzugehen.

»Das gibt's doch nicht«, rutschte es ihm ungläubig heraus, dann deutete er mit ausgestrecktem Arm auf die kleine Kiesfläche, die er über dem Eingang zu dem alten Kellergewölbe angelegt hatte.

Auf den ersten Blick war gar nichts zu sehen. Aber bei genauerer Betrachtung konnte man einen kleinen Vogel erkennen, der sich entschlossen über die Eier eines kleinen Nestes geduckt hatte.

»Ein Flussregenpfeifer. Die gibt's doch normalerweise bloß am Main«, sagte Sporath, während alle anderen in stiller Andacht die Vogelmutter auf ihrem kleinen Nest betrachteten.

Auch Fidibus blickte mit alkoholgeschwängerten Augen auf

den kleinen Vogel, der ihm gerade widerrechtlich den Zugang zu einem Tatort verweigern wollte.

»Aha, und was ist jetzt das Ende vom Glied?«, erkundigte er sich und blickte fordernd, aber bereits massiv angetrunken in die Runde. »Sehen Sie doch nur einmal, wie angriffsmutig dieses Vögelein aus den Federn schaut. Wollen wir uns wirklich als Polili... als Poliseibeamtete von einem Vögelchen am Betritt eines Tado... Tarodes ... Tatortes hindern lassen?«

Die Umstehenden nickten pflichtbewusst. Alle bis auf einen. Lagerfeld hatte nur einen kurzen Blick auf das Gelege geworfen und sich dann sofort eine neue Kippe angezündet. Seine Stimmung war ob seiner neuen Single-Lebenssituation sowieso nicht gerade auf der Höhe, und dann hatte man ihn auch noch genau neben die beiden Turteltäubchen gesetzt. Ihm war schon vom ersten Moment an klar gewesen, dass zwischen Andrea und diesem Callenberg irgendein romantisches Ding am Laufen war. Was Andrea an dem laufenden Kleiderschrank mit seinem dschungelartigen Bartwuchs fand, war ihm allerdings ein Rätsel. Der kriegte kaum den Mund auf – und dann auch noch verdeckter Ermittler. Lagerfeld wollte sich gar nicht vorstellen, unter welchen Bettdecken der Mann in der Vergangenheit seine Ermittlungen angestellt hatte. Die seiner Kollegin schien jedenfalls dabei gewesen zu sein.

Es war ja keineswegs so, dass er Andrea ihre Verliebtheit nicht gönnte, aber da er sich selbst gerade am anderen Ende der Gefühlsskala befand, waren ihm die besseren Daseinsumstände der anderen unerträglich. Wenn man schlecht drauf war, sollte das bei allen anderen gefälligst auch so sein, wahrscheinlich damit man einträchtig zusammen jammern konnte.

Na, immerhin gab es ja noch zwei vielversprechende Kandidaten in der heutigen Runde, die diesbezüglich sicherlich empfänglich waren. Und zwar seinen Chef und den von seiner Familienhistorie geschockten Sporath. Die beiden waren einem kleinen Depressionsgetränk doch bestimmt nicht abgeneigt, die brauchten nur einen kleinen Schubs. Und diese rebellische Vogelmutter kam ihm dafür gerade recht.

»Flussregenpfeifer? Die Vogelmutter kenn ich, Chef. Und ich sag euch, Vorsicht, die ist militant. Das Ende vom Glied ist, dass wir uns besser um unsere Angelegenheiten kümmern sollten, Chef.« Lagerfeld wandte sich Bauer Sporath zu. »An dieser renitenten Vogelmutter wirst du noch deine liebe Freude haben, Bernhard! Vorher sind's Frauen, nachher sind's Mütter. Des Vöchala da is dafür des allerbesde Beischbiel.« Er unterstrich seine Aussage mit einem warnenden Blick und lenkte das Thema sogleich wieder auf wichtigere Tagungspunkte. »Hopp, mir trinken weider unnern Schnaps. Des mit dera Kellerbesichtigung könne mer eh erscht amal vergessn, und zwar aus ornidologischen Gründen.«

Sprach's, drehte sich um und machte sich auf den Weg zurück zu der halb leeren Mirabellenschnapsflasche. Ein Vorschlag, der bei fast der gesamten Gesellschaft – lediglich Andrea beschäftigte sich als Antialkoholikerin lieber mit ihrem Sitznachbarn – auf fruchtbaren Boden fiel, weshalb der Deckel zu besagtem Gewölbe auf dem Hof des Biobauern Sporath in Ebensfeld auf absehbare Zeit nicht mehr geöffnet werden würde.

Wir gleichen den Lämmern, die auf der Wiese spielen,
während der Metzger schon eines und das andere von ihnen
mit den Augen auswählt. Denn wir wissen nicht,
in unseren guten Tagen, welches Unheil eben jetzt
das Schicksal uns bereitet.

Arthur Schopenhauer

Danksagung

Hier mein persönlicher Dank, denn ohne die Hilfe folgender Menschen und Organisationen wäre dieses Buch so nicht möglich gewesen:

Markt Ebensfeld, Bernhard Storath, Thomas Bernard, Hungry Highlander Coburg, Lietz Internatsdorf Haubinda, Klinikum Bamberg, Bamberger Sozialstiftung, Fachklinik Haus Immanuel – Hutschdorf, Deutscher Tierschutzbund e. V., Naturpark Fränkische Schweiz, Rosi Scherer, Roland Zschorn, Gerhard Schmitt, Sigi Katholing, Dorothée Rentsch, Martin Klement, Dr. Markus Schußmann, Konstantin Teichmann, Wolfgang Friedrich, Stefan Klippstein, Suzuki Deutschland, Michelin Reifenwerke Bamberg, Landesbund für Vogelschutz Bayern, Land Rover Deutschland, HUK-Coburg, Konzertagentur Friedrich, Deutsches Patent- und Markenamt, Emons Verlag, meiner Lektorin Marit und vor allem dir, Andrea, für deine absolut genialen Wortbasteleien und den Spezialkaffee mit Milchschaum aus Hafermilch.

Hiermit bedanke ich mich auch beim sogenannten Coronavirus oder SARS-CoV-2 oder Covid-19, neuerdings auch Carbonara-Virus genannt, für die Verschonung meiner Person, zumindest während der Zeit, da ich diese Geschichte schreiben durfte.

Spezieller Dank geht an das »La Stazione« in Kaltenbrunn mit all seinen Mitarbeitern für das fränkisch-sizilianische Nahrungsangebot.

Besonders danke ich natürlich meinen absolut unersetzlichen und tapferen Probeleser(inne)n, ohne die gefährliche Irrungen und Wirrungen im Text auf ewig unentdeckt bleiben würden: Beate Friedrich, Martin Klement, Martina Altmann, Denise Appis, Uwe Schilling, Christine Schöbel und Andrea Jahn.

Herzlichen Dank!

P.S. Ich hatte lange überlegt, ob ich nicht vielleicht dem einen oder anderen Verschwörungstheoretiker hier eine Danksagung hinterlassen sollte. Immerhin geht es in diesem Buch ja um einen solchen. Ich kam aber zu dem Schluss, dass dies womöglich zu viel der Ehre wäre. Immerhin wurde dieser Text vor dem Lockdown 2020 beendet, und der mutmaßlich Verrückte in meiner Geschichte versteigt sich noch in ganz andere Spinnereien als coronabedingte. Weshalb Verschwörer jeglicher Couleur, auch wenn sie die Phantasie des Autors grundlegend anregten, hier ausdrücklich unbedankt bleiben sollen.

Klinikum Bamberg

Haubinda

Makarov

Die Romane von Bestsellerautor Helmut Vorndran im Überblick:

Alle Titel sind auch als eBook erhältlich.

Franken Krimis:

Das Alabastergrab
ISBN 978-3-89705-642-8

Das Alabastergrab
Hörbuch, gelesen von Helmut Vorndran
ISBN 978-3-89705-804-0

Blutfeuer
ISBN 978-3-89705-728-9

Der Colibri-Effekt
ISBN 978-3-89705-953-5

Drei Eichen
ISBN 978-3-95451-123-5

Das fünfte Glas
ISBN 978-3-95451-311-6

Habakuk
ISBN 978-3-95451-693-3

Der Jade-Sauropsid
ISBN 978-3-7408-0216-5

Kamuelsfeder
ISBN 978-3-7408-0398-8

Lupinenkind
ISBN 978-3-7408-0690-3

www.emons-verlag.de

Weitere:

Tot durch Franken
48 Mordsgeschichten
ISBN 978-3-89705-895-8

Isarnon – Stadt über dem Fluss
Ein Kelten-Roman
ISBN 978-3-95451-941-5

www.emons-verlag.de